莎士比亚全集

The COMPLETE WORKS of
WILLIAM SHAKESPEARE

7

· 第七卷 ·

[英] 威廉·莎士比亚 ◆ 著

梁实秋 ◆ 译

湖南文艺出版社
HUNAN LITERATURE AND ART PUBLISHING HOUSE

博集天卷
CS-BOOKY

· 长沙 ·

目　录

马 克 白

The Tragedy of Macbeth

序

一 著作年代

《马克白》大约是作于一六〇六年。证据如下：

第一，莎士比亚的同时的一位医生，名叫福曼（Simon Forman），他留下了一部观剧的记事簿，标题为 *The Booke of Plaies and Notes Thereof*，里面记载着于一六一〇年四月二十日在环球剧院观看《马克白》，并略述其情节。这是一个重要的证据，证明《马克白》之写作至迟不得过于一六一〇。

第二，从剧情方面考察，此剧当是一六〇三年以后的产物，因为一六〇三年是哲姆斯一世南下登极的那一年，而剧中情节有许多地方都是与哲姆斯一世登极后的情形有关，例如：全剧之苏格兰的风味，第四幕第一景中"二球三杖"之语，第四幕第三景中关于"瘰疬"的治疗，以及关于巫婆的穿插，等等。

《马克白》是作于一六〇三年与一六一〇年之间，是无可疑的了。

第三，在第二幕第三景里看门人的那段独白，我们可以发现更有力的证据，证明《马克白》是作于一六〇六年，因为在那段独白里提到了两件事：一件是关于"说双关语者"，当系暗指一六〇六年三月间耶稣会徒 Garnet 被控一案；一件是关于因谷贱伤农而自缢的事，亦当系暗指一六〇六年的丰收。

二　版本历史

《马克白》在莎士比亚生时没有付印过，一直到莎士比亚死后七年，即一六二三年，才被收进对折本的全集里。这本子的《马克白》，在文字方面，舛误甚多，有时将诗误排为散文，或任意割裂，不特音节凌乱，甚且意义毫无。此等舛误在第二版对折本（一六三二年）里改正了一些，有些后来经蒂拔尔德（Theobald）及其他校勘家改正，有些则至今仍成不可解的疑案。

第一版对折本之《马克白》大概已不是莎士比亚原作之本来面目，无疑地是已经受过相当的改动，唯改动至若何地步则不易确定。有人以为是曾经弥德顿（Thomas Middleton）润色过的，并且说可以指明其中非莎氏原作的所在，F. G. Fleay 便是这一派的有力的代表。弥德顿在一六一五年至一六二四年间曾继莎士比亚之后为王家剧团编剧，润改莎氏所作自然是在情理以内的事，不过若指剧中所有鄙陋粗拙之句必非莎氏原笔，则亦未免近于武断。第一版对折本之《马克白》大约是根据了经过删割窜改过的"舞台本"而印的，故剧情有不连贯处，音节有割裂处。至于弥德顿与《马克白》间的关系，确切可以证明的是关于"妖婆"的那一部分。弥德顿所编《妖婆》（The Witch）一剧，是在一七七八年才被发现稿本的，著于何年不可确定，有人以为是作于《马克白》之前，有人以为在后。如系在前，则莎士比亚有抄袭之嫌；如系在后，则嫌在弥德顿。但此点可以不论，因无论其著作是在前在后，舞台本之《马克白》中关于"妖婆"的部分可以有被弥德顿窜动的可能，无论如何，第一版对折本之《马克白》多少必有弥德顿的成分，殆无疑义。

《马克白》在舞台上一向是受欢迎的。复辟时代的日记家皮泊斯于一六六四年至一六六八年之间就看过了《马克白》八次。不过到这时候《马克白》已变了样子，弥德顿的窜动仅仅是个开端，以后改动原作变成了风气，莎氏剧中往往被羼入大量的乐舞以取悦当时的观众，所以《马克白》几乎有变为"歌剧"的趋向，最能代表这种窜改风气的是莎士比亚的义子 Sir Wm. Davenant 于一六七四年编的本子。

三　故事来源

《马克白》的故事的纲领是采自何林塞（Raphael Holinshed）等所编著《英格兰与苏格兰史纪》（*Chronicle of England and Scotland*）。此书初刊于一五七七年，莎士比亚所根据的是一五八七年的再版改订本。《马克白》之历史的事迹差不多是完全取给于是。

莎士比亚不一定是第一个把马克白的故事编为戏剧的，在莎士比亚写《马克白》以前，这故事已经成为文学的材料了。

一五九六年八月二十七日书业公会的登记簿上记载着《马克多白之歌》（*Ballad of Macdobeth*）一项，而同时复记载着《驯悍妇》。此《驯悍妇》如为一戏剧之名，则《马克多白之歌》也许即是《马克白》之剧，不过我们究竟没有确实证据来判断所谓"歌"者是狭义的抑是广义的。无论在形式上为歌谣或戏剧，马克白的故事是早已在文学上出现了。

关于苏格兰的历史，在莎士比亚以前已有戏剧家发现了戏剧的材料。一五六七年掌管宫廷娱乐的官员曾有为苏格兰王之悲剧制背景的记载；一六〇二年亨斯娄（Henslowe）在日记上又有《苏格兰王玛尔孔》一剧之记载，与《马克白》中考道伯爵叛变相类似的一段故事（即 Gowry 之叛变），在一六〇四年亦已编为戏剧。一六〇五年秋间哲姆斯一世偕后幸牛津，大学方面特于圣约翰学院大门前表演短剧以示欢迎，这短剧更是不容忽视的。这短剧的表演是先用拉丁文给国王听，后改用英文给王后及太子听。其内容大致是根据一群巫婆向班珂预言他的子孙将有帝王之分那一段事。三个大学生穿起预言家的裂裟装作巫婆的样子，突然走到哲姆斯面前，告诉他说他们即是当初向班珂做预言的巫婆，现在又回转来了。然后这三个大学生举起手来向哲姆斯敬礼高呼：

甲——敬礼了，你这统治苏格兰的王！

乙——敬礼了，你这统治英格兰的王！

丙——敬礼了，你这统治爱尔兰的王！

甲——法兰西给你以尊号，还有别的国土，万岁！

乙——不列颠向来分裂而今统一，万岁！

丙——不列颠、爱尔兰、法兰西的大皇帝，万岁！

莎士比亚的《马克白》里也正有类似的几行，这次大学表演的脚本当时曾以红绒装帧分赠诸亲贵，或者有一本是落在莎士比亚的手里。他看出从这一段表演里有编成一剧的可能，于是参照了何林塞的史记，《马克白》因而铺叙成篇了。

四　马克白的意义

《马克白》有什么意义？批评家的解释是不很一致的。约翰孙博士说："野心的危险在此剧中有很好的描写。"这是教训主义的看法。德国批评家是常有离奇的解释的，例如 H. Ulrici 说："《马克白》是超过一切的悲剧，莎士比亚在这剧中特别显明地拥护着基督教的情绪，及一切事物之基督教的观点。"如此看来，《马克白》好像是表现野蛮与文明的冲突。这观点之不合理，F. Kreyssig 驳斥得很清楚。大约近代的批评家全倾向于一种心理的解释，朗斯伯莱（Lounsbury）的批评可以算是一个代表的——

"在《马克白》里，惩罚是加在那罪恶的丈夫和那罪恶的妻身上了。但这仅是附带着而来的结果，若当作了目的来看，则在全剧进展上并不占重要的地位。值得我们注意的是，罪恶一旦掌握了一个人的灵魂，其逐渐使人变质的力量是如何伟大。这种力量在不同的性格上产生出不同的悲惨的效果，对于此种效果加以研究是非常饶有心理的与戏剧的意味的。"（《戏剧艺术家之莎士比亚》第四一五面。）

《马克白》的意义即在罪犯心理的描写，由野心，而犹豫，而坚决，而恐怖，而猜疑，而疯狂，这一串的心理变化，在这戏里都有了深刻的描写，这便是《马克白》的意义。

但是除了这本身的意义与价值以外，莎士比亚当初写这戏时或许尚有其他的用意，另有作用，简言之，莎士比亚之写《马克白》也许完全是为供奉内廷娱乐并且阿谀詹姆斯而作的，这一段经过也是不可不察的。

苏格兰王詹姆斯于一六〇三年南下创立斯图亚王朝。一六〇六年初夏丹麦王拟赴英格兰拜访，消息传出，宫中为之耸动，开始准备各种娱乐以娱嘉宾。丹麦王是哲姆斯的内弟，自然要格外款待的。丹麦王于七月十七日到英，住到八月十一日，其间欢宴无虚夕，这是有记载可考的。莎士比亚所隶属的剧团原是在哲姆斯保护之下的王家剧团，召入内廷，献技三次。三次所演的是什么戏，虽然不得而知，但确知内中有一出是新的作品，大约即是《马克白》了。《马克白》颇有急就章的痕迹，Hunter 说："此剧颇似草稿性质，虽然不能说是未竣工的作品，但须修润引伸之处甚多。"这说得很对。Bradley 教授亦曾指陈，《马克白》仅有一千九百九十三行，而《李尔王》则有三千二百九十八行，《奥赛罗》则有三千三百二十四行，《哈姆雷特》则有三千九百二十四行，可见《马克白》必非为公众剧院而作，必是为私家或宫廷而写。Dowden 亦赞同此说。

《马克白》是含有多量的对于哲姆斯的阿谀。第四幕第一景所表演的"八王幻景"，以及第四幕第三景中"瘰疬"治疗的一段之被羼入，这都是明显的逢迎君主的铁证，但最足以使哲姆斯心满意足的一笔，则无过于关于妖巫的那些描写。哲姆斯一世是一个极迷信的人，他深信世上真有所谓巫蛊那样的东西。他于一五八九年赴丹麦就婚，翌年归国，往返均遭风浪，以为巫婆作祟，遂大捕国内无辜老妪，内有一妪熬刑不过竟屈承"曾会同妖婆二百余人……乘筛入海……希图倾覆王舟"等语，于是株连益众。鞫讯之日，哲姆斯亲临观审，并且特制刑具以为拷打之用。（详见一五九一年《苏格兰纪闻》一书）审讯结果，全体被逼招供，处以绞刑，复焚其尸骸。一五八四年有名斯考特者刊印小册，题为《巫术的真相》（*Discoverie of Witchcraft*）力斥巫术为迷信之谈，哲姆斯大愤，亲撰《妖怪学》（*Demonologie*）一书以辟之，刊于一五九七年，此书在他登极时在伦敦是很流行的。第一次国会开会后八日就通过了严惩巫蛊的法律，斯考特的小册且悬为禁书。可见莎士比亚在《马克白》中引入大量的巫术描写，无疑地是为迎合哲姆斯的心理。

莎士比亚写《马克白》原是为供王室娱乐，故内中杂以阿谀奉承之笔，然而这并无损于此剧的价值。此剧不仅奉承了哲姆斯，三百年来已供给了无数的观众以享乐，此剧原来之贵族的色彩早已随着历史而消失其重要了。巫术的描写，在当初是剧中重要的一部，但就我们现在看来，重要的是描写犯罪心理的部分。

剧中人物

邓肯（Duncan），苏格兰王。

玛尔孔（Malcolm）⎤
唐拿班（Donalbain）⎦ 邓肯之子。

马克白（Macbeth）⎤
班珂（Banquo）⎦ 邓肯部下大将。

麦克德夫（Macduff）⎤
兰诺克斯（Lennox）
洛斯（Ross）
曼提兹（Menteith）⎬ 苏格兰之贵族。
安格斯（Angus）
开兹耐斯（Caithness）⎦

弗里安斯（Fleance），班珂之子。

西华德、脑赞伯兰伯爵（Siward, Earl of Northumberland），英格兰大将。

小西华德（Young Siward），其子。

塞顿（Seyton），马克白之副官。

一幼童，麦克德夫之子。

一英格兰医生。

一苏格兰医生。

一军官。

一看门人。

一老人。

马克白夫人（Lady Macbeth）。

麦克德夫夫人（Lady Macduff）。

马克白夫人侍女。

海凯特（Hecate）与三妖婆。

贵族、绅士、官员、兵士、刺客、侍从、使者等。

班珂的鬼，及其他阴魂。

地 点

苏格兰、英格兰。

第 一 幕

第一景：荒野

雷电交作。三妖婆上。

妖婆甲　　我们三个将在什么时候
　　　　　再于雷电或雨里聚首？

妖婆乙　　等这场纷扰有了结束，
　　　　　等这场战争分了胜负。

妖婆丙　　那便等不到日落。

妖婆甲　　地点呢？

妖婆乙　　在荒野上。

妖婆丙　　会见马克白就在那地方

妖婆甲　　我就来，灰猫怪[1]！

妖婆乙　　蟾蜍精在喊我呢。

妖婆丙　　　就来。

三妖婆　　　清白即是黑暗，黑暗即是清白。[2]

我们且从阴霾和浊气中间飞过。〔众下〕

第二景：佛来斯附近军营

内军号声。邓肯、玛尔孔、唐拿班、兰诺克斯及侍从等
上，遇一流血之军官。

邓肯　　　　那满身带血的是谁？看他那样子，他一定能报告最
近的战况。

玛尔孔　　　这位军官真是忠勇的军人，曾力战救我突围。祝你
健康，勇敢的朋友！你把你才离开战场时候的战况
报告给国王听。

军官　　　　战况原是不很分明，像是两个疲惫的游泳家扭在一
起了，要同归于尽。那凶恶的麦唐纳——真不愧为
一员叛将，为了做成他的反叛，各种邪恶的品质都
丛集于他一身——西方的群岛还以轻兵铁骑来协助
他；命运之神向着他的不轨的企图微笑着，竟像是叛
徒的淫妇一般。但这一切都不济事，因为勇敢的马
克白——他真不辱没他的姓氏——他置命运于不顾，
挥着血迹斑斓的钢刀，像是勇气的宠人一般，直杀

开一条血路，杀到那叛徒的面前。他更不致礼，亦不话别，从脐至颚一刀把他豁开，枭下他的首级挂在我们的雉堞上。

邓肯　好勇敢的弟弟！好可敬的人物！

军官　覆船的飓风和惊人的雷霆总是从朝日初放光辉的地方迸发，所以从那安适所自来的泉源竟涌出滔天的祸事。听啊，苏格兰王，你且请听：公理刚刚抖擞神威把那逆军扫荡，脑威国王认为有机可乘，以亮锐的武器和生力军来开始进攻。

邓肯　这不使我们的将官马克白和班珂吓怕吗？

军官　是的，像麻雀吓苍鹰，草兔吓狮子一般。如其我实说，他们二位就像装了双弹的大炮一般，加倍有力地向前杀敌，除非他们是想以血创浴身，或是使另一髑髅山[3]永垂不朽，我实在无法形容他们。可是我晕了，我的创口喊求救护。

邓肯　你的言语和你的创伤一样地适合你的身份，都有光荣。去，给他寻医生去。〔军官被扶下〕

洛斯上。

谁来了？

玛尔孔　是忠诚的洛斯伯爵。

兰诺克斯　他的眼里露着何等的张皇！他这样子也许是有什么消息报告。

洛斯　陛下万岁！

邓肯　你从什么地方来，忠诚的伯爵？

洛斯　　　　启禀大王，从斐辅来。在那地方脑威的旗帜狂拂着
　　　　　　上天，把我们的人民扇得胆寒。脑威王他自己，率
　　　　　　着大军，还有那顶不忠诚的叛徒考道伯爵相助，开
　　　　　　始了一场恶战；直到战神白龙娜的郎君[4]，浑身披挂，
　　　　　　挺身和他较量，刀来剑去，不让他分毫，这才挫煞
　　　　　　他的凶焰；结果，胜利属于我们。

邓肯　　　　真大幸事！

洛斯　　　　所以如今脑威王绥诺请和了。若不在圣康岛上缴付
　　　　　　一万元的赔款充我们的公用[5]，我们便不准他埋葬
　　　　　　他们的阵亡将士。

邓肯　　　　考道伯爵再也不能骗取我的信任，去宣布把他立刻
　　　　　　处死，并且以他的爵位去祝贺马克白。

洛斯　　　　遵命办理。

邓肯　　　　他所失去的被高贵的马克白所获取。〔众下〕

第三景：荒野

　　　　　　雷声。三妖婆上。

妖婆甲　　　你到何处去了，姐姐？

妖婆乙　　　杀猪去了。

妖婆丙　　　姐姐，你呢？

妖婆甲	一个水手的妻怀里兜着一堆栗子，她嚼着，嚼着，嚼着。我说，"给我点吃"，那吃牛臀的婆娘喊起来了，"滚开，妖婆"。她的丈夫是猛虎号的船长，开往阿来坡去了；

但是我要乘一面筛子追到那边，

变成一只没有尾巴的老鼠一般，

我就去下手，我就去下手，我就去下手[6]。

妖婆乙	我助你一阵清风。
妖婆甲	谢谢你的盛情。
妖婆丙	我也助你清风一阵。
妖婆甲	我自己有其余的一部分。

我知道风所吹向的各个港湾，

以及水手使用的罗盘

所指向的一切地方。

我要把他吮得像稻草一般地干，

不分昼夜他休想能有睡眠，

挂在他的凸出的眼皮上，

他将像是受诅咒的人一样。

九九八十一个漫长的星期，

他将逐渐地衰弱，瘦削，萎靡。

他的船虽然不至于覆没，

但是要遭遇风暴的颠簸。

看我拿着什么呢？

妖婆乙	给我看，给我看。
妖婆甲	这是一位舵工的大拇指，

　　他是在归航途中失了事。〔内鼓声〕

妖婆丙　　鼓的声音！鼓的声音！

　　　　　必是马克白就要来临。

三妖婆　　女巫们，手牵着手，

　　　　　在海陆上能迅速地走，

　　　　　就这样地转，转：

　　　　　三圈是你的，三圈是我的，

　　　　　再来三圈凑成了九。

　　　　　停住，魔术已经完成了。

　　　马克白与班珂上。

马克白　　这样又清朗又混浊的天气我真没有见过。

班珂　　　请问这离佛来斯有多远？这些东西，形容枯槁，服
　　　　　装怪异，不类人世间人，然而又在人世，是什么东
　　　　　西？你们可是活人？你们可是可与交谈的东西？你
　　　　　们好像是懂我的话，因为每个都立刻把她的坼裂的
　　　　　手指放在干瘪的嘴唇上。你们该是女人，可是你们
　　　　　的胡须又不准我这样解释。

马克白　　说，假如你们能，你们是什么东西？

妖婆甲　　敬礼，马克白！向你敬礼了，格拉密斯伯爵！

妖婆乙　　敬礼，马克白！向你敬礼了，考道伯爵！

妖婆丙　　敬礼，马克白！向你敬礼了，将来的国王！

班珂　　　阁下为何吃惊，对这听来悦耳的事情为何像是害怕
　　　　　起来？请老实告诉我，你们是虚幻的，还是真是这
　　　　　样形状的东西？你们以现有的荣衔和贵为王侯的预

言祝贺了我的高贵的伙伴，他似乎是喜欢得忘形，对我你们却没有说什么。如其你们能窥见造化的氤氲，哪一粒种子能发荣滋长，哪一粒不能，那么请你们对我说吧，因为我既不想求你们的恩惠，亦不怕你们的恶意。

妖婆甲　　敬礼！

妖婆乙　　敬礼！

妖婆丙　　敬礼！

妖婆甲　　比马克白小些，可又大些。

妖婆乙　　没有他那样幸福，可是又比他更幸福些。

妖婆丙　　你将生出无数国王，虽然你自己是不能成王。那么，敬礼了，马克白与班珂！

妖婆甲　　班珂与马克白，敬礼了！

马克白　　且住，你们说话太欠分明，再多告诉我一些。自从辛诺尔薨驾，我知道我袭了格拉密斯伯爵，但如何又是考道伯爵呢！考道伯爵还活着，是很健旺的一位绅士。至于说做国王的话，那是和做考道伯爵一样地不可置信。你们说，这奇异的消息是从何而来？为什么你们在这寂寞的荒野上拦住我们的去路并致这样预言式的敬礼？说，我命令你们！〔妖婆们消逝〕

班珂　　　土地和水面一样，都可以有水泡，这些恐怕正是了。她们消逝到何处去了？

马克白　　到空中去了，像是实体的东西竟如气息一般化为一道清风而去。但愿她们多停留一会儿！

班珂	我们所说的这些东西果曾当真在此出现吗？莫非是我们吃了疯药草以致失了理性？
马克白	你的子孙将要为王。
班珂	你将要为王。
马克白	还是考道伯爵呢，对不对？
班珂	一点也不错，是谁来了？

洛斯与安格斯上。

洛斯	马克白，国王已经很欢喜地得到你的捷讯。他听到你力敌叛将是如何地英勇，他满腔的热情，竟不知该是惊讶还是赞叹，胸中交战莫可言宣。这一节按下不表，他又考察当日战况，知道你又杀入森严的脑威阵内，对于亲手杀伤的诸般惨象，毫不畏惧。随后捷报频传，密如冰雹，都盛称你卫国的功绩，一齐地倾在国王驾前。
安格斯	我们是奉命来宣达国王的慰劳之意，并且引你前去觐见，并非是来酬庸。
洛斯	并且，作为更大的尊荣的保证，国王令我先称你为考道伯爵。今谨以此荣衔向你敬礼了！因为这荣衔已属于你了。
班珂	什么！那魔鬼能说的是真话？
马克白	考道伯爵还活着呢，你为什么要以借来的衣服给我穿呢？
安格斯	曾为伯爵的是还活着，但仅是在严重的惩处之下苟延着他的理应丧失的性命。他究竟是勾结脑威军队

	还是暗助叛军予以便利，还是二罪俱发，企图倾覆国家，我可不知道；不过已经招供证实的是犯了叛国的重罪，因此失败。
马克白	〔旁白〕格拉密斯，并且是考道伯爵，最伟大的还在后面。〔向洛斯与安格斯〕多谢二位辛劳。〔向班珂〕那些称我为考道伯爵的妖婆对你的子孙们也做了同样大的预言，你莫非不希望你的子孙为王吗？
班珂	若尽信她们的话，你自己恐怕除了袭受考道伯爵之外也要起问鼎之心吧。但是怪事：黑暗势力为要引诱我们受害，倒往往告诉我们一些真话，以真实琐节为饵，引我们陷入严重的结局。弟兄们，过来说句话。
马克白	〔旁白〕两件事都应验了，正是南面称孤那出大戏的序幕。多谢二位。〔旁白〕这鬼怪的劝诱不能是恶意的，也不能是善意的。如是恶意的，为什么给我一个先兆，而且开始就应验了呢？我如今确是考道伯爵了；如是善意的，为什么我一接受那诱惑，那可怕的景象便立刻使我的毛发竖起，稳定的心脏也忽然撞起肋骨来了，一切全都反常？实际的恐惧其实不及可怕的想象来得怕人。我心中的杀意不过是一番玄想，使得我的健全的身心为之动摇，不知所措，完全被空虚的妄想所支配。
班珂	看，我的伙伴如何地忘形。
马克白	〔旁白〕如其机缘要我做国王，哼，机缘自然会给我王冕，用不着我去张罗。

班珂	新的荣衔加在他的身上，竟像是我们穿一件新衣服一般，若非习惯之后便觉得不很服帖。
马克白	〔旁白〕要发生什么就发生什么， 最多事的日子总会慢慢地度过。
班珂	马克白，我们恭候多时了。
马克白	敬请宽恕。我的愚蠢的头脑是在回忆一些遗忘了的事情。二位先生，你们的辛劳我当铭刻心版，每日披诵，不敢或忘。我们去谒见国王吧。想想方才发生的事体，等仔细考虑之后，我们便再互相直诉我们的感想吧。
班珂	很愿意的。
马克白	以后再谈吧。来呀，朋友们。〔众下〕

第四景：佛莱斯宫中一室

奏花腔。邓肯、玛尔孔、唐拿班、兰诺克斯及侍从等上。

邓肯	考道的死刑执行了吗? 派去行刑的人还没有回来?
玛尔孔	启禀大王，他们尚未回来，但我方才和一位亲见他受刑的人谈起，据说他对叛国的罪状直认不讳，并深自悔恨，愿求陛下宽宥。他一生行为从没有像临死时这样恭顺，他好像对于死这一件事，是练习

有素的，把他最宝贵的东西竟视如草芥一般随便放
弃了。

邓肯　　　　从脸上是没有法子能看出心的构造的，我原把他当
作一位君子，绝对信任的。

马克白、班珂、洛斯与安格斯上。

哦，最可敬佩的老弟！你劳苦功高，我无以为报，
至今于心不安。你立功太迅速了，非任何酬报所能
超越；我反倒愿你功劳小一些了，以便给你相当的慰
劳与报酬！我现在只能说，你应得的报酬已经多于
我所能给的了。

马克白　　　得向陛下尽忠，这本身就是报酬了。接受我们的效
劳，这才是陛下分内的事。我们的职责，对于王座
和国家，犹如子女臣仆一般，凡是能得到你的宠爱
和奖饰的事，都是我们职责内所该做的事。

邓肯　　　　欢迎你来到这里。我已开始栽培了你，并将尽力使
你滋长。高贵的班珂，你的功绩也并无逊色，也自
然应该有同样的表彰，让我来拥抱你，把你贴近我
的心上。

班珂　　　　如能在陛下心上滋长，收获也都是陛下的了。

邓肯　　　　我的喜悦是太丰富，都充溢而不能自制了，要隐于
悲哀之泪里去。儿子们、亲族们、伯爵们，以及你
们近臣，你们听命，我将要立长子玛尔孔为嗣，我
现封他为肯伯兰亲王，并且不单是以这荣典颁给他
一人，还有其他的封赐像繁星一般要光被所有的有

	勋绩的人们。我们到阴佛耐斯去吧，我还要再打搅你。
马克白	若不是为陛下效劳，虽休憩亦是辛苦。我亲自去做前趋，并以御驾来临的消息传达给我的妻，也令她欢喜。敬谨告辞了。
邓肯	我的忠诚的考道！
马克白	〔旁白〕肯伯兰亲王！那是一个阶梯， 我一定要摔倒在上面，否则便需跳过去， 因为它拦着我的路。繁星，藏起你们的火光！ 别教光明窥见我们黝深的欲望。 手要做的事，眼睛假装没看见， 但是做出之后眼睛怕看的事，还是得要干。〔下〕
邓肯	诚然是，忠诚的班珂。他实在很忠勇，我听饱了关于他的赞誉，我听来如享盛筵。我们随他去吧，他是前去准备欢迎我们的：这真是一位无与伦比的好兄弟。〔奏花腔。众下〕

第五景：阴佛奈斯、马克白的府邸

马克白夫人读信上。

马克白夫人	"在胜利的那天她们遇到我。据最确实的消息，我知

道她们的神通是胜过凡人的见识。我很心焦地想再追问她们几句，她们化为一道清风而去。我正在惊讶神往的时候，国王的使者来到，欢呼我为'考道伯爵'，而那些妖婆是先以这荣衔向我敬礼的，并且还说'敬礼了将来的国王！'，引我向前企望。这件事我想最好先告诉你，我最亲爱的同享尊荣的伴侣，免得使你因为未知已经注定的尊荣因而损失一些应得的欢喜。这事且放在你的心里吧，再会。"格拉密斯，你已经是了，还要是考道，并且将要是那被允许的位置。可是我很为你的品性担忧哩：你的品性是太富于普通人性的弱点，怕不见得敢抄取捷径，你是愿意尊荣的，也不是没有野心，但是你缺乏那和野心必须联带着的狠毒；你极希冀的东西，你偏想用纯洁的手段去获得；既不愿有背义的举动，却又妄想非分之事。伟大的格拉密斯啊，那东西是在喊着"你若想要，便必须这样做"，你是想要那东西的，而那件事你不过是自己怕做，并非不愿做出来。你快来吧，我好把我的精神贯注在你的耳里，用我舌端的勇气排除那妨碍你攫取金冠的一切，命运与鬼神都似乎是要暗助你戴上金冠的。

使者上。

你有什么消息。

使者　　　　国王今晚到此地来。

马克白夫人　你说话是疯了吗！你的主人不是和他在一起吗？如

	是在一起，他一定要通知我早为准备的。
使者	夫人，诚是如此。伯爵正在路上呢，我的一个同伴走在前面，几乎喘不过气来，勉强地把这消息讲了出来的。
马克白夫人	去款待他吧。他传来了重大的消息。〔使者下〕邓肯要到我的城堡里来，这凶兆的消息就是由乌鸦来报，也要嘎声吧。来哟，你们那随伴着杀心的精灵！请取去我的女性，使我自顶至踵地充满了最刻毒的残忍；把我的血弄得混浊，把怜悯心的路途塞起，好让我的狠心不至因良心发现而生动摇，或是犹豫不决！你们司杀的天使们哟，你们若是无影无踪地执行宇宙间的肃杀之气的时候，请到我的怀里来吸取我的变了胆汁的乳吧！来吧，昏夜，围上地狱中最黑暗的烟雾，好让我的快刀别看见它造出来的创伤，也别让上天从黑幔中间偷看见一眼因而高呼"停止，停止！"。

马克白上。

	伟大的格拉密斯！忠诚的考道！根据后面的敬礼，比这二者还要更伟大！你的来信已经把我超离了这茫然的现在，我觉得将来已经到了。
马克白	我的亲爱的人，邓肯今晚来这里。
马克白夫人	什么时候走呢？
马克白	明天，他打算。
马克白夫人	啊！休想明朝再见天日！你的脸，像是一本书，令

人可以看出奇怪的事情。要骗世人，做出和世人一般的神情;在眼里、在手上、在舌端，都要带着殷勤，样子要像一朵纯洁的花，可是实际上是花底下的那条蛇。来的客是必要款待;今夜的大事交给我去办。这件事做成之后，将使得我们从此日日夜夜地大权在握了。

马克白　　我们以后再谈。

马克白夫人　只消装出一副坦白的表情，

脸一变色便是恐惧的象征。

此外的一切统统交给我。〔众下〕

第六景：阴佛奈斯堡前

簧箫与火炬。邓肯、玛尔孔、唐拿班、班珂、兰诺克斯、麦克德夫、洛斯、安格斯及侍从等上。

邓肯　　这座城堡的位置很好，清爽的空气使得我们感觉很舒适的。

班珂　　看那夏天的宾客，那投身庙宇的燕子，在这里筑起巢舍，可以证明此地的空气是很鲜美的了。凡是檐头壁饰，或是拱柱，以及一切合适的角落里，若有燕子在那里搭起床铺或是藏雏的摇篮，在那里停居繁殖，那地方便必是空气优美。

马克白夫人上。

邓肯　　　看，看我们的尊荣的女主人！为了好意照拂我有时反倒要使我麻烦，可是这麻烦我还得当作好意来感谢。可是你们为了麻烦也得要感激我，感谢我给你们这些麻烦。

马克白夫人　我们所有的效力之处，样样地都加倍又加倍地做去，比起陛下对我们的恩宠，也是非常薄弱的。为了报答陛下从前的和最近的封赐，我们只得永远为陛下祈福。

邓肯　　　考道伯爵在哪里呢？我急忙地追赶他，想给他做个前趋，但是他善于骑马，并且他的忠心像他的距铁一般地锋利，使他先到家了。美貌高贵的主妇，今晚我是你的宾客。

马克白夫人　你的臣仆永远准备好把他们的家人，他们自己，以及他们所有的一切，随时可以结算向陛下报账，全数地缴还陛下。

邓肯　　　把你的手给我，叫我去见主人。我很爱他，我将继续地对他眷顾。请准我，女主人。〔众下〕

第七景: 阴佛奈斯堡内一室

簧箫与火炬。一个司膳的管家,又仆役若干人,捧盘及
其他餐具上,走过台上。后马克白上。

马克白　　如其这事做成了就算完事,那么这事是愈快做成愈
　　　　　妙;如其此番暗杀能把后患一网打尽,于暗杀完成之
　　　　　时便算稳获胜利;如其只此一击便可实现这一生的怀
　　　　　抱,我仅仅说这一生,在这时间之海的浅濑上,那
　　　　　么我们宁可冒了死后的危险而不惜一试[7]。但是
　　　　　这些事就是在这一生中我们也永远要受裁判的,所
　　　　　以我们只是教导人杀人,教会了之后,创始者反要
　　　　　遭殃。昭彰的公理会把我们下毒的酒杯的残沥送到
　　　　　我们自己的唇上。他来到此地是有两重的保障: 第一,
　　　　　我是他的族人又是他的属下,都是很强的理由使我不
　　　　　可下手;再说,我是主人,正该严防刺客,岂可自行
　　　　　操刀。况且,这邓肯平日为人如此地谦逊,从政又如
　　　　　此地廉明,他的美德将大声疾呼像天使一般来抗议这
　　　　　穷凶极恶的毒手。并且恻隐心,有如一个跨风而行的
　　　　　裸体的新生的婴孩,又如天上的御风而行的天使,将
　　　　　要把这段惨事吹到人人的眼里,以致泪雨淹溺了狂
　　　　　风[8]。我没有距铁来刺我的意向的腹部,只是勃勃
　　　　　的野心,不免要跳得太猛,因而落到鞍的那边[9]——

马克白夫人上。

怎么样？什么消息？

马克白夫人　他差不多吃完晚饭了。你为什么离开了大厅？

马克白　他在寻我吗？

马克白夫人　你莫非还不知道吗？

马克白　这件事我们不要再进行了吧。他最近还给我荣衔，并且我从各色人等都博得了好评，正该乘这光彩鲜明的时候穿戴起来，岂可这样快地就给抛弃了呢？

马克白夫人　莫非雄心就在这穿戴之间沉醉了吗？莫非是一直在昏睡，现在醒来，回忆以前的大胆的希冀，于是面色惨沮了吗？从此我可知道你对我的情爱了。你是不是怕把愿望中的本来面目在行为果敢上也同样地显露出来？你是不是既要获得那你所认为的人生至宝，而又自称是个懦夫，让"我不敢"来牵掣"我想要"，像格言中那只可怜的猫[10]？

马克白　请你别说了。合于男子汉的行为，我都敢做，没人敢比我做得更多。

马克白夫人　那么，是什么畜牲使得你把这件事透露给我？你敢做这事的时候，你就是个男子汉；你若能使你自己不仅仅是一个男子汉，你就格外地是个男子汉了。时间地点都不凑巧的时候，你求之而不可得：如今机缘凑巧，反倒使你萎缩不前了。我曾经哺乳过，我知道对乳儿的情爱是如何地深厚，但是我若像你对这事这样坚决发誓，那么就在小儿向我微笑的时候我也能从他的无牙的口唇里拔出我的乳头，摔得他脑浆迸裂。

马克白	我们若是失败了呢？
马克白夫人	我们就失败了！但是鼓起你的勇气坚持毋懈，我们就不会失败。等邓肯睡着了的时候——他白天行路辛苦自然会使他熟睡的——我来用酒把他的两名亲随灌醉，让那看守脑筋的记忆力变作一团蒸气，理性的容器仅仅成为一个蒸馏瓶 [11]。他们死睡如猪的时候，对于那毫无护卫的邓肯我们何事不可为？有何事不可推到这烂醉如绵的官佐身上，令他们代受我们的大罪？
马克白	只生男孩子吧，因为你这豪横的气质只好造成男孩。我们用血涂在他的两个睡着的亲随身上，并且就用他们的刀，能有人不相信这事是他们做下的吗？
马克白夫人	我们再抚尸号啕大恸，谁敢不相信？
马克白	我决定了，我鼓起全身的力量来干这一件怕人的勾当。
	去吧，用美丽的外表骗取世人：
	心中奸诈必要虚伪面貌去藏隐。〔众下〕

注 释

[1] 妖婆各有"邪神"（familiar spirit）供其役使。妖婆甲之邪神为灰猫怪，乙之邪神为蟾蜍精，丙之邪神为怪鹰（见第四幕第一景第三行）。

[2] 约翰孙博士注云："我等乃凶恶不祥之物，故对于我等清白即是黑

暗，黑暗即是清白。"言妖婆害人利己，故恶人之所好，好人之所恶。

[3]《马太福音》二十七章三十三节。髑髅山即各各他 Golgotha 也。

[4] 即马克白。白龙娜，罗马战神，常被指为战神 Mars 之妻。

[5] 银元（dollar）约始于一五一八年之波希米亚。在此处自是"时代错误"之一例。

[6] 妖婆喜以害人伤畜为乐。能幻兽形，唯不能有尾，传说如此。"下手"云云，盖谓啮破船底。

[7] 此句大意是：暗杀之事如能一举成功，则虽死后遭受天谴，亦所不惜。所虑者，在生时即将有报应耳。

[8] 句稍费解。恻隐心，比作两件事，"如肉体的婴孩，于无人救护时极惹人怜；又如天使，最富同情怜爱的力量。"（Moberly 注）"泪雨淹溺狂风"者，盖谓风暴起时，先风后雨，雨落则风止，喻泪之多足以止风。

[9]Malone 注云："此处有两个比喻。我没有距铁来刺我的意向：盖谓我没有任何事物鼓舞我去做那件事，但是野心，却易做得过火；他以第二个比喻表示这一点意思，喻人跨鞍上马时，用力过猛，落在鞍的那边。"

[10] 古谚："猫要吃鱼怕湿脚。"

[11] 记忆力被酒醉变为迷糊的蒸气，通过大脑，如水气通过蒸馏瓶然，故云。言酒之乱人心志。

第 二 幕

第一景：阴佛奈斯堡内庭院

　　班珂与弗里安斯，一仆持炬引上。

班珂　　　　现在是夜间什么时候了，孩子？

弗里安斯　　月亮落了，我还没有听见钟响。

班珂　　　　月亮落是十二点了。

弗里安斯　　我想，还要晚些。

班珂　　　　且住，拿着我的剑。天上可倒节俭，蜡烛全都灭了。[1]
　　　　　　这个你也拿着。瞌睡像铅一般重地压在我心上，可
　　　　　　是我不想睡。慈悲的众神啊！使我心中不得安息的
　　　　　　那些魔念，请你给抑止住吧。

　　马克白及一仆持炬上。

把剑给我。是谁？

马克白　　下一个朋友。

班珂　　　怎么，先生！还没有安歇？国王已睡了，他今天非
　　　　　常愉快，把很多的犒赏送到你的执事房里。他称赞
　　　　　你的夫人是最殷勤的女主人，这粒钻石是送给她的，
　　　　　他现在非常满意地安眠了。

马克白　　仓促之间我们有心讨好但是难免简陋，否则还可以
　　　　　从容布置。

班珂　　　一切都很好。我夜间梦见那三个妖婆，对于你她们
　　　　　倒是显示了一些实情。

马克白　　我不想她们，不过，我们若能有一小时的闲暇，假
　　　　　如你愿意，我们也不妨谈谈这件事情。

班珂　　　任听尊便。

马克白　　你若是与我同心合意，到时候，便会使你得到尊荣。

班珂　　　如在求尊荣之中不致失掉尊荣，而且永葆心地纯洁，
　　　　　那么，我愿领教。

马克白　　且去安歇吧！

班珂　　　多谢，先生，我也祝你安息。〔班珂与弗里安斯下〕

马克白　　去告诉夫人，我的酒[2]预备好了的时候，请敲一下
　　　　　钟。你去睡吧。〔仆下〕我眼前看见的是一把刀吗，
　　　　　刀柄还向着我的手？来，让我握住你。我握不到你，
　　　　　但我总看见你。不祥的幻象啊，你莫非是可目睹而
　　　　　不可手触的吗？还只是心中的一把刀，由热狂的头
　　　　　脑里生出来的幻象呢？我还看见你，那形状就和我
　　　　　现在抽出的这把刀一样显明。你引导我走上我已经

进行了的路,我要用的原是这样的一把家伙。我的两眼成了其他的感官的讪笑之资,或者也许能抵得过其他所有的感官的价值。我还是看见你;在你的刀上柄上滴着血,方才却不如此。根本没有这样的东西,只是那件流血的事在我眼前幻成了这样的景象。现在我们这半个世界上,一切动作似乎都停止了,噩梦来侵扰帷帐里的睡眠;巫婆向青脸魔王海凯特献祭;豺狼的守更的嗥叫,惊醒了那憔悴的杀神,于是要偷偷地举起塔尔昆[3]兽欲勃发时的大步,像鬼一般地向着他的目标冲去。你这坚牢的大地啊,你别听出我的脚步向哪方走,怕的是地上的石头都要纷纷谈论我的踪迹,以致把那和现时很相称的一派凄凉悚惧给打消了。我尽管恐吓,他仍然活着:空谈只是在轰轰烈烈的事业上喷口冷气罢了。〔钟响〕我去,这事就成了,钟声在唤我。
别听它,邓肯,因为这是丧钟响,
要唤你下地狱,或是送你上天堂。〔下〕

第二景: 阴佛奈斯堡内庭院

马克白夫人上。

马克白夫人	使得他们酩酊的,却使我胆壮,把他们给扑灭了的,却给了我火气。听!别响!原来是枭鸟的一声锐叫,恰似那凶兆的更夫来说了一声最惨淡的夜安。他是正在动手了。门是敞着,醉饱了的仆人以鼾声侮慢了他们的职守。我在他们的酒里下了毒药,他们正在挣扎着,不定是死是活哩。
马克白	〔在内〕谁在那边?什么,喂!
马克白夫人	哎呀!我怕是他们醒了,而事没有成。结果将不是暗杀,而是谋杀未遂,使得我们毁灭。听!我已经把他们的刀安放好了,他不会寻不着。若非他睡时很像我的父亲,我自己就下手了。我的丈夫。

马克白上。

马克白	事情我已经办了。你没听见一点声音吗?
马克白夫人	我听见枭鸟叫和蟋蟀鸣。你没有说话吗?
马克白	什么时候?
马克白夫人	方才。
马克白	我下来的时候吗?
马克白夫人	是啊。
马克白	听!隔壁那间房里是谁在睡着?
马克白夫人	唐拿班。
马克白	〔注视双手〕这是很惨的景象。
马克白夫人	说什么惨,真是胡思乱想。
马克白	有一个在睡中笑起来,有一个喊了一声"杀人!"。彼此都惊醒了,我立着听听他们,但是他们都祷告

	了一番，随后又睡了。
马克白夫人	是有两个在一起睡的。
马克白	一个喊一声"上帝保佑我们！"，一个说"阿门"，好像他们看见了我和这一双刑吏的手。我听到他们的惶悚的声音，他们居然还能说"上帝保佑我们！"，而我却连一声"阿门"都说不出了。
马克白夫人	不用这样地深思了。
马克白	但是我为什么说不出"阿门"呢？我最需要上帝的保佑，而"阿门"却鲠在喉中。
马克白夫人	这些事不可这样地去想，这样想下去，是要使我们疯的。
马克白	我觉得我听见了一声喊"别再睡了！马克白杀了睡眠"，就是那纯洁的睡眠，那绕起一团愁丝的睡眠，那也就是一天生命的死，苦工后的滗浴，负伤的心灵之止痛剂，大自然之第二道菜 [4]，人生筵席上之主要滋补品——
马克白夫人	你说的是什么意思？
马克白	还在对着全家的人喊着："别再睡了！格拉密斯已经杀了睡眠，所以考道不能再睡了，马克白不能再睡了！"
马克白夫人	是谁这样喊？怎么，伯爵，你竟懈了劲，这样地胡思乱想起来了。去找点水，把手上的脏证洗掉吧。你为什么把刀拿了来？一定要放在原处的。去送回去，用血涂抹那睡着了的侍从。
马克白	我再也不去了。我怕想我做下的事，我更不敢再去

看了。

马克白夫人　意志薄弱！把刀给我。睡着的和死了的人不过如图画一般，只有童骏的眼睛才怕看画中的魔鬼。如其他流血，我就用血涂在仆从们的脸上，因为一定要作为是他们的罪。〔下，内敲门声〕

马克白　哪里来的敲门声？我是怎么了，一点声音就吓我一跳？这是什么手！哈！要把我的眼珠子剜出来。伟大的海龙王的所有的海洋能洗净我手上的血吗？不能，我这手会要把无边的大海染红，使碧海变成赤红一片。

马克白夫人重上。

马克白夫人　我的手也和你的一样颜色了，但是我羞于有一颗像你那样灰白的心。〔内敲门〕我听见南门有敲门声。我们回房去吧，只要一点水就把我们洗刷干净，那可有多么容易！你的毅力离你而去了。〔内敲门声〕听！又有敲门声。披上你的长袍，免得有事找我们时显得我们是还没有睡。别这样精神恍惚的。

马克白　我干下的事总是在我心上，最好还是恍惚忘形吧。〔内敲门声〕你敲醒了邓肯！我但愿你能！〔同下〕

第三景：阴佛奈斯堡内庭院

内敲门声。守门人上。

守门人　　有人敲门啦，真敲得紧！一个人若是给地狱看门，
　　　　　开锁真够麻烦的 [5]。〔内敲门声〕敲、敲、敲！用恶
　　　　　魔的名义来问，是谁？这必是因五谷丰登而自缢的
　　　　　一个农夫 [6]。来得正是时候，你可得多带几块手巾，
　　　　　到这里你要出汗的 [7]。〔内敲门声〕敲、敲！换一个
　　　　　恶魔的名义来问，是谁？真是的，这必是一位说模
　　　　　棱话的人，能在正义的两个秤盘上随意发誓；为了
　　　　　上帝犯下了不少的叛逆之罪，但是还不能混上天去。
　　　　　啊！进来，说模棱话的人 [8]。〔内敲门声〕敲、敲、
　　　　　敲！是谁？真是的，这必是一位英国裁缝为了做法
　　　　　国裤子偷材料而到这里来的 [9]。进来吧，裁缝，你
　　　　　可以到这里来烧熨斗。〔内敲门声〕敲、敲，永远没
　　　　　个停！你倒是做什么的？这地方作为地狱是太冷了。
　　　　　我不再看守鬼门关了，我本想放进各行的几个人，
　　　　　凡是踏着蔷薇之路投到永劫之火的人，我本想都放
　　　　　进来几个。〔内敲门声〕就来，就来！我请你，别忘
　　　　　了看门人 [10]。〔开门〕

麦克德夫与兰诺克斯上。

麦克德夫　　朋友。你可是睡得太晚了，以至睡到这样晚还不
　　　　　起来。

守门人　　　真是的，先生，我们痛饮直到二次鸡叫。酒这东西，
　　　　　　先生，最能引动三件事。

麦克德夫　　哪三件？

守门人　　　嗜，先生，红鼻子、睡觉和小便。淫欲呢，先生，
　　　　　　却也能引动，可是又引不动。它引动淫念，但是不
　　　　　　让实行，所以，多喝酒对于淫欲一事可以说是一个
　　　　　　说模棱话的人，促成它，又败坏它；鼓怂它，又撤退
　　　　　　它；劝导它，又打击它；使它坚持，又不能坚持；结
　　　　　　果呢，模模棱棱地把它弄睡着，向它骂了一声荒谬，
　　　　　　扬长而去。

麦克德夫　　我相信喝酒昨夜也对你骂了一声荒谬。

守门人　　　的确是的，先生，直骂到我荒谬绝伦，但是我报复
　　　　　　了它的责骂，我想是因为我比它强得多，所以它虽
　　　　　　然时常绊倒了我，我终于设法把它扑翻了。

麦克德夫　　你的主人醒了吗？

　　　　　　马克白上。

　　　　　　我们的敲门惊醒他了，他来了。

兰诺克斯　　早安，先生。

马克白　　　二位早安。

麦克德夫　　国王醒了吗，伯爵？

马克白　　　还没有。

麦克德夫　　他教我早点来唤醒他，我几乎错过了时候。

马克白　　　我领你前去。

麦克德夫　　我知道这对于你是一种愉快的辛苦，但究竟是一种

辛苦。

马克白　　　　我们喜欢做的事是不觉辛苦的。请进这个门。

麦克德夫　　　我大胆去喊醒他吧，因为这是我的派定的职务。〔下〕

兰诺克斯　　　国王今天走吗？

马克白　　　　是的，他是这样打算的。

兰诺克斯　　　这一夜真不安静，我们住的那个地方，烟囱被吹掉了。并且，据说，空中有哭泣的声音，又有死人的怪叫，用可怕的声音预示着才要来到这不幸的世上的一些混乱。凶鸟整夜地叫，有人说地也生了热症，并且抖颤了呢。

马克白　　　　这真是狂暴的一夜。

兰诺克斯　　　我的经历尚浅，实在不曾见过同样的例。

　　　　　　　麦克德夫上。

麦克德夫　　　啊，可怕！可怕！可怕！真是我想不到说不出的事！

马克白

　　　　　　├─ 什么事？

兰诺克斯

麦克德夫　　　毁灭已完成了它的杰作！最渎亵神明的暗杀已经冲毁了圣明的御体，把里面的生命偷去了！

马克白　　　　你说的是什么？生命？

兰诺克斯　　　你说的是国王吗？

麦克德夫　　　进屋去，看看那怕煞人的东西吧。别叫我说，你们去自己看看再说吧。〔马克白与兰诺克斯下〕醒啊！醒啊！敲警钟。暗杀，反叛！班珂和唐拿班哟！玛尔孔哟！醒啊！抖擞开那温柔的睡眠，那是死的化身，来看死的真相吧！起来，起来，看看这世界末日的惨象！玛尔孔！班珂！你们要像是从坟墓里起来，要像是鬼一般地走来，来看看这可怕的事情吧！敲起钟来。〔钟鸣〕

马克白夫人上。

马克白夫人 有什么事，至于用这可怕的钟声唤集全家安睡的人？说吧，说吧！

麦克德夫 温柔的夫人，我所能说的话可是不该让你听的。向女人的耳里述说一遍，便会要把她吓杀。

班珂上。

啊，班珂！班珂！我们的主上被暗杀了。

马克白夫人 哎呀，好苦！什么！在我们的家里？

班珂 在任何地方都是太残酷了。亲爱的德夫，我求你，驳你自己的话，并非如此。

马克白和兰诺克斯上。

马克白 如其在这意外事前我先死一个钟头，我便是幸福一生。因为，从此以后，人世间没有什么重要的事了。一切都是琐细无聊，名誉与美德是死了，人生的醇酿已经吸干，窖里只剩下一些渣滓可以自豪。

玛尔孔与唐拿班上。

唐拿班	有了什么变故?
马克白	你遭了变故,你还不知道。你的血统的泉源已经堵塞住了,根源塞了。
麦克德夫	你的父王被刺了。
玛尔孔	啊!被谁?
麦克德夫	好像就是他的仆从干的,他们的手脸都带着血,他们的刀上也有,我们发现还没有擦抹就放在枕上了。他们瞪着眼,神经错乱了,谁的性命交给他们也是不可靠的。
马克白	啊!我悔不该一时发怒把他们杀掉了。
麦克德夫	你这是为什么呢?
马克白	谁能在一霎间同时地又聪明,又惊恐,又镇静,又狂暴,又忠诚,又中立呢?没有人能。我的急暴的热情胜过了犹豫的理性。邓肯躺在这里,他的银白的皮肤上淌着赤金的血,裂着的创痕就像是崩陷的豁口,毁烈便由此冲入了。在那边,是凶手们,浑身浸沾着他们的本行的颜色,他们的刀上是血迹模糊。凡有人心的人,爱人而又有勇气表现他的爱,谁能忍耐得住?
马克白夫人	快来扶我,啊!
麦克德夫	快照护夫人。
玛尔孔	〔向唐拿班旁白〕这事和我们最有关系,我们为什么不说话呢?
唐拿班	〔向玛尔孔旁白〕命运藏在一个小窟窿洞里,随时可以跳出来把我们捉走,在此地还有什么可说?我们

走吧，我们的眼泪还没有酿成呢。

玛尔孔　　〔向唐拿班旁白〕我们的哀恸也还没有开始呢。

班珂　　　好好照护夫人。〔马克白夫人被抬出〕我们裸着的身体这样地露着是很不舒服，我们且先穿上衣服，回头再聚会，再来追究这件惨案，可以更明了一点。这事大有可疑，我站在上帝的手掌上，我要和叛逆的阴谋宣战。

麦克德夫　我也这样。

众　　　　大家都这样。

马克白　　我们去赶快穿上衣服，在大厅聚会吧。

众　　　　赞成。〔除玛尔孔与唐拿班，众均下〕

玛尔孔　　你怎么办？我们不要和他们一道去，假装悲伤那原是小人惯技。我上英格兰去。

唐拿班　　我到爱尔兰。我们抛弃了富贵荣华，可以使我们都平安些。在这地方，人们的笑里藏着刀。越亲近的人，越忍心。

玛尔孔　　这暗杀的箭还没有落下去，我们最稳妥的法子是离开目标，所以，上马吧。也不必告辞，就逃走吧。

眼看临头事不祥，

偷偷逃走又何妨？〔同下〕

第四景：阴佛奈斯堡内庭院。堡外

洛斯与一老人上。

老人　　　　我活了七十岁了，在这期间，可惊可怕的事物我也见了不少，但是这可怕的一夜把以前的见识显得不足挂齿了。

洛斯　　　　啊！老先生，你看，上天不乐意看人演的戏，向戏台威吓起来了。现在由钟上看该是白昼，但是黑夜竟扑灭了经天的明灯。光明应该吻着大地的时候，地面却被阴霾所笼罩，这究竟是黑夜逞强，还是白昼太羞怯？

老人　　　　这是反常，恰和那发生的事情一样。上星期二，有一只鹰，正盘飞到最高点，突被一只吃老鼠的枭鸟给捉弄死了。

洛斯　　　　邓肯的那几匹马——事情是真怪而又确实——很好看，又跑得快，真是难得的良种，忽然变野了，冲碎了马厩，狂踢乱蹦，不服拘束，好像要和人宣战似的。

老人　　　　据说还互相咬呢。

洛斯　　　　的确的，我亲眼看见，惊讶至极。麦克德夫来了。

麦克德夫上。

情形怎样，先生？

麦克德夫　　怎么，你看不透吗？

洛斯　　　　谁干的这凶残的事。已经明了了吗？

麦克德夫	就是马克白杀死的那几个了。
洛斯	哎呀！他们是为了什么好处呢？
麦克德夫	他们是被贿买的。国王的二子，玛尔孔和唐拿班，偷偷逃跑了，这很使他们犯着这事的嫌疑。
洛斯	这更不近人情了！无益的野心哟，竟吞食了你自己的生命的依靠！那么国王的位置大概是落到马克白的身上了。
麦克德夫	他已经被拥戴了，到斯宫即位去了。
洛斯	邓肯的遗体呢？
麦克德夫	已运到珂姆基尔，那是他的祖上埋骨的地方。
洛斯	你要到斯宫去吗？
麦克德夫	不，老兄，我到斐辅去。
洛斯	好吧，我是要到那边去的。
麦克德夫	愿你在那边所见的一切都顺利，再见了！ 否则我们要觉得旧衣裳是比新衣裳好[11]！
洛斯	再会，老先生。
老人	上帝保佑你，上帝也保佑他们， 将恶变成善、将敌认作友的人！〔众下〕

注释

[1] 言星月无光。

[2] 临睡时所饮之乳酒酪（posset）。

[3] 塔尔昆（Tarquin），古罗马暴君之子，强奸民女，酿成革命。

[4]"第二道菜"（second course），最丰盛之菜。

[5] 看门人被敲门声惊醒，有愠意，故戏以地狱的看门人自居，隐指来敲门者为死鬼也。入地狱者太多，故不胜其烦。

[6] 农人屯积食粮，待善价而沽。一六〇六年谷贱伤农，农人有自杀者。

[7] 地狱中硫黄炽热。

[8]"说模棱话的"，即"耶稣会"之信徒，因彼等创立一种学说，即所谓 Doctrine of Equivocation。或谓此处特别指一六〇六年三月二十八日因"炸药案"犯大逆不道罪而被控的耶稣会首领 Henry Garnet。

[9] 法国裤子窄而短，如能再偷材料，其技必精。

[10] 勿忘赏酒钱之意。

[11]Deighton 注云："否则我们会觉得将来情形比过去的还要坏，换言之，我们分手比在一处为稳妥。"似嫌牵强。着旧衣服盖喻事旧主。

第 三 幕

第一景：佛来斯宫中一室

班珂上。

班珂　　你现在已经得到了：王位、考道、格拉密斯，果然如妖婆所预许的都一齐得到了，我恐怕你因此用了顶卑鄙的手段。可是据说你的子孙却不得承继，而我才是许多帝王的根源始祖。如其她们的话里是有真理——就像是关于你，马克白，她们所说的话那样灵验——那么，真理既然在你身上完全应验，怎见得在我身上不是一般的预言，而且能鼓起我的希望呢？但是，嘶！别说了。

喇叭鸣。马克白作国王装，马克白夫人作王后装，兰诺克斯、洛斯、贵族们、贵妇们及侍从等上。

马克白	我们的主客在这里了。
马克白夫人	如其他被忘记,那是我们的盛宴的一大缺陷,一切都不像样了。
马克白	我今晚设有盛筵,先生,请你光临。
班珂	任凭陛下吩咐,我不敢不遵命。
马克白	今天下午你出去骑马吗?
班珂	是,陛下。
马克白	否则今天开会我很想听取你的意见,你的意见一向是稳重可靠的。但是明天再谈吧,你要骑到很远吗?
班珂	陛下,我要尽量往远处去,以消磨由现在到晚饭的时间为度。我的马若是跑得慢些,我恐怕还要借用一两个黑暗的钟头。
马克白	别耽误了宴会。
班珂	我一定不,陛下。
马克白	我听说我的那两位狠心的族弟逃往英格兰和爱尔兰去了,并不承认弑父之罪,却造了一派离奇的诳话哄人。这事且等明天再说,因为明天有不少的国事需要我们一起来处理。快去骑马吧,等你晚上回来再会。弗里安斯也和你一齐去吗?
班珂	是的,陛下,我们的时候已经到了。
马克白	我愿你们的马跑得又快又稳,所以我把你们放心地交给马背了。再见。〔班珂下〕在晚上七点之前每人都自由消遣他的光阴吧。为使今晚聚会格外亲切起见,我要独自一个等到晚餐的时候。于再会之前,上帝保佑你们!〔除马克白及一侍从,均下〕喂,

有话和你说。那些人来等着没有？

侍从　　　陛下，他们现在宫门外。

马克白　　带他们来见我。〔侍从下〕仅仅这样是算不得什么，
　　　　　得要稳稳妥妥的这样才成。我对班珂的畏惧甚深，
　　　　　他的高贵的天性之中颇有可畏之处。很多事他都敢
　　　　　做，并且于无畏的性情之外他还有一种智慧，引导
　　　　　他的勇敢去平稳地活动。只有他活着我是怕的，和
　　　　　他相形之下，我的精神便受了压抑，就像马克·安
　　　　　东尼在西撒面前的时候一样。妖婆们最初把国王的
　　　　　名义给我的时候，他斥责她们，令她们对他说话；
　　　　　随后，她们就和预言家一般，称他为一系的帝王之
　　　　　父。她们是把一顶荒芜的王冠放在我的头上，把一
　　　　　柄硗确的宝杖放在我的掌握里，将来却要被异姓的
　　　　　人横夺了去，我的子孙却不得承继。果真如此，我
　　　　　岂不是为了班珂的子孙而坏了良心；岂不是为了他
　　　　　们而杀死了仁慈的邓肯；在我的和平杯里注入了怨
　　　　　毒岂不也是只为了他们？把我的不朽的灵魂送给了
　　　　　魔鬼，只为了使他们做王，班珂的子孙做王！与其
　　　　　这样，还不如让命运来上战场，且和我拼个你死我
　　　　　活！谁呀？

　　　　　侍从偕二凶手上。

　　　　　你到门外去，等我叫你再来。〔侍从下〕
　　　　　是不是昨天我们谈过的？

凶甲　　　是的，陛下。

马克白	那么，你们可曾考虑过我的话？要知道从前就是他使得你们不幸，你们却错怪了我。这桩事我在上次谈话时已经说得清楚，并且向你们证实了，你们是如何地受骗，如何地被阻挠，是谁经手，是谁主使，以及一切的详细情形，对于一个只有半个灵魂的人或是头脑糊涂的人这些事都明明地宣示着"这是班珂干的"。
凶甲	陛下已经指教过了。
马克白	诚然是，并且还要更进一步。所以召你们来第二次谈话。你们的耐性能这样地支配你们的心，由这事就这样下去吗？他的重手已经把你们按到坟墓里去了，使你们的子孙永远沦为乞丐，你们还如此地虔诚为这个好人及其子孙祈福吗？
凶甲	我们是人，陛下。
马克白	是的，按类来说你们总算是人。恰似猎狗、灵缇狗、杂种狗、卷毛狗、恶狗、蓬毛狗、水狗、狼狗，全都叫作狗。凡是标明身价的簿记，就要分别按其秉赋的特质注明善跑、迟慢、狡猾、守家、善猎。所以在一同列名的簿册上又各有专名，人也是如此。那么，假如你们在簿册上也有位置，却不是最劣下的一种人。我有一件事告诉你们，你们若实行出来，便可将你们的仇敌铲除，还可得到我的欢心，因为他若活着我总是不大爽快，他一死我便无遗憾了。
凶乙	陛下，我是饱受世间鄙薄打击的一个人，所以我因激怒而做起扰乱世界的事情，是无所顾忌的。

凶甲 我也是受灾难的困恼，遭命运的牵掣的一个人，所
以不惜拿性命为孤注，得点补偿，或是把命送掉。

马克白 你们两个都知道班珂是你们的仇敌。

凶甲乙 诚然是，陛下。

马克白 也是我的仇敌，并且仇恨极深，他活着的每一分钟
都深深地刺着我的性命。虽然我有权把他公然铲除，
并且这事由我的意志负责，但是我必不可这样做，
因为有几个是我和他共同的朋友，我不能不顾他们
的好感，所以我反得要哀悼我自己所打倒的人。故
此我求你们帮忙，为了各种重大的理由不得不遮掩
众人耳目。

凶乙 陛下，我们但凭吩咐就是。

凶甲 纵然我们的性命——

马克白 你们的英勇都流露出来了。顶多在一小时以内，我
就告诉你们到何处埋伏，并且把侦知的结果告诉你
们，是在什么时候下手，因为这事一定要在今晚干
成，并且要在离宫稍远的地方。永远要记得，我要
这事干得干净，别笨手笨脚地留下什么毛病。那伴
着他的弗里安斯，铲除他和铲除他的父亲对于我是
同样重要，所以也要遭同样的命运。你们自己去决
定吧，我立刻就来。

凶乙 我们已经决定了，陛下。

马克白 我就来看你们，到里面等着吧。〔凶手们下〕
事已决定，班珂，你的灵魂的翔翔，
若能上得天，就要在今晚找到天堂。〔下〕

第二景：佛来斯宫中又一室

马克白夫人及一仆上。

马克白夫人　班珂离宫了吗？

仆　　　　　是的，娘娘，但是今晚还回来。

马克白夫人　去对国王说，我有话和他讲。

仆　　　　　我就去。〔下〕

马克白夫人　丝毫无所得，一切皆枉然，

　　　　　　若是愿望达到而心里不安：

　　　　　　由害人而享受不稳的安乐，

　　　　　　还不如被害的人较为稳妥。

马克白上。

　　　　　　怎么了，丈夫！你为什么独自一个，和愁思做伴，

　　　　　　还蕴藏着那些早该和所思的人们一同死去的念头？

　　　　　　无法补偿的事就不要再理它，干了就算了。

马克白　　　我们砍伤了蛇，却没有弄死它，它会再连起来依然

　　　　　　活着，我们的恶意便要冒着它的依然如旧的毒牙的

　　　　　　危险。我们这样在恐惧中吃饭，夜夜睡眠都被噩梦

　　　　　　侵扰，还不如让宇宙破灭，让天上人间一齐遭殃。

　　　　　　宁可和死人去做伴，和那些我们为自己平安而送到

　　　　　　平安之境的人们做伴，也比受这心神颠倒的苦痛好

　　　　　　些。邓肯是在他的坟里了，于阵阵狂热的一生之后，

　　　　　　他安眠了。叛逆已经下了最恶的毒手，钢刀、毒药、

内忧、外患，一切都不能再侵犯到他。

马克白夫人　别说了吧，丈夫，快理好你那愁苦的脸，今晚在宾客中间务必要做出光彩欢乐的样子。

马克白　我一定会这样，爱人，我请你也要这样。你不要忘记班珂，用你的目光和舌端特别地对他表示一点敬意。因为我们在这不稳定的时候，一定要在谄谀的河流里面去洗浴我们的尊荣。要使我们的脸成为假面具，遮掩住我们的真心。

马克白夫人　你不可再这样想。

马克白　啊！爱妻，我的心里充满了毒蝎。你知道班珂和弗里安斯还活着呢。

马克白夫人　可是他们的生命的契约也并非永久的。

马克白　那么就有指望了，他们不是不可攻破的东西，所以你放欢喜些吧。在蝙蝠到庭院里飞旋完毕之前，在鞘翅的甲虫应了海凯特的召唤用它的嗡嗡的声响作为夜晚催睡的钟声之前，就要有一件可怕的要事发生。

马克白夫人　什么事？

马克白　你不必打听，爱人，等着你赞美这事的时候自然明白。来哟，遮眼的黑夜，把那慈祥的白昼的温和的眼睛蒙盖起来吧，用你的残酷无形的手，把那使我面色惨沮的生命契约给撕毁了吧！天黑下来了，乌鸦归林了，
白昼的善良事物开始瞌睡，
夜间的邪恶势力就要作祟。

你听了惊讶，但是不必诧异，

恶事既已开端就要恶狠地干下去。

和我一起走吧。〔同下〕

第三景：佛来斯公园，有路直达王宫

三凶手上。

凶甲	但是谁叫你来和我们相会的？
凶丙	马克白。
凶乙	他既然说出我们的职务，并且指点我们的行动与我们所得的命令完全相符，我们就可以无须怀疑他了。
凶甲	那么和我们合作吧。西方还闪着几缕白昼的光明，迟误了的旅客此刻正该马上加鞭去赶奔旅店，我们守候着的那东西也走近了。
凶丙	听！我听见马蹄声。
班珂	〔在内〕给我们点个火吧，喂！
凶乙	是他了，其余的在请帖上的人们都已经在宫里了。
凶甲	他的马牵到后面去了。
凶丙	几乎还有一英里呢，不过他平时常这样，人人都是这样，徒步从那边走到宫门。
凶乙	火把，火把！

凶丙	是他。
凶甲	准备好。

班珂及弗里安斯持炬上。

班珂	今晚要下雨。
凶甲	让它下吧。〔众袭班珂〕
班珂	啊,中了奸计,快逃,好弗里安斯,逃、逃、逃! 你还可以报仇。啊,奴才!〔死。弗里安斯逃〕
凶丙	是谁把火扑灭的?
凶甲	不该如此吗?
凶丙	只倒下了一个,他的儿子逃了。
凶乙	我们失掉了我们的事业中最好的一部分。
凶甲	我们走吧,去报告我们成就了多少。〔众下〕

第四景: 佛来斯宫中大厅

筵席已备。马克白、马克白夫人、洛斯、兰诺克斯、贵族们及侍从等上。

马克白	你们都知道自己的等级,坐下吧。自始至终,我是 竭诚地欢迎。
众	敬谢陛下。

马克白

| 马克白 | 我亲到客人中间周旋一下，勉尽主谊。我们的女主人且在她的宝座上暂停，等到适宜时间再请她款待。 |
| 马克白夫人 | 请先代我向众位朋友致意吧，我的心里是欢迎他们的。 |

凶手甲上，立于门旁。

马克白	看，他们以诚心的谢意回答你呢。两边人数相等，我来坐在中间。尽兴地欢乐吧，等一会儿我要环席敬一回酒。〔走向门口〕你的脸上有血。
凶手甲	就是班珂的了。
马克白	你在门外比他在屋里好些 [1]。把他结束了吗?
凶手甲	陛下，他的脖颈是砍断了，是我给他弄的。
马克白	你真是杀人的能手，但是能同样处置弗里安斯的才是好手。如其你干成这件事，你可真是天下无双了。
凶手甲	启禀陛下，弗里安斯逃了。
马克白	我的病又要发作了，否则我便没有一点缺憾；如大理石之坚，如山岩之稳，如囊括一切的空气之宏廓自由。但是如今我被槛笼幽禁与疑惧为伍了。但是班珂可妥了?
凶手甲	是的，陛下。他已经稳稳当当地卧在沟里，头上有二十道裂口，最小的一处也足以致死。
马克白	多谢你了。大蛇已经挺在那里，在逃的小蛇在将来会要生毒液，现在却还没有牙齿。你去吧，明天再谈。〔凶手甲下〕
马克白夫人	丈夫，你没有款待来宾。筵宴在进行之际若不殷勤

招待，便等于是出售的而不是宴请的了。吃东西最好是在家里，既不在家里，便要有礼节做食品的佐料，宴会而无礼节便无味了。

马克白　好一个提醒我的爱人！愿诸位食欲大开，消化良好，敬祝二者齐备！

兰诺克斯　陛下请坐吧！

班珂的鬼上，坐在马克白座里。

马克白　如其班珂来到，今天全国的英秀都聚于一堂了。我宁要责备他太不赏光，我也不愿怜悯他有什么意外！

洛斯　他的缺席使得他的应允遭受谴责。请陛下赏光就座吧。

马克白　座位都满了。

兰诺克斯　陛下，这里留着一个位子呢。

马克白　哪里？

兰诺克斯　这里，陛下。是什么惊动了陛下？

马克白　这是你们哪一个干的？

众　什么呀，陛下？

马克白　你们不能说这是我干的，永远别向我摇晃你的带血的头发。

洛斯　诸位，起来吧，陛下有病了。

马克白夫人　请坐，朋友们，我的丈夫常常这样，年轻时就如此。请你们，还坐下吧。这病只发作一阵，等一刻就会好的。你们若太注意他，你们会激怒他反倒要延长他的迷惘。只顾吃，别理他。你是人吗？

马克白　　　是，并且是一个勇敢的，敢看那恶魔见了都要怕的东西。

马克白夫人　啊，完全胡说！这就是你的恐惧的肖像，这就是你所说的领你去杀邓肯的那一把绘在空中的刀。啊！这种突发的惊慌——其实和真的恐惧一比便是虚伪欺人的东西——与妇女冬日围炉时根据祖母传述所讲的故事倒是很相称的。真可耻！为什么做这样的鬼脸？究竟，你看着的不过是一把椅子。

马克白　　　请你，看那里！看！瞧！瞅瞅！你怎么说吧？哼，我怕什么？如其你能点头，你也说话好了。若是灵堂墓穴一定要把我们埋葬了的送转回来，将来我们就要用鸢胃来做坟墓了。〔鬼消灭〕

马克白夫人　怎么，完全失了丈夫的气概？

马克白　　　我若站在这里，我就看见他。

马克白夫人　呸，真可耻哩！

马克白　　　在古代，在人道的法律裁定社会之前，流血的事是早已有过的。是的，在这以后，也发生过骇人听闻的凶杀！在从前，打破了脑壳，人就死了，完事大吉。但是如今，头上挨了二十处致命伤的却还能回转来把我从座位上挤出来？这比杀人的事还奇怪了。

马克白夫人　丈夫，你的高贵的朋友们等候着你呢。

马克白　　　是我忘了。我的好朋友们，请不必对我惊讶，我有一种怪病，凡知道我的都不以为意。来，以精诚康健来敬大家一杯，随后我就坐下。给我些酒，斟满。

这一杯敬我们的好朋友而没在座的班珂，但愿他在座！对大家，和他，我干一杯，以一切善意敬祝大家。

众　　　　　谨效忠诚，敬祝陛下。

班珂鬼重上。

马克白　　　滚开！离开我的眼前！让泥土掩盖你去！你的骨头是没有髓的，你的血是冷的，你瞪着的眼睛是没有视力的。

马克白夫人　诸位，这是常有的毛病，没有什么别的，只是扫兴罢了。

马克白　　　人敢做的，我都敢。你就像是一只俄罗斯的毛熊，带刃的犀牛，或是赫坎尼亚的猛虎，向我走来吧。你变作什么形状都行，只不要这个样子，我的坚强的筋肉便不至于抖颤；或是你再活转来，用刀和我到沙场去决斗亦无不可。那时节我若发抖，你可以说我是一个少女的婴孩[2]。去吧，可怕的阴魂！虚幻的把戏，去吧！〔鬼消灭〕好好，它走了，我又是好好的一个人了。请你们，坐下吧。

马克白夫人　你以极可异的怪病扫了大家的高兴，破坏了这次盛会。

马克白　　　遇见这样的事情，能如夏云浮过一般，而不加以惊讶？我现在想想，你见了这样可怕的东西居然面不改色，而我则吓得脸上惨白，你真使得我几乎不认识我原有的胆量了。

马克白

洛斯　　　　　看见什么东西了，陛下？

马克白夫人　　我请你别说了，他越来越沉重，质问会激怒他的。

　　　　　　　现在，就再会吧，不必拘泥秩序退席，立刻都去吧。

兰诺克斯　　　夜安，愿陛下痊愈！

马克白夫人　　祝诸位夜安！〔众贵族及侍从等均下〕

马克白　　　　这是一定要弄得流血。据说，流血的事总要惹出流

　　　　　　　血的事。据说石头曾动过，树木说过话[3]，预兆筮

　　　　　　　卜曾借了喜鹊乌鸦之类宣露出顶机密的凶犯。现在

　　　　　　　是夜里什么辰光了？

马克白夫人　　正和晨曦相争，难解难分。

马克白　　　　麦克德夫抗令不来，你以为怎样？

马克白夫人　　你派人去了吗？

马克白　　　　我偶然这样听说，我是要派人去的。他们那几个人，

　　　　　　　没有一个是我没有在他家里买通一个仆人的。我要

　　　　　　　在明天——一清早——去找那几个妖婆，叫她们再

　　　　　　　指点一下，因为我现在一定要用这最恶的方法去知

　　　　　　　道我的最恶的结局。为了我自身的利益，一切的顾

　　　　　　　虑都得让步。我踏在血里已到了这个地步，若不更

　　　　　　　向前踏下去，向后转和向前进将是一样的苦恼。

　　　　　　　我有了奇想，我一定要干。

　　　　　　　干出了再说，由人家批判。

马克白夫人　　你缺乏精神的将息，睡觉去。

马克白　　　　来，我们睡去。

　　　　　　　初遭杀人未曾惯，

　　　　　　　吓得竟被自己骗：

干这事我们不过是初试罢了。〔同下〕

第五景： 荒野

雷声。三妖婆上，遇海凯特。

妖婆甲　　为什么，怎么啦，海凯特！你生气的样子。

海凯特　　我莫非不该生气，

　　　　　丑婆竟如此无礼？

　　　　　胆敢以有关性命的谜语，

　　　　　和马克白私通款曲。

　　　　　我是魔术的主宰，

　　　　　灾殃由我秘密安排。

　　　　　这回怎不请我参加，

　　　　　宏施我们的魔法？

　　　　　你们所做尤其可恶，

　　　　　帮助了放肆的匹夫。

　　　　　此人阴毒而且暴戾，

　　　　　只图自便，何尝爱你！

　　　　　赶快补救，赶快去，

　　　　　丢到黄泉洼地里，

　　　　　等明晨和我相晤，

　　　　　　　他必来卜问前途。

　　　　　　　准备器皿和符箓，

　　　　　　　和一切应用的事物。

　　　　　　　我要飞去，今夜晚，

　　　　　　　我的工作极凶惨，

　　　　　　　午前必须把事完。

　　　　　　　在那新月的角上面，

　　　　　　　悬有一滴神秘的露，

　　　　　　　落地前必须去抓住，

　　　　　　　再用魔术来凝炼，

　　　　　　　便能造出妖鬼听呼唤，

　　　　　　　妖鬼变幻显神通，

　　　　　　　引他堕入毁灭中。

　　　　　　　要叫他不顾死生与命运，

　　　　　　　肆无忌惮地妄求非分。

　　　　　　　你们知道无顾虑

　　　　　　　乃是人类大仇敌。〔内唱，"来呀，来呀，"之歌〕

　　　　　　　听！叫我呢，是我的小妖婆，

　　　　　　　她驾着云雾在等候着我。〔下〕

　妖婆甲　　来，我们赶快，她不久就来了。〔众下〕

第六景：佛来斯宫中一室

兰诺克斯与另一贵族上。

兰诺克斯　　我以前说的话不过是打动你的心思，现在可以再解
　　　　　说下去。只是，我以为，事情太怪。仁厚的邓肯很
　　　　　受马克白的怜悯，可是，他已经死了；很勇敢的班
　　　　　珂又在太晚的时候在外行走，你大可以说，是弗里
　　　　　安斯杀的，因为弗里安斯逃跑了。人是不该在太晚
　　　　　的时候在外行走。谁能不想起，玛尔孔和唐拿班之
　　　　　杀死他们的慈父，是何等地古怪？罪过罪过！使马
　　　　　克白何等地悲伤！他不是激于义愤立刻把那两个醉
　　　　　酒酣睡的罪人给杀掉了吗？这事做得不是很堂皇的
　　　　　吗？可不是，也很聪明呢，因为那两个若是否认起
　　　　　来，任谁听了都要生气的。所以，我说，一切事他
　　　　　都处理得很好。我真以为，假如邓肯的儿子们落在
　　　　　他的掌握里——上天怜见，他们是不会的——他们
　　　　　一定会领略到杀了父亲该当何罪，弗里安斯也要领
　　　　　略到的。但是，别说了！我听说麦克德夫为了说话
　　　　　鲁莽，又为了没有赴席，遭了黜斥。先生，你知道
　　　　　他到哪里去了吗？

贵族　　　邓肯的儿子，承嗣的权是被那篡位的夺去了，现在
　　　　　英格兰宫里，那顶诚挚的爱德华对他是竭诚款待，
　　　　　所以他的应得的尊敬可以说是未被命运的祸害损坏
　　　　　分毫。麦克德夫就是到那里去求英王助他唤起脑赞

伯兰和善战的西华德。有了这些救兵，再有了上帝的允准，我们便可再安心饮食睡眠，筵席之中便可不再有凶刀闪烁，可以自由地忠君受禄，这一切是我们现在求之不得的。这消息使国王大为激怒，他准备要开战了。

兰诺克斯 他派人去传唤麦克德夫了吗？

贵族 他传唤了，回话是干脆的一句"先生，我不去"。那恼怒的使者转过身去，喃喃地好像是说："你将后悔把这样的回话给我。"

兰诺克斯 那么这该是一个警告，要他尽理智所及地尽量提防。但愿有一位神圣天使在他以前先飞到英格兰朝中去传达消息，庶几迅速的福祉早些回到在恶人手下霸占着的我们这受难的国家！

贵族 我愿为他祷告！〔众下〕

注 释

[1] 原文 'Tis better thee without than he within. 约翰孙博士谓有两种解释：（一）"班珂的血在你的面上比在他的身里更使得我欢喜。"（二）"班珂的血在你的面上比他自己在这屋里好些。"近人似多以为 'Tis 不指血言。The Clarendon Press edition 编者仍从约翰孙之第一说；而 E.K.Chambers 解作 "你这样的涂血的恶汉立在我的门外比贵客班珂在我屋内好些。" 似较佳。

[2] 原文 The baby of a girl 有二解:(一)未成熟的女子所生的孱弱的婴儿;(二)小女孩的玩偶。

[3] 关于石头的典故,来源不明。Paton 谓即是"摇石",巫者以之测验人之是否犯罪,无罪者一推即动。关于树木说话的事,典出 *Virgil's Aeneid*, Ⅲ ,22. 599。

第 四 幕

第一景：幽穴，中置煮锅一具

雷声。三妖婆上。

妖婆甲　　虎斑猫叫了三次。

妖婆乙　　豪猪叫了三加一回。

妖婆丙　　怪鹰叫着：时候到了，时候到了。

妖婆甲　　大家围着煮锅走；

　　　　　毒肝毒脏向锅里投。

　　　　　冷石底下的癞蛤蟆，

　　　　　三十一昼夜地潜伏着，

　　　　　在睡中曾渍出毒汗珠，

　　　　　先把你放在魔锅里煮。

众　　　　加倍加倍地努力干，

火烧热了锅滚翻。

妖婆乙　　　湿地毒蛇切成片，

投到锅里来熬炼；

壁虎眼，蛤蟆脚，

恶狗舌，蝙蝠毛，

蝮蛇的叉，盲蛇的刺，

蜥蜴的腿，枭鸟的翅，

制炼成功好兴妖，

快像狱汤一般翻滚地烧。

众　　　　加倍加倍努力干，

火烧热了锅滚翻。

妖婆丙　　　飞龙鳞，豺狼牙，

木乃伊，碱水鲨

的贪食的大肚皮，

黑夜掘起的毒草根，

渎神犹太的臭心肝，

山羊胆，月蚀时

割下的水松枝，

回回的鼻子，鞑靼的唇，

被娼妇在沟里生出世

就遭勒死的婴孩的手指头，

煮成一锅好稠的粥。

再加上猛虎的脏，

凑成我们这一锅汤。

众　　　　加倍加倍努力干，

火烧热了锅滚翻。

妖婆乙　　　用点猴血来凝冻，
　　　　　　然后魔术才稳定。

海凯特上。

海凯特　　　啊！好！你们辛苦了，
　　　　　　有好处大家都沾得到。
　　　　　　现在绕着锅唱歌，
　　　　　　像是一环小妖魔，
　　　　　　把投进的东西咒成魔。〔奏乐，唱歌，唱"黑妖怪……"
　　　　　　之调〕

妖婆乙　　　我的拇指痛得怪，
　　　　　　有什么恶人这边来。
　　　　　　开，闩。
　　　　　　不论谁敲门。

马克白上。

马克白　　　哈，你们这一群阴险凶恶午夜的妖婆！你们在此干
　　　　　　什么？

众　　　　　一件无名的事。

马克白　　　我请求你们，用你们的法术——不管你们怎样地去
　　　　　　知道——回答我的疑问。纵然你们解开了风囊去和
　　　　　　教堂交战；纵然骇浪把船只吞灭；纵然把穗麦吹倒大
　　　　　　树吹折；纵然堡垒坍倒在守兵的头上；纵然宫殿尖塔
　　　　　　把头倾斜到了地上；纵然自然界一切的有生机的宝藏

尽行颠覆，直到毁灭都觉得厌倦。这都不要紧，只
消回答我问你们的话。

妖婆甲　说吧。

妖婆乙　问吧。

妖婆丙　我们可以回答。

妖婆甲　你说，是愿听我们亲口对你讲呢，还是由我们的师
傅来说呢？

马克白　叫他们来，让我见见他们。

妖婆甲　倒进这曾吃九只小猪的母猪血，这是从绞人架上滴
下的油，倒在火里去。

众　来呀，不拘品级高或低，

显你的形，尽你的职。〔雷鸣。第一鬼为一带盔首级〕

马克白　告诉我，你这不相识的妖魔——

妖婆甲　他知道你的心事，听他说，

你自己不必说什么。

鬼　马克白！马克白！马克白！要留心麦克德夫，要留
心斐辅伯爵。让我去吧。话已经说足。〔下逝〕

马克白　无论你是什么，我感谢你的忠告，你正说中了我的
恐惧。但是再说一句——

妖婆甲　他不能受命令。此地还有一位神，比方才那一位神
通更大。〔雷鸣。第二鬼为浴血婴孩〕

鬼　马克白！马克白！马克白！——

马克白　我若有三只耳朵，我都会听你。

鬼　要凶残、勇敢、坚决。尽管轻侮一切的人力，因为
没有女人生出来的人能伤害马克白。〔下逝〕

马克白	那么你活着吧，麦克德夫，我何必怕你？但是我要加倍的稳妥，我要有命运的担保，你还是活不得，如此我才可以对那惨沮的恐惧说他是扯谎，不顾雷鸣而安然就睡。〔雷鸣。第三鬼为头戴王冕之幼童，手执树枝〕 这是什么？像王子一般地升起，头上戴着至尊的冠冕？
众	听着，别和他说话。
鬼	要像狮子一般地骄傲，谁愤怒，谁着恼，谁在那里阴谋，你一概不要管。马克白永远不会被征服，除非等到伯南的大森林都来到丹新南的高山上来攻击他。〔消逝〕
马克白	永不会有这事，谁能征服森林。令树木拔起深入地下的根？好称心的朕兆！好！叛变，你永远不能抬头，除非等到伯南森林也起来叛变，尊贵的马克白可以安享天年，不至死于非命。但是我还心跳，想知道一件事，告诉我——如其你的魔法能讲这样多——班珂的子孙可能统治这王国吗？
众	别再多问了。
马克白	我一定要知道。你们若拒绝我，你们将永远被诅咒！让我知道。这锅怎么沉下去了？这又是什么音乐？〔奏簧箫〕
妖婆甲	哑剧！
妖婆乙	哑剧！
妖婆丙	哑剧！

众	演给他的眼睛看，使他心里悲；
	像幽影一般地来，幽影一般地退。

〔八代帝王[1]之表演，最后一位手持明镜，班珂的魂尾随着〕

马克白
你太像班珂的魂，下去！你的王冠烧干了我的眼珠。你的头发，你这个戴金箍的头，和第一个一样，第三个也和前面的一样。龌龊的妖婆！为什么拿这个给我看？又一个第四位！进出眼眶吧，眼珠！什么！这一脉相传竟要直到世界末日吗？还有一个？第七个！我不要再看了。可是第八个又出现了，还带着一面明镜，照出了更多的给我看。我看见有一个还擎着两个球三根杖[2]。好可怕的景象！现在我明白是真的了，因为头发上渍了血的班珂向我微笑，指点着他们作为他的后裔。〔鬼影消逝〕怎么！当真如此？

妖婆甲
是的，一切确是这样，
马克白为何如此惊慌？
来，姐妹们，我们鼓舞他的勇气，
我们来表演我们的拿手好戏。
我来让音乐起自天空，
你们就连番地跳跳蹦蹦。
好让这位大王心里满意，
为了招待他我们已经尽了力。〔奏乐妖婆跳舞，随即与海凯特同逝〕

马克白
她们在哪里？走了？让这不祥的一天在日历中永远

受着诅咒？进来，外边的人！

兰诺克斯上。

兰诺克斯	陛下要什么？
马克白	你们可曾看见妖婆？
兰诺克斯	没有，陛下。
马克白	她们没从你们身旁走过吗？
兰诺克斯	实在没有，陛下。
马克白	她们经过的空气都要沾染毒雾，相信她们的人都该倒霉！我听见马蹄响，是谁来了？
兰诺克斯	陛下，是两三个人前来报信，麦克德夫逃往英格兰去了。
马克白	逃到英格兰去了吗！
兰诺克斯	是的，陛下。
马克白	时间啊，你于我下毒手之前竟着了先鞭。意念是稍纵即逝的，永远追赶不上，除非是想到即做。今后我心里第一个念头就是我手里第一桩事业。就在如今，为使我的思想终于得到实行起见，我立刻就要下手。我要搜索麦克德夫堡垒，没收斐辅，把刀锋加在他的妻子以及一切和他血统有关的人身上。并非蠢人一般的夸口，在意冷之前我真要干出这桩事，但是可别再活见鬼！他们在哪里呢？引我到他们那里去。〔众下〕

第二景：斐辅、麦克德夫的堡垒

麦克德夫夫人、她的儿子及洛斯上。

麦夫人　　他做下了什么事要逃出国外？

洛斯　　　你一定要镇静，夫人。

麦夫人　　他却一点也不镇静，他的逃亡完全是发疯。我们的
　　　　　行为很坦白，而我们的疑虑反倒使我们成为叛徒了。

洛斯　　　究竟是他的见识，还是他的疑虑，你不知道哩。

麦夫人　　见识！抛了他的妻，丢了他的儿子，弃了他的房屋
　　　　　家产，而独自逃亡？他是不爱我们了，他没有人心。
　　　　　就是可怜的鹪鹩，鸟中最小的了，若是有小雏在巢
　　　　　里的时候，也要抗拒枭鸟。完全是为恐惧，一点也
　　　　　不是为了爱情。如此不合理性的逃亡，其中还有多
　　　　　少见识！

洛斯　　　我最亲爱的表姐，我请你镇定一下。至于你的丈夫，
　　　　　他是高贵聪明，有判断力，而又最善临机应变的。
　　　　　我不敢再往下说，不过世道人心最不可测，有时我
　　　　　们成了叛徒而自己却不曾知道，有时我们因疑惧而
　　　　　附会谣言，可是不知道疑惧的究竟是什么，只是在
　　　　　汹涌的大海上漂来漂去。我告辞了，不久我还再来。
　　　　　事情到了最糟的地步就会终止，否则会回到原来的
　　　　　幸福状态。我的小表侄，上帝保佑你！

麦夫人　　他虽然有父亲，而是一个没父亲的孩子了。

洛斯　　　我若再多停留一会儿，我将更要失了体统，也使得

　　　　　　你难受，我立刻告辞了。〔下〕

麦夫人　　　孩子，你的父亲是死了，你如今怎么是好？你如何
　　　　　　生活？

儿子　　　　像鸟似的，妈。

麦夫人　　　怎么！吃虫蝇吗？

儿子　　　　我的意思是说，我能得什么就吃什么，鸟即是如此。

麦夫人　　　可怜的鸟！你永远也不怕网罟离罗。

儿子　　　　我为什么要怕呢，妈？网罗不是给可怜的鸟张的。
　　　　　　我的父亲并没有死，不管你怎样地说。

麦夫人　　　他是死了，你没有父亲可怎样好呢？

儿子　　　　不，你没了丈夫将怎么好呢？

麦夫人　　　唉，我可以到任何商场去买二十个来。

儿子　　　　你买来之后再出卖。

麦夫人　　　你说话极俏皮，老实讲，倒也难为你。

儿子　　　　我的父亲是叛徒吗，妈？

麦夫人　　　是的，他是。

儿子　　　　什么是叛徒？

麦夫人　　　一个矢志忠诚而又自毁誓约的人。

儿子　　　　一切叛徒都是如此吗？

麦夫人　　　凡是这样的就是一个叛徒，一定要绞杀的。

儿子　　　　宣誓而又背誓的人都要绞杀的吗？

麦夫人　　　每个都要。

儿子　　　　谁去绞他们呢？

麦夫人　　　诚实的人们哪。

儿子　　　　那么那宣誓背誓的人都是傻子了，因为宣誓背誓的

人滔滔皆是，尽够打诚实的人，尽够绞死他们的。

麦夫人　　上帝保佑你，你这小猴子！可是你没了父亲怎么
办呢？

儿子　　　如其他是死了，你会要哭他的；如其你不哭，那是很
好的朕兆，我不久将有一位新父亲了。

麦夫人　　胡说的孩子，你说的是什么话！

使者上。

使者　　　夫人，上帝保佑你！你是不认识我的，虽然你的爵
位我是深知的。我恐怕有什么危险已经迫近你了，
如其你肯听信一个低微的人的劝告，请别在这个地
方。逃走吧，带着你的孩子。这样地惊吓了你，我
觉得我是太粗野了，再厉害一些就将成为残忍，可
是残忍的事已经迫近你的身边。上天保护你！我不
敢再停留了。〔下〕

麦夫人　　我逃到哪里去呢？我没做害人的事。但是我记起了，
我现在还是在人世间，在这人世，做害人的事往往
是受赞美的，行善倒常被认作有危险的蠢事。那么，
唉，我为什么还要提起这女人气的抗拒，仅仅说我
没做过害人的事呢？

凶手上。

这是些什么人？

凶手　　　你的丈夫在哪里？

麦夫人　　我希望他不在什么该诅咒的地方至于让你们这样的

	人找得到。
凶手	他是叛徒。
儿子	你胡说，你这蓬头的小人！
凶手	什么！你这个小混蛋，叛逆的余孽！〔刺〕
儿子	他刺杀我了，妈，快逃吧，我请你！〔死〕
	〔麦夫人下，喊着"杀人了"，凶手等在后追随〕

第三景：英格兰王宫前

玛尔孔与麦克德夫上。

玛尔孔	我们寻个僻静的地方，去痛哭一场吧。
麦克德夫	我们还不如握紧了刀，像勇士一般，回去保护我们的被蹂躏的权益呢。每天早晨都有新的寡妇号，孤儿哭，新的悲哀冲上了云霄，天上也回荡着同样的哀惨的呼声，像是和苏格兰表示同情一般。
玛尔孔	我相信的事，我要哀悼；我知道的事，我就相信；我所能补救的事，如有机缘，我自然要图补救的。你所说的，或者竟是不假的。这个篡位的人，说起他的名字就会污了我们的舌头，从前被人认作是诚实的，你曾待他很好的，他倒是还没有触动你。我年纪还轻，你利用我或者还可得到他的一点赏赐，并

且牺牲一只柔弱无辜的小羊去平息一个神的怒气，
也是聪明的事。

麦克德夫　我并不是奸诈的。

玛尔孔　　但马克白是的。忠良的天性在国王严命之下便不得
不堕落。但是我求你原谅，你的为人如何是并不因
我的猜测而改变的。天使是光明的，虽然最光明的
是堕落了。纵然一切卑鄙的东西都貌似忠良，忠良
的一定依然不改常态。

麦克德夫　我很失望。

玛尔孔　　你失望的地方恐怕即是我所怀疑的地方。你为什么
如此匆忙地弃了妻子——妻子是何等宝贵的势力，
何等情爱的牢结——竟不告辞呢？我请你，不要让
我的猜疑成为你的不荣誉，这只是保障我自己的安
全。你也许真是正直的，不管我怎样想。

麦克德夫　流血吧，流血吧，可怜的国家！伟大的暴虐，你立
下安稳的基础吧，因为善良不敢拦阻你！享受你的
横行的结果吧，你的名分已经是确认了！再会吧，
阁下，就是把篡王掌握中的全部国土都送给我，再
加上那富庶的东方，我也不愿做你所想象的小人。

玛尔孔　　请不要见怪，我并非因了绝对怀疑你而才说这一套
话。我想我们的国家陷于奴隶之中，它在哀号流血，
每天都要加上新的创伤，我想恐怕会有人愿意拥戴
我的，此地的仁厚的英格兰王也曾答应借我几千人
马。可是虽然如此，我纵然把那暴君的头践在脚底，
或是挑在刀上，而我的可怜的国家在那继位者的统

治之下，也许会有比从前更多的罪恶，更多苦痛，更多种类的苦痛。

麦克德夫　　你说是谁？

玛尔孔　　　我说的是我自己，我知道在我自己心里一切的罪恶都生了深根，一旦萌发起来，黑暗的马克白会要显得洁白如雪，和我的恣肆无道相形之下，会要把他当作一只绵羊。

麦克德夫　　就是从可怕的地狱里也钻不出一个比马克白更凶恶的魔鬼。

玛尔孔　　　我承认他是好杀、淫佚、贪欲、虚伪、狡诈、狂暴、阴险，凡有名的罪恶无一不备，可是我的放荡淫佚是没有底止的。你们的妻、你们的女、你们的主妇、你们的仆婢，都不能填满我的欲壑。我的淫欲能压倒一切阻挠我的意志的障碍，比起这样的一个还不如让马克白统治好些呢。

麦克德夫　　恣情声色的确是一种暴行，这会使王位早虚，使许多国王败倒，但是仍无须迟疑去享有你应得的一切。你尽可私下里放纵取乐，而仍做出有节制的样子，便可蒙蔽世人了。我们有的是乐意的女人，多的是闻风而来的献身富贵的女人，只怕你未必有饿鹰一般的胃口把她们都吞下去呢。

玛尔孔　　　于淫欲之外，我的恶劣的品质当中还有一种无厌的贪欲，我一旦为王，便要杀害贵族，攘夺他们的土地，夺这个的珠宝，夺那个的房屋，愈聚敛愈足以助长我的饥饿，以致我要假造些不公正的纠纷去陷害忠良，为了财产而摧残他们。

麦克德夫　这贪欲比起那酷暑一般的淫欲，是更根深蒂固的，有更毒恶的根苗，曾经是我们的国王致死之刀。但是不必疑虑，苏格兰有的是财富，单是你分内所有的就够满足你的欲望。有其余的优点搭衬着，这一切是都可以容忍的。

玛尔孔　但是我没有优点，适合帝王身份的美德，如公正、真实、节制、稳重、慷慨、坚忍、仁爱、谦逊、虔诚、忍耐、勇敢、刚毅，我都一点也没有，而一切的罪恶我却能条分缕析地多方施行。哼，我若得势，我就要把一片宁静投入地狱，破坏宇宙的和平，摧毁人间的谐调。

麦克德夫　啊，苏格兰，苏格兰！

玛尔孔　这样的人是否宜于治国，你说。我就是我所说的这样。

麦克德夫　宜于治国！不，连活着都不配。啊，苦痛的国家，在一个篡位的暴君的血淋淋的统治之下，而王位的嫡传又如此地自甘暴弃，辱没祖宗，你将何时得重见太平？你的父王是个最贤明的君主，生你的那位王后，跪着比立着的时候多，天天刻苦修行。再会吧！你自己供认的那些罪恶使我永不得再见苏格兰了。啊，我的心胸，你的希望完了！

玛尔孔　麦克德夫，你这高贵的情绪，定是真实的产儿，已经把我的最不祥的疑虑从我的心上拭去，使我的揣测和你的忠诚调和了。那狡猾的马克白用了许多这

样的诡计，想赚我回到他的势力之下，亏我小心翼
翼地没有仓促地轻于置信。但是你我之间却有上帝
从中调处，从此我就听从你的指导。我妄自菲薄的
话一笔勾销，我自行玷毁的种种罪恶原是与我无缘，
从此更当戒绝。我尚未近过女色，从没有背过誓，
我分内的东西我都从不贪求。从没有坏过良心，就
是一个恶魔我也不把他卖给他的同类，我爱真理不
下于爱生命。我第一次说谎就是我方才毁谤自己的
话。我的真实面目，完全听你驱使，为国驰驱。实
在讲，在你未来之先，老西华德已经统带着一万名
战士，整装待发了。现在我们一同去吧，但愿成功
的机会恰似我们的师出有名。你为什么不作声？

麦克德夫　这样使人欢欣和使人懊恼的事是很难同时调和起
　　　　　来呢。

　　　　　一医生上。

玛尔孔　好吧，随后再说。国王来了吗？请问？
医生　是的，先生，有一群可怜的人在等着他治疗。他们
　　　　的病症使得良医束手，但是经他一抚摩，他的手是
　　　　有天赋的神效，他们立刻就霍然了 [3]。
玛尔孔　多谢，医生。〔医生下〕
麦克德夫　他说的是什么病？
玛尔孔　叫作瘰疬。这位好国王真能疗治如神，自从我来到
　　　　英格兰，常看见他奏验。他如何能感动上苍，这只
　　　　有他自己知道。不过那些得奇病的人，臃肿溃烂，

惨不忍睹，外科医生简直没有办法，而他能治，只
消祷告着把一块金币挂在他们的颈上。据说他把这
种疗病的福佑传给了他的后代。除了这奇技之外，
他还有天赋的预言的本领，还有各种的福泽环拱着
他的王位，表示着他是极有光荣的。

麦克德夫　　看，谁来了？

玛尔孔　　　我的国人，但我认不得他。

洛斯上。

麦克德夫　　我最温和的表弟，欢迎你来。

玛尔孔　　　我现在认识他了。天啊，这使我们成为异国人的根
　　　　　　由，请快快给铲除吧！

洛斯　　　　但愿如此。

麦克德夫　　苏格兰还和从前一样吗？

洛斯　　　　哎呀！可怕的国家，自己都怕看自己了。那不能叫
　　　　　　作我们的祖国，只好说是我们的坟墓。在那里，只
　　　　　　有盲然无知的人才能有点笑容；长吁短叹，呻吟叫号，
　　　　　　尽管震破了天，也没有人过问；极哀惨痛像是一种平
　　　　　　凡的情感；死人的丧钟，没有人问是为谁敲的了；康
　　　　　　健的人在帽上的鲜花尚未枯萎的时候就被杀害，甚
　　　　　　至没来得及生病就死了。

麦克德夫　　啊！说得太仔细，可也太真实了！

玛尔孔　　　最近的惨案是什么？

洛斯　　　　一小时前的惨案，说起来就难得听者的欢迎。每一
　　　　　　分钟会生出一件新的来。

麦克德夫	我的妻可好？
洛斯	哦，还好。
麦克德夫	我的孩子们呢？
洛斯	也还好。
麦克德夫	那暴君没有摧残他们的安宁吗？
洛斯	没有，我离开他们的时候，他们还好好的。
麦克德夫	请你别舍不得说，到底怎样？
洛斯	当我很沉痛地负担着把这消息传到此地的时候，有一种谣传说有许多忠臣已经起义，这消息其实我倒可以证实，因为我亲见那暴君的队伍开拔。现在正是可乘之机，你只消到苏格兰举目一望，便能造出无数军士，就是妇女也会为了解除她们的苦痛而去厮杀的。
玛尔孔	但愿我们此去能成为她们的慰安。慷慨的英格兰王已经把西华德和一万精兵借了我们，比他更老练的军人是不可得的了。
洛斯	但愿我也能有同样的喜信来回报！但是我有几句话，那是应该在没人能听见的荒漠里去喊叫的。
麦克德夫	是关于什么的？关于公共利害的？还是关于私人哀痛的？
洛斯	凡是存心忠厚的人无不同伸哀痛，不过主要的部分却仅仅与你有关。
麦克德夫	如其是我的事，请别瞒我，快让我知道。
洛斯	你的耳朵可别永远憎恶我的舌头，因为我的舌头将要把你从未听见过的哀痛的消息打入你的耳朵。

麦克德夫	哼！我猜着了。
洛斯	你的堡垒被抄了，你的妻子都被惨杀了。若细说这杀害的经过，不过是把你的一条命再加在那一堆无辜的尸身上去罢了。
玛尔孔	慈悲的天呀！怎么啦！人，永远别把帽子盖上你的眼。吐露你的悲哀，不说话的悲哀会向忧伤过度的心去低诉，使它碎的。
麦克德夫	我的孩子们也死了？
洛斯	妻、子、仆人及一切他们能寻到的。
麦	而我却不在那里！我的妻也被杀了吗？
洛斯	我已经说过。
玛尔孔	别伤心，我们且商量报仇方法，来诊治这不共戴天的仇恨。
麦克德夫	他没有孩子。我所有的好孩子？你是说所有的吗？啊，地狱的鸢鹰！全抓去了？什么！我所有的小雏和他们的母鸡竟恶狠地一下子给攫去了吗？
玛尔孔	要像个男子汉来对付这件事。
麦克德夫	我是要这样做，可是我也不能不有人所难免的情感。我不能不记起我曾有过妻子，而又是何等地宝贵。上天竟袖手旁观而不肯臂助他们吗？罪孽的麦克德夫！他们都为了你而被害了。我真是无用的人，他们之遭受杀戮，不是因为他们有什么过失，而是受了我的株连。上天给他们安息吧！
玛尔孔	让这哀痛做你的磨刀石吧，把悲哀变作怨怒，别麻木了你的心，要激动它。

麦克德夫　　啊！我的眼睛能像女人似的流泪，而我的舌头却能
　　　　　　夸耀。但是，天哟，斩断一切迁延，快把那苏格兰
　　　　　　的恶魔和我放在面对面，把他放在我刀锋所能及的
　　　　　　地方。他若是能逃，上天也饶了他吧！

玛尔孔　　　这才是英雄的谈吐。来，我们去见国王去，我们的
　　　　　　军队已经备好，除了告辞之外什么也不缺少。马克
　　　　　　白已经恶贯满盈，上天都鼓动了挞伐。

　　　　　　请君尽力解心宽，

　　　　　　长夜漫漫接曙天。〔众下〕

注释

[1] 八代帝王即一三七一年登位之 Robert II，及 Robert III，再加上六个
James。

[2] 国王例需左手执球右手执杖。二球三杖者，因哲姆斯一世统一了英
格兰、苏格兰，故云二球；哲姆斯一世之正式尊号为"大不列颠、法
兰西、爱尔兰之王"，故云三杖。

[3] 国王抚摩能治瘰疬，系当时迷信，哲姆斯一世深信之。

第 五 幕

•••• ❧ ••••

第一景：丹新南堡内一室

一医生及一侍女上。

医生　　我和你已经守了两夜，却不见你所报告的实情。她
　　　　上一次梦中行走是在什么时候？

侍女　　自从国王上了战场，我就看见她从床上起来，披上
　　　　睡衣，打开柜子，拿出纸，折起来，写，读，随后
　　　　加封，又回到床上去。而这一切都是在熟睡中干的。

医生　　这真是极其反常的事了，一面享受安眠的利益一面
　　　　做着醒时的事！在这睡着的骚动之中，除了她的行
　　　　走和其他的动作之外，你可曾听见她说过什么？

侍女　　这，先生，我却不愿据实报告。

医生　　你可以和我说，这是你极应该说的。

侍女	没有人证实我的话，我对你或任何人都不能说的。

马克白夫人持烛上。

	你看！她来了。她就是这个样子，我以生命来打赌，是熟睡着。仔细看她，静立着。
医生	她怎么得到那盏灯的？
侍女	就在她身边，她身边永远点着灯，这是她的吩咐。
医生	你看，她的眼睛睁着呢。
侍女	是的，但眼睛的视觉是闭着的。
医生	她现在做什么呢？看，她直搓手。
侍女	这是她惯常的动作，像是洗手。我曾见她这样继续一刻钟之久。
马克白夫人	但是这里还有个斑点。
医生	听！她说话了。我记下她说的话，事后追忆可格外有力些。
马克白夫人	去，可恶的斑点！去，我说！一、二，现在已经到下手的时候了。地狱是黑暗的！呸！丈夫，呸！一个军人，还害怕？明知没人能向我们问罪，我们何必怕？可是谁想得到那老头子有那么多的血啊？
医生	你听见这话了吗？
马克白夫人	斐辅的伯爵曾有一位夫人，如今在哪里？什么！这两只手永远洗不净？别再那样了，丈夫，别再那样了，你这一惊把事情全败坏了。
医生	嘻，嘻，原来你已经知道了你所不该知道的事。
侍女	她说了她不该说的话，这一点我敢说，上天知道她

所知道的事。

马克白夫人　这里还有血腥气，所有的阿拉伯的香料也熏不香这只小手。啊！啊！啊！

医生　这是何等样的叹息！心里必有过度的忧伤。

侍女　纵然为了全身都享受着尊荣，我也不愿胸里藏着这样的一颗心。

医生　好吧，好吧，好吧。

侍女　祷告上帝叫她好吧，先生。

医生　这病是我所不能治的了，不过我知道有些梦游的人却曾安然地死在床上。

马克白夫人　洗你的手去，穿上你的睡衣，脸上别这样地灰白。我再告诉你说，班珂是已经葬了，他不能从坟里出来。

医生　甚至如此？

马克白夫人　上床去，上床去，有人敲门。来，来，来，来，把你的手给我。已成的事便不能再挽回。上床去，上床去，上床去。〔下〕

医生　她现在会上床去吗？

侍女　立刻就去。

医生　卑鄙的密语是泄露了。非常的行为产出非常的苦恼，犯罪的心会把秘密吐露给聋的枕。她需要牧师比需要医生还更多些。上帝，上帝饶恕我们大家！照护她，挪去一切她可以伤害她自己的东西，要时常地看着她。那么，再会吧。

她使得我头晕目眩，

我想，但我不敢谈。

侍女　　　夜安，医生。〔同下〕

第二景：丹新南近郊

曼提兹、开兹耐斯、安格斯、兰诺克斯及军士等擎旗鸣
鼓上。

曼提兹　　英兵已近了，由玛尔孔和他的舅父西华德和麦克德
　　　　　夫统率着。他们燃着报仇的心，他们的切身的仇恨
　　　　　能激起克欲的隐士去奋起厮杀。

安格斯　　我们到伯南森林的附近去迎他们，他们是要从那道
　　　　　来的。

开兹耐斯　有人知道唐拿班是和他哥哥在一起吗？

兰诺克斯　他一定不在一起的，我有全体的名单。有西华德的
　　　　　儿子，还有许多才成年的无须的青年。

曼提兹　　暴君现在如何？

开兹耐斯　他已把大丹新南坚守起来了。有人说他疯了，有些
　　　　　比较不大恨他的人说这是狂勇。但是，他无法控制
　　　　　他的不义之师，却是确定的了。

安格斯　　他如今觉得他的暗杀是摆脱不掉的了，每一分钟
　　　　　就要发生一次的叛变正是责罚他的不忠。他的部下

仅仅是奉命开拔，并非出于爱戴。现在他觉得他的
王号是不大紧牢了，像是一个巨人的袍子穿在一个
矮贼身上。

曼提兹 他的心在诅咒他自己的时候，谁又能怪他心慌意
乱呢？

开兹耐斯 好，我们出发吧，我们向该效忠的地方去效忠，我
们去迎接拯治国难的良医，我们要随同他把我们每
一滴血洒出来疗治我们的国家。

兰诺克斯 我流血的数量依照需要，
要够湿润王花，淹灭莠草。
我们向伯南进行吧。〔众下，引队进行〕

第三景：丹新南堡中一室

马克白、医生及侍从等上。

马克白 不必再来报告，让他们都叛变好了，除非等到伯南
森林移到了丹新南，我是不会惊吓成病的，玛尔孔
那孩子算得什么？他不是女人养的吗？那预知人类
休咎的精灵曾向我说过："别怕，马克白，凡是女人
生出来的人都不能压倒你。"所以不忠的伯爵们，你
们尽管跑吧，去和英国享乐者 [1] 厮混去吧：

我的心灵主宰和我的一团勇气，

永不会因疑虑而消沉，或因恐惧而战栗。

一仆上。

你这白脸的蠢汉，愿恶魔把你咒黑了！你从哪里得来的这笨鹅的颜色？

仆	有一万——
马克白	一万只鹅吗，混账？
仆	兵啊，陛下。
马克白	去，刺破你的脸，把你脸上的恐惧涂红了吧，你这胆小的孩子。是什么兵，傻子？你的灵魂该死！你那惨白的脸会使得人害怕。倒是什么兵，白脸？
仆	英国兵。
马克白	滚你的。〔仆下〕塞顿！——我看见这样的脸我心里好难过——我说，塞顿！——我的成败完全赖此一举了。我的寿命已经够长，我的一生已经到了凋落的秋天，有如一片黄叶。老年所应该具备的如尊荣敬爱恭顺友谊，我都不能希望得到了。而只能代以不响亮而深刻的诅咒、口头的奉承和那可怜的心很愿不说而又不敢不说的一片话。塞顿！

塞顿上。

塞顿	陛下有什么吩咐？
马克白	还有什么消息？
塞顿	报告过的事全证实了。

马克白	我要打到我的肉从我的骨头上劈下来为止。给我盔甲。
塞顿	此刻还用不着。
马克白	我要穿上。再加派骑兵到四乡去巡查，谁说怕就绞死谁。给我盔甲。病人怎样了，医生？
医生	陛下，她的病倒不要紧的，可是她的精神错乱以致幻象丛生，不得安宁。
马克白	就医治她这个毛病。你不能诊治一个患病的心灵，从记忆中拔出根深蒂固的忧愁，拭去脑筋上写着的苦痛，用些甜美忘忧的解药洗净那郁结在她胸间的危险东西吗？
医生	这是要病人自己设法治疗的了。
马克白	把医术掷给狗吧，我不要它。来，给我披上甲，给我枪。塞顿，派兵——医生，大臣全逃跑了。来，赶快——医生，你如其能取得我的国家的小便，检验她的病源，把她医治得和原来一般康健，我就要放声赞美你，直到起了回声再度地赞美——扯下去好了——什么大黄桂皮，什么泻药，可以把这些英国人排泄掉？你听说他们了吗？
医生	我听说了，陛下，陛下的整理军备使得我们得到一些风声。
马克白	随后给我送来吧。 我不怕死亡也不怕遭难， 除非伯南森林来到丹新南。
医生	〔旁白〕我若是一旦逃开丹新南， 利不能诱我再来到这边。〔众下〕

第四景： 伯南森林附近

于旌旗鼓乐中，玛尔孔、西华德及其子，麦克德夫、曼
提兹、开兹耐斯、安格斯、兰诺克斯、洛斯及兵士等上。

玛尔孔　　弟兄们，我希望我们安居度日的日子是快到了。

曼提兹　　我们毫不怀疑。

西华德　　面前是什么森林？

曼提兹　　伯南森林。

玛尔孔　　每个兵士砍下一个枝子，在面前擎着，这样便可以
　　　　　遮掩我们的人数，敌方的侦探报告我们人数的时候
　　　　　就会错误了。

众兵士　　就这样。

西华德　　我们只知道那刚愎的暴君停驻在丹新南，等着我们
　　　　　去围他呢。

玛尔孔　　这是他的主要的希望。因为他的部下，不分等级高
　　　　　下，一遇有机可乘，便纷纷叛变，没人向他效忠。
　　　　　除了一些被胁逼的东西，而他们也是口是心非的。

麦克德夫　我们等看清了事实再定主张吧，我们现在要严守军
　　　　　人的职责。

西华德　　时机已经来临，让我们确实明了，
　　　　　得失胜败都可以见个分晓。
　　　　　悬想只是表示空虚的愿望，
　　　　　真正的结果要看我们这一仗。
　　　　　我们就进兵去打仗吧。〔引军下〕

第五景：丹新南堡内

于旌旗鼓乐中，马克白、塞顿率兵士等上。

马克白　　把我们的旗子挂到外墙上去，"他们来了。"这呼声
　　　　　总是不断。其实我们的堡垒的坚固足可以嘲笑敌人
　　　　　的围困，让他们躺在这里等着饥荒疟疾吃他们吧。
　　　　　若不是他们得到了原应属于我们的军队的增援，我
　　　　　们大可以出去和他们对面交锋，把他们打回去。〔内
　　　　　妇人呼声〕这是什么声音。

塞顿　　　这是妇女的呼号，陛下。〔下〕

马克白　　我几乎忘记了恐惧的滋味。从前我听见一声夜间的号
　　　　　叫，就会骇得发冷；一听见可怕的故事，毛发就会倒
　　　　　竖起来像是活的一般。可是我已经饱尝了惊悸，可怕
　　　　　的事和我凶残的心已经厮熟了，不能再使我惊惶。

塞顿上。

　　　　　为什么这样叫喊。

塞顿　　　陛下，王后死了。

马克白　　她以后也必定要死的，早晚总不免有这样的一个消
　　　　　息来到。明天，明天，又明天，光阴就这样一天一
　　　　　天地移步向前爬，直到时间的记录之最后的一字，
　　　　　每一天都照耀着愚人走上归尘的死路。灭了吧，灭
　　　　　了吧，短短的烛火！人生不过是个人行动的阴影，
　　　　　在台上高谈阔步的一个可怜的演员，以后便听不见

他了。不过是一个傻子说的故事，说得慷慨激昂，却毫无意义。

一使者上。

你是来报告消息的，快说吧。

使者　　启禀陛下，我应该报告我认为我亲眼看到的事，但是不知怎么办才好。

马克白　你说吧，先生。

使者　　我在山上守望的时候，我向伯南那边看，我觉得忽然那森林动起来了。

马克白　你胡说。

使者　　如果并无其事，甘愿受你谴责。你自己可以去看，已经来到三英里以内了，真是个活动的森林。

马克白　如其你说谎，我就把你吊在最近的一棵树上活活地饿死；如其你说得不假，你就是同样处置我，我也不介意。我不放纵我的信心了，我开始疑惧那妖魔所说的像是真理的模棱话了。"别怕，除非伯南森林来到了丹新南。"如今树林真到了丹新南。

拿起兵器、拿起兵器，出去！

如果他们所说的真个实现，

那就无所逃避，无可留恋。

我对于太阳开始厌恶，

愿整个世界现在就倾覆。

敲起警钟！风，吹！灭毁，你来吧！

至少我们死的时候要披着盔甲。〔众下〕

第六景：丹新南堡前平原

于旌旗鼓乐中，玛尔孔、西华德、麦克德夫等率军队擎树枝上。

玛尔孔　　　现在走得够近了，放下你们的带叶的屏风，显出你们的原形吧。你老舅，带着我的表弟、你的英勇的儿子，去打头阵，麦克德夫和我们各按作战计划分头行事。

西华德　　　再会吧。
　　　　　　只消我们今晚能遇到暴君的队伍，
　　　　　　我们若是不能战，我们只好认输。

麦克德夫　　吹起所有的喇叭，
　　　　　　宣告流血和厮杀。〔众下〕

第七景：丹新南平原另一部分

警号。马克白上。

马克白　　　他把我捆在桩上了，我不能逃，只能像狗似的困斗。
　　　　　　谁能不是女人生的？只是这样的一个我才怕。

小西华德上。

小西华德	你姓甚名谁?
马克白	你听见要害怕的。
小西华德	呸!你的名姓比地狱里的任何再凶恶些,我也不怕。
马克白	我叫马克白。
小西华德	就是恶魔来通报姓名也没有你这样的使我恼恨。
马克白	也没有我这样怕人。
小西华德	你胡说,昏君,我要用刀来证明你的荒谬。〔二人交锋,小西华德被杀〕
马克白	你原来是女人生的呀。 凡是女人胎里生出来的人, 我不怕他手里舞什么刀兵。〔下〕

警号。麦克德夫上。

| 麦克德夫 | 声音是在那边。昏君,你敢露面,如其你不死在我的刀下,我的妻子的鬼会要永远缠扰我的。我不能砍那些可怜的兵,他们的胳臂是被雇来拿枪的。我要的是你,马克白,否则我就把我的没卷刃的刀放在鞘里了。你必是在那边,听这呐喊的声音,必定是有什么要人在那边出现。命运啊,让我遇到他吧!此外我无所求了。〔下。警号〕 |

玛尔孔与西华德上。

| 西华德 | 这边走,堡垒已安然投降了。暴君的部下纷纷地倒戈,高贵的伯爵们都很勇敢地作战,胜利差不多自行宣布是属于你了,没有多少可做的了。 |

玛尔孔　　　我们遇到一些敌人竟帮助我们一同作战。[2]

西华德　　　　殿下，请进城吧。〔同下。警号〕

马克白上。

马克白　　　我为什么要做一个罗马的傻子，死在自己的刀上呢？我
　　　　　　还看见有敌人活着，把刀伤加在他们身上岂不好些？

麦克德夫上。

麦克德夫　　回来，地狱的狗，回来！

马克白　　　在所有的人中间我只躲避了你，但是你回去吧，我
　　　　　　的心里装了你的血已经太多了。

麦克德夫　　我没有话说，我的话在我的刀上，你这非言语所能
　　　　　　形容的凶徒！〔二人交锋〕

马克白　　　你是白费力，你要使我流血，恰似用快刀砍中那不
　　　　　　怕砍的空气一般地难。你去砍那可以砍伤的头颅吧，
　　　　　　我的生命是有护符的，女人生的人是伤不了我的。

麦克德夫　　别指望你的护符吧，让你那崇奉的天使告诉你吧，
　　　　　　麦克德夫是在落生之前由他娘的子宫里剖出来的。

马克白　　　把这话告诉我的人真该诅咒，因为这话吓得我失了
　　　　　　魂魄。那些戏弄人的魔鬼再不可信，竟拿模棱的话
　　　　　　来骗我们。对于我们的耳朵守了信，对于我们的希
　　　　　　望失了约。我不和你打。

麦克德夫　　那么你投降吧，懦夫，活着让世人观看。我们把你
　　　　　　当作一只稀奇的怪兽，把你的像画在布上，底下还
　　　　　　写着："请来观看昏君。"

马克白	我不能降，我不能匍匐在小玛尔孔的脚下，受世人的辱骂。虽然伯南森林来到了丹新南，虽然你这不是女人生的东西来和我对敌，我还要最后一试，我把盾遮住了身。来吧，麦克德夫，谁先嚷"停手"，谁下地狱！〔剧战中同下〕

退兵。奏花腔。于旌旗鼓乐中，玛尔孔、西华德、洛斯、众伯爵及兵士等上。

玛尔孔	我希望我们不见的朋友们都安然归来。
西华德	有些一定是阵亡了，但是就我眼前能看见的这些位而论，这样的大胜总算是廉价买来的了。
玛尔孔	麦克德夫不见了，还有你的儿子。
洛斯	你的儿子已经尽了军人的责任，他刚刚长成为一个男子汉就死了。他才施展他的威力，坚战不退，证实了他的丈夫气概，他就大丈夫一般地死了。
西华德	那么他是死了？
洛斯	是的，尸身已经运走了。你的悲伤不可用他的美德来衡量，因为那样便没止境了。
西华德	他的伤是在前面吗？
洛斯	是的，是在前面。
西华德	那么，愿他做上帝的战士！我如其有头发一样多的儿子，我也不能希望他们有更美丽的死。这样就算是敲了丧钟。
玛尔孔	他值得更多的哀悼，这且由我去安排。
西华德	他不值得再哀悼了，他们说，他死得慷慨，他偿清

了债。所以，上帝保佑他吧！这里来了新的安慰。

麦克德夫持马克白首级上。

麦克德夫　　陛下，万岁！因为你是国王了。看，这就是篡位者
　　　　　　的可恨的首级。国人得到自由了，全国的英秀都在
　　　　　　环绕着你，他们心里都和我一起向你致敬。我愿他
　　　　　　们也和我一起欢呼，万岁，苏格兰王！
众　　　　　万岁，苏格兰王。〔奏花腔〕
玛尔孔　　　我不需多少时间就可以明了你们个个的忠诚，并且
　　　　　　论功行赏。我的贵臣亲戚，一律升作伯爵，这是苏
　　　　　　格兰第一次的荣典。还有件立刻就要做的事，那就
　　　　　　是凡为避免虐政的网罗而逃亡的朋友们都一律召还。
　　　　　　去搜寻那已死的屠夫的爪牙和他的恶魔一般的王后，
　　　　　　不过据说她是已经自戕了。
　　　　　　此外一切该做的事，
　　　　　　我必分别地来处置。
　　　　　　诸位的贤劳甚可感，
　　　　　　请到斯宫看我去加冕。〔奏花腔。众下〕

注 释

[1] 英人以饕餮著名。

[2] Clarendon Press ed. 解作："他们故意不砍中我们。"似嫌牵强。

安东尼与克利欧佩特拉

Antony and Cleopatra

序

　　《安东尼与克利欧佩特拉》是莎士比亚的戏剧中之最长的一部，计三千九百六十四行（据 *Shakespeare Society Transactions*, 1874, p. 354），也是分景的数目最多的一部，计五幕三十八景（据牛津本）。这出戏是莎士比亚的三大罗马剧之一，介于 *Julius Caesar* 与 *Coriolanus* 之间。这部作品，就整体而论，可能比莎士比亚的被公认的四大悲剧略有逊色，但其绚烂多姿之处在全集中仍占着杰出的地位。

一　著作年代与版本

　　这部悲剧大概是作于一六〇七年之末或一六〇八年之初。

　　一六〇八年五月二十日书业公会登记簿上有两项记载，书商 Edward Blount 同时登记了两部剧本，一是 *The booke of Pericles prynce of Tyre*，另一部便是 *Antony and Cleopatra*。虽然没有写明著者姓名，但显然地即是莎士比亚的作品。前一部剧本翌年（一六〇九）出版，后一部则似乎是从未付印，可能是被剧团阻止，亦可能是已出版而未流传至今，但后一可能性则很小。但是这里有一个问题，因为一六二三年十一月八日书商 Edward Blount 与 William Jaggard 二人联名一下子登记了十六部莎士比亚的剧本，其中六部悲剧包括了《安东尼与克利欧佩特拉》在内，并且说明这十六部剧本是"没有被别人登记过的"，而我们知道 Blount 早已于一六〇八年登记过这部剧本。为什么《安东尼与克利欧佩特拉》要重复登记？C. Knight 首先提出了这个问题，并且从而否定一六〇八年登记的那部剧本是莎士比亚的作品，更从而否定一六〇八年是这部戏的著作年代。这一问题似乎还没有得到适当的解决。我个人可否这样揣想：一六〇八年登记的剧本假定根本没有出版，Blount 与 Jaggard 两个人是一六二三年"第一版对折本"的共同出版商，那十六部剧本一次登记即可完成全部的登记手续，如果把《安东尼与克利欧佩特拉》剔除固未尝不可，但重复登记亦无妨于事，何况前一次登记是 Blount 一人的名义，第二次是两人的联名，并且与"没有被别人登记过"一语亦无矛盾，因为 Blount "自己"当然不是"别人"。

总之，此剧没有四开本，我们现今所能看到的只有一六二三年"第一对折本"里的本子。莎氏之剧本如在对折本之前先有四开本行世，固可供校勘家参照比较，如果根本没有四开本，亦可省却不少麻烦。

根据 prof. Ingram 所作的"音节测验"（见 *New Shakespeare Society Transactions*, 1874. p. 450），《安东尼与克利欧佩特拉》一剧所显示的使用 light endings 与 weak endings 之频繁，足可证明此剧之写作年代是属于莎士比亚的写作过程中之"weak-ending period"，更确切地说，是莎士比亚的第二十六部戏。所谓"音节测验"是确定莎氏作品写作年代之一种可靠的方法。在莎氏创作生涯的前四分之三里，他在一行之末很少使用 light-endings，如 am, are, art, be, been, can 等字，weak-endings 如 and, as, at, by, for, from 等字则几乎绝对不用，到了他最后四分之一的创作生活中则一反此例，《安东尼与克利欧佩特拉》含有二十八个 weak-endings，以前任何戏最多不过两个。

二　故事来源

在故事方面，此剧紧接着《朱利阿斯·西撒》，莎士比亚仍然是取材于普鲁塔克的《安东尼传》(Plutarch's *Life of Marcus Antonius*)。他使用的是 North 的英文翻译本（一五九五年刊）。这英文翻译本是从一五七九年的 Amyot 的法文本转译的，但这英译本的文字非常优美而生动，是莎士比亚的好几部戏剧的故事资料之主要的来源。

本剧的故事自西撒被刺后四年开始，即纪元前四十年，到安东尼之死，即纪元前三十年，前后十年。在开始时，安东尼是罗马三巨头之一，统治着富饶的东方，正是他的全盛时代，普鲁塔克有相当完备的记载，但是莎士比亚照例地选择几个断片加以安排。有时候非常忠于普鲁塔克，几乎是翻译 North 的精致的散文为更精致的无韵诗。例如安东尼初次会见克利欧佩特拉之一段绚烂的描写（第二幕第二景），预言者与安东尼的一段对话（第二幕第三景），最后克利欧佩特拉死时的情节（第五幕第二景），都明显地表示出莎士比亚甚至有时候在字句间也紧紧地追随着 North 的普鲁塔克。当然，这不是说莎士比亚在这一部戏里缺乏创作性，相反地，莎士比亚在这戏里发挥了高度的创作性，他创作人物，他创作对话，他创作深刻的人性的描写。Coleridge 说："在莎士比亚的所有的历史剧里，《安东尼与克利欧佩特拉》绝对地是最令人惊叹的。没有一部戏在细节上这样地忠于史实，同时在很少的作品里这样深刻地令人感觉到一种美妙的力量……"（*Lectures on Shakespeare, p. 315*）

三　舞台历史

　　此剧分景过多，第三幕有十一景、第四幕有十三景之多，这对于伊利沙白时代之既无台幕又鲜背景的舞台是不成问题的，"第一对折本"根本就不分幕景，在开端处有"第一幕第一景"的字样，以下即没有继续标明幕景，在当时的舞台上表演亦根本没有分幕分景之必要。一段情节紧接着一段情节上演，无论变得如何迅速，观众是能理解的。但是在现代化的舞台上，要换布景，要产生写实的效果，此剧便很难上演。从新古典主义者之依附"三一律"的观点来看，此剧更是谬误百出。因此，很不幸，此剧在舞台方面就被搁置了一百多年。在一六四二年以前此剧没有上演的纪录。复辟（一六六〇年）以后此剧更无上演的希望，因为此剧的地位完全被德莱顿 Dryden 的 *All for Love*（一六七七——一六七八年）所代替了。几乎一个世纪之久，莎士比亚的这一出戏被德莱顿所遮掩了。

　　德莱顿的这一部作品现在已很少人读，虽然这一部作品是他的杰作。一般崇拜莎士比亚的人常无意中对这一作品加以过分地贬抑，其实这是不公道的，德莱顿的戏不是莎士比亚的作品的改编，完全是另起炉灶的创作，他根据当时的新古典主义的戏剧理论来处理这一段千古风流的故事。莎士比亚的戏是一个有世界规模的大悲剧，时而在罗马，时而在埃及，德莱顿则把背景集中在亚力山大城，把时间缩短到安东尼在亚力山大城被围以后，把故事范围缩小，一方面是大将凡提底阿斯、朋友都拉贝拉、妻奥大维亚，一方面是克利欧佩特拉，双方争取安东尼的心。从舞台技术看，德莱顿的戏是较适于近代舞台的演出。德莱顿模仿莎士比亚的地方也不少，最主要的是他抛弃了他的双行韵体而采用了无韵诗体。从若干方面看，德莱顿的戏和莎士比亚的戏比照对读是极有兴味的事。前者以修辞胜，后者以诗胜。

直到一七五九年莎士比亚的《安东尼与克利欧佩特拉》才被著名的演员加立克 Garrick 重新搬上舞台，剧本是经过 Capell 删改的，表演并不算成功，演了六次便撤回了。到了十九世纪，此剧才有不断上演的纪录。被认为是 Kemble 的修改本刊于一八一三年，标题上公然注明"含有采自德莱顿的若干节段"，其目的是要融和两个作家的长处，表演的结果并不理想。假使 Mrs. Siddons 没有一再地拒绝 Kemble 的邀请而肯担任剧中女主角，此次上演可能有高度的成功，她拒演的理由是如果她按照理想去表演她将厌恶她自己。一八七八年 Miss Rose Eytinge 在纽约上演此剧，连续数星期之久。一八八九年 Kyrle Bellew 在纽约再度演出此剧。Sardou 有改编本（未刊），由 Fanny Davenport 及 Sara Bernhardt 分别演出过。

剧 中 人 物

马克・安东尼（Antony）

奥大维・西撒（Octavius Ceasar）⎤ 三执政。

赖皮德斯（Lepidus）

塞克斯特斯・庞佩阿斯（Sextus Pompeius）

都密舍斯・伊诺巴伯斯（Domitius Enobarbus）

凡提底阿斯（Ventidius）

义洛斯（Eros）

斯卡勒斯（Scarus）　　　　　　　　　　　安东尼的朋友。

第尔西特斯（Dercetas）

地密特利阿斯（Demetrius）

菲洛（Philo）

米西那斯（Mecaenas）

阿格里帕（Agrippa）

都拉贝拉（Dolabella）

普罗鸠利阿斯（Proculeius）　　　　　西撒的朋友。

赛利阿斯（Thyreus）

加勒斯（Gallus）

密那斯（Menas）

曼那克拉蒂斯（Menecrates）　　　庞佩的朋友。

瓦利阿斯（Varrius）

陶鲁斯（Taurus），西撒部下大将。

坎尼地阿斯（Canidius），安东尼部下大将。

西里阿斯（Silius），凡提底阿斯的属员。

优芳尼阿斯（Euphonius），安东尼遣至西撒的使臣。

阿来克萨斯（Alexas）

玛尔地安（Mardian）

赛留克斯（Seleucus） ┤ 克利欧佩特拉的侍者。

戴奥米地斯（Diomedes）

预言者。

小丑。

克利欧佩特拉（Cleopatra），埃及女王。

奥大维亚（Octavia），西撒之姐，安东尼之妻。

查弥恩（Charmian）

艾拉斯（Iras） ┤ 克利欧佩特拉的侍者。

官员、士兵、使者及其他侍从人员。

地 点

罗马帝国的数部分。

第 一 幕

第一景：亚力山大。克利欧佩特拉宫中一室

地密特利阿斯与菲洛上。

菲洛　　　　可是我们的将军的痴爱也未免太过分了。他那一对
　　　　　　眼睛，对着队伍望着，像是全身披挂的战神一般，
　　　　　　真是神采奕奕，如今低垂下来了，如今把目光注射
　　　　　　在一个晒成棕色的脸庞上。他那不可一世的雄心，
　　　　　　在战斗中能把胸前的环扣进开，绝无半点节制，如
　　　　　　今变成了一付风箱一把扇子，作扇凉一个埃及婆娘
　　　　　　的欲火之用[1]。看！他们来了。

安东尼与克利欧佩特拉及随从等上；阉人们为她打扇。

　　　　　　看一下你就明白，他原是世界的三大支柱之一，现
　　　　　　在变成一个娼妇的玩物了。你注意看。

克利欧佩特拉　如果那真是爱情，告诉我那爱情有多少。

安东尼	爱情而能量,那就太贫乏了。
克利欧佩特拉	我要给你的爱情立一个界限。
安东尼	那么你便必须发现一个新天地。

一侍者上。

侍者	有消息,大人,自罗马来。
安东尼	讨厌,简单说吧。
克利欧佩特拉	不,听听是什么消息,安东尼。也许是福尔维亚[2]发怒了,也许说不定是那没生出胡子来的西撒[3]给你颁下一道命令:"做这个,或是做那个;占领那个国家,释放那个国家;要这样做,否则我要你的命。"
安东尼	为什么这样说呢,我的爱!
克利欧佩特拉	也许是!不,大概就是,你不可再在这里耽搁了,大概是西撒令你回去。所以耐心地听听那命令吧,安东尼。福尔维亚的号令在哪里呢?也许我该说是西撒的号令?也许二者皆是?宣使者进来。你脸红了,安东尼,犹之我是埃及女王一般地千真万确,你那红脸便是臣服于西撒的表示,否则便是锐声的福尔维亚把你骂得羞形于色。叫使者进来!
安东尼	让罗马溶化在泰伯河里,巍巍的帝国大厦塌下来好了!这里是我的生存之地。国土不过是尘埃,这烂泥巴养育人,也同样地养育畜牲,人生之可贵在于能够这样。〔拥抱〕像这样互相爱恋的一对,这样的两个人,能居然如此,我敢强迫全世界的人来注视,

我们两个是举世无双的。

克利欧佩特拉 好漂亮的假话！他为什么娶福尔维亚而不爱她呢？
世人将以为我傻，其实我不傻，安东尼终归会现出
他的本色。

安东尼 只要有克利欧佩特拉鼓励我。现在，我们既是崇拜
爱神及其甜蜜的光阴，不可再用这讽刺的言谈来浪
费时间，现在我们的生命每一分钟都不可不在快乐
中消磨。今晚有什么娱乐？

克利欧佩特拉 听使者的消息。

安东尼 呸，好斗嘴的女王！你怎样做都好，骂也好、笑也
好、哭也好，在你身上每一种情绪都能充分地表现
出其为美丽而可爱。不要接见使者，今晚我完全属
于你，不要任何人陪伴，我们到街上去走走，看看
各种各样的人。来，我的女王，你昨晚就想要出去
的，不要对我讲话。〔安东尼与克利欧佩特拉及随从
等下〕

地密特利阿斯 安东尼这样地看不起西撒吗？

菲洛 是的，有时候是的，当他忘形的时候，他很缺乏安
东尼所应该经常具备的那种伟大的风度。

地密特利阿斯 我很遗憾，他竟证实了造谣生事的人在罗马所说的
有关他的坏话，不过我希望他明天表现得好一些。
再会了！〔同下〕

第二景：同上。另一室

查弥恩、艾拉斯、阿来克萨斯及预言者上。

查弥恩　　　　阿来克萨斯先生、亲爱的阿来克萨斯、最最什么的
　　　　　　　阿来克萨斯、几乎是最最到无以复加的阿来克萨斯，
　　　　　　　你在女王面前绝口称赞的预言家在哪里呢？啊！我
　　　　　　　真想认识那个丈夫，据你说他是一定要在他的角上
　　　　　　　戴花圈的[4]。

阿来克萨斯　　预言者！

预言者　　　　有何吩咐？

查弥恩　　　　就是这个人吗？就是你吗，先生，能知未来？

预言者　　　　关于自然界之无穷的神秘我是略知一二。

阿来克萨斯　　把你的手给他看。

伊诺巴伯斯上。

伊诺巴伯斯　　赶快把酒食拿来，要有充分的酒给我们喝，好给克
　　　　　　　利欧佩特拉祝福。

查弥恩　　　　好先生，请给我好的运气。

预言者　　　　我不制造运气，但是我能预知。

查弥恩　　　　那么，请为我预言。

预言者　　　　你将来要比现在好得多。

查弥恩　　　　他的意思是指相貌。

艾拉斯　　　　不，你年老的时候将要搽胭脂。

查弥恩　　　　可别生皱纹呀！

阿来克萨斯	不要搅扰这位预言先生，请静听。
查弥恩	住声！
预言者	你将来爱人比被人爱的机会要多一些。
查弥恩	我宁愿用酒来温热我的肝[5]。
阿来克萨斯	别说话，听他讲下去。
查弥恩	好啦，说一点好的命运吧！让我一上午嫁三个国王，做三回寡妇。让我五十岁生个孩子，犹太的希律王[6]都会来向他致敬。给我发现我将来要嫁给奥大维·西撒，把我放在和我的女主人同等的位置上。
预言者	你会死在你所服侍的女主人之后。
查弥恩	啊，好极了！我爱长寿，胜过于爱无花果[7]。
预言者	你已经经验过比将来的更好的运气。
查弥恩	那么，很可能的，我的儿女们将是没有姓氏的，请问我有几个儿子几个女儿？
预言者	如果你每一欲望都有一个子宫，每一欲望都能受胎，你可以有一百万个。
查弥恩	去你的，坏东西！我不和你这巫师计较。
阿来克萨斯	你以为只有你的被单才晓得你的欲望。
查弥恩	算了，你说说艾拉斯的命运。
阿来克萨斯	我们全都想知道我们的命运。
伊诺巴伯斯	我的，我们大多数的命运，今天晚上，将是——酩酊大醉。
艾拉斯	这是一个预示贞操的手掌，如果不表示别的。
查弥恩	就如同泛滥的尼罗河预示饥荒一样。
艾拉斯	去，你这狂放的家伙，你不会预言。

查弥恩	不，如果一个油湿的手掌不是淫荡的预兆，我便是一个连搔耳朵都不会的人。请你，说给她听一个普普通通的命运。
预言者	你们的命运都是一样的。
艾拉斯	怎么样的？怎么样的？给我细说。
预言者	我的话已经说过了。
艾拉斯	我的命运一寸都不比她的好吗？
查弥恩	唉，如果你的命运比我的略好一寸，你愿好在什么地方？
艾拉斯	不是好在我的丈夫的鼻子上[8]。
查弥恩	愿上天纠正我们的这些坏念头！阿来克萨斯——来，他的命运，他的命运。啊！让他娶一个不能怀孕的女人，亲爱的爱西斯[9]，我求你。并且令她死，再给他一个更坏的，并且一个比一个坏，等到最坏的一个笑着送他进入坟墓，五十倍的一个老乌龟！好爱西斯，接受我这一请求，纵然你拒绝我更重要的一件事。好爱西斯，我请求你！
艾拉斯	阿门。亲爱的女神，请听从这大众的祈祷！因为，看着一个漂亮男子而娶妻不贞是令人伤心的事，同样地看着一个卑鄙的流氓而不做乌龟也是令人愁绝的事。所以，亲爱的爱西斯，你做事要合理，给他一个适当的命运吧！
查弥恩	阿门。
阿来克萨斯	你看！如果他们有权力令我做乌龟，她们自己也会做娼妓，但是她们愿意去做！

伊诺巴伯斯　住声！安东尼来了。

查弥恩　　　不是他，是女王。

　　　　　　克利欧佩特拉上。

克利欧佩特拉　你看见我的先生了吗？

伊诺巴伯斯　不曾，夫人。

克利欧佩特拉　他没有在这里吗？

查弥恩　　　没有，夫人。

克利欧佩特拉　他本想作乐，但是忽然间又动了一个罗马人的严肃
　　　　　　的念头。伊诺巴伯斯！

伊诺巴伯斯　夫人！

克利欧佩特拉　找他去，把他带到这里来。阿来克萨斯在哪里？

阿来克萨斯　在这里，听候差遣。主上来了。

　　　　　　安东尼偕使者及数随从上。

克利欧佩特拉　我不要看他，跟我走。〔克利欧佩特拉、伊诺巴伯
　　　　　　斯、阿来克萨斯、艾拉斯、查弥恩、预言者及侍从
　　　　　　等下〕

使者　　　　你的妻子福尔维亚先准备动武的。

安东尼　　　攻打我的弟弟陆舍斯？

使者　　　　是的，不过那场战事很快地结束了，当时的情况使
　　　　　　得他们不得不修好，联合对抗西撒，可是在交战第
　　　　　　一回合中他便获胜了，把他们逐出了意大利境。

安东尼　　　噢，还有什么更坏的消息？

使者　　　　这坏消息使得传达消息的人也受传染成为一个坏人。

安东尼	如果那坏消息是关于一个糊涂人或懦夫的。讲下去，已经过去的事，我便不再理会。我的想法是这样的，只要讲真话，纵然那消息是性命交关的，我也要像听恭维话一般地去听。
使者	雷比伊诺斯[10]——这可是沉重的消息——率领着他的帕兹亚的队伍已经占领了亚细亚。从优弗拉地斯河边他的得胜旗帜自叙利亚飘到利地亚以至爱欧尼亚，而这时节——
安东尼	安东尼，你是要说——
使者	啊！将军。
安东尼	有话直说，不必吞吞吐吐。称呼克利欧佩特拉，按照她在罗马所被称呼的那样。用福尔维亚的词句来骂我，用真理与敌意所能有的一切力量来尽情地指责我的过错。啊！我们的活泼的心若是停止不动，便容易生出莠草，若有人指点我们的过错便好像是加以耕耘一般。你先去吧。
使者	听您吩咐。〔下〕
安东尼	喂，从西席昂[11]来的消息！来报告！
侍者甲	从西席昂来的人，有没有这样一个人？
侍者乙	他在听候传见。
安东尼	叫他来。这坚强的埃及的镣铐我必须打破，否则我要被毁灭在这一场痴爱里。

又一使者上。

你是做什么的？

使者乙　　你的妻福尔维亚死了。

安东尼　　她死在哪里?

使者乙　　在西席昂，她的长期生病，以及其他你该知道的更
　　　　　严重的事，都在这信里。〔递信〕

安东尼　　你去吧。〔使者乙下〕一个高贵的人格去掉了！我曾
　　　　　希冀这事发生，我们在厌恶的时候想丢开的东西，丢
　　　　　开之后却又想收回来。现今的快乐，等到事过境迁，
　　　　　会变成为正相反的东西。她不在了，我觉得她好，
　　　　　推她走向死路的这只手又想把她拖回来。我必须挣
　　　　　脱这迷人的女王，我的放荡孕育着成千成万的灾祸，
　　　　　不止是我所听到的这几桩。怎么样！伊诺巴伯斯！

　　　　　伊诺巴伯斯又上。

伊诺巴伯斯　您有何吩咐?

安东尼　　我必须赶快离开此地。

伊诺巴伯斯　噢，那么，我们要害死了我们的所有的女人。我们
　　　　　可以看得出这对于她们是何等地残酷的打击，如果
　　　　　她们容我们离去，结果是死。

安东尼　　我必须要走。

伊诺巴伯斯　在不得已的情形之下只好让女人们去死，无缘无故
　　　　　地把她们丢弃却未免可惜，虽然她们和一个重大的
　　　　　故事比较起来，她们是无足轻重的。克利欧佩特
　　　　　拉，得到这一点点风声，立刻会要死，我已看见过
　　　　　她在比较不重要的情形下死过二十回了。我不禁要
　　　　　想，死对于她一定有一点什么魅力，她竟这样迅速

地赴死。

安东尼　她狡猾得超过男人的想象。

伊诺巴伯斯　哎呀！先生，不，她的热情完全是由纯洁的爱之最
　　　　精妙的部分所组成的。她吁出的气与淌出的水，我
　　　　们不能用"叹息"与"眼泪"这样的字眼来形容，
　　　　那阵阵的雷雨与风暴不是历书所能预告的。这不能
　　　　算是她的狡狯，如果是，她便和周甫一般地会呼风
　　　　唤雨了。

安东尼　我但愿当初不曾见到她！

伊诺巴伯斯　啊，先生！那么你便是错过了这人间的尤物，若都
　　　　不看一眼，简直是枉自周游世界一遭。

安东尼　福尔维亚死了。

伊诺巴伯斯　您说什么？

安东尼　福尔维亚死了。

伊诺巴伯斯　福尔维亚！

安东尼　死了。

伊诺巴伯斯　噫，先生，赶快上供谢神。天神要把一个男人的妻
　　　　子取去的时候，那意思即是指示你尘世间有的是裁
　　　　缝匠。其间可以得到安慰，旧袍子穿烂了，可以换
　　　　新的。如果世上除了福尔维亚便没有女人，那么你
　　　　是受了打击，情形是很惨。可是你这悲伤是有安慰
　　　　的，你的旧袍子可以引出一条新衬裙，用大葱熏出
　　　　来的泪水就可以浇这一场悲哀。

安东尼　她在国内惹出来的麻烦我不能不去料理。

伊诺巴伯斯　你在这里惹出来的麻烦也不能由你一走了事，尤其

是克利欧佩特拉的这一段姻缘，完全有赖于你之留
在此地。

安东尼　　　不要再胡扯了。把我的意旨通知我的部队。我要把
我们仓促远行的原因告知女王并且向她告辞。因为
不仅是福尔维亚的死，及其他更紧迫的事，亟需我
去处理，罗马方面我的许多盟友也要求我回去。塞
克斯特斯·庞佩阿斯已经向西撒挑衅，他在海上称
霸。我们的善变的民众——他们的爱戴的热忱永远
不和有功的人联在一起，除非等到他的功绩已成过
去——已经开始把庞佩大帝所享的一切尊荣加在他
的儿子身上。他现在声势浩大，远超过了他的实力，
妄想成为首屈一指的军人，若不稍加抑制，可能危
害国家。一切都在酝酿中，像是马毛一样，刚刚蠕
蠕欲动，还没有蛇的毒[12]。去告诉我的部下，就说
我要迅速从这里撤退。

伊诺巴伯斯　　我就去说。〔同下〕

第三景：同上。另一室

克利欧佩特拉、查弥恩、艾拉斯及阿来克萨斯上。

克利欧佩特拉　**他现在哪里？**

查弥恩	我以后就没有看见他。
克利欧佩特拉	去看看他在哪里,谁和他在一起,他在做什么,不要说是我派你去的。如果你发现他很严肃,就说我正在跳舞;如果他很愉快,就说我突然病了。快去,快回。〔阿来克萨斯下〕
查弥恩	夫人,我以为。如果你是深深地爱他,你这样的态度是不能取得他的爱。
克利欧佩特拉	有什么是我应该做而我没有做的?
查弥恩	每件事都听从他,任何事都不要拂他的意。
克利欧佩特拉	你的劝告好蠢笨,那正是失去驾驭他的方法。
查弥恩	不要刺激他太过分,我愿你不要如此。对于我们时常施以恫吓的,有一天我们会恨。安东尼到这里来了。

安东尼上。

克利欧佩特拉	我病了,脾气好烦躁。
安东尼	我很抱歉,我不能不把我的意思表达出来——
克利欧佩特拉	扶我走开,亲爱的查弥恩,我要倒下去。可不能长久这样下去,身体实在支持不住。
安东尼	现在,我的最亲爱的女王——
克利欧佩特拉	请你站得离我远一些。
安东尼	怎么了?
克利欧佩特拉	看你那眼睛,我就知道,一定有什么好消息。你那位元配夫人说什么?你可以去,但愿她当初就没有准许你来!不要叫她说是我把你留在这里的,我对

	你没有权力，你是属于她的。
安东尼	天晓得——
克利欧佩特拉	啊！从来没有过这样受骗的女王，从最初我就看出你对我不怀好意。
安东尼	克利欧佩特拉——
克利欧佩特拉	为什么我要认为你能属于我，能对我忠实，虽然你海誓山盟地震动了天神，而事实上已对福尔维亚不忠？简直是疯狂，竟被你那口头的誓约所蒙骗，你在发誓的时候即已存心背誓！
安东尼	我的最亲爱的女王——
克利欧佩特拉	不，请你不要再为你的离去寻求借口，说一声告辞，就走吧。你当初请求停留下来的时候，那才是有话可说的时候。那时候你又没说要走的话，永恒的生命就在我的嘴唇和眼睛上，幸福就在我的弯弯的眉毛上，我浑身上下没有一处不是天生丽质。这一切依然未改，而你，全世界最伟大的军人，变成了全世界最伟大的说谎者。
安东尼	你是怎么了，夫人！
克利欧佩特拉	我愿我有你那样的高大的体格，你就会晓得埃及女王不是好欺侮的了。
安东尼	听我说，女王。目前有极紧要的事需要我去处理一下，但是我的整个的心还是留在这里由你享用。我们的意大利又起了内战，塞克斯特斯·庞佩阿斯已向罗马的门户进发。国内的两大势力之势均力敌，引起了尖锐的党派之对立。被厌恨的，现在声势壮

大，又重新被人喜欢了。被诅咒的庞佩，承袭他父亲的荣誉，很快地获得了如今不得志的人们的欢心，其数目是惊人的。承平日久，人心思变。我个人还有一桩私事，也是可以使你放心让我走的事，那便是福尔维亚死了。

克利欧佩特拉　虽然年纪不能使我免于荒唐，却使我不再有孩子气了，福尔维亚能够死吗？

安东尼　她是死了，我的女王。看看这个，您有工夫时可以读一读她所引起的骚乱。她最后的一桩事，也是最好的事，你看看她是何时在何地死去的。

克利欧佩特拉　啊，顶虚伪的爱情！你贮眼泪的瓶子在哪里呢[13]？现在看到福尔维亚之死，我明白了，我明白了，我将来死时受到什么样的待遇。

安东尼　不要再吵了，准备听取我所要对你讲的话，是否可行就要看你意下如何了。使尼罗河的泥土变为肥沃的那个太阳可以为我做证，我此次出发，是你的武士、你的仆人的身份，是作战还是缔和完全听你决定。

克利欧佩特拉　撕开我的胸衣[14]，查弥恩，快来。但是不要紧了，我病得快，也好得快，只消安东尼爱我。

安东尼　我的宝贝女王，不要如此，你可以证实他是真心相爱，他可以禁得起任何考验。

克利欧佩特拉　福尔维亚也这样告诉过我。我请你，转过身去哭她吧。然后向我告辞，就说那眼泪是为埃及女王掉的。好啦，现在可以好好地演一场戏，要演得逼真，像真的一般。

安东尼　　　　你要使我动火了，别再说了。

克利欧佩特拉　已经做得很好了，你还可以做得更好一点。

安东尼　　　　唉，凭我的剑发誓——

克利欧佩特拉　还有盾呢。他已经有进步啦，不过这还不是最佳的
　　　　　　　表演。看，我请你，查弥恩，这赫鸠里斯后裔的罗
　　　　　　　马人扮演一个愤怒的角色是何等地逼真。

安东尼　　　　我要离开你了，夫人。

克利欧佩特拉　多礼的先生，我还有句话。先生，你和我总要分离
　　　　　　　的，不过这不是我所要说的话。先生，你和我曾经
　　　　　　　相爱，不过那也不是我所要谈的话题，这是你所深
　　　　　　　知的。我所要说的乃是——啊！纵然我忘怀一切，
　　　　　　　我忘不了安东尼，尽管他忘记我。

安东尼　　　　若非陛下是把悠闲当作臣民来使唤，我要误会你就
　　　　　　　是悠闲的化身了。

克利欧佩特拉　像克利欧佩特拉对此事之如此认真，这样的悠闲也
　　　　　　　可说是汗流浃背的苦力了。但是，先生，原谅我吧。
　　　　　　　你既然对于我的优点看不入眼，我忧伤欲死。你的
　　　　　　　名誉呼唤你离开此地，所以，对于我的不足怜悯的
　　　　　　　愚蠢呼号大可充耳不闻，敬祝你一路顺风！祝你旗
　　　　　　　开得胜！祝你所至顺利成功！

安东尼　　　　我们走吧。来，我们的分离实在是既没有分也没有离，
　　　　　　　你留在这里，心随了我去，我离开这里，心留在
　　　　　　　此地。
　　　　　　　走吧！〔同下〕

第四景：罗马。西撒家中一室

奥大维·西撒、赖皮德斯及随从等上。

西撒　　　　你可以看出，赖皮德斯，以后你会知道，西撒并没
　　　　　　有那种天生的恶性要嫉恨我们的伟大的伙伴。这是
　　　　　　从亚力山大传来的消息：他钓鱼、饮酒、夜以继日地
　　　　　　宴乐，他不比克利欧佩特拉更有男人气，陶乐美[15]
　　　　　　的王后也不比他更有女人气。他不肯接见使者，也
　　　　　　不肯想一想他还有伙伴。你会发现大家所易犯的所
　　　　　　有的毛病都集于他一身。

赖皮德斯　　我想他的过失也不会多得把他的一切好处都给遮暗。
　　　　　　他的过失像是天上的星辰，在黑夜中格外显得光亮。
　　　　　　是遗传的，不是自己养成的。是他无法改变的，不
　　　　　　是他有意选择的。

西撒　　　　你是太宽容了，倒在陶乐美的床上，为了一场欢笑
　　　　　　而放弃一块国土，和奴才坐在一起轮流把盏，午间
　　　　　　歪歪斜斜地在街上走，和浑身汗臭的恶汉推推打打，
　　　　　　我们姑且承认这都不算是毛病，就说是和他的身份
　　　　　　相符——他的品格一定是很稀有的，才能不被这些
　　　　　　行为所玷污——但是想想由于他的轻佻而使我们承
　　　　　　受重大负担，安东尼实在是无法自解。如果他只是
　　　　　　以纵情享受来消磨他的时间，食古不化和骨头干疼
　　　　　　会找他来算账。但是他的处境和我们的处境都在大
　　　　　　声疾呼地劝他不要再荒唐放纵，而他居然还是在浪

费这宝贵的时间，实在是值得谴责，就像我们责备那些年事已长而只知目前享受不服理性指导的孩子们一般。

一使者上。

赖皮德斯　又有消息来了。

使者　　　你的命令已经执行了，最高贵的西撒，每一小时你都可以得到海外情况发展的报告。庞佩在海上很是强大，对于西撒仅仅怀着畏惧的人们似乎对于他颇有爱戴之意。对现状不满的人都跑到了海口，大家都说他是受了委屈的。

西撒　　　这情形是我应该早已见到的。从最古的时代起就有一条原理指示我们，凡是当权在位的人，在未当权在位以前总是受人拥护的。失意的人永远不会受人爱戴，除非到了不值得受人爱戴的时候，因为缺了他而他的身价反倒提高。群众就像是河里的漂荡的菖蒲，像奴仆一般随着变动的潮流荡来荡去，漂荡到腐烂为止。

使者　　　西撒，我还有消息给你带来，著名的海盗曼拿克拉蒂斯和密拿斯利用那大海，用各种各样的船只在海上横行，屡次到意大利来掠劫，沿海居民提起来便面无人色。鲁莽的年轻人便跟着他们叛变，没有船只敢露面，一被发现便被掳截了去。因为庞佩的威名先声夺人，比对他实行抵抗还更为可怕。

西撒　　　安东尼，离开你的荒淫的饮宴吧。你当初在摩地拿

　　　　　　　　杀死赫席阿斯和潘萨二执政，战败出走，饥馑接踵
　　　　　　　　而至，你虽然是娇生惯养，你以比野蛮人所能忍受
　　　　　　　　的更大的耐心去奋斗。你喝了马溺和畜牲都拒绝饮
　　　　　　　　用的罩上一层金黄色浮渣的坑水，顶荒野的树丛上
　　　　　　　　结的顶粗糙的浆果，你也认为是可口的。是的，像
　　　　　　　　一只鹿似的，到了草地罩上了一层雪的时候，你啃
　　　　　　　　树皮。在阿尔卑斯山上，据说你吃过奇怪的肉，有
　　　　　　　　些人看一下都要吓死的。这一切——我现在提起来
　　　　　　　　似乎有伤你的体面——你都能以战士的精神硬挺下
　　　　　　　　来，脸上一点都不显得消瘦。

赖皮德斯　　　他太可惜了。

西撒　　　　　让他的可耻的行为快一点把他赶回罗马吧。现在我
　　　　　　　们两个该在战场上露面了，为了这个目的立刻召集
　　　　　　　会议。由于我们懈怠，庞佩将愈益壮大。

赖皮德斯　　　明天，西撒，我可以有资料奉告，在海上和陆上我
　　　　　　　确实可以提供多少兵力来应付当前的局面。

西撒　　　　　在会面之前，那也是我该要做的事。再见。

赖皮德斯　　　再见了。你若是知道外面发生了什么事端，请通知
　　　　　　　我一声。

西撒　　　　　那是一定的，先生，我晓得那是我的责任。〔同下〕

第五景：亚力山大港。宫中一室

克利欧佩特拉、查弥恩、艾拉斯及玛尔地安上。

克利欧佩特拉　查弥恩！

查弥恩　　　　夫人！

克利欧佩特拉　哈，哈！给我曼陀罗水喝。

查弥恩　　　　为什么，夫人？

克利欧佩特拉　为的是我好把安东尼离去的这一段时间用昏睡打发
　　　　　　　过去。

查弥恩　　　　你想念他太过度了。

克利欧佩特拉　啊！这是背信。

查弥恩　　　　夫人，我想不会是这样的。

克利欧佩特拉　你，玛尔地安太监！

玛尔地安　　　陛下有何吩咐？

克利欧佩特拉　我现在不想听你唱，一个太监所有的玩意儿，我都
　　　　　　　不感兴趣。你倒好，阉割了之后，不会想由埃及女
　　　　　　　王身边远走高飞。你也有爱情吗？

玛尔地安　　　有啊，仁慈的夫人。

克利欧佩特拉　真的！

玛尔地安　　　不是在真的行为上，夫人，因为除了正当的行为之
　　　　　　　外我是没有行为的能力的。不过我还是有强烈的感
　　　　　　　情，也常想起维纳斯和玛尔斯所干的事[16]。

克利欧佩特拉　啊，查弥恩，你说他现在是在什么地方？是站着，
　　　　　　　还是坐着？是在步行？还是在骑马？啊，那匹马好

幸福，能驮着安东尼！抖擞精神吧，马，你知道你驮着的是谁吗？他是支撑半个世界的巨人阿特拉斯[17]。他是人类的干戈甲胄。也许他现在正在说话，或是低声地呼唤"我那尼罗河边的蛇在哪里呢？"，因为他是这样叫我的。我现在这样想实在是饮鸩止渴。他会想我。我这皮肤被太阳神弄得黝黑，脸上被时间刻上了皱纹？宽额大脸的西撒，当你在世的时候来到此地，我还是秀色可餐，值得帝王一顾，伟大的庞佩也会站在那里死盯着我的脸。好像是他要把眼光定在那里，看着我一直到死。

阿来克萨斯上。

阿来克萨斯　埃及女王，您好！

克利欧佩特拉　你和马克·安东尼相差好多啊！不过，你是从他那里来的，那炼金的药液把你也镀成金的了。我的勇敢的马克·安东尼近况如何？

阿来克萨斯　亲爱的女王，他最后做的一桩事便是于许多次的热吻之后吻了这一颗晶莹的珍珠。他说的话还牢牢地贴在我的心里。

克利欧佩特拉　我的耳朵一定要把它从那里揭下来。

阿来克萨斯　"好朋友，"他说，"你去讲，坚贞的罗马人把这蚌壳里的珍宝敬送给伟大的埃及女王。于这菲薄的礼物之外，我还要用许多国土来环拱着她的富丽的宝座。整个的东方，你去说，都要称她为主人。"他于是点点头，很严肃地跨上了一匹骏马[18]，马大声嘶吼，把我要说的话给吵得不能听见了。

克利欧佩特拉　怎么！他是忧愁还是快乐的样子？

阿来克萨斯　恰似一年中的严寒与酷暑之间的那个季候，他既不忧愁亦不快乐。

克利欧佩特拉　好平稳的性格啊！你看他，你看他，好查弥恩，他就是这样的一个人，但是你要注意他。他不忧愁，因为他要用他的神采照射那些仰望于他的人。他不快乐，因为那好像是告诉他们他所怀念的是埃及的爱人。他是介于二者之间，真是绝妙的混合！无论你是忧愁或是快乐，那情绪由你表达出来总是很相宜的，别人便办不到。你遇到我的使者了吗？

阿来克萨斯　是的，夫人，前后有二十位使者。你为什么这样密地派人送信？

克利欧佩特拉　如果有一天我忘记给安东尼送信，在那不幸的一天出生的人一定会贫困而死。拿纸墨来，查弥恩。欢迎你来，我的阿来克萨斯。查弥恩，我当年可曾这样地爱过西撒吗？

查弥恩　啊！那位勇敢的西撒！

克利欧佩特拉　你再敢说这恭维话，我愿你被这恭维话给噎死！说勇敢的安东尼。

查弥恩　那位英勇的西撒。

克利欧佩特拉　我对爱西斯发誓，如果你再把西撒和我的出类拔萃的人儿相提并论，我要令你牙齿出血。

查弥恩　请您千万恕罪，我只是说您所说过的话而已。

克利欧佩特拉　我年轻的时候，不懂事，没有真情，所以说出那样

的话！来，我们走吧，给我拿纸墨来，我要让他每天得到一封信，就是把埃及的所有的人都派遣出去也没有关系。〔同下〕

注释

[1] 风箱（bellows）除了使火炽盛之外尚有鼓动凉风扇吹热物使之变凉的功用。原文 gipsy 即是"埃及人"之意，但亦有轻蔑意。打扇子是奴才的职务。

[2] 福尔维亚（Fulvia），安东尼之妻，性格乖张。

[3] 西撒当时二十三岁。

[4] 头上生角是男人的耻辱的标记，表示其妻不贞。戴花圈表示光荣。

[5] 肝是欲火所在之处。言与其欲火在肝里燃烧，不如以酒将肝烧熟也。

[6] 犹太的希律王（Herod of Jewry），奇迹剧中常见之一角色，为一狂放的暴君，曾杀戮婴儿无数以期铲除预言即将降临之救世主。

[7] 摘 Steevens 说，"胜过于爱无花果"是句谚语，并无寓意。

[8] 俗谓男子之鼻与其阳具成正比。（R.H. Case 注中指出，可参看 *Tristram Shandy* 卷三第三十一章及卷五第一章。）

[9] 爱西斯（Isis）是埃及的主要神祇之一，是司土地及繁殖的女神。

[10] 雷比伊诺斯（Lebienus）是 Brutus 与 Cassius 派往 Parthia 乞援的专使，后 Brutus 事败，遂留在 Parthia 的国王 Orodes 处，现在与王子 Pacorus 共同率军西侵。按 Parthia 古国在今伊朗境。

[11] 西席昂（Sicyon），希腊 Corinth 附近一城市。

[12] 民间迷信，马毛置水桶中可变为鳝。

[13] 罗马习俗，友人死时，吊者以泪水贮瓶中，置死者墓内，即所谓 lachrymatory vials（泪瓶）。

[14] 撕开紧束的胸衣，以便呼吸。盖伴为欲昏厥状。

[15] 陶乐美（Ptolemy）是克利欧佩特拉的哥哥，也是她的名义上的夫君。

[16] 希腊神话，维纳斯（Venus）与玛尔斯（Mars）通，生一女，即 Harmonia。

[17] 阿特拉斯，希腊神话中之巨人，反抗天神 Zeus，被罚以头及手撑天。据荷马所述，被罚担着支撑天地间的巨柱。

[18] 原文"an arm-gaunt steed"，注释纷纭，Furness 用两页多的篇幅记载各家意见。作为"前腿坚实的马"解，大概近是，故译为"骏马"。

第 二 幕

第一景：麦西拿。庞佩家中一室

庞佩、曼那克拉蒂斯及密那斯上。

庞佩　　　如果伟大的天神是公正的，他们一定会帮助顶理直
　　　　　气壮的人们所做的事。

曼那克拉蒂斯　你要晓得，可敬的庞佩，天神们一时不加援手，并
　　　　　非即是拒绝援助。

庞佩　　　在我们向神龛祈祷的时候，我们所祈祷的东西恐怕
　　　　　已经变成没有价值。

曼那克拉蒂斯　我们，昧于利害，往往祈求一些于我们自己有损的
　　　　　事，明智的天神加以拒绝正是为我们好，所以我们
　　　　　祈求不遂反倒可以得福。

庞佩　　　我会成功的，民众爱戴我，并且海面由我控制了。

我的兵力正在增长，我有预感即将达于全盛。马克·安东尼正在埃及宴乐，不肯出来作战：西撒搜刮民财的地方即是他失去民心的地方：赖皮德斯恭维他们两个，也受他们两个的恭维，但是他并不爱他们任何一个，他们任何一个也不欢喜他。

密那斯　　西撒和赖皮德斯已经进入战场，他们带着强大的军队。

庞佩　　　你从哪里得来这消息？不可靠。

密那斯　　听西尔维阿斯说。

庞佩　　　他在做梦，我知道他们两个一起住罗马，等候着安东尼。但是，淫荡的克利欧佩特拉哟，愿爱情的魔力浸润你那干枯了的嘴唇！让巫术和美貌相结合，再加上淫欲！把那浪子缠在酒食场中，令他头昏脑涨。让名厨用吃不厌的调味汁来刺激他的食欲，食与色就会令他置名誉于不顾，沉湎到昏睡不醒的地步！

瓦利阿斯上。

有什么事，瓦利阿斯！

瓦利阿斯　我将报告一项最确实的消息：马克·安东尼随时就要到达罗马。自从他离开埃及，以时间计算早该到达了。

庞佩　　　较不重要的事情我倒比较喜欢听。密那斯，我没想到这个好色之徒为了这样小小一场战事而穿戴盔甲，他的军事天才高出那两个一倍。不过我们也可引以自豪了，我们这次用兵居然把那荒淫无度的安东尼从埃及寡妇的怀抱中扯出来了。

密那斯　我想西撒与安东尼怕不能和衷共济，安东尼的亡妻曾冒犯了西撒，他的弟弟也曾对他作战，虽然我想不见得是安东尼主使的。

庞佩　我倒不敢说，密那斯，大敌当前的时候是否即可捐弃小嫌。若不是我们兴兵对抗他们，他们很可能自己争吵起来，因为他们之间的争端已经使得他们剑拔弩张了。不过他们由于恐惧我们的缘故，将如何地密切团结，捐除歧见，我们还不得而知。一切由我们的神来决定吧！

这事与我们的性命攸关，我们必须用最强硬的手段。来，密那斯。〔同下〕

第二景：罗马。赖皮德斯家中一室

伊诺巴伯斯与赖皮德斯上。

赖皮德斯　好伊诺巴伯斯，那是一件有价值的工作，由你来做是最相宜的，请求你的大帅在说话方面委婉客气一些。

伊诺巴伯斯　我只能请求他在答话时要合于他的身份。如果西撒激怒了他，就让安东尼睥睨西撒，像玛尔斯一般地高声说话。我敢对朱彼得发誓，如果我脸上有安东尼那样的胡子，我今天决不刮脸[1]。

赖皮德斯　这不是发泄私人怨愤的时候。

伊诺巴伯斯　对于随时发生的事，宜于随时加以处理。

赖皮德斯　但是为了大事，小事必须让步。

伊诺巴伯斯　如果先发生的是小事，便又当别论。

赖皮德斯　你的话是感情用事，请你不要煽动感情。高贵的安东尼来了。

安东尼与凡提底阿斯上。

伊诺巴伯斯　那边还有西撒。

西撒、米西那斯及阿格里帕上。

安东尼　如果我们在此地获得协议，我们就向帕兹亚进发。你听我说，凡提底阿斯。

西撒　我不晓得，米西那斯，你问阿格里帕。

赖皮德斯　高贵的朋友们，极重大的事由把我们团结在一起，不可让一些细节使我们分裂。有什么不快意的事，要心平气和地说。在高声激辩我们的琐细的歧见的时候，我们不是疗伤，我们是在促成致命伤。所以，我的高贵的伙伴们——我格外地恳切请求——谈到最愤慨的地方要用最柔和的辞句，不要在争端之外再说些尖刻的话。

安东尼　这话说得对。即使我们相见以兵，即将交战，我也

	会这样做。
西撒	欢迎你到罗马来。
安东尼	谢谢你。
西撒	请坐。
安东尼	您请坐。
西撒	好，我先坐下了。
安东尼	我听说你对于某些事情很不高兴，而那些事情并非事实，即或是事实也与你无关。
西撒	如果我无缘无故地或是小题大做地生气，而且是对你生气，我一定要遭人耻笑。在根本与我无关、无须提及你的大名的时候，而我竟用诋毁的语气提起你的大名，我便格外该遭人耻笑了。
安东尼	我留在埃及，西撒，那与你何干？
西撒	就如同我之留在罗马对于在埃及的你是一样地不相干。不过，如果你在那里对我怀有阴谋，你之留在埃及便可能是与我有关的问题。
安东尼	你所谓阴谋是什么意思？
西撒	你看看我在这里所遭遇的事，便可以明白我的意思。你的妻和弟对我作战，他们是为了你的缘故而动兵，作战也是用你的名义。
安东尼	你把事情弄错了，我的弟弟从来没有在他的行动中利用我的名义。我曾调查过这件事，我的消息是根据和你共同作战的人所做的真实情报。我们两个利害相同，他否认你的权威、和你作战，不即是否认我的权威、和我作战吗？关于这一点我已有好几封

	信向你解释清楚。如果你想寻衅，要有充分的资料去制造事端，像这样的借口是不行的。
西撒	你倒会为自己解脱，把见事不明的责任推在我的身上，但是你的解释甚为牵强。
安东尼	不是这样的，不是这样的。我知道你一定不会想不到，我既然和你利害一致，而他前来挑战，对于这场危及我自己的安全的战争我当然不会赞许的。至于我的妻，我愿你的妻也有她那样凶悍的脾气。这世界的三分之一是属于你的，你很容易地加以驾驭，但是你驾驭不了这样的一个妻。
伊诺巴伯斯	但愿我们都有这样的妻，男人可以合起来和女人作战！
安东尼	她的脾气太坏，无法控制，西撒，所以引起许多麻烦——不过她也很工于心计的——我很抱歉地承认的确是给了你许多烦恼。关于这一点，你必要知道，我是无能为力的。
西撒	你在亚力山大港轰饮作乐的时候我给你写过信，你把信往袋里一塞，说了几句嘲骂的话把我的使者赶出来了。
安东尼	先生，是他在我没有传他进来的时候便自行闯进来的。那时候我刚好和三位国王宴叙完毕，头脑不像早晨那样清醒。但是第二天我便亲自向他解释，那等于是向他道歉了。不要把这个家伙作为我们的争端之一，如果我们有所争执，把他剔除出去。
西撒	你破坏了你自己的誓约，而你却不能以此罪名来指

控我。

赖皮德斯	小一点声说,西撒!
安东尼	不,赖皮德斯,让他说。他所说的事是与名誉有关的,那是大事,他认为我于名誉有亏。讲下去,西撒,我破坏了哪一条誓约。
西撒	在我需要的时候你该借给我军火及派兵相助,二者你都拒绝了。
安东尼	其实是忽略了,并且那时节,我正在陶醉之中,神志不大清楚。在我的名誉许可的范围之内,我愿向你表示歉意!我做事不欠缺坦白的精神,但是也不能坦白到有损于我的尊严。事实是,福尔维亚为了要我离开埃及,在此地发动了战争。我虽不知情,但事情是由我而起,为了这件事情,在不损及我的名誉的范围之内,我愿俯首请罪。
赖皮德斯	这话说得漂亮。
米西那斯	请你们不要再计较旧日的嫌怨了。往事一笔勾销,当前的情况需要你们团结一致。
赖皮德斯	这话说得对,米西那斯。
伊诺巴伯斯	如果你们现在暂时言归于好,等到你们听不到庞佩的消息的时候你们可以回过头来再吵。你们有的是时间去吵架,如果没有别的事可做。
安东尼	你只是一个军人,不要多说。
伊诺巴伯斯	我几乎忘记真话是不该说出口的。
安东尼	你侮辱了在座的人,所以请你别再说了。
伊诺巴伯斯	那么就算了;我是你的一块奉命唯谨的石头 [2]。

西撒	我不反对他所说的话，只是他说话的态度不大好；因为我们的性格相差如此之多，长久维持友谊是不可能的。不过，如果有什么方法可以把我们维系在一起，我愿跑遍天涯去寻求它。
阿格里帕	请准许我说一句话，西撒。
西撒	说吧，阿格里帕。
阿格里帕	你有一位不同母的姐姐，出名贤惠的奥大维亚[3]。伟大的马克·安东尼现在还是个鳏夫。
西撒	不要这样说，阿格里帕。如果克利欧佩特拉听到了，你这样信口乱说是该受申斥的。
安东尼	我是尚未结婚，西撒，让我听阿格里帕说下去。
阿格里帕	为了使你们长久友好，使你们成为兄弟，使你们的心坚牢地结在一起，让安东尼娶奥大维亚为妻。她的美貌配得最好的男人做她的丈夫，她的美德和她的贤惠不是任何别人所能夸耀的。靠了这一段婚姻，现在好像是很严重的一切小小的嫌怨，现在好像是含着危险的一切重大的猜忌，一切都可化为乌有。现在把谣传当作真事，到那时候真事也会当作谣传。她之对你们两个的爱，可以把你们两个吸引在一起，也可以把人民的爱吸引给他们两个。请原谅我所说的话，这不是临时想起的，这是我激于忠心而经过长时间考虑过的。
安东尼	西撒的意下如何？
西撒	我要先听听安东尼对这一番话有何感想。
安东尼	如果我说"阿格里帕，就这样办"，阿格里帕可有什

么力量能实现这件事呢?

西撒　西撒的力量和他对于奥大维亚的力量，可以实现这一件事。

安东尼　但愿这十分美满的好事可别遭遇阻碍！把你的手给我，促成这一段好事，从现在起让兄弟之情主宰我们的爱，支配我们的伟大的计划！

西撒　这是我的手。我把一个姐姐，从来没有一个弟弟这样爱过的姐姐，送给你了。让她永远把我们的国土和我们的心结合在一起，永不再行离叛！

赖皮德斯　美满极了，但愿如此！

安东尼　我本来不想对庞佩作战，因为他最近对我非常地有礼貌。至少我得要谢谢他，免得人家说我失礼。随后，再向他挑战。

赖皮德斯　时间已经紧迫，我们必须立即去找庞佩，否则他要来找我们了。

安东尼　他驻扎在什么地方。

西撒　在麦细农山附近[4]。

安东尼　他在陆上军力如何呢？

西撒　很大而且在增长中，但是在海上他是绝对可以称霸。

安东尼　传说是如此。但愿我们能和他一战！我们赶快去吧，不过，在我们披挂之前，要把方才谈起的事情处理一下。

西撒　我极愿意，我请你去见我的姐姐，我现在就领你去。

安东尼　赖皮德斯，我们不能少了你作陪。

赖皮德斯　高贵的安东尼，即使是生病我也要奉陪。〔奏花腔。

西撒、安东尼与赖皮德斯同下〕

米西那斯　欢迎你从埃及来，先生。

伊诺巴伯斯　西撒的密友。贤明的米西那斯！我的尊荣的朋友，
　　　　　　阿格里帕！

阿格里帕　好伊诺巴伯斯！

米西那斯　结局如此圆满，我们应该高兴。你在埃及好开心啊。

伊诺巴伯斯　是的，先生。我们白昼睡得天昏地暗，夜晚喝得兴
　　　　　　高采烈。

米西那斯　早点有八整只烤野猪，只有十二个人吃，这可是
　　　　　　真的？

伊诺巴伯斯　这不过好比是大鹰旁边的一只苍蝇 [5]，我们还有更
　　　　　　惊人的盛筵，那才是大有可观呢。

米西那斯　她是一位仪态万方的女子，如果所传不虚。

伊诺巴伯斯　她最初晤见马克·安东尼的时候，在西得拿斯河上 [6]，
　　　　　　一下就抓到了他的心。

阿格里帕　她在那里出现，场面可真伟大，除非是给我报信的
　　　　　　人有意给她吹嘘。

伊诺巴伯斯　我可以告诉你。她坐的那只船，像一个光亮的宝座，
　　　　　　在水上照耀得像火似的通明。舵楼是金叶做的，帆
　　　　　　是紫色的，而且熏得喷香，把风都挑逗得精神恍惚
　　　　　　了。桨是银色的，随着笛声的节奏而划动，使得被
　　　　　　打动的水紧紧地追随，好像是爱挨那一下下的拍打。
　　　　　　讲到她本身，简直非言语所能形容。她卧在她的幔
　　　　　　帐里——透明的金线纱做的——比画家笔下巧夺天
　　　　　　工的一幅维纳斯像还更美艳。在她两侧站着脸上带

酒窝的男孩，像是微笑的邱比得，挥动着五色缤纷的扇子，扇出来的风原是想把她的脸扇凉的，却好像是把那嫩脸扇得更加绯红，适得其反。

阿格里帕　啊！安东尼能看到这景象，真是难得。

伊诺巴伯斯　她的侍女们，像是一群尼利地斯^[7]。海上的鲛人一般，察言观色地伺候着她，她们的鞠躬致敬也是美妙多姿的。鲛人一般的一位女郎在后面掌舵，那些光滑的缆索，在她的纤手灵巧地操纵抚摩之下，也觉得得意扬扬。附近的码头可以嗅到一股幽香从船里荡漾出来。人们倾城而出争着看她，而安东尼独自坐在市场，对着空气吹哨。那空气，若不是怕造成真空，也会跑去看克利欧佩特拉，使自然界发生一个空隙。

阿格里帕　稀有的埃及女王！

伊诺巴伯斯　她登岸后，安东尼便派人去，邀她去赴晚餐。她回答说最好是他做她的客人，她请他去做她的上宾。我们的温文有礼的安东尼，从来不曾对女人说过"不"字，于是理发修面十次以上，前去赴宴，仅仅为了他的眼睛的一番享受，他付出了他的心作为这一餐的代价。

阿格里帕　伟大的女人！她使得伟大的西撒解下了他的剑放在床上。他给她播种，她有了收获^[8]。

伊诺巴伯斯　有一次我看见她在街道上奔跑四十步的样子，她喘不过气来，一面说话一面喘气，她的喘吁吁的样子却是十分动人，说不出一句整话却有动人的妩媚。

米西那斯	现在安东尼必须和她完全断绝了。
伊诺巴伯斯	永远不会，他不会和她断绝。年龄不能使她衰老，她的无穷的变化也不会变成为陈腐。别的女人日久令人生厌，她能令人越满足越饿。最恶劣的东西在她身上便显得可爱，在她淫荡的时候祭司都要为她祝福。
米西那斯	如果美貌、智慧与德行，能使安东尼永不变心，那么奥大维亚是他的一位贤妻。
阿格里帕	我们走吧。好伊诺巴伯斯。你留在这里的时候要做我的客人。
伊诺巴伯斯	我谢谢你，先生。〔同下〕

第三景：同上。西撒家中一室

西撒、安东尼、奥大维亚（在二人之间）；侍从等上。

安东尼	世界大事和我的重要职务有时候要我离开你的怀抱。
奥大维亚	在你离去的时候我要长跪神前为你祈祷。
安东尼	再会了，阁下。我的奥大维亚，不要听信外边传说的我的缺点；以往我是有失检点，以后一切必定循规蹈矩。再会了，亲爱的夫人。
奥大维亚	再会了。

西撒　　　　再会了。〔西撒与奥大维亚下〕

　　　　　　预言者上。

安东尼　　　好，你来啦，你想回到埃及去吗？
预言者　　　但愿我当初不曾离开那里，你当初不曾到过那里！
安东尼　　　如果你有理由，说说看。
预言者　　　我内心明白，但是说不出，你赶快回埃及去。
安东尼　　　告诉我，谁的运道好，西撒的还是我的？
预言者　　　西撒的。所以，安东尼啊！不要留在他的身边。你
　　　　　　的神灵——即是保佑你的那个守护神——是高贵、
　　　　　　勇敢、世无其匹的，如果西撒不在那里。但是一接
　　　　　　近他，你的神灵便黯然失色，好像是为他所掩，所
　　　　　　以你们两个离得越远越好。

安东尼　　　不要再说这个了。
预言者　　　除了你，我对任何人也不说。除了对你，我也不会
　　　　　　再多说。你无论和他玩什么游戏，你一定要输，因
　　　　　　为他有天生的幸运，纵然你处于优势，他也会把你
　　　　　　打败。有他在你旁边闪烁，你的光辉便显得黯淡了。
　　　　　　我再说一遍，你的神灵在挨近他的时候不敢做你的
　　　　　　主宰，但是他一走开，它又意气飞扬了。

安东尼　　　你去吧，对凡提底阿斯说我要和他讲话。〔预言者
　　　　　　下〕他一定要到帕兹亚去。不管那是卜术还是偶然，
　　　　　　他说的话是对的，连骰子都听他的话。在我们游戏
　　　　　　的时候，我的较高的技术斗不过他的运气。如果我
　　　　　　们抽签，总是他抽中，斗鸡的时候虽然我占完全优

势，结果总是他的鸡赢，斗鹌鹑的时候圈围起来也总是他的鹌鹑于不利的状态中战胜我的。我得要到埃及去，虽然为了我的安宁而缔下这段姻事，我的快乐仍在东方。

凡提底阿斯上。

啊！来，凡提底阿斯，你一定要到帕兹亚去。你的委任状已经准备好了，跟我来去领取吧。〔同下〕

第四景：同上。一街道

赖皮德斯、米西那斯及阿格里帕上。

赖皮德斯	不要再远送了，请你们催促你们的将军早一点动身。
阿格里帕	马克·安东尼只要和奥大维亚亲吻一下，我们随后就来。
赖皮德斯	再会了。下次相见的时候我将看见你们穿上军装，格外显得英俊了。
米西那斯	我估计路程，我们将在你之先到达山下，赖皮德斯。
赖皮德斯	你们的路近些，我有事情要绕一些路，你们会比我早到两天。

米西那斯	
---	祝你顺利!
阿格里帕	
赖皮德斯	再会。〔同下〕

第五景：亚力山大港。宫中一室

　　克利欧佩特拉、查弥恩、艾拉斯、阿来克萨斯及侍从
　　等上。

克利欧佩特拉　给我奏乐。音乐，我们情场中人的忧郁的食粮。

侍从　　　　　奏乐呀，喂!

　　玛尔地安上。

克利欧佩特拉　不要啦，我们打弹子去吧。来，查弥恩。

查弥恩　　　　我的胳膊疼痛，最好和玛尔地安去打吧。

克利欧佩特拉　一个女人和一个太监在一起玩就如同和一个女人玩
　　　　　　　是一样的。来，你愿意和我玩吗?

玛尔地安　　　愿尽力奉陪，夫人。

克利欧佩特拉　如果有诚意表现出来，虽然成绩差些，也可邀得原
　　　　　　　谅。现在我不要打弹子了。把钓竿拿给我，我们到
　　　　　　　河边去。在那里——我的乐队遥遥地奏起乐来——

我要诱捕那些黄褐色鳍的鱼。我的弯钩要刺穿它们的滑溜溜的嘴巴，并且在拉起它们来的时候，心想每一条鱼是一个安东尼，并且说一声："啊，哈！你被我捉到了。"

查弥恩 你当初和他钓鱼打赌实在是很快活，你的潜水夫在他的钓钩上挂了一条咸鱼，他还兴冲冲地往上拉呢。

克利欧佩特拉 那个时候——啊，往事不堪回首——我把他笑得有一点着恼，可是那一晚我又把他笑得怒气全消。第二天早晨，九时以前 [9]，我把他灌醉了睡倒在床上。然后我把我的衣帽给他穿戴起来，我佩起他的腓力比纪念宝剑 [10]。

一使者上。

啊！从意大利来的，把你的丰富的消息塞进我的耳朵吧，我的耳朵久已荒瘠了。

使者 夫人，夫人——

克利欧佩特拉 安东尼死啦！如果你这样说，坏人，你简直是杀死你的女主人。如果你说他是安然无恙，我赏你金子，还可以吻我这手上的青筋。这只手是许多帝王吻过的，而且是战战兢兢地吻的。

使者 首先要说，夫人，他是平安的。

克利欧佩特拉 好，再多赏你一些金子。但是，你听着，我们常说死人是平安的。如果你是这个意思，我就要把给你的金子熔化了灌进你那报凶讯的喉咙。

使者 好夫人，听我说。

克利欧佩特拉 好，你说吧，我听，但是你脸上没有吉兆。如果安东尼是健康无恙，你这一张晦气脸不配报告这好消息！如果他情况不好，你该像是一位复仇女神那样地满头毒蛇，不该保持人形。

使者 请听我说好不好？

克利欧佩特拉 我颇想在你说话之前先打你一顿，不过，如果你说安东尼没死、平安、和西撒处得好、没被他监禁，我就要把金子撒在你身上，把珍珠像雹子一般投给你。

使者 夫人，他是平安的。

克利欧佩特拉 说得好。

使者 和西撒也处得来。

克利欧佩特拉 你是个诚实的人。

使者 西撒和他相处比以前要好得多。

克利欧佩特拉 你可以要求我给你一笔大大的财产。

使者 不过，夫人——

克利欧佩特拉 我不喜欢听那个"不过"，这要使以前的好消息为之减色。好可恶的一声"不过"！"不过"像是一个狱吏带领着一个重大的罪犯。请你，朋友，把你的全部消息，好的和坏的，一齐注入我的耳朵里吧。他和西撒相处得很好，他很健康，你刚说过。你并且说，他是自由的。

使者 自由，夫人！不，我没有说这话，他已经受了奥大维亚的束缚。

克利欧佩特拉 要尽什么义务？

使者　　　　要在床上尽义务。

克利欧佩特拉　你看我的脸色变得好白，查弥恩。

使者　　　　夫人，他是和奥大维亚结婚了。

克利欧佩特拉　让最恶毒的瘟疫传到你的身上！〔打他倒地〕

使者　　　　好夫人，别生气。

克利欧佩特拉　你说什么？滚开，〔再打〕好可恶的坏人！否则我要
　　　　　　把你的眼珠踢出来像球似的在我的面前滚，我要拔
　　　　　　光你的头发。〔她把他扯起又按下〕你要挨钢鞭的抽
　　　　　　打，放在盐水里浸，泡在里面慢慢地活受罪。

使者　　　　好夫人，我只是带来这消息，这媒不是我做的。

克利欧佩特拉　说没有这样一回事，我就送给你一省的地方，使你
　　　　　　交好运。你挨了一顿打，算是为了惹我生气而赎罪，
　　　　　　此外你有什么合理的要求，我还可以格外赏赐。

使者　　　　他是结婚了，夫人。

克利欧佩特拉　恶汉！你是活得太久了。〔拔刀〕

使者　　　　别，那么我逃吧。您这是什么意思，夫人？我没有
　　　　　　犯错。〔下〕

查弥恩　　　好夫人，请您镇定一下，这个人是无辜的。

克利欧佩特拉　有些无辜的人也难免遭雷殛。让埃及溶化到尼罗河
　　　　　　里去吧！善心的人都变成为蛇，再喊那奴才来，我
　　　　　　虽然疯狂，我不会咬他的。喊他来。

查弥恩　　　他不敢来。

克利欧佩特拉　我不会伤害他。〔查弥恩下〕这一只手是有失尊严，
　　　　　　竟殴打一个比我低贱的人，是怪我自己给我自己惹
　　　　　　起了这一场麻烦。

查弥恩与使者又上。

你走过来。虽然你是据实报告，把坏消息带来总不
是一件好事。好消息不妨多说，坏消息最好是留待
被人感到的时候自行流露。

使者　　　我已尽了我的职责。

克利欧佩特拉　他是结婚了吗？如果你再说一声"是"，我也无法再
恨你更深一点。

使者　　　他是结婚了，夫人。

克利欧佩特拉　天神惩罚你！你还是这么说？

使者　　　我应该说谎吗，夫人？

克利欧佩特拉　啊！我愿你说谎，纵然我的埃及一半陆沉，变成为
鳞蛇的漱沼。去，你走吧．你即使有纳西色斯的美
貌 [11]，我也觉得你是顶丑陋的。他是结婚了？

使者　　　我求陛下恕罪。

克利欧佩特拉　他是结婚了？

使者　　　我并无意冒犯，请您勿以为罪。为了您要我做的事
而惩罚我，好像是很不公道。他是和奥大维亚结
婚了。

克利欧佩特拉　唉，是他的错误使你变成一个罪人，而你这个人并
不等于是你所确知的坏消息 [12]。你去吧，你从罗马
带来的货物对于我是价钱太贵了，存在你的手上，
你自己受用吧！〔使者下〕

查弥恩　　好陛下，不要生气。

克利欧佩特拉　在赞美安东尼的时候我诋毁了西撒。

查弥恩　　　是有好几次，夫人。

克利欧佩特拉　我现在受了报应。扶着我走，我要晕倒。啊，艾拉斯！查弥恩！不要紧。去找那个人，好阿来克萨斯。让他说说奥大维亚的相貌、她的年龄、她的性格，别忘记提她的头发是什么颜色，快带回话给我。〔阿来克萨斯上〕让他一去不回吧——不要让他——查弥恩——他虽然从一方看是像个蛇发女怪，从另一方面看还是像战神玛尔斯一般威武。〔向玛尔地安〕你去告诉阿来克萨斯给我带话她身材有多么高。可怜我吧，查弥恩，但是别和我说话。扶我到寝室去。〔同下〕

第六景：麦西农附近

　　　　　　奏花腔。庞佩与密那斯，带着鼓手喇叭手从一边上；西撒、安东尼、赖皮德斯、伊诺巴伯斯、米西那斯，率着行进的士兵从另一边上。

庞佩　　　　我已经得到你们的保证，你们也得到我的了，我们先谈判然后再作战。

西撒　　　　先谈判是最适当的，所以我们已先把我们的意见书面送达。如果你已经加以考虑，请告诉我们你是否

即可把你那愤恨难平的宝剑放回鞘内，并且把一些
壮丁带回西西里，免得白白在这里送命。

庞佩　　　对于你们这三位统治天下的元老、天神之主要的执
行人，我要说我不晓得为什么我的父亲就该没有人
给他报仇，他是有一个儿子和许多朋友的。因为自
从朱利阿斯·西撒在腓力比向良善的布鲁特斯显魂，
他看见你们为他出力报仇。是什么动机促使那苍白
脸的卡西阿斯阴谋叛变？什么使得那大家尊敬的诚
实的罗马人布鲁特斯，率同其他的武装的酷爱自由
的人士，溅血在庙堂，除非是他们决心要使一个人
仅仅是一个人 [13]？同样的决心使我整备了水师，怒
海都被压得汹涌起来，我打算用这力量来惩罚可恨
的罗马对我的高贵的父亲所做的忘恩负义的举动。

西撒　　　你慢慢讲下去。

安东尼　　以你的舰只。庞佩，你吓不倒我们，我要到海上和
你交锋。在陆上，你晓得我们比你强大得多。

庞佩　　　诚然，你们在陆上有办法，还强占了我父亲的房产
呢。不过杜鹃自己不会筑巢，你们就住在里面吧 [14]。

赖皮德斯　这与目前商讨之事无关，请告诉我们对于我们的提
议你有什么意见。

西撒　　　这话说得中肯。

安东尼　　不必勉强答应我们的请求，考虑一下值不值得接受。

西撒　　　如果还有更大的希冀，要想想有什么后果。

庞佩　　　你们提议把西西里、萨丁尼亚送给我，我必须肃清
所有的海盗。然后，送若干小麦到罗马。获得协议

以后，我们便可以刀不卷刃地分开，带着没有伤痕
的盾牌回去。

| 西撒 安东尼 赖皮德斯 | 这就是我们的提议。 |

庞佩　你们要知道，我到这里来和你们相会，本是准备接
　　　　受这提议的，但是马克·安东尼使我有一点恼怒。
　　　　虽然自己不该讲自己有加惠于人的事，我还是不能
　　　　不要你知道，西撒和你的弟弟交战的时候，你的母
　　　　亲来到西西里曾受到我的款待。

安东尼　我听说了，庞佩，我很想能好好地报酬你的盛意。

庞佩　　我们握手吧，我没料到此地遇到你。

安东尼　东方的床铺是温柔的，我留连忘返，多谢你及时把
　　　　我惊动到这里来，我获益不浅哩。

西撒　　自从上次见你，你的样子变了不少。

庞佩　　唉，我不知道严酷的命运在我的脸上划了些什么记
　　　　号，不过它决不能进人我的胸怀令我的心做它的
　　　　奴仆。

赖皮德斯　我们今天在此相会，实在很好。

庞佩　　我也这样希望，赖皮德斯。这样我们算是获得协议
　　　　了。我请求把协议写下来，大家都盖上印章。

西撒　　那是下一步要做的事。

庞佩　　在分别之前我们要彼此款宴一次，我们抽签决定谁
　　　　先请客。

安东尼　我先请，庞佩。

庞佩	不，安东尼，抽签，不过，无论先请后请，你那精美的埃及式的烹调一定最为出色。我听说朱利阿斯·西撒在那里吃得发胖了。
安东尼	你听说得倒很多。
庞佩	我是好的意思。
安东尼	你的话也不错。
庞佩	那么我确实是这样听说的，我还听说阿波罗都勒斯曾把——
伊诺巴伯斯	不要再提那件事了，他确是那样做的。
庞佩	什么事，请问？
伊诺巴伯斯	把一位王后捆在被褥里送给西撒。
庞佩	我现在想起你来了。你好，武士？
伊诺巴伯斯	好，以后也还要好，因为我看出有四顿宴会就要来到。
庞佩	我们握手，我从来不厌恶你。我曾看见你作战，很羡慕你的英勇。
伊诺巴伯斯	先生，我对您从来没有多少好感，但是我称赞过您，虽然我的称赞赶不上您应得的称赞的十分之一。
庞佩	你说话尽可这样直爽，很适合你的身份。我请你们全体到我的船上来，请诸位走在前面好不好？
西撒 安东尼 赖皮德斯	你引路吧，先生。
庞佩	来。〔除密那斯与伊诺巴伯斯外，同下〕
密那斯	庞佩呀，你的父亲决不会订下这样的和约。我和你

曾经见过。

伊诺巴伯斯　是在海上，我想。

密那斯　　　是的，先生。

伊诺巴伯斯　你们在海上很有办法。

密那斯　　　你们在陆上很有办法。

伊诺巴伯斯　谁称赞我，我也称赞他，虽然我们在陆上所作所为是不能否认的。

密那斯　　　我们横行海上也是一样地不容否认。

伊诺巴伯斯　不，为了你自己的安全还是否认好些，你是海上的一个大盗。

密那斯　　　你是陆上的一个大盗。

伊诺巴伯斯　在这一方面我否认我的陆上的勋劳，但是我们握手吧，密那斯。如果我们的眼睛可以行使威权，大可以捉到两个握手言欢的大盗。

密那斯　　　所有的人的脸都是老实的，无论他们的手是怎样地不老实。

伊诺巴伯斯　可是没有一个美貌的女人能有一张老实的脸。

密那斯　　　这倒不是乱说，她们偷男人的心。

伊诺巴伯斯　我们到这里是预备和你们作战的。

密那斯　　　以我而论，这回把战争变成为饮宴，我很遗憾的，庞佩今天于笑谈中把他的好运道放弃了。

伊诺巴伯斯　果真如此，他哭也不能再把它哭回来。

密那斯　　　你说得对，先生。我们没料到在这里遇见马克·安东尼。请问，他是和克利欧佩特拉结婚了吗？

伊诺巴伯斯　西撒的姐姐是叫奥大维亚。

密那斯　　　　不错的，她原是卡雅斯·马塞勒斯的妻。

伊诺巴伯斯　　但是现在她是马克·安东尼的妻了。

密那斯　　　　怎么回事?

伊诺巴伯斯　　确实是如此。

密那斯　　　　那么西撒和他是永久联系在一起了。

伊诺巴伯斯　　如果一定要我预言这一结合的后果，我却不敢这
　　　　　　　样说。

密那斯　　　　我想这个婚姻，出之于双方情爱的成分少，和亲联
　　　　　　　谊的成分多。

伊诺巴伯斯　　我也这样想，不过你将会发现这好像是维系友谊的
　　　　　　　绳索要变成勒杀他们的友善的带子。奥大维亚是虔
　　　　　　　诚、冷淡而安静的。

密那斯　　　　谁不愿他的妻是这样的呢?

伊诺巴伯斯　　自己不是这样的，便不愿他的妻子是这样，马克·安
　　　　　　　东尼便是如此。他将再去享受他的埃及的异味，那
　　　　　　　时节，奥大维亚的长吁短叹必将煽起西撒的怒火，
　　　　　　　于是，像我方才说的，现在的友善的力量之所寄终
　　　　　　　将成为他们二人决裂的直接原因。安东尼将在他钟
　　　　　　　情的地方去用情，他在此地结婚只是权宜之计。

密那斯　　　　可能是这样的，来，先生，请上船吧? 我要敬你
　　　　　　　一杯。

伊诺巴伯斯　　我要领你的盛情，我们在埃及常把酒往喉咙里灌。

密那斯　　　　来，我们走吧。〔同下〕

第七景：麦西农海面上庞佩的军舰上

音乐。二三仆人奉酒食上。

仆甲　　　　他们就要到此地来，伙计。有几个已经脚跟不稳啦，一阵风就会把他们吹倒。

仆乙　　　　赖皮德斯已经脸上通红。

仆甲　　　　他们大家拿酒来灌他[15]。

仆乙　　　　用这方法他们自己尽量地少喝，他大叫"不能再喝啦"。他们听从了他的请求，他答应把酒喝下去。

仆甲　　　　可是这样一来他内心矛盾更不能不喝啦。

仆乙　　　　唉，为了要人知道常与大人物往还，其代价往往如此。我觉得与其举一根要不动的大枪，还不如玩一根毫无用处的芦管。

仆甲　　　　勉强占据一个高高在上的位置，而毫无作为，就好像是该长眼睛的地方只有两个大窟窿，使得脸上好难看。

号角[16]鸣。西撒、安东尼、赖皮德斯、庞佩、阿格里帕、米西那斯、伊诺巴伯斯、密那斯及其他将领等上。

安东尼　　　他们是这样做。他们在金字塔上划一些标记来量尼罗河的水位，他们看水位的涨、落或适中便晓得以后是歉收还是丰收。尼罗河越涨，年成越好。水退以后农夫便在淤泥上播种，不久即可收获。

赖皮德斯　　你们那里有很多奇怪的蛇。

安东尼	是的，赖皮德斯。
赖皮德斯	你们埃及的蛇是生在那烂泥里，晒太阳长大的，你们的鳄鱼也是如此。
安东尼	是这样的。
庞佩	坐下来——喝一点酒吧！敬祝赖皮德斯健康！
赖皮德斯	我觉得不大舒服，不过我决不敢辞。
伊诺巴伯斯	你在睡着以前是不会停止，我恐怕到那时候你将是烂醉如泥了。
赖皮德斯	是的，的确是，我听说陶乐美诸王的金字塔是很好看的东西。我是这样听说，没人提出异议。
密那斯	庞佩，说句话。
庞佩	附在我的耳边说吧，什么事？
密那斯	我请你离开你的席位，大帅，听我说句话。
庞佩	等一下我立刻就来。这酒敬赖皮德斯！
赖皮德斯	你们的鳄鱼是怎么样一种东西？
安东尼	它的形状，老兄，就像它那个样子，其宽就像它那么宽。其高也只有它那么高，用它自己的四肢走动，靠它摄取的营养而生活。一旦生命离开了它，便投生到另外的一个身体里去。
赖皮德斯	是什么颜色？
安东尼	也就是它本身的颜色。
赖皮德斯	这真是一种怪蛇。
安东尼	是的，它的眼泪还是湿的呢[17]。
西撒	这样的描写能满足他吗？
安东尼	庞佩敬他的酒可以使他满足了，否则他真是海量。

庞佩	该死，你真该死！和我谈这个？走开！听我的吩附。我要的这杯酒呢？
密那斯	如果你想到我过去的功绩而肯垂听我的话，就请立刻起座。
庞佩	我想你是在发疯。什么事？
密那斯	我一向是忠心地追随你。
庞佩	你是忠实地为我效劳。还有什么别的要说呢？诸位，请开怀畅叙。
安东尼	这是流沙，赖皮德斯，你要避开，因为你会要覆没的。
密那斯	你想做全世界的主人吗？
庞佩	你说什么？
密那斯	你想做全世界的主人吗？这是第二遍。
庞佩	那怎么办得到呢？
密那斯	只消有这个念头，你虽然以为我是微不足道，我却能把这整个世界给你。
庞佩	你酒喝得不少吧？
密那斯	不，庞佩，我没有碰一下酒杯。如果你敢，你就是人世间的至尊。四海之内，普天之下，全是你的，如果你想要。
庞佩	把途径指示给我。
密那斯	这三分天下共享大权的人都在你的船上，让我割断缆索，等我们驶到海外，把他们杀掉，一切属于你了。
庞佩	啊！这件事你可以做，但是不该对我说。我做这事便是欺诈，你来做便是效忠。你要知道，我并不是以利益来引导我的荣誉，而是以荣誉来引导我的利

益。你用语言败露了你的行动，你该懊悔。你一声不响地去做，我事后会说你做得好，如今却不能不加以斥责。放弃这个念头，喝酒去吧。

密那斯　　〔旁白〕从此我再也不追随你的晦气的命运了。一个人追求好运，一旦鸿运临头而竟不接受，将永不会再有这样的机会了。

庞佩　　　这杯酒敬赖皮德斯健康！

安东尼　　抬他上岸去吧。我来替他喝，庞佩。

伊诺巴伯斯　这杯酒敬你，密那斯！

密那斯　　伊诺巴伯斯，欢迎！

庞佩　　　把酒斟得满满的。

伊诺巴伯斯　他真是个壮汉，密那斯。〔指负着赖皮德斯的一侍者〕

密那斯　　为什么？

伊诺巴伯斯　他负起了这世界的三分之一，你没看出吗？

密那斯　　那么三分之一是醉了。但愿全部都醉，这世界便会旋转得快一些！

伊诺巴伯斯　你喝呀，加速它的转动。

密那斯　　来。

庞佩　　　这还算不得是亚力山大式的酒会哩。

安东尼　　发展得有一点近似了。开酒桶，喂！敬西撒一杯！

西撒　　　我不该喝了。真奇怪，我的头脑越洗越昏。

安东尼　　要随缘适应，不必拘泥。

西撒　　　你随便喝，我总奉陪。但是我宁可四天不吃不喝，也不愿一天喝这么多。

伊诺巴伯斯　〔向安东尼〕哈！我的大皇帝，我们现在跳埃及酒神祭献舞来庆祝今天的酒会，好不好？

庞佩　　　我们来跳，好战士。

安东尼　　来，大家拉起手来，一直等到酒力把我们的知觉侵
　　　　　入温柔的睡乡忘怀一切。

伊诺巴伯斯　全拉起手来。让音乐来撞击我们的耳鼓，同时我来
　　　　　给你们安排位置。然后歌童开始唱，每个人都要扯
　　　　　开喉咙随声附和，愈响愈好。〔奏乐。伊诺巴伯斯把
　　　　　他们手牵手地排列起来〕

　　　　　歌

　　　　　来，你这酒中的大皇帝，

　　　　　肥胖的巴克斯，小眼笑眯眯！

　　　　　用你的大桶浸灭我们的忧伤，

　　　　　用你的葡萄做花冠给我们戴在头上。

　　　　　给我们酒，直到天地旋转，

　　　　　给我们酒，直到天地旋转！

西撒　　　你还嫌不足吗？庞佩，再会了。好兄弟，我请你走
　　　　　吧，我们的正事不喜欢我们如此放纵。诸位，我们
　　　　　散席吧，你们看我们的脸都红了。强壮的伊诺巴伯
　　　　　斯也敌不过酒力，我自己的舌头也不大灵活了，狂
　　　　　野的酒态使得我们成为一群小丑了。还有什么说
　　　　　的？再会。好安东尼，让我扶着你。

庞佩　　　我要到岸上叨扰你们。

安东尼　　务必，先生。请伸出你的手来。

庞佩　　　啊，安东尼！你占了我父亲的房子——但是，那算

什么? 我们是朋友了。下小船吧。

伊诺巴伯斯　　当心别跌下去。〔庞佩、西撒、安东尼及侍从等下〕
　　　　　　　密那斯, 我不想上岸去。

密那斯　　　　别去, 到我舱里去。这鼓! 这喇叭, 笛子! 唉, 让
　　　　　　　海神听见认为这是我们在向这些大人物告别呢。奏
　　　　　　　乐吧, 该死的! 大声地响吧! 〔奏花腔杂鼓声〕

伊诺巴伯斯　　呼! 他一声喊。我的帽子飞了。

密那斯　　　　呼! 英雄好汉! 来。〔同下〕

注释

[1] 会见宾客之前先行刮脸, 是表示敬意。

[2] 原文 your considerate stone. 约翰孙博士首先发现其为费解。Furness
的注解较近情理, 石头是又聋又哑的东西, 与俗套 All right. Your
obedient servant. 之意相似。

[3] 奥大维亚 (Octavia) 是西撒的胞姐, 都是 Caius Octavius 的续妻 Afia
所出。但是莎士比亚在此处采纳了 Plutarch 的说法, 认为奥大维亚是
元配 Ancharia 所出, 西撒是续妻所出。

[4] 麦细农山 (Mt. Misenum) 是那不勒斯附近一海角。

[5] 原文 This was but as a fly by and eagle. 一般解释 by= by the side of;
in comparison with. 言十二人吃八只烤猪实微不足道, 犹如一只苍蝇与
一只大鹰之比。Furness 的解释不同, "十二人吃八只猪犹如一只鹰吃一
只苍蝇", 亦甚可取。

[6] 西得拿斯河（Cydnus），古代地理谓系小亚细亚之西里西亚（Cilicia）地方在塔索斯城（Tarsus）中穿过的一条河流。

[7] 尼利地斯（Nereides），希腊神话爱琴海海神 Nereus 的五十个女儿。

[8] 西撒（Julius Caesar），与克利欧佩特拉通，生一子，名 Caesarion。

[9] 按照罗马的时计，九时是我们的下午三时，因为时间是从早晨六时算起的。此处莎氏是用英国的计时法。

[10]Philippan，宝剑名，纪念安东尼在 Philippi 一役之胜利。

[11] 纳西色斯（Narcissus），希腊神话中之河神 Cephisus 的儿子，顾影自怜而投水以死的美男子。

[12] 原文 O! that his fault should make a knave of thee, That art not what thou'rt sure of. 上文说使者怪克利欧佩特拉不公道，女王回答说不是她不公道，是安东尼胡作非为使得他受牵连成为一个不受欢迎的坏人，不过女王现在坦白承认该受惩罚的不是使者，是那使者所确知的坏消息，使者并非那坏消息，二者不该混为一谈。

[13] "一个人仅仅是一个人"，言其不可妄自神化，独裁专擅也。指朱利阿斯·西撒。

[14] 庞佩大将失败后，其房屋公开出售，由安东尼承购下来，但从未付款。杜鹃不善筑巢，通常占用篱雀之巢。

[15] 原文 alms-drink 解释不一。此语似与慈善性质或施舍无关。更不可能是"残酒"。Collier 的意见较合理，谓赖皮德斯所喝的不仅是他分内的酒，还有别人的酒也拿来聚在一起由他喝下去也。

[16] 原文 Sennet，也是喇叭吹奏之一种调子，今已失传，性与 flourish（花腔）不同。

[17] 俗谓鳄鱼发现有人在水滨或岩边时便扑杀之，然后落泪，最后始吞噬之。

第 三 幕

第一景：叙利亚—平原

凡提底阿斯偕西里阿斯及其他罗马人、官员与士卒凯旋上；舁帕珂勒斯尸体前行。

凡提底阿斯　善射的帕兹亚国王，现在你受打击了[1]，命运之神注定由我来给玛克斯·克拉色斯的死复仇。抬起这位王子的尸首在我们的大军之前行进。你的帕珂勒斯，奥娄地斯[2]，为玛克斯·克拉色斯抵命了。

西里阿斯　高贵的凡提底阿斯，乘你剑上帕兹亚人的血还没有冷却的时候，追踪那些帕兹亚的逃兵，长驱直入米地亚、美索波达米亚，以及其他溃兵藏匿的地方。你的主帅安东尼就会把你放在凯旋车上，把花冠加在你的头上。

凡提底阿斯　　啊，西里阿斯，西里阿斯！我所做的已经够了。地
　　　　　　　位较低的人，你要注意，不可过分邀功。你要记取，
　　　　　　　西里阿斯，在我们的上司不在的时候，我们宁可不
　　　　　　　把事情做完，也不可努力获取太高的威名。西撒与
　　　　　　　安东尼之建功立业，由于他们的部下勠力者多，亲
　　　　　　　自的建树者少。有一位担任和我现在叙利亚的同样
　　　　　　　的职务，他的副将骚舍斯，就因为每分钟他都在累
　　　　　　　积勋名而失掉了他的欢心。一个人在战争中立下了
　　　　　　　比他的主帅更多的功劳，便成为他的主帅的上司了。
　　　　　　　军人都是好胜逞强的，宁可吃一次败仗，也不愿打
　　　　　　　一次胜仗而自己的声名为人所掩。为了安东尼的利
　　　　　　　益我可以做得更多一点，但是这会开罪于他。他一
　　　　　　　恼怒，我的功劳就算完了。

西里阿斯　　　凡提底阿斯，你真有见识，一个军人而无见识就和
　　　　　　　他的一把剑无异。你要给安东尼写信吗?

凡提底阿斯　　我要谦恭地向他报告，我们仰仗他的赫赫的威名所
　　　　　　　获得的战果，以及我们如何地在他的旗帜之下指挥
　　　　　　　着他的士饱马腾的队伍，把那从未挫衄过的帕兹亚
　　　　　　　的骑兵打得溃不成军。

西里阿斯　　　现在他在哪里?

凡提底阿斯　　他打算到雅典去。我们的辎重太多，但亦须尽速赶
　　　　　　　路，到那里去见他。前进，你们，走啊。〔同下〕

第二景：西撒家中一室

阿格里帕及伊诺巴伯斯相遇上。

阿格里帕	怎么！郎舅二人已经离别了吗？
伊诺巴伯斯	他们把对于庞佩的事情已经办妥，他已经走了，剩下三个人正在协议书上盖印。奥大维亚舍不得离开罗马而哭泣，西撒愁容满面。赖皮德斯自从庞佩招待宴饮以后，密那斯说得好，好像是害了青春少女的相思症，脸上发绿。
阿格里帕	真是一个了不起的赖皮德斯。
伊诺巴伯斯	很好的一个人。啊！他多么喜欢西撒。
阿格里帕	不，他是多么崇拜马克·安东尼！
伊诺巴伯斯	西撒？噫，他是人间的天神。
阿格里帕	安东尼是什么呢？天神之神。
伊诺巴伯斯	你说起西撒吗！哼！世无其匹！
阿格里帕	啊，安东尼！啊，你这人中的凤凰！
伊诺巴伯斯	如果你要赞美西撒，说一声"西撒"就够了，不必再多说。
阿格里帕	真是的，他对他们两位是极其恭维的。
伊诺巴伯斯	但是他最喜欢西撒，不过他也喜欢安东尼。呼！他对安东尼的喜爱，呼！可真不是心、口、数字、书记、歌手、诗人所能想象、述说、计算、讴唱、编写的。但是对于西撒，他却跪下去，跪下去，惊服赞叹。

阿格里帕	他喜爱他们两个。
伊诺巴伯斯	他们是他的翅鞘，他是他们的甲虫。〔内喇叭鸣〕很好，这是上马动身的信号。再会了，高贵的阿格里帕。
阿格里帕	祝你顺利，英勇的战士，再会。

西撒、安东尼、赖皮德斯与奥大维亚上。

安东尼	请勿再远送。
西撒	你把大半个我带走了，请好生看待她。姐姐，要做一个我所期望于你的而且我敢担保你必能达成我所期望的贤妻。最高贵的安东尼，这贤淑的女人夹在我们两人中间是黏固我们的友情的，不可让她成为摧毁我们的友谊堡垒的武器。如果我们双方不能维持友好，不如不借重这一联系的工具。
安东尼	不要这样猜疑，使得我动火。
西撒	我说完了。
安东尼	关于这一点你虽然不免狐疑，你决找不到任何可以使你担心的事。好啦，天神保佑你，使罗马人心都愿为你效命！我你就在此分手吧。
西撒	再会，我的最亲爱的姐姐，愿你一路平安舒适！再会吧。
奥大维亚	我的高贵的弟弟！
安东尼	她的眼里有四月的天气，那是情爱的春天，这眼泪是潺潺的雨，带来春意阑姗。快活些吧。
奥大维亚	请照料我丈夫的房子，并且——

西撒	什么，奥大维亚？
奥大维亚	我要附在你耳边说。
安东尼	她的舌头不听她的心使唤，她的心也不听她的舌头使唤了。她就像是天鹅的绒毛，在高涨的情思起伏中，不知向哪一边倒了 [3]。
伊诺巴伯斯	〔向阿格里帕旁白〕西撒会不会要哭？
阿格里帕	他的脸上已经布满了乌云。
伊诺巴伯斯	如果他是一匹马，这乌云便是缺点了 [4]。既是个男子汉，他当然也显得不体面了。
阿格里帕	嗳，伊诺巴伯斯，当初安东尼发现朱利阿斯·西撒死了的时候，他亦曾号啕大哭。在腓力比看见布鲁特斯被杀死，他亦曾掉泪。
伊诺巴伯斯	那一年他确是善哭，对于他所情愿毁掉的他也要哭，哭得我也心酸落泪了。
西撒	不，亲爱的奥大维亚，我随时有信给你，我将无时不在想念你。
安东尼	来，老弟，来。我要用的爱情力量和你角斗一下，看，我拥抱起你来了。这样我便可放你走了，把你交给天神照料。
西撒	再会，祝你们幸福！
赖皮德斯	让所有的星辰照耀着你们的顺利的旅程！
西撒	再会，再会！〔吻奥大维亚〕
安东尼	再会！〔喇叭鸣。同下〕

第三景：亚力山大港。宫中一室

克利欧佩特拉、查弥恩、艾拉斯与阿来克萨斯上。

克利欧佩特拉 那人在哪里？

阿格里帕 他是一半害怕不敢来。

克利欧佩特拉 胡说，胡说。

一使者上。

到这里来，先生。

阿格里帕 好陛下，犹太的希罗王也不敢看您，除非是在您高
兴的时候。

克利欧佩特拉 我要那希罗的脑袋，但是，安东尼不在，由谁来听
我的吩咐呢？你过来。

使者 最仁慈的陛下！

克利欧佩特拉 你看见奥大维亚了吗？

使者 是的，可敬畏的女王。

克利欧佩特拉 什么地方？

使者 在罗马，我迎面看了她一眼，我看见她是由她弟弟
和马克·安东尼两人扶着走。

克利欧佩特拉 她是和我一样高吗？

使者 她没有您高。

克利欧佩特拉 听她说话了吗？她嗓音高还是低？

使者 我听见她说话了，她嗓音低。

克利欧佩特拉 这不大好。他不会长久喜欢她。

查弥恩	喜欢她！啊，艾西斯！那是不可能的。
克利欧佩特拉	我也这样想，查弥恩。声音低沉，个子又矮！她走路的姿态有没有威风？想想看，如果你见过真正的威风是什么样子。
使者	她爬行，她的行动和静止是一个样子。她好像是一个躯体而不是一个生命，是一个塑像而不是一个活人。
克利欧佩特拉	确实如此吗？
使者	除非是我没生眼睛。
查弥恩	在全埃及你找不到三个人更善于观察。
克利欧佩特拉	他倒是很精明的，我看得出来。她没有什么可取之处。这个人眼力不差。
查弥恩	好极了。
克利欧佩特拉	请你猜一猜她的年纪。
使者	她原是一个寡妇——
克利欧佩特拉	寡妇！查弥恩，你听。
使者	我想她有三十岁。
克利欧佩特拉	你还记得她的脸吗？是长脸还是圆脸？
使者	圆得都有一点过火。
克利欧佩特拉	以大部分而论，这种脸形的人是蠢的。她的头发，什么颜色？
使者	棕色的，她的前额低到无可再低。
克利欧佩特拉	这金子赏给你，我方才对你太凶狠，不要介意。我还要派你回去再走一遭；我觉得你很会办事。去，你去做准备；我的信已经写好了。〔使者下〕
查弥恩	这人长得很漂亮。

克利欧佩特拉　是的，他是很漂亮，我很后悔我对他这样粗野。噫，
　　　　　　　听他说来，我想这个婆娘没有什么了不起。

查弥恩　　　　没有什么，夫人。

克利欧佩特拉　这人见过世面，应该能够判断。

查弥恩　　　　他见过世面吗？当然见过，在您这里当差这样久！

克利欧佩特拉　我还有一件事要问他，好查弥恩。但是也没有关系，
　　　　　　　你带他到我写信的地方来。一切都可能很顺利。

查弥恩　　　　我看那是一定的，夫人。〔同下〕

第四景：雅典。安东尼家中一室

安东尼与奥大维亚上。

安东尼　　　　不，不，奥大维亚，不仅是那个，那个以及其他同
　　　　　　　类性质的成千的事情，都还可以原谅，但是他已经
　　　　　　　对庞佩又重新开战了。他立了遗嘱，对众宣读。里
　　　　　　　面不大提起我，不得不恭维我两句的时候，他说得
　　　　　　　也很冷淡，对我不予重视。遇有对我该加赞扬的时
　　　　　　　候，他不加利用，再不就是勉强敷衍两句。

奥大维亚　　　啊，我的好主上！不要全信，如果一定要信，也不
　　　　　　　要对一切都起反感。如果这次真个发生裂痕，世上
　　　　　　　没有比我更不幸的女人，夹在中间，为两面祈祷，

天神立刻要嘲笑我，如果我祈祷，"请保佑我的主上和丈夫"，然后又推翻这个祈祷高声的请求，"啊！保佑我的弟弟！"，愿丈夫胜利，又愿弟弟胜利；祈祷，又推翻祈祷。在这两个极端之间没有中间路线。

安东尼　温柔的奥大维亚，让你的宝贵的爱情趋向于最想珍藏它的那一方面去。如果我失去荣誉，便等于是失去我自己。与其这样毫无体面地做你的丈夫，不如根本不做你的丈夫。但是，如你所请求，你可以奔走于我们两人之间。同时，夫人，我要准备作战，要使得你的弟弟从此黯然无光。你要赶快，才能达到你的愿望。

奥大维亚　谢谢您。全能的上帝竟使我这个脆弱的、最脆弱的人，来做你们的调停人！你们两个之间的战争就好像是世界要分裂，用被杀的人来弥补裂痕。

安东尼　你看这祸事是哪一方面挑起的，你就怪罪那一方面好了。因为我们的过错不会完全相等，以致使你左右为难。去准备动身，选择你自己的陪伴，要用多少钱你随意开支好了。〔同下〕

第五景：同上。另一室

伊诺巴伯斯与义洛斯相遇上。

伊诺巴伯斯	怎样，我的朋友义洛斯！
义洛斯	有奇怪的消息来了，先生。
伊诺巴伯斯	什么事呀？
义洛斯	西撒与赖皮德斯向庞佩开战了。
伊诺巴伯斯	这是老消息，结果如何呢？
义洛斯	西撒在和庞佩作战之际利用了他以后，立刻否认他的平等地位，不让他分享战胜的光荣。不仅如此，还指控他以前给庞佩写信，就凭这私通款曲的罪名，把他逮捕了。这个可怜的三分之一的统治者算是完了，静待死亡来解放他。
伊诺巴伯斯	那么，世界啊，你现在只有一对上下颚了，此外再没有其他的了，把你所有的食物丢在它们之间，它们就会摩擦咀嚼起来。安东尼在哪里？
义洛斯	他在花园里散步——这样的：乱踢着脚下的零碎东西，喊着"蠢材，赖皮德斯！"，并且威吓着要把杀害庞佩的他的部下军官亲手处死[5]。
伊诺巴伯斯	我们伟大的舰队已经整饬待发了。
义洛斯	是开往意大利征讨西撒。还有一件事要告诉你，都密舍斯，主帅要你就去见他，我的消息以后再和你说。
伊诺巴伯斯	他不会有什么紧要的事，不过没有关系。带我去见安东尼。
义洛斯	来，先生。〔同下〕

第六景：罗马。西撒家中一室

西撒、阿格里帕与米西那斯上。

西撒　　　　为了表示轻蔑罗马，他在亚力山大港竟这样胡闹，而且还不仅如此。这便是一个例子。在市场里一座银箔包裹的台上，克利欧佩特拉和他自己公然高踞着黄金的宝座。脚下坐着西撒利昂，他们说是我父亲的儿子[6]，还有他们两个通奸所生的一群不合法的孩子。他立她为埃及女王，并且对于下叙利亚、赛普洛斯、利地亚有绝对的统治权。

米西那斯　　是当众吗?

西撒　　　　就是在他们竞技的公开场所举行的。他又在那里宣布他的几个儿子分封为王，大米底亚、帕兹亚、亚美尼亚，他都给了亚力山大[7]；划给陶乐美的是叙利亚、西里西亚和佛尼希亚。那一天她打扮成爱西斯女神的模样出现，据说她以前接见群臣的时候也常是这样装束。

米西那斯　　让全罗马都晓得这情形吧。

阿格里帕　　罗马人民对于他的狂妄早已厌恶，听到这消息之后将对他毫无好感。

西撒　　　　人民已经知道了，并且现在已收到了他的伐罪的檄文。

阿格里帕　　他伐谁的罪?

西撒　　　　西撒，他说我们在西西里吞没了庞佩的领土之后没有把岛上他应得的一份分给他。他又说，他借给我的一些船只不曾归还。最后，他表示愤怒，说不该把三执政中的赖皮德斯加以罢黜，既罢黜之后不该霸占他的全部收入。

阿格里帕　这是要予以答辩的。

西撒　已经做了，使者已经出发了。我告诉他，赖皮德斯变得太残暴。他滥用威权，应该遭遇这次变故。凡我所征服的，我承认给他一份。可是，在亚美尼亚及其他他所征服的国土，我也要做同样的要求。

米西那斯　那他是绝不会答应的。

西撒　那么我们也不会答应他这一要求。

奥大维亚及侍从等上。

奥大维亚　您好，西撒，我的家长！您好，最亲爱的西撒！

西撒　没想到我得称你为被遗弃的人！

奥大维亚　你过去没有这样喊过我，现在你也没有理由这样喊我。

西撒　那么你为什么这样偷偷摸摸地来见我呢？你来得不像西撒的姐姐，安东尼的妻应该有大队的兵做前导，在她出现之后便有战马嘶鸣来报告她的来临，沿途的树上应该爬满了人，渴望一瞻风采的人群等候得头昏脑涨。并且，你的大队人马扬起的尘埃应该弥漫到天顶上去。但是你像一个乡村姑娘到罗马赶市似的来了，令我们无法做盛大的欢迎仪式，因此也显得不够亲切。我们应该在水陆双方迎接你，每过一站就有愈益盛大的欢迎。

奥大维亚　　好弟弟，我这样地来，并非出于勉强，是我情愿这样
　　　　　的。我的夫君，马克·安东尼，听说你准备作战，便
　　　　　把这不幸的消息告诉我了，于是我就求他准许我回来。

西撒　　　他很快地就答应了，因为你是他的纵情享受的障
　　　　　碍物。

奥大维亚　　别这样说，弟弟。

西撒　　　我有人监视他，他的情况我随时都有风闻。他现在
　　　　　在哪里？

奥大维亚　　在雅典。

西撒　　　不，我的被人欺骗苦了的姐姐，克利欧佩特拉向他
　　　　　点点头把他召唤去了。他已经把他的领土奉献给
　　　　　一个娼妇，他们正在征召各国君王预备大战。他已经
　　　　　召集了利比亚王鲍克司、卡帕都契亚王阿奇洛斯、
　　　　　帕夫拉刚尼亚王费来德孚斯、色雷斯王阿达拉斯、
　　　　　阿拉伯王玛尔克斯、庞特国王、犹太的希罗王、康
　　　　　麦金王米兹戴提斯、留地与里珂尼亚的王波勒蒙与
　　　　　阿闵塔斯，还有更多的各国国王。

奥大维亚　　唉呀，我太不幸了，我的一颗心要分给两位互相残
　　　　　杀的亲人！

西撒　　　欢迎你来，你的信使得我们没有立即发动，可是后
　　　　　来我们看出你是受了骗，我由松懈而险象环生。打
　　　　　起精神来，不要为这些不能不有剧变的时局而感到
　　　　　烦恼不宁，命中注定的事就由它演变下去，也不必
　　　　　伤感了。欢迎你到罗马来，你是我最亲近的人。你

受了想象不到的欺骗，天神为你主持公道，派我及
其他爱护你的人做执行天意的人。愿你尽量享乐，
我们总是欢迎你的。

阿格里帕　　欢迎，夫人。

米西那斯　　欢迎，亲爱的夫人。罗马每个人都敬爱你同情你，
　　　　　　只是那淫乱的安东尼太放肆了，竟把你遗弃，把大
　　　　　　权给了一个娼妇，由她对我们作乱。

奥大维亚　　是这样的吗，弟弟？

西撒　　　　确是如此。姐姐，欢迎。请你安心忍耐；我的最亲爱
　　　　　　的姐姐！〔同下〕

第七景：阿克提姆海岬附近安东尼的军营

克利欧佩特拉与伊诺巴伯斯上。

克利欧佩特拉　我一定要报复你，你不用狐疑。

伊诺巴伯斯　　但是为什么，为什么，为什么？

克利欧佩特拉　在这次战争中你反对我参加，说那不合适。

伊诺巴伯斯　　唉，难道是合适吗，是合适吗？

克利欧佩特拉　如果是不合适。现在对我宣战了，我为什么还不可
　　　　　　　以亲自参加呢？

伊诺巴伯斯　　〔旁白〕噫，我可以这样回答。如果我们骑着雄马雌

马一起作战，雄马就会完全失去效用，雌马会把骑
兵和他的雄马一起给背起来。

克利欧佩特拉 你说什么呢？

伊诺巴伯斯 您要是去一定会使得安东尼不安，分他的心，分他
的脑筋，分他的时间，而这些都是不该分散的。他
已经受人讥评，说他做事轻率，在罗马大家都说是
一位名叫福提奴期的太监和您的侍女们在主持战事。

克利欧佩特拉 让罗马沉陷，让那些诽谤我的舌头全都烂掉！这战
事的费用一部分是由我负担的，并且我是一国之主，
我要像男人一样地亲临战阵。不要说反对我的话，
我决不留在后方。

伊诺巴伯斯 好了，我不说啦。皇帝来了。

安东尼与坎尼地阿斯上。

安东尼 你说怪不怪，坎尼地阿斯，他从塔伦特姆和布伦都
兹乌姆这样快地就渡过了爱欧尼亚海，并且占领了
头赖尼？你听说这消息了吧，亲爱的？

克利欧佩特拉 迟缓的人才对敏捷的行动表示最大的惊异。

安东尼 骂得好，最高贵的男人都适宜于用这话来申斥懒惰
的人。坎尼地阿斯，我们在海上和他作战。

克利欧佩特拉 海上！当然啦。

坎尼地阿斯 主上为什么要这样做呢？

安东尼 因为他声言要和我们在海上一决胜负。

伊诺巴伯斯 您也曾向他挑衅做单人决斗呀。

坎尼地阿斯 是的，您还曾要求他在西撒与庞佩作战过的地方法

萨利亚一决胜负。但是这些提议对他不利，他便置诸不理，您也应该这样。

伊诺巴伯斯　你的舰只上的人员不大得力，你的水兵是一些赶骡的割谷的、仓促间征召来的乡民，西撒的舰队上却是些和庞佩打过仗的老手。他们的船灵巧，你的，笨重。你既准备好在陆上作战，拒绝他们在海上交锋并不丧失体面。

安东尼　在海上打，在海上打。

伊诺巴伯斯　最圣明的主上，您这样办简直是把您在陆上绝对可以称霸的机会丢掉了，削弱了你的以饱经战阵的步兵为主的军队。你的著名的战略也无由施展，完全放弃了稳操胜算的途径，牺牲了绝对的安全，冒无谓的风险。

安东尼　我要在海上作战。

克利欧佩特拉　我有六十艘船，西撒不比我强。

安东尼　我们要把多出来的船只烧掉，用剩下来的船只，满载将士，从阿克提姆海角出发，迎击西撒。如果我们失败，然后再在陆上决战。

　　　一使者上。

你有什么事？

使者　消息是真的，主上。他已经被发现了，西撒已经占领了头赖尼。

安东尼　他能是亲自在那里吗？那是不可能的，真奇怪，那会是他的舰队。坎尼地阿斯，我的十九个军团和一万二千骑兵，都由你在陆上统率。我到船上去，我们走吧，我的济提斯[9]！

一兵士上。

有什么事，英勇的士兵！

兵士　　　啊，大皇帝！不要在海上作战，不可信赖那些腐朽的木板，难道您对我这把宝刀和满身的创伤失去信任了吗？让那些埃及人和腓尼西阿人去鸭子戏水吧，我们是习惯于站在陆地上短兵相接地争取胜利。

安东尼　　好啦，好啦，去吧！〔安东尼、克利欧佩特拉与伊诺巴伯斯同下〕

兵士　　　我指着赫鸠里斯发誓，我以为我的看法是对的。

坎尼地阿斯　你是对的，可是他的全部行动已经不由自主了。我们的首领被人牵着走，我们都成了妇女指挥下的男人。

兵士　　　陆上的军团骑兵，你都已集中待命了，是不是？

坎尼地阿斯　马可斯·奥大维阿斯、马可斯·哲斯蒂阿斯、普伯力科拉和西里阿斯，要参加海战，我们在陆上集中。西撒之用兵迅速实在难以置信。

兵士　　　当他尚在罗马的时候，他的队伍是分途出发的，我们的间谍全被他蒙骗了。

坎尼地阿斯　谁是他的副将，你可听说？

兵士　　　据说是一位名叫陶鲁斯的。

坎尼地阿斯　我认识这个人。

一使者上。

| 使者 | 皇帝召见坎尼地阿斯。 |
| 坎尼地阿斯 | 这年头奇怪的消息可真多，每分钟都要产生一桩新的。〔同下〕 |

第八景：阿克提姆附近平原

西撒、陶鲁斯、众将官及其他上。

西撒	陶鲁斯！
陶鲁斯	主上？
西撒	不要在陆上出击，力量不要分散，在我们海战结束以前不要挑战。不可轶出这一纸命令的各项规定，我们的成败在此一举。〔同下〕

安东尼与伊诺巴伯斯上。

| 安东尼 | 把我们的军队调到山那边，针对着西撒的队伍，从那个地方我们可以看见他们船只的数目，然后相机应付。〔同下〕 |

坎尼地阿斯上，率领陆军在台上朝一个方向走过，西撒的副将陶鲁斯率部众朝另一方向走过，他们走过后遥闻海战声。

号角鸣。伊诺巴伯斯又上。

伊诺巴伯斯　完了，完了，全完了！我不能再看下去。埃及的旗舰安东尼号，以及所有的六十艘战舰，转起舵来望风而逃，我的眼睛看着要爆裂。

斯卡勒斯上。

斯卡勒斯　男神，女神，全体的天神哟！

伊诺巴伯斯　为什么如此地激动？

斯卡勒斯　只由于愚蠢，把世界的大半部全都给丢掉了，我们于亲吻中把多少王国州郡一齐断送。

伊诺巴伯斯　战事情形如何？

斯卡勒斯　在我们这一方面就好像是患瘟疫已经出了斑疹，死亡成定局。那匹埃及的下贱的母马，真该让她生麻风！在战事进行中间，胜负未分，我们还略占优势，这时节她像是六月里的一只母牛突被牛蝇叮了一口，扬起帆来就逃。

伊诺巴伯斯　这我看到了，看得我两眼好生难受，不能再看下去了。

斯卡勒斯　她一拨转船头，那被她迷得昏了头的安东尼，也匆忙张起帆，像是一只痴心的雄野鸭，在战事正烈之际，扑通着翅膀跟随着她飞去了。我从未见过这样可耻的行为，经验、勇气、名誉，从没有这样自行加以摧毁的。

伊诺巴伯斯　哎呀，哎呀！

坎尼地阿斯上。

坎尼地阿斯	我们海上的命运已尽，惨遭覆没。我们的主帅若是能保持他的本色，便不至于如此。啊！他自己做出很坏的榜样，我们只好跟着逃跑了。
伊诺巴伯斯	是的，你当时是不是在那里？啊，那么，一切都完了。
坎尼地阿斯	他们向牌娄波内索斯逃去。
斯卡勒斯	我们很容易赶到那里，我要到那里等候新的发展。
坎尼地阿斯	我要把我的军团和骑兵都献给西撒，已经有六位国王为我开了投降的路子。
伊诺巴伯斯	我还要追随安东尼的倒霉的命运，虽然我的理性反对我。〔同下〕

第九景：亚力山大港。宫中一室

安东尼及随从等上。

安东尼	听！这土地令我不要再践踏它，它羞于载负着我。朋友们，走过来，我在这世上已经完全陷于黑暗，永远不知何去何从了。我有一只满载黄金的船，你们拿去朋分吧，快逃走，去和西撒讲和。

侍从等　　逃！我们绝不。

安东尼　　我自己已经逃了，已经指点懦夫们如何临阵脱逃。
　　　　　朋友们，快走吧。我自己已经决定一项办法，不
　　　　　需要你们了。去吧，我的财宝都在港口，拿去吧。
　　　　　啊！我竟跟随了我没脸再见的人，我的头发都在作
　　　　　乱，白头发怪棕头发太鲁莽，棕头发怪白头发太胆
　　　　　怯太糊涂。朋友们，去吧，你们可以拿我的介绍信
　　　　　去见几位朋友，他们会为你们安排。请你们不必悲
　　　　　伤，亦不必说什么推托的话，听从我在绝望中所做
　　　　　的指示。对于一个自弃的人，你们也该弃置不顾。
　　　　　立刻到海边去，我愿你们取得那只船和财宝。我请
　　　　　求你们暂且离开我，现在就请离去。不，请去。因
　　　　　为我已经没有权力发号施令，所以我请求你们。我
　　　　　随后再见你们。〔众下〕

　　　　　查弥恩与艾拉斯引克利欧佩特拉上，义洛斯后随。

义洛斯　　不，夫人，走过去，安慰他。

艾拉斯　　务必，最亲爱的女王陛下。

查弥恩　　务必！噫，不这样又当如何呢？

克利欧佩特拉　让我坐下。啊，鸠诺！

安东尼　　不，不，不，不，不。

义洛斯　　您看见是谁坐在您身边吗？

安东尼　　啊！呸，呸，呸！

查弥恩　　夫人！

艾拉斯　　夫人，啊，好女皇！

义洛斯　　　陛下，陛下！

安东尼　　　是的，阁下，是的。在腓力比一役，他剑不出鞘地
　　　　　　游来游去像是跳舞一般，而我杀死了那个形容枯槁
　　　　　　满脸皱纹的凯西阿斯，是我结果了那个疯狂的布鲁
　　　　　　特斯。他只是派遣部下和敌人周旋，没有亲自参加
　　　　　　英勇的战斗。而现在呢——不必谈了。

克利欧佩特拉　啊！快来扶我。

义洛斯　　　女王，陛下，请照顾女王。

艾拉斯　　　去找他，夫人，和他说话，他因羞惭而不能自持了。

克利欧佩特拉　那么好吧，扶住我，啊！

义洛斯　　　最高贵的陛下，请站起来，女王来了。她的头垂着，
　　　　　　除非你去安慰她，她会要死的。

安东尼　　　我玷污了我的名誉，犯了极不光荣的错误。

义洛斯　　　陛下，女王在此。

安东尼　　　啊！你把我领到什么地方去了，埃及女王？看，我
　　　　　　不愿在你面前丢人现眼，所以独自在此回忆我那不
　　　　　　光荣的败绩。

克利欧佩特拉　啊，我的主，我的主！原谅我的临阵惊逃，我没想
　　　　　　到你会跟随。

安东尼　　　埃及女王，你充分晓得我的心是用绳索系在你的舵
　　　　　　上的，你会拖着我走的。你晓得你对于我的心灵有
　　　　　　绝对的威权，你的一招手会使我把天神的命令都撇
　　　　　　在一边。

克利欧佩特拉　啊！原谅我。

安东尼　　　现在我必须向那年轻人乞和，像一个命运不济的人

那样地支支吾吾，而当初大半个的世界都由我任意玩弄，生杀予夺全都由我。你晓得你是彻底地征服了我，我的剑被我的爱情弄得柔弱无力，在任何事情上都只好听命于它。

克利欧佩特拉　原谅，原谅！

安东尼　　　　不要堕泪，一颗泪珠就值得我所得而复失的一切。给我一吻，这就可以补偿我了。我已派我们的教师去了 [10]。他还没有回来？爱人，我的心情很沉重。里面有人拿一点酒肉来！

命运之神越是以打击相加，我越是看不起她。〔同下〕

第十景：埃及。西撒的营盘

西撒、都拉贝拉、赛利阿斯及其他上。

西撒　　　　让安东尼派来的人进来吧。你认识他吗？

都拉贝拉　　西撒，是他的家庭教师。派遣这样可怜的羽翼到这里来，足以证明他确是铩羽了，不过几个月前多多少少的国王还为他做信使呢。

优芳尼阿斯上。

西撒　　　　走过来，说吧。

优芳尼阿斯　本人是奉安东尼之命而来的。他雄才大略，而我职位低微，犹如桃金娘叶上的朝露之与它的大海相比拟。

西撒　　　好吧，宣布你的使命。

优芳尼阿斯　他拿你当作他的命运的主宰，向你敬礼，请你准许他住在埃及。如果不获允准，他愿降格以求，请你准他生息于霄壤之间在雅典做一个平民，这是关于他自己的。再说，克利欧佩特拉也承认你的伟大，臣服于你的威力之下，请求你格外开恩准许她的后代承袭陶乐美王朝的皇冕。

西撒　　　关于安东尼，他的请求我听不入耳，女王若是要来见我或是有所要求，我可以答应她，只消她肯把她的丢尽脸的朋友逐出埃及或者就地正法。如果她肯这样做，她的请求我不会置之不理，就这样对他们两个说吧。

优芳尼阿斯　祝你一往顺利！

西撒　　　带他穿过我们的阵线。〔优芳尼阿斯下〕

〔向赛利阿斯〕现在是你一试口才的时候了，赶快去吧，从安东尼手里把克利欧佩特拉争取过来，用我的名义答应她的要求，你还可以照你的意思提供一些更多的优待。女人在最得意的时候也是不坚强的，在失意的时候更无法保持她们的坚贞。试试你的手段，赛利阿斯。如何酬劳你，听你自己决定，我会认为那是依法必须付给你的一般。

赛利阿斯　西撒，我就去。

西撒　　　注意观察安东尼在失意之余态度如何，他的一举一
　　　　　动你能窥察出有什么意义。

赛利阿斯　　西撒，我将这样做。〔同下〕

第十一景：亚力山大港。宫中一室

　　　　　　　　克利欧佩特拉、伊诺巴伯斯、查弥恩与艾拉斯上。

克利欧佩特拉　我们怎么办呢，伊诺巴伯斯？

伊诺巴伯斯　　绝望，死去。

克利欧佩特拉　这一次是安东尼的错还是我的错？

伊诺巴伯斯　　完全是安东尼的错，他一意孤行，不听从理性。两
　　　　　军相对，声势自是吓人，你临阵脱逃本没有什么关
　　　　　系，他为什么要跟着逃呢？儿女私情不该摧毁大将
　　　　　的风度，尤其是在那紧急关头，世界的两半在互争
　　　　　雄长，他又是争端所系的主要人物。跟随着你的旗
　　　　　舰而逃，使他的舰队瞠目不知所措，这不仅损失重
　　　　　大，也是奇耻大辱。

克利欧佩特拉　请你不要说了。

　　　　　　　　安东尼与优芳尼阿斯上。

安东尼　　　这就是他的答复吗？

优芳尼阿斯　是的，陛下。

安东尼　　　女王可以得到优礼，如果她肯把我献出？

优芳尼阿斯　他是这样说的。

安东尼　　　让她知道这个话。把这一颗发色灰白的头颅送给那小孩子西撒，他会给你最大的满足，赐给你许多领土。

克利欧佩特拉　哪一颗头颅，陛下？

安东尼　　　再去见他。告诉他，他正年富力强，应该有一番与众不同的表现让世人看看；他的货币、船只、军团，可能是属于一个懦夫的，侍候一个孩子的臣僚和西撒麾下的部属同样地可以杀敌致果。所以我向他挑战，先把他那辉煌的优势放在一边，和我这失势的老人单独地、剑对剑地，来一场决斗。我就去写信，跟我来。〔安东尼与优芳尼阿斯下〕

伊诺巴伯斯　〔旁白〕是的，很可能的，统率雄师的西撒会屈尊来和一个斗剑的人表演一场决斗！我看人们的理智是和他们的命运息息相通的，外界的事物可以吸引内在的心灵同趋于颓败。饱经世变的他，居然会梦想那持盈保泰的西撒和他那样一无所有的人决斗！西撒，你已经把他的理智也打败了。

一侍者上。

侍者　　　　有一位西撒的使者来了。

克利欧佩特拉　怎么！不再有礼貌啦？看！我的女侍们，对于含苞未放的玫瑰他们不惜屈膝，对于开谢的花朵就要掩

鼻而过。让他进来吧。〔侍者下〕

伊诺巴伯斯　〔旁白〕我的荣誉感和我开始冲突了。对荒唐的人效
　　　　　　忠会使我们的忠心变成为荒唐，但是一个人如果能
　　　　　　忠心地追随一个失败了的主人，可以说是战胜了那
　　　　　　战胜他的主人的人，是值得大书特书的。

赛利阿斯上。

克利欧佩特拉　西撒有何意见？

赛利阿斯　　　请屏退左右。

克利欧佩特拉　全都是朋友们，放胆说吧。

赛利阿斯　　　可能他们也都是安东尼的朋友。

伊诺巴伯斯　　先生，他需要像西撒所拥有的那样多的朋友，也可
　　　　　　以说我们这几个人他都不需要。如果西撒愿意，我
　　　　　　们的主人极乐意做他的朋友。至于我们呢，他是谁
　　　　　　的朋友，我们也就是谁的朋友，当然都是西撒的朋
　　　　　　友了。

赛利阿斯　　　很好。那么，最有名的女王。西撒请求您不必顾虑
　　　　　　您的处境，只消记住他是西撒。

克利欧佩特拉　说下去，最尊贵的使者。

赛利阿斯　　　他知道你之接受安东尼不是由于你爱他而是由于你
　　　　　　怕他。

克利欧佩特拉　啊！

赛利阿斯　　　所以他很惋惜你荣誉上的创伤，那都是强加的玷辱，
　　　　　　而不是分所应得的。

克利欧佩特拉　他是天神，他洞悉真相。我的荣誉不是奉献出去的，

而是被强夺了去的。

伊诺巴伯斯　〔旁白〕我倒要问问安东尼究竟是否如此哩。主上，主上，你漏得厉害，我们只好抛弃你由你去沉没，你的最亲爱的也离弃你了。〔下〕

赛利阿斯　要不要我对西撒说您有什么要求？因为他几乎是请求你要他施恩。你如果肯把他的命运作为你的靠山，他会很高兴的。但是如果他听我说，你已经离开了安东尼，置身于他这位全世界的主人的保护之下，他会欣喜欲狂哩。

克利欧佩特拉　你叫什么名字？

赛利阿斯　我名叫赛利阿斯。

克利欧佩特拉　最和善的使者，请对伟大的西撒这样说，我托你代表我吻他的无攻不克的手。告诉他，我准备把我的王冠放在他的脚下，并且在那里长跪不起。告诉他，我静候他的举世慑服的旨意来裁决埃及的命运。

赛利阿斯　这是您的最好的一条路。智慧与命运相争，如果前者有胆量坚持下去，没有什么意外事可以动摇它。请准许我吻您的手。

克利欧佩特拉　你们的西撒的父亲，当初想要兼并领土的时候，时常把他的嘴唇放在这个卑陋的地方，像雨一般地吻着。

安东尼与伊诺巴伯斯又上。

安东尼　吻手，我的老天爷！你是干什么的？

赛利阿斯　我只是一个为最有威权最能发号施令的人传达命令

的使者。

伊诺巴伯斯　〔旁白〕你要被鞭打了。

安东尼　　　来人呀！哼，你这个混蛋！嗳，天神与魔鬼哟！我
　　　　　　一点威风也没有了。以前我喊一声"喂！"，多少国
　　　　　　王都会像孩子抢干果似的争先恐后前来应声，"有何
　　　　　　吩咐？"。你们没有耳朵啦？我还是安东尼。

　　　　　　侍从等上。

　　　　　　把这流氓拉出去，用鞭子抽他。

伊诺巴伯斯　〔旁白〕玩耍一只幼狮比嬉弄一只垂死的老狮安
　　　　　　全些。

安东尼　　　月亮与星辰！用鞭子抽他。即使是二十位向西撒称
　　　　　　臣纳贡的最伟大的君王，如果我发现他们这样冒失
　　　　　　地玩弄她的手——就是这个她，她叫什么名字，从
　　　　　　前是叫克利欧佩特拉？伙计们，鞭子抽他，抽得他
　　　　　　像是一个孩子拧眉皱眼地大声喊叫求饶为止，把他
　　　　　　拉出去。

赛利阿斯　　马克·安东尼——

安东尼　　　把他拖出去，打完了之后再带他来，我要西撒派来
　　　　　　的这个流氓带回信给他。〔侍从等与赛利阿斯下〕在
　　　　　　我认识你之前你已经是半残谢了。哈！我撇下了罗
　　　　　　马的衾枕不用，不和女人中的瑰宝去生一个合法的
　　　　　　儿子，而竟受一个向奴才卖弄风骚的人欺骗？

克利欧佩特拉　我的好主上——

安东尼　　　你一向是三心二意的，但是我堕落到不能自拔的时

候——唉，好悲惨——明智的天神便缝起了我的眼皮，使我的明睿的理智堕入我自己的丑行里去，使我自甘暴弃，看着我一步步走向毁灭而一旁暗笑。

克利欧佩特拉　啊！何至于如此呢？

安东尼　　　我当初发现你，是已故的西撒的盘子里的冰冷的残羹剩肴。不，你是尼阿斯·庞佩[11]吃剩的残肉。此外，大家所不晓得的，你还做下了许多更淫秽的勾当。因为，我准敢说，虽然你能猜想贞节应该是什么样的东西，你却没有亲身体验过。

克利欧佩特拉　你为什么说这个？

安东尼　　　让一个接受赏赐便说"上帝保佑您"的小人随便玩弄我所爱抚过的你那只手，那值得帝王钟爱一吻而定情的手。啊！我愿在贝森山上和生角的牛群在一起放声大吼[12]，因为我的心情实在太悲痛了。如果低声怨诉，那便无异于颈上套着绳索而向刽子手感谢他的手法敏捷。

待从等带赛利阿斯又上。

他挨了鞭打没有？

待甲　　　　重重地打过了，陛下。

安东尼　　　他哭喊了吗？求饶了吗？

待甲　　　　他确是求情了。

安东尼　　　如果你的父亲还在活着，让他悔恨你生来不是女人身吧。你也后悔不该追随西撒胜利凯旋，因为你挨鞭打就是由于追随了他。从今以后，一个女人的白

暂的纤手要使你发疟疾，你一看见就要发抖。回到
西撒那里去，把你所受的待遇告诉他。别忘记说他
使得我很生气，因为他的态度傲慢，总是提我现在
的处境，而不说我过去的尊荣。他使我很生气，在
这时候要我生气是最容易不过的，从前给我做向导
的吉星已经逸出了轨范，把光芒投射到地狱的深渊
里去了。如果他不喜欢我所说的话和我所做的事，
告诉他我的自由奴希帕克斯现在他的手里，他可以
随意鞭打，或绞杀，或施酷刑，他可以任意处置，
以为报复。你可以怂恿他，你挨了一顿鞭打可以走
啦，去吧！〔赛利阿斯下〕

克利欧佩特拉　你发泄完了吧？

安东尼　　　　哎呀！我们的人间的月亮现在蚀中，这只是预兆安
　　　　　　　东尼的灭亡。

克利欧佩特拉　我需要等着他安静下来。

安东尼　　　　为了巴结西撒，你竟愿和给他系袜带子的人眉目传
　　　　　　　情吗？

克利欧佩特拉　你还不知道我的心吗？

安东尼　　　　对我一副冷心肠？

克利欧佩特拉　啊！亲爱的，如果我真是那样，让上天从我的冷酷
　　　　　　　的心里降下冰雹，并且把那酝酿冰雹的心房先行毒
　　　　　　　害。让第一颗雹落在我的颈上，雹融化的时候，我
　　　　　　　的生命也一齐消失。随后再打击西撒利昂，直到我
　　　　　　　所生育的孩子们，连同我的所有的壮健的埃及人，
　　　　　　　都一个接着一个地被这一阵融化的冰雹所毒害，死

无葬身之地，让尼罗河畔的蚊蝇去吮食！

安东尼 　我满意了。西撒已经在亚力山大港扎营，我要在那里和他一战。我们的陆军还很完整，我们的溃散的海军也集合起来了，舰队也恢复了海上的雄姿。你到哪里去了，我的心肝[13]？你听见了吗，夫人？如果我能从战场回来吻你的嘴唇，我将满身血污地出现，我和我的这把剑将要留名青史，尚有很大的希望。

克利欧佩特拉　这才是我的英主的气概！

安东尼 　我会有三倍的膂力、三倍的精神、三倍的气力，凶狠狠地去打斗。当初我命运好的时候，多少人像开玩笑似的从我手里赎取性命。但是现在我要咬紧牙关，把拦阻我的人全都打入幽冥。来，让我们再享受一个快乐的夜晚，把我的颓丧的将领全都喊来。再斟满一次我们的酒杯，不必理会那午夜的钟声。

克利欧佩特拉　今天是我的生日，我本想一声不响地度过。不过我的主上又是原来的安东尼了，我也又是原来的克利欧佩特拉。

安东尼 　我们还可以好转。

克利欧佩特拉　喊所有的将领们来见主帅。

安东尼 　喊他们来，我要和他们讲话，今晚我要迫使他们脸上的伤疤都泛起酒色。来，我的女王，我们还有前途。我下次作战的时候，我将使死神爱我，因为即使遇上他的荼毒生灵的镰刀，我也要和他比一比看谁能杀伤得更多。〔除伊诺巴伯斯外全体同下〕

伊诺巴伯斯　现在他要露出比电闪还要彪悍的面目了。一个人狂怒之下便不复有所恐惧,有此种心情鸽子都会啄鸢鹰[14]。并且我看出,我们的主帅理智薄弱反倒使他勇气倍增。有勇无谋之辈只是浪费他的武器,我要想法脱离他。〔下〕

注　释

[1] 帕兹亚军队之特殊战法,骑兵向敌掷标枪之后急遽后退,避免短兵相接,俟敌追来之际,返身射箭,世称 Parthian shot “回马箭”。

[2] 奥娄地斯(Orodes),帕兹亚国王。

[3] 这一段应该是旁白。大意是:她心里情感太激动了,不说话又想说,想说话又说不出来。她现在心里很乱,不知是爱丈夫多些,还是爱弟弟多些。

[4] 马额上双眼之间有一块黑斑,谓之“脸上带云”,性格暴躁之象,故云。

[5] 庞佩在西西里战败后逃往东方,企图攫取安东尼的领土亦未获逞,逃到萨毛斯岛,被安东尼的副将 Titius 所杀害,时年四十,可能系奉安东尼之命,但安东尼诿过于他的部下。

[6] Julius Caesar 是 Octavius 的舅祖父不是父亲,但根据遗嘱,Octavius 被指定为继承人,故云。

[7] 亚力山大,安东尼之子。

[8] 第一对折本原文: If not, denounc'd against us, why should not we Be

there in person. 因 not 后面有 comma 引起疑问，一般版本均删去此标点。但似无修改之必要，Delius 之解释颇为近理，"If it is not fit, yet inasmuch as the war has been proclaimed against me, why should I not be there in person？"兹照译。

[9]Thetis（济提斯），希腊神话中之海上女神，Nereids 中之最著者，为 Achilles 之母。克利欧佩特拉允以海军助战，故以此称之。

[10] 教师，指 Euphonius，安东尼与克利欧佩特拉所生子女之教师也。

[11]Cneius Pompey 是 Pompey the Great 的儿子。

[12]《圣经·旧约》*Psalms* Ixvii.15, xx.12（Prayer- book version）："As the hill of Basan, so is God's hill: even an high hill, as the hill of Basan"；"Many oxen are come about me : fat bulls of Basan close me in on every side."

[13]My heart（我的心肝）是对爱人的昵称，Deighton 解作 my courage，与上下文意义不连串。

[14] 原文 estridge 一般解释为 ostrich（鸵鸟），但"鸽子啄鸵鸟"似嫌不伦。据考证 estriche fuucon 之简称，即 goshawk（鸢鹰）。鹰为鸽之劲敌。

第 四 幕

第一景：亚力山大港前。西撒的营盘

西撒读信上；阿格里帕、米西那斯及其他上。

西撒　　他称我为小孩子，并且骂我，好像他有力量把我赶
　　　　出埃及似的。他鞭打了我的使者，向我挑衅决斗，
　　　　西撒对安东尼。要让这老贼知道我有许多别的方法
　　　　去死，对他这种挑战，我一笑置之。

米西那斯　西撒一定想得到，这样伟大的人物开始狂怒的时候，
　　　　他是被驱使走上灭亡之路。不要容他喘息，现在就
　　　　利用他这烦躁的心情，一个人在狂怒中没有不疏于
　　　　防范的。

西撒　　让我们的最英勇的将领们知道，明天我们要打最后
　　　　一次的决战。在我们的队伍里有些最近曾在安东尼

部队里任职的人，这些人就足以把他活捉过来。照
我的命令去做，并且犒劳全军。我们有的是食物，
他们也该受丰盛的慰劳。可怜的安东尼！〔同下〕

第二景：亚力山大港。宫中一室

安东尼、克利欧佩特拉、伊诺巴伯斯、查弥恩、艾拉斯、
阿来克萨斯及其他上。

安东尼　　　　他不肯和我决斗，都密舍斯。

伊诺巴伯斯　　是的。

安东尼　　　　他为什么不肯呢?

伊诺巴伯斯　　他以为他的命运胜过你的二十倍，他对你是二十与
　　　　　　　一之比。

安东尼　　　　明天，战士，我要海上陆上同时作战。我或是生还，
　　　　　　　或是用血洗涤我的将死的名誉使之复活。你肯不肯
　　　　　　　奋力一战?

伊诺巴伯斯　　我要一面打一面喊"有本事统统拿去"[1]。

安东尼　　　　说得好，来。把我家里的用人都叫出来，让我们今
　　　　　　　晚大吃一餐。

三四用人上。

把你的手给我，你一向十分忠诚。你也是，你，还有你，还有你，你们都曾好好地伺候过我，许多位国王也曾和你们一同伺候过我。

克利欧佩特拉　这是什么意思？

伊诺巴伯斯　〔向克利欧佩特拉旁白〕这是悲哀时从心里流露出来的怪想。

安东尼　你也是忠诚的。我愿我能分身变成你们这样多的人，你们合并成为一个安东尼，好让我也能伺候你们像伺候过我一般。

用人等　天神不准！

安东尼　好，我的伙伴们，今晚你们还是要伺候我，别少给我斟酒，要照样地待我，就像从前我是一国之主，你们和全国都听命于我一般。

克利欧佩特拉　〔向伊诺巴伯斯旁白〕他是什么用意？

伊诺巴伯斯　〔向克利欧佩特拉旁白〕使得他的侍从们流泪。

安东尼　今晚要伺候我，可能这是你们最后一次服务，也许你们不能再见我了。如果见到，可能是个残缺不全的模样，明天你们也许要伺候一位新的主人了。我看着你们，好像是一个人在告辞一般。我的忠实的朋友们，并非我抛弃你们。你们伺候我这一番情义，我至死不忘。今晚再伺候我两小时，我不多要求，愿天神保佑你们！

伊诺巴伯斯　你这是什么意思，主上，使得他们这样难过？看，他们都哭了，我这蠢人的眼睛也要淌泪。真难为情，不要令我们都变成了女人。

安东尼　　　哈，哈，哈！唉，如果我有这样的用意，让巫婆来害我！在洒泪的地方生出"仁慈的花"[2]来吧！我的诚实的朋友们，你们把我的话解释得太凄惨了，我说这些话只是为了安慰你们，我只是要你们今晚秉烛欢宴。朋友们，要晓得我明天抱着很大的希望，将引导你们获得胜利的生存而不是光荣的死亡。我们吃晚餐去，来，忘怀一切严重的思虑。〔同下〕

第三景：同上。宫廷前

二兵前来站岗上。

兵甲　　　老弟，晚安，明天是决战的日子。

兵乙　　　会要决定胜负谁属，再会。在街上没听到什么怪事吗？

兵甲　　　没有。有什么新闻？

兵乙　　　很可能，只是谣传。再会了。

兵甲　　　好吧，晚安。

另二兵士上。

兵乙　　　战士们，要小心警备。

兵丙　　　你也要小心。晚安，晚安。

兵甲及兵乙各就岗位。

兵丁	我们站在这里,〔各就岗位〕如果明天我们的海军得手,我想我们的陆军绝对可以站得稳。
兵丙	是个勇敢的军队,而且充满了决心。〔舞台下奏起木笛〕
兵丁	别说话!是什么声音?
兵甲	听!听!
兵乙	听!
兵甲	空中的音乐。
兵丙	地底下。
兵丁	这是吉兆,是不是?
兵丙	不。
兵甲	别作声,请你们!这是什么意思?
兵乙	这是安东尼所敬爱的天神赫鸠里斯现在离开他了。
兵甲	走,我们去问问别的站岗的人听见了没有。〔同走向另一岗位〕
兵乙	怎么样,诸位弟兄!
众兵	怎么样——怎么样——你听见这声音了吗?
兵甲	听见了,是不是很怪?
兵丙	你们听见了吗,诸位?你们听见了吗?
兵甲	在我们警戒线之内我们去追踪这个声音;看看这声音怎样停止。
众兵	〔同声说〕很好——真怪。〔同下〕

第四景：同上。宫中一室

安东尼与克利欧佩特拉；查弥恩及其他随侍上。

安东尼　　　　义洛斯！我的盔甲，义洛斯！

克利欧佩特拉　再睡一下吧。

安东尼　　　　不，我的小宝贝。义洛斯，来！我的盔甲，义洛斯！

义洛斯奉盔甲上。

来，好伙伴，给我穿上铁甲。如果我今天得不到幸
运的眷顾，那是因为我根本蔑视它。来。

克利欧佩特拉　哎，让我也来帮你穿。这个是做什么用的？

安东尼　　　　啊！不要管啦，不要管啦，你的任务是给我的心披
上铁甲。错啦，错啦，是这个，是这个。

克利欧佩特拉　真是的，唉！我来帮忙，一定是这样的。

安东尼　　　　好了，好了，我将一战成功。你看我不是全身披戴
好了吗，我的好伙伴？你也去披戴起来。

义洛斯　　　　立刻就好，主上。

克利欧佩特拉　这个扣子不是扣得很好吗？

安东尼　　　　好极了，好极了。在我自愿脱下来休息以前，谁要
是想来扯开这个扣子，他会要引起一场风波。你笨
手笨脚的，义洛斯，我的王后在这一方面是比你灵
巧的仆人，快一点。啊，爱人！希望你能看着我今
天作战，看我是如何地英勇！你会看出我的手段。

一武装兵士上。

早安，欢迎。看样子你是善于冲锋陷阵的，做我们所喜欢做的事，我们总是会早起，并且高高兴兴地去做。

兵士　　　　　虽然现在还早，有一千人已全副武装在城门口候驾。〔欢呼声。喇叭鸣〕

众将领与兵士上。

将领　　　　　今早天气好。早安，大帅。

众　　　　　　早安，大帅。

安东尼　　　　这喇叭吹得很好[3]，弟兄们。这早晨，像是决心要扬名于世的一个青年人的精神一般，开始得很早。好，好，来，把那个递给我，向这一边，很好。再会了，夫人，我此去不知吉凶如何，这是军人的一吻。〔吻她〕拘泥于世俗的辞行礼貌，那是不该的而且要受人指责的，我要像是钢铁打成的人一般向你告别。你们愿意作战的紧跟着我来，我领你们去鏖战。再会了。〔安东尼、义洛斯、众将士下〕

查弥恩　　　　请您回到您的房里去吧。

克利欧佩特拉　领我去。他走得很勇敢。但愿他和西撒能以单人决斗来解决这一次伟大的战争！那时节，安东尼——但是如今——好了，走吧。〔同下〕

第五景：亚力山大港。安东尼的营盘

喇叭鸣。安东尼与义洛斯上；一兵迎面上。

兵士　　　愿天神使安东尼今天大胜！

安东尼　　真愿你和你的一身伤疤当初曾说服我在陆上作战！

兵士　　　如果你听了我的话在陆上作战，那些背叛的国王和
　　　　　今天早晨逃走的战士还是会追随着你。

安东尼　　今天早晨谁逃走了？

兵士　　　谁！他一向是你的亲信，你喊伊诺巴伯斯，他是听
　　　　　不见了。也许他从西撒的军营那面要说："我现在不
　　　　　是你的人。"

安东尼　　你说的是什么话？

兵士　　　大帅，他是投到西撒那边去了。

义洛斯　　大帅，他的箱子财宝都不曾带走。

安东尼　　他是走了吗？

兵士　　　千真万确。

安东尼　　去，义洛斯，把他的财宝送过去。去这样做，不
　　　　　要延搁一下，我命令你。写封信给他——我来签
　　　　　名——表示惜别与贺意，就说我希望他不再有改换
　　　　　主人的必要。啊！我的倒霉的运气使得忠实的人都
　　　　　变心了。快走吧。伊诺巴伯斯！〔同下〕

第六景：亚力山大港前。西撒的营盘

奏花腔。西撒偕阿格里帕、伊诺巴伯斯及其他上。

西撒　　　　阿格里帕，你上前去开始战斗。我的意思是要把安
　　　　　　东尼生擒，去通令大家知晓。

阿格里帕　　西撒，遵命。〔下〕

西撒　　　　全面和平之期已近，如果今天大获全胜，这三分的
　　　　　　天下将要共庆升平。

一使者上。

使者　　　　安东尼已进入战场。

西撒　　　　去命令阿格里帕，把那些叛将派在前线上，好让
　　　　　　安东尼好像是对自家人在发泄怒气。〔西撒及侍从
　　　　　　等下〕

伊诺巴伯斯　阿来克萨斯是叛了，他是借口为安东尼办事而到犹
　　　　　　太民族那里去。到了那里他劝希罗王归顺西撒，抛
　　　　　　弃他的主人安东尼，为了这一场功劳西撒把他绞死
　　　　　　了。坎尼地阿斯及其他叛变的人都被收留了，但并
　　　　　　未受到信任。我做错事了，我深自悔恨，以后再也
　　　　　　没有好日子过。

西撒的一兵士上。

兵士　　　　伊诺巴伯斯，安东尼给你送来了你所有的财宝，外
　　　　　　加他的丰富的赏赐。使者是从我守卫的地方过来的，

现在正在你的帐篷前从骡背上往下搬卸呢。

伊诺巴伯斯　我送给你了。

兵士　　　别开玩笑，伊诺巴伯斯。我说的是真话，你最好是护送那送东西的人离开阵地。我有职务在身，否则我就送他一程了。你的皇上仍然是一位高贵的天神。〔下〕

伊诺巴伯斯　只有我是人世间的坏蛋，只有我最深切地感觉到。啊，安东尼！你真是蕴藏着无穷的慷慨，我如此卑鄙无耻，你还要赐以多金，我若是忠贞不贰，你将如何奖赏我呢？这可使得我的心要迸裂。如果悲痛的剧跳不能使我的心碎，我要觅求比悲痛更敏捷的方法。但是悲痛就可能致我于死，我觉得。我对你作战！不，我要找一条沟，死在里面，最龌龊的所在最适宜于了却我这残生。〔下〕

第七景：两营之间的战场

号角鸣。鼓及喇叭声。阿格里帕及其他上。

阿格里帕　后退吧，我们过分地深入敌阵了。西撒正在陷入苦战，我们所遭遇的顽强抵抗也出了我们的预料。〔同下〕

号角鸣。安东尼与负伤的斯卡勒斯上。

斯卡勒斯　　啊我的英勇的皇帝，这真是一场战斗！如果我们起
　　　　　　初就这样地力战，我们早就把他们打得头破血出窜
　　　　　　回老家去了。

安东尼　　　你的血流得很厉害。

斯卡勒斯　　我的创口原是 T 字形，现在变成为 H 了[4]。

安东尼　　　他们后退了。

斯卡勒斯　　我们要把他们打进茅厕坑里去，我身上还有地方可
　　　　　　以再受六处伤。

义洛斯上。

义洛斯　　　他们被打垮了，主上，我们的优势足可获致全胜。

斯卡勒斯　　让我们在他们的背上刻划标记，像抓兔子一般从后
　　　　　　面把他们逮住，抓逃兵是很好玩的。

安东尼　　　我要酬劳你这一份激励的言谈，并且十倍地酬劳你
　　　　　　的忠勇。你跟我来吧。

斯卡勒斯　　我要一瘸一拐地跟了你去。〔同下〕

第八景： 亚力山大城的城下

号角鸣。安东尼率军上；斯卡勒斯及队伍上。

安东尼　　　我们已经把他打退到他自己的营地，先派一个人去
　　　　　　报告女王我们的战果。明天，太阳出来之前，我们
　　　　　　要使今天逃掉的人流一点血。我谢谢你们大家，你
　　　　　　们全都很勇敢，不像是奉命作战，像是为自己的利
　　　　　　益而战，你们全都像是海克脱[5]一般英勇。进城去，
　　　　　　拥抱你们的妻子朋友，在他们用快乐的眼泪冲洗你
　　　　　　们的创口上的淤血，并且用吻来缝合你们的光荣的
　　　　　　伤口的时候，把你们的战绩告诉他们。〔向斯卡勒
　　　　　　斯〕把你的手递给我。

克利欧佩特拉偕侍从等上。

　　　　　　我要向这位伟大的仙子称述你的功勋，让她来酬劳
　　　　　　你。啊，你是全世界的光辉！请你搂住我的裹着铁
　　　　　　甲的脖子，请你连同你这一身装束，穿过我这一身盔
　　　　　　甲，跳进我的心，骑在我跳荡的心上而胜利凯旋吧。
克利欧佩特拉　众王之王！啊，无限勇敢的英雄！你微笑着安然无
　　　　　　恙地从弥天漫地的战火中回来了吗?
安东尼　　　我的夜莺，我们已经把他们打回到他们的床上去了。
　　　　　　噫，我的女人！虽然我的青春的棕发羼进了缕缕的
　　　　　　灰白，我还有一颗雄心维持我的体力，能和年轻人
　　　　　　对抗而略无逊色。看看这个人，请施恩把你的手给
　　　　　　他吻一下。去吻呀，我的战士，他今天作战像是一
　　　　　　位凶神因厌恨人类而大肆屠杀。
克利欧佩特拉　朋友，我要赏你一副全金的盔甲，那原是一位国
　　　　　　王的。

安东尼　　　即使是像太阳神的车轮一般镶着红宝石，他也受之
　　　　　　无愧。把你的手递给我，我们要欢乐地游行穿过亚
　　　　　　力山大城，高高举起伤痕累累的盾牌，意气扬扬地
　　　　　　要像是曾经冲锋陷阵的人。如果我们的大殿能容得
　　　　　　下全体将士，我们要在一起聚餐痛饮预祝明天的胜
　　　　　　利，看样子明天还要有一场光荣的厮杀。号手，吹
　　　　　　奏起来让全城人民听到，再配上咚咚的鼓声，使天
　　　　　　地为之震动，欢迎我们的来临。〔同下〕

第九景：西撒的营盘

　　　　　　哨兵据守岗位。

哨甲　　　　如果一小时内没有人来换班，我们必须回到守卫处
　　　　　　去。这夜色光明，据说在清晨二时我们将列队出战。
哨乙　　　　昨天我们出师不利。

　　　　　　伊诺巴伯斯上。

伊诺巴伯斯　啊！夜，请为我做证——
哨丙　　　　这是什么人？
哨乙　　　　我们躲起来，听他说。
伊诺巴伯斯　请为我做证，啊，你这圣洁的月亮，在将来变节的

人们受人唾骂的时候，可怜的伊诺巴伯斯是曾经在你面前忏悔过的！

哨甲　　　伊诺巴伯斯！

哨丙　　　住声！听他讲下去。

伊诺巴伯斯　啊，主宰忧郁的女神，把深夜的毒湿之气喷在我的身上，好让这背叛我的意志的生命不再纠缠着我。把我的这一颗因忧伤而变得干枯的心掷在我的坚硬如石的罪行上面，让它碰得粉碎，结束一切的妄想。啊，安东尼！我的叛变行为之卑鄙可耻，愈发显得你是高贵而不可及。你个人可以原谅我，但是世人将永志不忘我是一个临阵脱逃的叛徒。啊，安东尼！啊，安东尼！〔死〕

哨乙　　　我们去和他说话。

哨甲　　　我们听他说下去，因为他所说的话可能与西撒有关。

哨丙　　　就这样办。但是他睡着了。

哨甲　　　是晕过去了，像他那样凄惨的祈祷绝不会是祈求睡眠。

哨乙　　　我们走过去看看他。

哨丙　　　醒来，先生，醒来！和我们说话呀。

哨乙　　　听见了没有，先生？

哨甲　　　死神的手已经抓到了他。〔遥闻鼓声〕听！庄严的鼓声正在唤醒睡者。我们把他抬到守卫处去吧，他是个有地位的人，我们的时间已过。

哨丙　　　那么，就来动手吧，他也许还能苏醒过来。〔同抬尸下〕

第十景：两营盘之间

安东尼与斯卡勒斯率军队上。

安东尼　　　　他们今天准备在海上作战，在陆上我们是不受他们
　　　　　　欢迎的。

斯卡勒斯　　　他们是准备海陆双方作战，大帅。

安东尼　　　　我愿他们在火里在风里也同时作战，我们也可以在
　　　　　　那里应战。但是我们的计划是这样的；我们将调步兵
　　　　　　在近郊山上和我们一起留守。海上备战之令亦已颁
　　　　　　下，他们已经驶出港外，我们可以很容易地发现他
　　　　　　们的数目观察他们的动静。〔同下〕

西撒率军上。

西撒　　　　　除非是受到攻击，我们在陆上将按兵不动，我想我
　　　　　　们是可以这样做的，因为他的精锐部队都已经派到
　　　　　　船上去了。向山谷一带开拔，占据优势的位置！
　　　　　　〔同下〕

安东尼与斯卡勒斯上。

安东尼　　　　他们尚未接触。在那棵松树矗立的地方我可以望见
　　　　　　一切，有什么发展我会立刻通知你。〔下〕

斯卡勒斯　　　燕子在克利欧佩特拉的船上筑巢，卜者说不知主何
　　　　　　吉凶。他们面色沉重，不敢说出他们的见解。安东

尼是时而勇敢，时而沮丧。他真是受命运的折磨，使得他一喜一忧患得患失。〔遥闻号角声，海战似在进行〕

安东尼又上。

安东尼　一切完了！这个卑鄙的埃及人把我出卖了！我的舰队已经投降敌人，他们在那里掷起帽子，像久别重逢的老友一般地在一起聚饮呢。二度变节的娼妇！是你把我出卖给这年轻小伙子，我心里恨的只是你一个。让他们全都逃散好了，只消我能报复我这一个迷人的妖精，我便心满意足了。让他们全走吧，你去。〔斯卡勒斯下〕啊，太阳！我不能再见你出来了，命运和安东尼就此分手，我们就此握别了。居然到了这般地步？那些紧紧追随我并且从我手里获得满足的人，现在都变心了，把他们的甜言蜜语奉献给那声势煊赫的西撒去了，这一棵出人头地的巨松是已经鳞皮剥落了。我是被出卖了。这埃及人真是负心！这个庄严美丽的妖精，秋波一转就能引我前去打仗，也能引我退还家园，她的爱情就是我的一生的光荣，我的主要的目标，她真像是一个吉卜赛女人玩弄把戏一般[6]，把我骗得一败涂地。喂，义洛斯！义洛斯！

克利欧佩特拉上。

啊！你这害人精。滚开！

克利欧佩特拉　我的夫君为什么对他的爱人发怒?

安东尼　　　走开，否则我要给你以应得的待遇，西撒的胜利凯
　　　　　　旋也将为之黯然无光。让他把你活捉了去，把你高
　　　　　　高举起让民众欢呼。跟随在他的战车之后[7]，作为
　　　　　　一切女性之最大的耻辱。像是个怪物一般，让贱民
　　　　　　出几文钱就可以看一下，让那含辛茹苦的奥大维亚
　　　　　　用她的养得长长的指甲抓破你的脸。〔克利欧佩特
　　　　　　拉下〕如果你还想活着，你倒是走开好些。但是你
　　　　　　还不如死在我的狂怒之下，因为一死可以逃免许多
　　　　　　次的耻辱难堪。义洛斯，嗨! 奈索斯[8]的血衫已经
　　　　　　附在我的身上了。赫鸠里斯，你是我的祖先，教我
　　　　　　如何发怒。让我把赖卡斯掷到月亮里的荆棘上去吧，
　　　　　　用好像掌握过最沉重的棒槌的那一只手来毁灭我自
　　　　　　己吧。这妖妇必须要死，她把我出卖给年轻的罗马
　　　　　　人，我中计了，为了这个她必须死。义洛斯，嗨!
　　　　　　〔下〕

第十一景：亚力山大城。宫中一室

　　　　　　克利欧佩特拉、查弥恩、艾拉斯与玛尔地安上。

克利欧佩特拉　快扶着我，我的小姐们! 啊! 他比没有赢得盾牌的

台拉蒙^[9]还要狂暴，赛撒利^[10]的野猪也从不曾像他那样地口吐白沫。

查弥恩　　到陵墓去！把你自己关闭在里面，派人告诉他你已经死了。久享尊荣的人一旦失去尊荣，其苦痛有甚于灵魂之脱离躯体。

克利欧佩特拉　到陵墓去！玛尔地安，去告诉他我已经自杀了。就说我最后说的是"安东尼"，请你说得要很凄惨。去吧，玛尔地安，回来告诉我他听到我的死讯有何反应。到陵墓去！〔同下〕

第十二景：同上。另一室

安东尼与义洛斯上。

安东尼　　义洛斯，你所看见的可还是我吗？

义洛斯　　是的，主上。

安东尼　　有时候我们看见一朵云像是一条龙，一团雾像是一只熊或狮子、一座城楼、一块悬崖、一座嵯峨的高山或是长满树木的蔚青的海岬，向世人点头并且以虚无缥缈的幻象戏弄我们的眼睛。你总看见过这些景象，无非是一些苍茫暮色的幻影。

义洛斯　　是的，陛下。

安东尼	方才还像是一匹马,一瞬间云开雾散模糊不清了,像是水珠没入到水里一般。
义洛斯	确是如此,陛下。
安东尼	我的忠实部下,义洛斯,你的主帅现在就像是这样的一块浮云。如今我是安东尼在此,可是我不能长久保持这个形状。我为了埃及女王而从事这些战争,我以为我得到了女王的心,因为她得到了我的,我的这颗心在当初还属于我自己的时候曾赢得千千万万人的爱戴,现在是全失去了。而她,义洛斯,竟和西撒私相勾结,骗去了我的光荣,促成敌人的胜利。不,不要哭,善良的义洛斯。我们还剩下一点点权力,可以由我们自己来结束我们自己。

玛尔地安上。

	啊!你那可恶的女主人,她用阴谋诡计把我缴械了 [11]。
玛尔地安	不,安东尼。我的女主人是爱你的,她的命运和你的是融为一体的。
安东尼	去你的,无礼的太监,不要说了!她已经骗了我,她需要被处死。
玛尔地安	一个人只死一次,这义务她已经解除了。你所要做的事都已经给你做好了,她最后说的话是"安东尼!最高贵的安东尼!",在一阵挣扎的呻吟声中迸出了安东尼的名字,嘴唇只说出了一半,另一半留在她的心里。她气绝了,于是你的名字便埋葬在她

	的心里。
安东尼	那么她是死了？
玛尔地安	死了。
安东尼	卸除武装吧，义洛斯。这漫长的白昼的工作已经完了，我们该睡觉了。〔向玛尔地安〕你可以平安地回去，这便是你辛苦一遭之丰富的报酬，去吧。〔玛尔地安下〕脱下去，脱下去，哀札克斯的七层盾也挡不住我心上所受的打击。啊！破裂吧，我的胸膛！心呀，你现在要比你的外壳还要强壮，把你的脆弱的躯壳迸破吧！快一点，义洛斯，快一点。不再是个军人了，残破的甲胄，去吧，你们曾经被光荣地披戴过。请离开我一会儿。〔义洛斯下〕我要追赶你，克利欧佩特拉，哭着求你饶恕我。必须如此做，因为再活下去只是苦痛。火炬已灭，躺下来，莫要再浪荡了。现在一切努力都是白费，是的，一切挣扎也只是自寻困扰。那么就此结束了吧，一切就全完了。义洛斯——我来了，我的女王——义洛斯——你等我一下。我们俩要携手走到灵魂在花丛中安息的地方，以愉快的神情令众鬼艳羡我们。戴都和她的伊尼阿斯将失去羡慕的一群，所有的幽灵将要环绕着我们。来，义洛斯！义洛斯！

义洛斯又上。

义洛斯	陛下有何吩咐？
安东尼	克利欧佩特拉已死，我还忝颜偷生，天神都要憎恶

我的卑鄙。我曾用剑宰割天下，用船在海上建起城
池，如今却恨自己连一个妇人的勇气都没有。我
的心胸竟不及她的高贵，她以一死告诉我们的西撒
"我是我自己的征服者"。你曾经宣誓，到了紧急关
头——现在确是已经到了——到了耻辱恐怖逼上身
来而无可逃避的时候，在我的命令之下你愿把我杀
死。就这样做吧，时候已经到了。你杀的不是我，
你打击的是西撒。脸上不要变色。

义洛斯　　天神不准我这样做！帕兹亚人的矛枪，虽然含着敌
　　　　　意，都不能投中你，难道我能下此毒手？

安东尼　　义洛斯，你可愿意在罗马爬上一个窗口看你的主人
　　　　　交叉着胳膊，俯首垂颈，满面羞惭，那走运的西撒
　　　　　的车子在他的前面缓缓行驶，像是把耻辱的烙印打
　　　　　在那后面跟随的俘虏的额上？

义洛斯　　我不愿意看。

安东尼　　那么，来吧，因为我必须忍受一下创伤来解脱我的
　　　　　苦痛。拔出你那一把曾经为国效忠的宝剑来吧。

义洛斯　　啊，主上！请原谅我。

安东尼　　我当初释放你做自由人的时候，你不曾宣誓在奉到
　　　　　我的命令的时候便做这件事吗？立刻做吧，否则你
　　　　　以前的效劳都不过是偶然的漫无目的的行为罢了。
　　　　　拔剑，来。

义洛斯　　那么请你把那全世界所景仰的面孔转过去。

安东尼　　你看！〔转过脸去〕

义洛斯　　我的剑拔出来了。

安东尼	你的剑是为什么拔的，就赶快做什么用吧。
义洛斯	我的亲爱的主人、我的主帅、我的皇帝，在我做这残忍的一击之前，请准我向你道别。
安东尼	你已经道别了，再会了。
义洛斯	再会，伟大的首领。我现在就下手了？
安东尼	现在就下手吧，义洛斯。
义洛斯	好吧，我这样做了，我这样便可以避免看见安东尼的死而悲哀。〔自刺死〕
安东尼	你比我高贵多了！啊，勇敢的义洛斯，你是指点我做我所应该做而你所不能做的事。我的女王和义洛斯以他们的勇敢的榜样抢先赢得了光荣的记录，不过我要像一个新郎一般地欣然赴死，要像登爱人的床那样高兴。来吧，那么，义洛斯，你的主人做你的学生而死，就这样〔倒在他的剑上〕我向你学习了。怎么！还没死？还没死？喂，卫兵！啊！赶快结果了我。

第尔西特斯及卫兵上。

卫甲	是什么声音？
安东尼	我的工作没有做好，朋友们。啊！结束了我已经开始的工作吧。
卫乙	将星陨落了。
卫甲	世界末日到了。
全体	哎呀，好惨！
安东尼	谁要是爱我就请他戳死我。

卫甲	我下不得手。
卫乙	我也下不得手。
卫丙	谁也下不得手。〔卫兵等下〕
第尔西特斯	你兵败身死使得你的部下都逃散了。我若把这剑献给西撒，再把这消息报告给他，我便有了进身之阶了。

戴奥米地斯上。

戴奥米地斯	安东尼在哪里？
第尔西特斯	在那里，戴奥米德，在那里。
戴奥米地斯	他还活着吗？你为什么不回答我，朋友？〔第尔西特斯下〕
安东尼	是你在那里吗，戴奥米德？拔出你的剑，尽量地刺我令我死吧。
戴奥米地斯	至尊的主上，我的女主人克利欧佩特拉派我来见您。
安东尼	她什么时候派你来的？
戴奥米地斯	就是现在，主上。
安东尼	她在哪里呢？
戴奥米地斯	锁在陵墓里。她预料到这已经发生的事，因为她发现你疑心她是勾结西撒——其实绝无事实根据——并且你的狂怒无法平息，于是便告诉你她是死了。但是，她又怕引起不幸的后果，所以又派我来宣布真相。我现在来了，恐怕太晚了。
安东尼	太晚了，好戴奥米德。我请你，喊我的卫兵来。
戴奥米地斯	喂，喂！皇帝的卫兵！卫兵，喂，喂！来呀，你们

的主上在喊你们呢!

安东尼的卫兵四五名上。

安东尼　　　朋友们,把我抬到克利欧佩特拉那里去,这是我最
　　　　　　后命令你们做的事。

卫甲　　　　陛下,我们心里好难过,好难过,你怕不久于人世,
　　　　　　怕不能比你的忠实部下活得更长久些。

全体　　　　最悲惨的日子!

安东尼　　　不,我的好朋友们,不要用你们的悲怆使得那残酷
　　　　　　的命运得意。对于横逆之来要表示欢迎,要做出毫
　　　　　　不介意的样子来承当,以为报复。把我抬起来,我
　　　　　　曾多次率领你们作战,现在请你们抬我吧,好朋
　　　　　　友们,我感谢你们诸位的所有的辛劳。〔众抬安东
　　　　　　尼下〕

第十三景：同上。陵墓

克利欧佩特拉及侍女,偕查弥恩与艾拉斯自楼台上。

克利欧佩特拉　啊,查弥恩!我永远不离开这里了。

查弥恩　　　　不要伤心,夫人。

克利欧佩特拉　不,我不能不伤心。一切奇异可怖的事我都欢迎,

不伤心却办不到。我的悲伤和我的悲伤的缘由是成
正比的，所以不能不来得既深且巨。

戴奥米地斯自下上。

怎样！他死了吗？

戴奥米地斯　他已奄奄一息，但是还没有死。你从陵墓的那一面
　　　　　向外看，他的卫兵把他抬来了。

卫兵抬安东尼自下上。

克利欧佩特拉　啊，太阳！烧毁你在其间运行的苍穹吧，让世界的
　　　　　群星在黑暗中静立着吧。啊，安东尼，安东尼，安
　　　　　东尼！帮助我，查弥恩！帮助我，艾拉斯！帮助我，
　　　　　大家帮忙，底下的朋友们！我们把他拉上来。

安东尼　　不要哀恸！并非西撒的英勇打倒了安东尼，是安东
　　　　　尼自己战胜了自己。

克利欧佩特拉　是应该这样的，除了安东尼之外没有人能征服安东
　　　　　尼，但是这样也未免太惨了！

安东尼　　我要死了，埃及女王，我要死了。我只请求死神延
　　　　　搁一点时间，在千千万万次的亲吻之后让我把最后
　　　　　一吻放在你的唇上。

克利欧佩特拉　我不敢，亲爱的——我的亲爱的主上，原谅我——
　　　　　我不敢，我怕被他们捉了去，得意的西撒之辉煌的
　　　　　凯旋绝不能把我当作装点。如果刀子有刃，药物有
　　　　　灵，毒蛇有刺，我是安然无虑的。你的妻奥大维亚，
　　　　　有温柔的眼睛和冷静的头脑，绝不能得到鄙夷我的

机会。但是来吧，来吧，安东尼——帮助我，我的侍女们——我们一定要把他拉上来。帮忙呀，好朋友们。

安东尼　　　啊！快一点，否则我就死了。

克利欧佩特拉 这可真是吃力的运动 [12]！我的主上好重哟！我们的力量全都消失在悲痛里面了，所以觉得这样重。如果我有鸠诺的权力，有强大翅膀的梅鸠里就会把你带上来，把你放在周甫的身边 [13]。再往上拉一点，有心无力可真是不中用。啊！来，来！〔他们把安东尼高高举起到克利欧佩特拉身边〕欢迎，欢迎！死在你曾经活着的地方吧，让我一吻而使你复苏吧。如果我的嘴唇有这样的力量，我愿这样地吻下去直到嘴唇疲敝为止。

全体　　　　好惨痛的景象！

安东尼　　　我要死了，埃及女王，我要死了。给我一点酒喝，让我说几句话。

克利欧佩特拉 不，让我说吧。让我高声叫骂，以致命运之神那个坏婆娘被我激怒而打碎她的轮子。

安东尼　　　我只有一句话说，亲爱的女王。向西撒那里去寻求荣誉与安全，啊！

克利欧佩特拉 这两者不可得兼。

安东尼　　　爱人，听我说，除了普罗鸠利阿斯之外不要相信西撒左右任何人。

克利欧佩特拉 我只信任我的决心和我的双手，不信任西撒的左右。

安东尼　　　我的悲惨的命运即将结束，不必哀悼亦不必伤心。

只消回想我以往的光荣的日子，世上最伟大最高贵的君王。现在死得也不卑鄙，并不是像懦夫一般地向一个本国人脱下我的盔胄，是一个罗马人被另一个罗马人勇敢地克服了。现在我的魂灵要离去了，我不能再多说。

克利欧佩特拉 人中之最高贵的，你竟会死吗？你不顾我了吗？这沉闷的世界没有了你便不比猪圈好多少，我将怎样住下去呢？啊！看，我的女侍们，〔安东尼死〕大地的冠冕消失了。我的主上！啊！战争的花环枯萎了，勇士的彩柱倒了[14]。年轻的男孩子女孩子现在和成年人可以等量齐观了，一切差别都不复存在了，月亮俯视之下没有什么值得注意的事物了。〔昏厥〕

查弥恩 啊，镇定些吧，夫人。

艾拉斯 她也死了，我们的女王。

查弥恩 夫人！

艾拉斯 夫人！

查弥恩 啊，夫人。夫人，夫人！

艾拉斯 埃及女王！女皇帝！

查弥恩 住声，住声，艾拉斯！

克利欧佩特拉 不是什么女王，只是一个女人，就和挤牛奶的做低贱杂事的女人一样地受着平凡的情感的支配。向傲慢的天神投掷我的宝杖，告诉他们在他们偷走我们的宝贝之前我们的世界可以和他们的媲美，这才合我的身份。一切都归于乌有，只有傻瓜才有耐心，只有疯狗才宜于狂暴。那么在死神还没有敢向我们冲来的时候就自投死神的幽冥之家，是不是罪过呢？你们是怎么了，我的侍女们？怎么回事，怎么回事！打起精神来！噫，你怎么了，查弥恩！我的好孩子们！啊！女侍们，女侍们，看！我们的灯要熄，灭了。诸位，振作起来——我要埋葬他，然后我要按照最庄严最高贵的罗马的仪式让死神很荣耀地把我带走。来，走吧，这含着伟大的心灵的躯体已经冷了。

啊！来吧，我在世上孤苦伶仃，只好靠决心，赶快结束这一生。〔同下；楼台上众抬安东尼尸体下〕

注释

[1] 原文"Take all."显然是赌博用语。

[2] 原文 grace 即 herb of grace，即"芸香"。意谓眼泪是仁慈的象征，表示心地善良。

[3] 原文 Tis well blown 亦可解作"这早晨已经发展成为白昼了"。但嫌牵强，仍以指喇叭为较近情，因上文所说"今早天气好"应是旁白性质。

[4] ache 做名词用（痛），从前读音与 H 同。

[5] 海克脱（Hector），Troy 王之长子，最为高贵豪爽勇敢善战。

[6] gipsy（吉卜赛女人）与 Egyptian（埃及人）二字同源。"玩弄把戏"原文"at fast and loose"是指一种所谓"Pricking at the belt"的游戏，

在市集中吉卜赛女人优为之，借此赚得少许金钱，亦娱乐项目之一也。

[7] 指罗马大将凯旋时之牵带俘虏游行。

[8] 奈索斯（Nessus）是希腊神话中赫鸠里斯（Hercules）用毒箭杀死的一个半人半马的怪物（Centaur）。奈索斯为报复起见，于死前嘱赫鸠里斯之妻以衫浸于其血中，佯谓穿此衫者可永保夫妻之爱。后其妻果以此衫交赫鸠里斯之仆赖卡斯（Lichas）以进，赫鸠里斯着之痛不可忍，举赖卡斯掷入海中。

[9] 台拉蒙（Telamon）即希腊神话中之 Ajax Telamon，亦称 Telamonian Ajax 因 Telamon 是其父名。台拉蒙与 Ulysses 争取 Achilles 之盾牌失败而发狂自杀。

[10] 赛撒利（Thessaly），希腊地名。此处所指之野猪当系 Diana 因祭典被省略而遣至 Caledon 王国蹂躏民间以为泄愤者。

[11] 原文"She has robbed me of my sword."可直译为"她把我的剑偷去了"，亦可能为譬语，见 Furness 本的注释。

[12] 原文 Here's sport indeed，在极度哀伤时作此戏语，似嫌不伦，但这是莎士比亚的一贯作风，不足为异。

[13] 鸠诺（Juno）是罗马神话中之天后，Jupiter 之妻。梅鸠里（Mercury）是众天神的使者。

[14] 原文 Pole，可解作:（一）军旗，（二）北极星，（三）彩柱。今从 Deighton 采第三解。

第 五 幕

第一景：亚力山大城。西撒的营盘

西撒、阿格里帕、都拉贝拉、米西那斯、加勒斯、普罗鸠利阿斯及其他上。

西撒 　 去见他，都拉贝拉，令他投降。既已挫败至此，告诉他如再拖延实在是无理取闹。

都拉贝拉 　 西撒，我遵命。〔下〕

第尔西特斯携安东尼的剑上。

西撒 　 这是做什么用的？你是干什么的，竟这个样子来到我的眼前？

第尔西特斯 　 我名叫第尔西特斯，我是马克·安东尼的部下，他是一个最值得令人努力效忠的人。他活着一天，他便是我的主人，我愿牺牲性命去打击他的敌人。如果你愿意收留我，我将效忠于你一如以前之效忠于他。如果你不愿意，我的性命由你处置好了。

西撒　　　　你说的是什么话？

第尔西特斯　我是说，啊，西撒，安东尼死了。

西撒　　　　宣布这样重大的事故应该带着一声霹雳，大地经此震动，应该把狮子震到市区街道上来，把人民震到狮窟里去。安东尼之死不是一个人的覆没，这个名字代表着半个世界。

第尔西特斯　他是死了，西撒。不是被法曹处死，也不是被刺客谋杀，而是那一只曾经创业扬名的手，借着内心赋予的勇气，而自行刺穿了胸膛。这就是他的剑，是我从他的创口里拔出来的，看看上面还染有他的最高贵的血呢。

西撒　　　　你们都露出悲伤的样子了，朋友们？如果我认为这消息不足以令君王们眼泪汪汪，愿天神谴责我。

阿格里帕　　真是奇怪，人的天性竟迫使我们为了我们所坚决求其实现的事情而悲伤。

米西那斯　　他的污点和荣誉是不相上下的。

阿格里帕　　一个人为人处世，从不曾有比他更杰出的风度。但是天神们，你们总是要给我们一些缺点好使我们成为凡人。西撒也受了感动。

米西那斯　　这样大的一面镜子竖在他的面前，他不能不照见自己。

西撒　　　　啊，安东尼！我逼你得到这样的结局，但是我们身上生痈，不能不用针挑。不是我看见你灭亡，便是你看见我覆没，我们俩在这广大的世界上无法并存。但是让我用心血一般宝贝的眼泪来哀悼你吧，你是我的姐夫，你是我的最伟大事业的竞争者、我的统治帝国的伙伴、战阵中的朋友同袍、我自己躯体上的胳膊、启发我的思虑的心灵，而我们的命运竟不得协调，使我们两个势均力敌的人终于决裂到这个地步。听我说，好朋友们——

一埃及人上。

在较适宜的时候再对你们说吧。这人脸上露出有紧急事故的神情，听他有什么话说。你是从哪里来的？

埃及人　　一个埃及的平民，但仍然是我的女王，我的女主人[1]，她现在被幽禁在她的陵墓里，那是她唯一所有的地方，她要我来问你要怎样处置她，她好准备下万不得已的措施。

西撒　　让她安心吧，她不久就会从我派去的人员知道我是要如何体面而宽大地对待她，西撒有生之日都不会鲁莽无礼的。

埃及人　　天神保佑你！〔下〕

西撒　　过来，普罗鸠利阿斯。你去说，我并没有羞辱她的意思。按照她的情绪之所需给她充分的安慰，怕的是她性格刚强，自寻短见，反倒要破坏了我的目的。因为把她活活地带到罗马才是我的胜利凯旋之永久的光荣。去，尽速回来报告我她说些什么以及你观察所及的她的情形。

普罗鸠利阿斯　西撒，我遵命。〔下〕

西撒　加勒斯，你也一同去。〔加勒斯下〕都拉贝拉在哪里，让他也帮帮普罗鸠利阿斯。

阿格里帕 ┐
　　　　├　都拉贝拉！
米西那斯 ┘

西撒　不用喊他了，我想起他现在是做什么事了。他不久就会办完事，和我一同到我的帐篷里去。你们会明白我当初是如何勉强地被卷入这次战争，我给他写的信是如何地委婉有礼。和我一同去，看看我在这一方面所能提出的证据。〔同下〕

第二景：同上。陵墓

克利欧佩特拉、查弥恩与艾拉斯自楼台上。

克利欧佩特拉　我的孤寂已经开始为一种较高尚的生活做了准备。做帝王是无聊的，既不能成为命运之神，他只是命运之神的奴仆，听她的使唤。一下子把这一生的行为完全结束，把一切意外加以控制，令一切变化完全停顿、长眠不起，不再尝试那乞丐与帝王共同吮吸的乳头，那才是一件壮举。

普罗鸠利阿斯、加勒斯及兵士等自下上。

普罗鸠利阿斯 西撒向埃及女王致意，请你仔细考虑你打算向他提出什么要求。

克利欧佩特拉 你叫什么名字？

普罗鸠利阿斯 我的名字是普罗鸠利阿斯。

克利欧佩特拉 安东尼对我讲起过你，要我信赖你。但是我现在没有信赖任何人的必要，被骗也没有什么关系了。如果你的主人要一个女王对他有何乞求，你须要告诉他，一个有帝王身份的人，为维持体面，要乞求的不能少于一个王国。如果他愿意把这被征服的埃及给我的儿子，那便是他把原属于我的送还了我，我要向他下跪道谢。

普罗鸠利阿斯 你安心吧，你是落在一个慷慨的人的手里，不必疑虑。你有什么请求尽可尽量地自由地向我的主上提出，他的恩泽能浸润到一切有所需求的人。让我回去向他报告你的一番顺心，你就会发现他是怎样的一个征服者，人家向他下跪求恩，他却求人接受他的帮助。

克利欧佩特拉 请你告诉他我是他的鸿运的奴仆，我承认他所赢得的崇高的地位。我时时刻刻地要学习恭顺，并且甚愿见他一面。

普罗鸠利阿斯 这一番话我要报告的，亲爱的夫人。请安心，因为

　　　　　　我知道使你受到这样遭遇的那个人是很同情你的。

加勒斯　　　你看多么容易就可以把她捉住。

普罗鸠利阿斯与二卫兵由梯爬入陵墓，来到克利欧佩特拉背后。一些卫兵拔栓启门，露出陵墓的楼下室。

　　　　　　〔向普罗鸠利阿斯及卫兵〕看守住她，等西撒来。〔下〕

艾拉斯　　　女王啊！

查弥恩　　　啊，克利欧佩特拉！你被捉了，女王。

克利欧佩特拉　快，快，我的好手。〔拔出匕首〕

普罗鸠利阿斯　住手，好夫人，住手！〔抓住她并夺下匕首〕不要这样地害你自己。你现在是得了解救，没有受骗。

克利欧佩特拉　什么，使狗解除苦痛的一死我都不能得到吗？

普罗鸠利阿斯　克利欧佩特拉，不要毁灭你自己来辜负我的主人的一片好心。让世人看看在事实上他如何表现他的宽大，你一死便使他无法表现了。

克利欧佩特拉　死神，你在哪里？你来吧，来，来，来！带走一个女王吧，她比许多婴儿和乞丐有更优先的权利。

普罗鸠利阿斯　啊！要忍耐一些，夫人。

克利欧佩特拉　先生，我将断绝饮食，先生：如果必须信口开河，我将永不睡眠[2]。不管西撒有什么高强手段，我一定要摧毁这个血肉之躯。你要知道，先生，我不能把手足缚起在你的主人宫廷里做一个阶下囚，也不能忍受一下那蠢呆的奥大维亚的冷目相视。我能让他们把我高高举起受那罗马的贱民的笑骂吗？我宁可把埃及的水沟当作我的葬身之所！我宁可赤条条地躺在尼罗河的泥泞上，让水蝇在我身上下卵，变成可怕的景象！我宁可用本国的高高的金字塔作为我的绞架，用链子把我吊起！

普罗鸠利阿斯　你假想得过分可怕，西撒绝不会这样对付你。

都拉贝拉上。

都拉贝拉　普罗鸠利阿斯，你所做的事你的主上西撒业已知悉，他要你回去。至于女王，由我加以看管。

普罗鸠利阿斯　好，都拉贝拉，我觉得这样最好，对她要和气些。〔向克利欧佩特拉〕如果你有什么话要我转达西撒，我可以照办。

克利欧佩特拉　告诉他我愿意死。〔普罗鸠利阿斯及众兵士下〕

都拉贝拉　最高贵的女王，你听说过我的名字吧？

克利欧佩特拉　我记不得。

都拉贝拉　你一定认识我的。

克利欧佩特拉　先生，我听说过也好，我曾认识也好，都没有关系。妇人孺子把他们的梦告诉你，你会发笑，你是不是这样的？

都拉贝拉　我不懂你的意思，夫人。

克利欧佩特拉　我梦见有一位安东尼皇帝，啊！但愿再这样地睡一觉，好再见一次这样的一个人。

都拉贝拉　如果你愿意——

克利欧佩特拉　他的脸好像是苍天，其间点缀着一个太阳和一轮明月，按时运行，普照着这小小的地球。

都拉贝拉　最尊贵的人——

克利欧佩特拉　他的两腿跨着大海，他的高举的胳膊是世界的巅峰，他的声音有如星辰之和谐的交响，他用这声音对朋友们讲话。但是他想要震撼世界的时候，他像是隆隆的雷鸣。讲到他的慷慨，其中永远没有冬天，像是永远刈获不完的秋收 [3]。他快活起来像是海豚，在波浪中翻滚着露出它们的弯背。在他的仆从的行列里有大大小小的冠冕的人物，国土与岛屿就像是从他口袋里落出来的银币一般。

都拉贝拉　克利欧佩特拉——

克利欧佩特拉　像我所梦见的这样的一个人，你以为过去可曾有过，或将来可能会有吗？

都拉贝拉　夫人，没有的。

克利欧佩特拉　你说的是欺天的谎话，不过在过去未来果真有这样的一个人，其伟大不是梦想所能企及的。自然界没有适当的东西可以和想象中创造出来的形体相比拟，不过假使一个安东尼是自然的杰作，那真可以说是把想象力形容得一文不值了。

都拉贝拉　听我说，夫人。你的不幸的遭遇是和你本人一样的，实在伟大。你的忍耐力和那打击之重也实在是很相称。如果我不觉得你的悲哀在我的内心深处引起共鸣，愿我永世不得成功。

克利欧佩特拉　我谢谢你，先生。你知道西撒打算怎样处置我吗？

都拉贝拉　我很不愿意告诉你我所愿你知道的事。

克利欧佩特拉　不，请你说，先生——

都拉贝拉　虽然他是一个可敬的人——

克利欧佩特拉 那么他是要在凯旋时把我当作俘虏牵引着了？

都拉贝拉 夫人，他是有此意，我确实知道。

内呼声。"大家让路啊！西撒！"

西撒、加勒斯、普罗鸠利阿斯、米西那斯、赛留克斯及
侍从等上。

西撒 哪一位是埃及女王？

都拉贝拉 这是皇帝，夫人。〔克利欧佩特拉跪〕

西撒 起来，你不要下跪。我请你，起来，起来吧，埃及
女王。

克利欧佩特拉 陛下，是天神要我这样的，我必须服从我的主人。

西撒 不要多所疑惧，你所加于我们的伤害，虽然刻在我
们皮肉上面了，我们只当作偶然的意外事件。

克利欧佩特拉 全世界唯一的主宰，我不能为我自己辩白，但是我
承认我有以往常使我们女性蒙羞的同样的弱点。

西撒 克利欧佩特拉，你要晓得，我是要一切从宽，绝不
为已甚。如果你肯顺从我的意思——对于你可以说
是极为宽大的——你会发现这次变动是有益的。但
是如果你效法安东尼，使我蒙上不仁之名，那么不
但你将辜负我的一番善意，而且你的子女亦必趋于
毁灭，你要我庇护我也无法庇护了。我要走了。

克利欧佩特拉 你可以走遍全世界，全世界都是你的。我们，不过
是你的胜利的标帜，随你挂在什么地方。给你这个，
我的主上。

西撒 与你克利欧佩特拉有关的事，我总会听从你自己的

主张。

克利欧佩特拉　〔呈一纸卷〕这是我所有的金银珠宝的清单，有精确
　　　　　　　估计的总值，不值钱的东西没有列入。赛留克斯在
　　　　　　　哪里？

赛留克斯　　　这里，夫人。

克利欧佩特拉　这一位是我的司库，让他实说，否则加以处分，我
　　　　　　　没有为自己隐藏什么。老实讲吧，赛留克斯。

赛留克斯　　　我宁可闭起我的嘴，也不愿冒着受罚的危险说与事
　　　　　　　实不符的话。

克利欧佩特拉　我隐藏起什么了？

赛留克斯　　　你所隐藏的足够购买你所献出的。

西撒　　　　　不，不必脸红，克利欧佩特拉。你在这件事上所表
　　　　　　　现的聪明，我认为是对的。

克利欧佩特拉　你看，西撒！啊，看呀，人们是多么趋炎附势，我
　　　　　　　用的人现在是你的了。如果我们易地相处，你的也
　　　　　　　会变成我的。这个赛留克斯的忘恩负义简直要使
　　　　　　　我发狂。啊，奴才！你就和用钱买来的爱情一样地
　　　　　　　不可靠。什么！你要逃？你是非逃不可的，我知
　　　　　　　道。但是我要用我的眼睛逼视你的眼睛，你的眼睛
　　　　　　　长翅膀也逃不开。奴才、没有灵魂的恶棍、狗！好
　　　　　　　下贱！

西撒　　　　　好女王，请你息怒。

克利欧佩特拉　啊，西撒！这是多么令人伤心的耻辱，你屈尊来访
　　　　　　　问我这样失意的一个人，而我自己的用人偏偏在我
　　　　　　　的耻辱之上再加添他的一份恶意。假如说，好西撒，

就算是我藏起了一些女人们喜欢的东西，一些不重要的小玩物，馈赠普通朋友的不值钱的礼物。假如说，就算是我又收藏起了一些较贵重的礼品预备送给黎维亚[4]与奥大维亚，求她们为我说情，难道就应该由一个我所豢养的人来给我揭穿秘密吗？天神哟！这打击比我这次败覆还更令人痛心。〔向赛留克斯〕请你，走开，否则我要从我的命运的灰烬中发作一下我的残余的怒火。如果你是个男子汉，你也该怜悯我的。

西撒 你退去吧，赛留克斯。〔赛留克斯下〕

克利欧佩特拉 要知道我们居最高位的人是要代人受过的，等到我们失败的时候，我们要出面承当别人所应得的惩罚，所以我们是应该受人同情的。

西撒 克利欧佩特拉，你所隐藏的，以及你所供认的，我一概不列入我的战利品的清单之内。这些都还是你的，由你随意处置。要知道西撒不是商人，并不为了商人叫卖的东西而和你斤斤计较。所以你尽管放心，不要自苦。不，亲爱的女王；因为我打算完全按照你自己的意思来处置你。努力加餐，好好地安眠。我对你甚为关切同情，我可以算是你的朋友。好了，再会。

克利欧佩特拉 我的主人，我的皇上！

西撒 不要这样。再会。〔奏花腔。西撒及其随从等下〕

克利欧佩特拉 他用甘心蜜语劝我，他用甘言蜜语劝我，劝我不可慷慨自尽。但是，你听，查弥恩。〔向查弥恩耳语〕

艾拉斯	完了，好夫人。光明的白昼已经过去，我们要迎取黑暗。
克利欧佩特拉	赶快再去，我已经吩咐过，都已经预备下了。去，快一点安排好。
查弥恩	夫人，遵命。

都拉贝拉又上。

都拉贝拉	女王在哪里？
查弥恩	你看吧，先生。〔下〕
克利欧佩特拉	都拉贝拉！
都拉贝拉	夫人，我曾奉命宣誓对你绝对服从，所以我要报告一件事。西撒打算取道叙利亚回国，三日之内你和你的子女就要先被遣送。请好好地计划一下吧，我已经完成了你的意旨和我的诺言。
克利欧佩特拉	都拉贝拉，我对你感激不尽。
都拉贝拉	我永远是你的仆人。再会了，好女王，我须要去陪西撒。
克利欧佩特拉	再会，谢谢你。〔都拉贝拉下〕喂，艾拉斯，你以为如何？你，和我一样，像是个埃及的傀儡，将要在罗马公开展览。穿着油垢围裙拿着尺和锤的奴匠将要把我们高高举起让大家看，他们因吃粗食而吐出的浊气将要包围我们并且逼使我们吸进去。
艾拉斯	天神不准！
克利欧佩特拉	不，一定会如此的，艾拉斯。粗暴无礼的警宪将要把我们像娼妓一般地抓捕，卑劣的诗人将要诌出一

些不合辙的歪词来歌咏我们，脑筋动得快的喜剧演员将要临时拼凑出一台戏表演我们在亚力山大城的欢宴作乐。安东尼将要以醉鬼的姿态登场，我将要看到一个尖嗓音的男孩用一个娼妇的神情扮演克利欧佩特拉的角色。

艾拉斯　　　　　啊，我的天神呀！

克利欧佩特拉　不，那是一定的。

艾拉斯　　　　　我决不肯看见这种情事，因为，我确知我的指甲是比我的眼睛要厉害些。

克利欧佩特拉　唉，这倒是个好法子，让他们白准备一场，让他们的歪念头遭受打击。

　　　查弥恩又上。

喂，查弥恩，你们给我打扮起像是个女王的样子。去把我最好的服装拿来，我要再到西得拿斯河上去会见马克·安东尼。艾拉斯，你去。现在，好查弥恩，我们可真要赶快结束了。你把这一份差事办完之后，我就准你去玩，一直到世界末日。把我的王冠及一切都拿来。〔艾拉斯下。闻闹声〕
这是什么声音？

　　　一卫兵上。

卫兵　　　　　有一个乡下人一定要见陛下，他给你带来无花果。

克利欧佩特拉　让他进来。〔卫兵下〕多么低微的一个人竟能成全一件高贵的举动！他给我带来了自由。我意已决，我现在没有一点女人气，我自顶至踵像是大理石一般地坚定，那变化无常的月亮不再指导我的命运了。

卫兵领一乡下人携一篮上。

卫兵　　　　　就是这个人。

克利欧佩特拉　你走开吧，留他在这里。〔卫兵下〕那能杀死人而不令人痛苦的尼罗河的小蛇，你已经拿来了吗?

乡下人　　　　老实讲，我拿来了。可是我却不愿您动它，因为它咬一口就能致命，被它咬了的人很少或绝无复活的可能。

克利欧佩特拉　你可记得有人被它咬死过吗?

乡下人　　　　很多人，男的女的都有。就是昨天我还听说到咬死了一个呢，是个很忠实的女人，只是有一点好说谎，除了为表示忠实起见一个女人是不该说谎的，我听说她就是被蛇咬死的，死时有如何地苦痛。实在地，她证实了这蛇很灵验。但是一个人如果全信他们所说的话，则他们所做的事至少有一半是不能使他灵魂获救的。不过这一点是千真万确，这蛇是很奇怪的蛇。

克利欧佩特拉　你去吧，再会。

乡下人　　　　我愿您从这蛇得到一切的快乐。〔放下篮子〕

克利欧佩特拉　再会。

乡下人　　　　请你注意，你要随时想着，蛇的本性是要咬人的。

克利欧佩特拉　是的，是的，再会。

乡下人　　　　请注意，这条蛇一定要交给明白的人看管，因为这蛇是不怀善意的。

克利欧佩特拉　你不必担心，我们会留意的。

乡下人　　　很好。请你不必给它东西吃，因为它不值得喂。

克利欧佩特拉　它会吃我吗？

乡下人　　　你不要以为我是那样地蠢，我晓得就是恶魔也不会
吃一个女人的。我晓得女人是为天神享用的食物，
如果恶魔没有把她加以泡制。但是，老实讲，那些
婊子养的恶魔专门在女人方面打击天神，天神造出
的十个女人当中就有五个被恶魔所破坏。

克利欧佩特拉　好啦，你去吧，再会。

乡下人　　　是的，老实讲，我希望你能享受这条蛇。〔下〕

艾拉斯携袍冠等又上。

克利欧佩特拉　给我袍子，给我戴上王冠。我希望我的灵魂不死，
现在埃及的葡萄汁将不能再沾润我这嘴唇了。快
一点，快一点，好艾拉斯，快点。我觉得我听见安
东尼在呼唤我，我看到他惊醒起来赞美我的高贵的
举动。我听到他嘲笑西撒的幸运，那幸运乃是天神
日后膺惩的借口。丈夫，我来了，现在让我的勇气
来证明我配称为你的妻！我是火，我是风，我的其
他的元素就与草木同朽吧。就这样好了，你们给我
打扮完了吗？那么就来吧，接受我嘴唇上最后的温
暖。再见，好心的查弥恩；艾拉斯，永别了。〔吻她
们。艾拉斯倒地死〕我嘴唇上有蛇的毒液吗？倒下
去了？如果你能这样轻松地就和生命分离，那么死

神的打击便无异于情人的捏掐一下，有一点痛，可是痛得舒服。你躺在那里不动了？如果你就这样地消逝，你显然是明告世人临死之时是不需要什么告辞的手续的。

查弥恩　　　浓云啊，融解成雨吧，好让我说天神也在洒泪。

克利欧佩特拉　这显得我太卑劣了，如果她先见到鬈发的安东尼，他会向她打听我，会把我视若天堂的一吻酬送给她。来，你这致命的东西，〔取蛇放在她的乳房上，向蛇〕用你的利齿打开这人生的密结吧。可怜的毒恶的家伙，发怒吧，赶快吧。啊！如果你会说话，我愿你把伟大的西撒叫作没有心计的蠢驴。

查弥恩　　　啊，东方的明星！

克利欧佩特拉　住声，住声！你没看见我怀里的婴儿吗，他吮着奶把乳母给弄睡着了？

查弥恩　　　啊，我的心碎了吧！啊，我的心碎了吧！

克利欧佩特拉　甜似香膏，软如微风，柔若——啊，安东尼——不，我把你也拿起来。〔取另一蛇放在她的臂上〕我还有什么可留恋的——〔死〕

查弥恩　　　在这龌龊的尘世？好。再会了。死神啊，你现在可以夸说一个举世无双的女子你已据为己有了。鹅毛般的眼皮，闭起来吧，金光灿烂的太阳再也不能被这样高贵的眼睛来看了！你的王冠倾斜了，我来给你戴好，然后再去玩。

　　　卫兵冲上。

卫兵甲　　女王在哪里？

查弥恩　　小声说话，别惊醒了她。

卫兵甲　　西撒已经派人来——

查弥恩　　来得太晚了。〔放毒蛇在身上〕啊！快点，赶快，我
　　　　　已经有点感觉到了。

卫兵甲　　来啊，喂！大事不好了，西撒受骗了。

卫兵乙　　西撒派来的都拉贝拉在此，喊他来。

卫兵甲　　这是什么事！查弥恩，你干的好事呀？

查弥恩　　是干得好，适合于一位出自历代帝王之家的贵妇的
　　　　　身份。啊！军官。〔死〕

都拉贝拉又上。

都拉贝拉　这儿出了什么事？

卫兵乙　　全死了。

都拉贝拉　西撒，你所预料的事如今应验了，你自己来看看你
　　　　　所极力防止的而现已完成的这可怕的事情吧。〔内呼
　　　　　声："让路啊——给西撒让开一条路啊！"〕

西撒及其侍从等又上。

都拉贝拉　啊！陛下，您真是太灵验的预言家了，您所担心的
　　　　　事果然发生了。

西撒　　　到最后表示出最勇敢，她猜中了我的用意，为了顾
　　　　　及她的身份，所以决心自裁。她们是怎样死的？我
　　　　　没看见她们流血。

都拉贝拉　谁最后和她们在一起的？

卫兵甲	一个给她送无花果的愚蠢的乡下人,这就是他的篮子。
西撒	那么是中毒了。
卫兵甲	啊,西撒!这个查弥恩方才还活着,她站着,还说话呢。我发现她在给她的死了的女主人整理王冠,她站在那里发抖,突然倒下。
西撒	啊,好高贵的柔弱!如果她们是服毒,必有外表浮肿的现象。但是她像睡着了似的,好像是要用她的美貌的网罢再捉一个安东尼。
都拉贝拉	这里,在她的乳上,冒出了一点血,并且有一点肿。她的臂上也是同样的情形。
卫兵甲	这是毒蛇爬过的痕迹,这些无花果的叶子上还有黏液,正像是尼罗河畔的窟穴里毒蛇所留下的那样。
西撒	她极可能就是这样死的,因为她的侍医告诉我,她曾多方试验舒适的死法。抬起她的床,把她的侍女们都抬出这陵墓。要把她葬在她的安东尼的身边,世界上将没有一座坟能埋着这样著名的一对情人。这样重大的事件将使一手造成这事件的人亦为之深受感动,他们的故事之值得同情惋惜,正不下于使得他们受人哀悼的人之享受光荣。 我们的军队要隆重而庄严地参加这一次伟大的葬礼,然后到罗马去。来,都拉贝拉,饰终大典的场面要力求伟大。〔同下〕

注 释

[1] 原文 :A poor Egyptian yet.The queen my mistress. 这是 Theobald 的修改。第一对折本的原文是 A poore Egyptian yet,the Queen my mistris. 意义不同。今依 John Hunter 提议改为 A poor Egyptian,yet the queen my mistress，于义较合。此"埃及人"指克利欧佩特拉，不是埃及人之自道。

[2] 原文 If idle talk will once be necessary,/I'll not sleep neither. 意义晦涩。Steevenst 解 为 "If it be necessary,for once,to talk of performing impossibilities,why,I'll no sleep neither." 似近是。Malone 疑两行之间脱落一行，亦属可能。

[3] 原文 an autumn'twas/That grew the more by reaping 颇费解。其中 autumn 一字是 Theobald 的修改，原文本是 Antony，此一修改已为一般编者所接受，但问题并未完全解决，因为全句的意义依然晦涩。译者以为此是一种夸张语法，愈刈获而生长愈多乃不可能之事，但此正可喻安东尼之慷慨永无止境也。

[4] 黎维亚（Livia），西撒之妻。

考利欧雷诺斯

The Tragedy of Coriolanus

序

　　《考利欧雷诺斯》是莎士比亚的伟大的悲剧中之最后的一部，他写过这出戏之后，他的写作生涯便进入了最后的那一个阶段。这部作品也是他的以罗马故事为题材的三出戏之一，其他二剧是《朱利阿斯·西撒》与《安东尼与克利欧佩特拉》。

一　版本

　　此剧版本问题很简单，因为只有一个版本，那就是一六二三年出版的第一对折本。显然，在这以前，此剧不曾付印过，书业公会登记簿上一六二三年十一月八日记载着此剧乃"以前不曾有别人登记过"的十六个剧本之一。

　　这唯一的版本，有人称赞它好，例如 Charles Knight，他说："除了几个明显的排印错误乃是作者亲自监印亦在所难免的之外，这个本子实在是极为精确。"但亦有人嫌它恶劣，例如剑桥版的编者们就说："这版本错误甚多，大概是由于排者粗心或稿本字迹不易辨识之故。"平心而论，此剧版本不是顶好，也不是顶坏。

第二、第三、第四对折本均是重印，无大变动。

二　著作年代

一般公认此剧乃是莎士比亚的晚年作品之一，但究竟成于何年则甚少确定的佐证。

Halliwell-Phillips 认定此剧必系成于一六一二年以后，他的论据是建立在一个假设上面，即莎士比亚所使用的普鲁塔克的《列传》之英译本乃一六一二年的重印版。其理由是，剧中第五幕第三景第九十七行所使用的 unfortunate 一字，在一六一二年以前的各版《列传》英译本均作 unfortunately，因此断定莎士比亚撰此剧时手头参考的普鲁塔克译本必系一六一二年版，从而认定此剧之写作必在一六一二年以后。Allan Park Paton 支持此一看法，并且声称他自 Greenock 的图书室里发现了一本一六一二年版普鲁塔克《列传》英译本，上面有几处显系莎士比亚亲笔的批点，足以证明莎士比亚是在一六一二年以后使用此本撰写此剧。其实此一论据甚难成立。莎士比亚可能使用一六一二年以前的普鲁塔克译本而径改 unfortunately 为 unfortunate，而且事实上为了那一行诗的音节亦有如此改动的必要，一六一二年的版本之改用 unfortunate 可能只是偶合，至于 Greenock 图书室的那本书，纵然笔迹是真的，亦不能证明什么。

《肚子的寓言》（第一幕第一景第九十六至一六四行）见于一六〇五年出版之 William Camden：*Remains of a Greater Worke, Concerning Britain*，p.199，而且故事的内容较普鲁塔克所叙述者为详细，其中有些措词与莎士比亚几近雷同，似不可能说是偶合。这一事实只能说明莎士比亚大概看过这本书，此剧之写作是在此书之后。《肚子的寓言》来源甚古，转述者多，我们难以确定莎士比亚究竟是否取材于 Camden。

第一幕第一景第一七四行有 coal of fire upon the ice 一语，有人指陈这可能是暗指一六〇七——一六〇八年伦敦之严霜，泰晤士河为之结冰。这只是臆测。

第三幕第二景第七十九行提到"最成熟的桑葚"，有人指出这与一六〇九年哲姆斯一世下令广栽桑树饲蚕有关。但是植桑养蚕之事在英国早有所闻，不自是年始，莎士比亚在他写一五九三年之《维娜斯与阿都尼斯》（*Venus and Adonis*，1103）及一五九五年之《仲夏夜梦》（三、一、一五一）都提到过桑葚。

Steevens 发现第二幕第二景第一〇一行有 lurched 一字，其用法很特殊，作"夺取"解，与班章孙在他的一出喜剧（*Epicaene, or The Silent Woman*, V. i.）所使用的这一个字完全相同，而班章孙之喜剧上演于一六〇九年。Malone 对这一指陈加以嘲笑。事实上 Nash 也使用过这一个字。并且班章孙与莎士比亚之间，究竟谁是袭用者，亦无法断定，恐怕还是班章孙在后呢。

以上的考证均不得要领，最后乃不得不乞灵于诗体测验。吾人习知莎士比亚之使用无韵诗体，其总趋势是趋向于句法之自由，故其常用之技巧有下列诸端：

（一）联行（run-on lines）；

（二）行中之停顿；

（三）行中或行末格外添加音节；

（四）三音节的音步；

（五）轻与弱尾（light and weak endings）。

最重要的是第五项。据统计，《安东尼与克利欧佩特拉》所使用之轻与弱尾占全剧总诗行数百分之三点五三，计为七十一个轻尾，二十八个弱尾。《考利欧雷诺斯》的轻与弱尾占百分之四点零五，而《暴风雨》的则占百分之四点五九。是莎士比亚之无韵诗，愈近晚年则愈趋豪放，不再为呆滞的规格所拘囿。故诗体测验的结果显示此剧之写作当在一六〇八至一六一〇年之间，尤其可能的是一六〇八或一六〇九年。

也有人指出，莎士比亚的母亲死于一六〇八年九月，而此剧主题之重要的一部分为母道（motherhood）的描写，二者之间也许不无关联。这种想法似是颇为牵强。

三　故事来源

此剧的故事来源是普鲁塔克的《列传》。普鲁塔克是希腊人，生于 Boeatia 之 Chaeronea，生卒年代不详，约在纪元后四十六至一二〇之间。莎士比亚所根据的是英译本，英译本又是从法译本转译的，英译本的标题页是这样写的：

The Lives of / The Noble Grecians / and Romanes / Compared Together by that Grave Learn-ed / Philosopher and Historiographer / Plutarke of Chaeronea / Translated out of Greeke into French by / James Amyot / Abbot of Bellozane,Bishop of Auxerre, One of the / King's Privy Counsel, and Great Amner of France / And out of French into Englishe by / Thomas North / 1579.

此书于一五九五、一六〇三、一六一二、一六三一、一六五六、一六七六均有重印本行世。莎士比亚的三部罗马的戏剧固然都是取材于是，其他的作品如《仲夏夜梦》《雅典的泰蒙》以及可能与 Fletcher 合撰的 *The Two Noble Kinsmen* 也多少借重了这一部内容丰富的巨著。这一部书不仅是供给后人以写作的原料，其本身也是杰出的作品。George Wyndham 在为该书英译本（*W. E. Henley's Tudor Translation Series*）所作序言里说："这部《列传》，在其领域内，对每一时代的伟人们的心灵具有极重大的影响力。"这也是哲学家爱默生（Emerson）所谓"世界名著"（world-books）之一。此书之所以伟大，是因为各篇传记的主人都是有丰功伟绩的豪杰之士，都是在行为上突出的人物，而戏剧的目的即是行为。所以传记的题材最容易一变而成为戏剧的资料。传记本身是饶有戏剧性的。附带着还要提起，North 的翻译亦不可等闲视之，那是很优秀的伊利沙白时代的散文。

莎士比亚受 North 译本的文字的影响甚深。读此剧时最好是能把莎氏作品与普鲁塔克英译本参照并读。（一般的教科书编本，附录中大概都有普鲁塔克原文英译。）莎士比亚追随原文有时是过于密切了。伊利沙白时代的散文，因受诗的影响，往往是有高度的节奏的，莎士比亚有时只是把那散文稍稍紧缩一下即成为无韵诗。例如：考利欧雷诺斯在安席姆的奥非地阿斯家中对奥非地阿斯所说的一大段话（第四幕第五景），其中措词与 North 非常相近，几乎是化散文为无韵诗。这种情形在我们读者看来，不能不说是遗憾，因为试一比较紧接着的奥非地阿斯对考利欧雷诺斯的回答，我们就可以发现一个显明的对照，前者是一段漂亮的台词，后者是莎士比亚所特有的情思洋溢的诗。第五幕第三景里服龙尼亚对她儿子的两大段话以及她的儿子的回答，也是非常忠于 North 的原文。我们还可以附带提起，莎士比亚过度地忠于原文，至少有两次（第一幕第四景第五十七行；第二幕第三景第二三八至二四八行）他陷于"时代错误"，因为他直接引用 North 的叙述插入剧中人物的口里，以致历史事迹前后颠倒。

在故事的结构上莎士比亚不是没有剪裁的。在他的编排之下，故事显得更为紧凑。例如：

（一）麦匿尼阿斯对民众的演说，改在罗马，而不在圣山（Mons Sacer），以求地点之集中。

（二）高利贷与粮荒是一前一后使人民怨愤的两大缘由，现在合而为一，使剧情简化，使考利欧雷诺斯之被放逐成为全剧中之高潮。

（三）在普鲁塔克书里，考利欧雷诺斯对于穿粗布袍和袒露伤痕并未表示厌恶之意，经莎士比亚的改笔，其高傲之态乃大为加强。

（四）选举乃宪法赋予人民之权利。在莎士比亚笔下，人民被描写成为无理取闹愚顽善变的乱民，合法的政治活动被描写成为暴动，以增加戏剧的效果。

（五）考利欧雷诺斯进攻罗马不止一次，莎士比亚改写为一次总攻，以求剧情简化，效果单纯。

（六）在普鲁塔克书里，考利欧雷诺斯对罗马贵族并无恶感，在军事行动中且曲予爱护。在莎氏笔下则贵族亦被迁怒，以强调其不顾一切之愤恨。

但是最重要的还是莎士比亚所增加的几个场面，例如：

（一）第一幕第二景家庭生活之描写。

（二）第四幕第五景奥非地阿斯家中仆役之无意义的闲话。

（三）第五幕第二景麦匿尼阿斯之过分的自信。

这些场面的作用是为与强烈的悲剧气氛做一对照，借以发生松弛（relief）之效。

四　舞台历史

这一出戏不是舞台上很受欢迎的戏。在复辟（一六六〇）以前，我们找不到此剧之舞台上的记录。

一六八二年 Naham Tate 的改编本出现，其标题为 *The Ingratitude of a Commonwealth: or, The Fall of Caius Martius Coriolanus*。据改编者自称："仔细研究这一篇故事之后，发现其中某些部分与我们自己这一时代之纷纭的党争颇为类似，我承认我宁愿把这些类似点强调得表而出之，而不愿把它冲淡了放弃在较远的距离。"这是要借莎士比亚的戏剧来影射当时政治状况的企图，在本质上就已注定其不能成功。该剧前四幕尚能相当忠实地保持莎士比亚原剧的面目，唯许多诗句均已改造。重要的变动是在人物和情节上，例如：瓦利里亚被写成为复辟时代的一个矫揉造作的言多行诡的妇人。第五幕几乎是 Tate 的，使奥非地阿斯成为维吉利亚之失败的追求者。在最后一景，麦匿尼阿斯、维吉利亚、小马尔舍斯，全都惨被屠杀，与奥非地阿斯和考利欧雷诺斯同归于尽，服龙尼亚变成疯狂。这种 Tate 特有的作风不能不说是唐突了莎士比亚的原作。

一七一九年十一月十一日 Drury Lane Theatre 演出了 John

Dennis 的改编本 *The Invader of his Country: or, The Fatal Resentment*，只演了三次，刊行于一七二〇年。这一改编本之结尾的一场亦甚奇特，使考利欧雷诺斯于杀死奥非地阿斯之后又与伏尔斯的四护民官力战而死。执政的选举被写成为与英国的竞选无异。

以作四季诗著名的陶姆孙（James Thomson）也编有《考利欧雷诺斯》一剧，于一七四九年正月十三日（即其死后约五个月）在 Covent Garden 上演。这不是改编性质，与莎士比亚全然无涉，而是根据罗马历史家 Livy 与 Dionysius of Halicarnassus，置普鲁塔克于不顾。故其中人物姓名亦略有不同，例如奥非地阿斯为 Attius Tullus，考利欧雷诺斯的母亲为 Veturia，其妻为 Volumnia。陶姆孙此一剧本之所以成为重要，乃是由于后来有人根据莎士比亚的作品与陶姆孙的作品糅合而成新的改编本，例如，一七五四年 Th. Sheridan 之改编本，一七八九年 John Philip Kemble 之改编本。Kemble 于一八一七年与舞台告别时即系主演此剧。

莎士比亚之本来面目系由 Edmund Kean 所首先恢复，于一八二〇年六月廿四日在 Drury Lane 演出。与此次演出相抗衡的有前一年十一月廿九日 W. C. Macready 在 Covent Garden 之演出。厥后则有 John Vandenhoff（1823），Samuel Phelps（1848），James Anderson（1851），Henry Irving（1901）等均有演出之尝试。我们可以说，十九世纪中叶以后并无特别杰出之表演。直到一九三八年 Old Vic 剧院由 John Gielgud 主演的一场才打破了相当长久的沉寂。

在美国，Kemble 的莎士比亚本于一七九六年六月三日，陶姆孙的本子于一七六七年六月八日，在费城上演。在十九世纪后半，美国演员如 Edwin Booth、John McCullough、Lawrence Barrett 等均有良好之演出，最佳者当推 Edwin Forrest（1806-1872）。最近 John

Houseman 于一九五四年在纽约亦有演出。

在法国一九一〇年 M. Joubé 在巴黎之 Odeon 剧院曾有演出。在德国则演出次数较多，从一九一一至一九二〇年曾有一百零三次上演的纪录。

五　几点批评

考利欧雷诺斯的故事是属于传说的性质，Mommsen 在他的罗马史上说："这故事中有多少是真实的无法确定。"（ed.1881，p.287）莎士比亚之编写此剧，着重的不是这一段历史，而是其中的人物，所以是悲剧而不是历史剧。一个受有特殊教养的罗马贵族军人，勇敢、高傲、自负，遇上政客挑拨，民众愚暗，于是由民族英雄而变为流囚，由愤恨而投敌而进攻祖国，但是由于禁不住母亲妻儿的哀求，终于软化以致死——其间有错综矛盾，形成了高度的悲剧性。莎士比亚的兴趣不在历史的准确，而在人物的性格。所以他对历史背景往往不求甚解，有时有意无意地还要把伊利沙白时代的色彩混入罗马生活里去。他所肆意经营的是对人性的描写。

《考利欧雷诺斯》有浓厚的政治意味，因为背景的一部分是罗马的政治斗争，但是政治不是此剧的主题。关于政治，莎士比亚在他的十出英国历史剧里已有充分的阐述。历来的批评家喜欢在此剧中寻求莎士比亚的政治倾向的佐证，例如哈兹立特（Hazlitt）就批评莎士比亚偏袒贵族贬抑平民，一似羊群中张牙舞爪的狼比惊骇万状的羊要更富于诗意。当然也有批评家为莎士比亚辩护，说他描写这个骄傲的贵族不是没有充分暴露他的缺点，描写平民有时出之以戏谑有时亦颇寄与同情，作为一个戏剧家，他的态度是公正的。其实这些意见的冲突是不必要的，因为罗马之贵族与平民的对峙是一个众所周知的事实，莎士比亚秉笔之际亦不可能毫无偏倚，莎士比亚本人所处的时代尚不是崇尚民主的时代。莎士比亚稍稍偏袒考利欧雷诺斯是可以理解的，究竟他是这一剧的主人翁，一切可以使他成为悲壮的笔法当然均在可以使用之列。莎士比亚并不是贬抑平民以成全考利欧雷诺斯的伟大，而是在尽力形容他的高傲。我们不宜放在此等处寻觅莎士比亚的政治倾向，而宜于在此等处发现他的戏剧手段。

服龙尼亚是一个很有个性的女性，虽然不是可爱的。原始罗马的理想，第一是做骁勇的战士，第二便是做母亲。罗马人重视母亲。服龙尼亚正是这种环境孕育的一个典型的母性。

剧中人物

凯耶斯·马尔舍斯，后称凯耶斯·马尔舍斯·考利欧雷诺斯（Caius Marcius Coriolanus）

泰特斯·拉舍斯（Titus Lartius）
珂民尼阿斯（Cominius） ⎤ 抵抗伏尔斯族的将领。

麦匿尼阿斯·阿格里帕（Menenius Agrippa），考利欧雷诺斯之友。

西新尼阿斯·佛留特斯（Sicinius Velutus）
朱尼阿斯·布鲁特斯（Junis Brutus） ⎤ 护民官。

小马尔舍斯（Young Marcius），考利欧雷诺斯之子。

一罗马传令官。

特勒斯·奥非地阿斯（Tullus Aufidius），伏尔斯族将领。

奥非地阿斯的副官。

奥非地阿斯的同谋者们。

奈凯诺尔，一罗马人。

安席姆的一公民。

爱德利安，一伏尔斯人。

二伏尔斯卫兵。

服龙尼亚（Volumnia），考利欧雷诺斯之母。

维吉利亚（Virgillia），考利欧雷诺斯之妻。

瓦利里亚，维吉利亚之友。

维吉利亚的女侍。

罗马与伏尔斯的元老们、贵族们、警官们、仪仗官们、士兵们、公民们、信使们、奥非地阿斯的仆从们及其他侍从等。

地 点

罗马及其附近；考利欧里及其附近；安席姆。

第 一 幕

第一景：罗马。一街道

一群叛变的公民，持棍棒及其他武器上。

民甲　　在我们采取更进一步行动之前，听我说句话。

全体　　说吧，说吧。

民甲　　你们已下决心宁死也不愿挨饿吧？

全体　　下决心了，下决心了。

民甲　　第一，你们知道凯耶斯·马尔舍斯是人民的主要公敌。

全体　　我们知道了，我们知道了。

民甲　　我们杀掉他，就可以按照我们自己的价格得到食粮。是不是就这样决定了？

全体　　不要再多说，就这样做吧。走，走！

民乙　　　　诸位好公民，我有句话说。

民甲　　　　我们是被认为穷苦的老百姓，贵族才是好公民[1]。有
　　　　　　权势的人饱胀得吃不下去的东西就足够救济我们的
　　　　　　了。如果他们把剩余的赏给我们，只要是尚未发霉，
　　　　　　我们就可以认为他们是好心地周济我们，但是他们
　　　　　　以为我们是不值得救济的：我们的面黄肌瘦，我们的
　　　　　　苦痛情形，正好是反映他们的富裕的清单。我们的
　　　　　　苦难正是他们的享受。在我们还没有变成皮包骨之
　　　　　　前，用我们的叉子去报复吧！天神知道，我说这话
　　　　　　只是由于饿得没有面包吃，不是由于报仇心切。

民乙　　　　你是否要特别对凯耶斯·马尔舍斯加以攻击呢？

民甲　　　　先攻击他，他对于我们民众简直是一条毫无人心
　　　　　　的狗。

民乙　　　　你不想想他为国家曾立下什么样的功劳吗？

民甲　　　　当然想过，而且为了他的功劳还要说他的好话，可
　　　　　　是他恃功而骄业已取得了报偿。

民乙　　　　不，不可恶意中伤。

民甲　　　　我对你说吧，他所做的声名赫赫的事业，只是为了
　　　　　　一个目的：存心忠厚的人说是为了他的国家，其实只
　　　　　　是为了取悦他的母亲，一部分也是为了自己借此傲
　　　　　　人。他确是骄傲，他的骄傲可以和他的骁勇相媲美。

民乙　　　　他本性如此，他自己也无能为力，你却认为是他的
　　　　　　罪过。你总不能说他贪财。

民甲　　　　纵然不能说他贪财，我并不缺乏控诉他的理由。他
　　　　　　有的是过失，多得很，不胜列举。〔内叫喊声〕这是

什么喊声？城的那半边也起事了。为什么我们还在
这里空谈？到神庙^[2]去！

全体　　　来，来。

民甲　　　且慢！谁来了？

麦匿尼阿斯·阿格里帕上。

民乙　　　高贵的麦匿尼阿斯·阿格里帕，他一向是爱护人
　　　　　民的。

民甲　　　他倒是个诚实人，但愿其他的贵族都和他一样！

麦匿尼阿斯　诸位同胞，你们要做什么事？拿着棍棒到哪里去？
　　　　　为了什么？请你们说。

民甲　　　我们的事元老院不是不知道，我们要做的事他们在
　　　　　两星期前就已得到了消息，现在我们要以行动向他
　　　　　们表示。他们说诉怨的穷人嘴里有强烈的气味，他
　　　　　们就要知道我们还有强壮的胳膊呢。

麦匿尼阿斯　哎，诸位，我的好朋友，我的好邻居，你们想害你
　　　　　们自己吗？

民甲　　　我们不能害我们自己，先生，我们已经被害了。

麦匿尼阿斯　我告诉你们，朋友们，贵族们是很关心你们的。为
　　　　　了你们的穷苦，在这饥荒中所受的磨难，你们若是
　　　　　揭竿而起与罗马政府为难，还不如举起你们的棍子
　　　　　去打天，天意不可违，比你们的抵抗大一万倍的坚
　　　　　强的障碍都会被天所粉碎。因为这一场饥馑，是天
　　　　　神造成的，不是贵族造成的，所以你们要跪求天神，
　　　　　不该和贵族动武。哎呀！你们是受灾难的驱策，奔

向更多的灾难里去；你们诽谤为国家掌舵的人，他们像慈父一般地照顾你们，而你们却把他们当敌人一般诅咒。

民甲　照顾我们！真是的！他们从未照顾过我们：让我们挨饿，他们的仓库里却堆满了粮食；制订债务的法令，以支持放高利贷的人；天天都在撤销制裁富人的良法，天天都在订立更苛刻的条文来束缚穷人。如果战争不把我们吃掉，他们也会吃掉我们。这就是他们对我们的照顾。

麦匿尼阿斯　你们必须承认你们是心眼太坏，再不就是犯了头脑糊涂的毛病。我给你们讲一个有趣的故事，也许你们听到过，不过这故事很合我的意思，不妨再重复一遍[3]。

民甲　好，我听你讲，先生，不过你不要想用一个故事就可以把我们所受的耻辱给搪塞掉。就请讲吧。

麦匿尼阿斯　从前有过那么一回，身体的各个部分一齐向肚子反抗，这样地控诉：肚子像是一个漩涡似的盘据在身体中央，懒洋洋的，无所事事，只是不断地吸取食物，从不和其他部分一样地工作，而其他各器官则分别地掌管视、听、出主意、发命令、行走、感觉，分工合作，供应全身的需求。肚子回答了——

民甲　噢，先生，那肚子怎样回答的？

麦匿尼阿斯　我会讲给你听。肚子做出一种苦笑，不是从肺里出来的那种哈哈大笑，而是这样地笑——因为，你们注意，我既然可以令肚子讲话，当然也可以令它笑——于是它对那些不满的叛变的妒忌它吸取食物的各部分傲然作答，恰似你们之攻击我们的元老们，说他们和你们不同。

民甲　你那肚子怎样回答的？噫！那戴王冠的头，那警觉的眼睛，那足智多谋的心，那给我们做卫兵的胳膊，给我们当马骑的腿，给我们充号手的舌头，以及其他在我们这个机构里担任大大小小的职务的器官，如果他们——

麦匿尼阿斯　他们怎么样？——哼，这家伙倒爱多说话[4]！他们怎么样？他们怎么样？

民甲　肚子不过是身体里的秽水池，如果他们都得受这贪吃的肚子的控制——

麦匿尼阿斯　好，那又该怎么样？

民甲　上述的各个器官如果提出控诉，肚子可有什么话好回答呢？

麦匿尼阿斯　我会告诉你，你是没有多少耐心的，可是你若肯少安毋躁，你就会听到肚子的回答。

民甲　你说话好不痛快。

麦匿尼阿斯　你听着，好朋友，这严肃的肚子是态度安详的，不像攻击他的人们那样莽撞，他是这样回答的。"那是真的，我的同生一体的朋友们，"他说，"是我先把你们赖以生活的食物收纳下来；应该如此；因为我是整个身体的贮藏室；但是，你们不要忘记，我把这食物顺着你们的血液一直输送到心脏的宫廷和脑子的宝座；并且，经过人身的穴道与器官，那些顶强韧的筋肉与较细小的血管也从我得到维持活力的营养。我的好朋友们，虽然你们一下子，"——注意，肚子是这样说的——

民甲　　是了，先生，说下去吧。

麦匿尼阿斯　"虽然你们一下子看不出我把什么东西送到各部门，可是我有一本清账，大家都从我这里取去了所有的精华，给我留下的只是糟粕。"你们觉得这回答如何？

民甲　　这回答得不错，你说这故事用意何在呢？

麦匿尼阿斯　罗马的元老们就是这个好肚子，你们就是那些造反的各部分，因为，检讨一下他们的老成深算和他们的关切人民，正确地考虑一下有关公共利益的事情，你们就会发现你们所享受的公共福利都是从他们那里得来的，不是你们自己创造的。你以为如何，你，这人群中的大脚拇指？

民甲　　我是大脚拇指？为什么是大脚拇指？

麦匿尼阿斯　因为你是这一场极聪明的叛变中之最低贱的、最卑鄙的、最穷苦的人之一，而且你走在最前面。你这个流氓，你是这一群里最不值一顾的一个，居然想讨便宜领头造反。你们准备使用你们的粗硬的棍棒吧！罗马和它的鼠辈就要交战了，总有一方面要吃点苦头。

凯耶斯·马尔舍斯上。

高贵的马尔舍斯，您好！

马尔舍斯　　　谢谢。什么事情,你们这些不安分的乱民,想把你们的发痒的谬见搔成为脓疱吗?

民甲　　　　　我们晓得你开口就有好话说。

马尔舍斯　　　谁要是肯对你说话,谁就是下贱到极点了。你们想要什么,你们这群狗,既不喜欢和平,又不喜欢战争?战争使你们怕,和平使你们狂妄。谁若是信赖你们,他就会发现他原来以为你们是雄狮,其实是怯兔;以为你们是狡狐,其实是蠢鹅。你们不比冰上的炭火、阳光下的冰雹为更可靠。你们最擅长的是把因犯法而受罪的人看成为英雄,并且诅咒那执法的官员。谁应受推崇,谁就受你们的嫉恨。你们的愿望恰似病人的胃口,专爱吃使病情加重的东西。想讨你们的欢心的人,无异于用铅鳍游水,用灯草砍伐橡树。该死的东西!信赖你们?你们的心情随时改变,可以把方才愤恨的人称为高贵,把方才赞颂的人斥为卑鄙。究竟是怎么回事,你们到处辱骂元老,是元老们协助神明使你们有所敬畏,否则还怕不自相吞食?他们要的是什么?

麦匿尼阿斯　　他们要求按照他们自己的定价购买食粮,他们说城里的存粮很充足。

马尔舍斯　　　该死的!他们说!他们坐在家里,便以为能知庙堂里做了什么事;谁要升发,谁得意,谁失势;攀附党派,揣测人家的婚姻;把某些人说得强大无比,把另一些他们不喜欢的人放在他们的破鞋底下踩。他们说有充分的存粮!但愿贵族们收起他们的慈悲心,准我使用我的剑，我就要把这些成千成万的奴才砍成碎块，堆成一座尸山，高得像我所能投掷我的矛枪那样高。

麦匿尼阿斯　不，这些人差不多已经彻底被说服了，因为他们虽然太不检点，究竟是非常怯懦。请问另外那一群人怎么说法？

马尔舍斯　他们已经解散了，该死的！他们说肚子饿，叹息着说了一些成语：饥饿可以摧毁石墙；狗也要吃；肉是为嘴享用的；天神赐给我们五谷不是专为富人吃的。他们就用这些滥调发泄他们的怨气；他们的申诉得到了满足，他们的请愿也获得了批准，实在是个奇怪的请愿，其目的无非是要羞辱贵族，无非是要使有权有势的人吓得变色，他们把帽子高高掷起，好像是要把帽子挂到月钩上去，使劲地赛着欢呼。

麦匿尼阿斯　批准了他们的一些什么要求呢？

马尔舍斯　由他们自己推出五位护民官来拥护他们的浅薄的智慧：一个是朱尼阿斯·布鲁特斯，一个是西新尼阿斯·佛留特斯，还有谁我不记得了——天晓得！这一群乱民需要先把这城拆掉，否则休想令我对他们让步，不久他们就要扩张权势，酿出更大的事端作为叛变的借口。

麦匿尼阿斯　这真是怪事。

马尔舍斯　去，回家去，你们这些渣滓！

一使者匆匆上。

使者	凯耶斯·马尔舍斯在哪里?
马尔舍斯	在这里,有什么事?
使者	有消息来,将军,伏尔斯人动兵了。
马尔舍斯	我听了很高兴,这样一来我们有方法把我们手里的多余的烂货打发出去了。看,我们的元老们来了。

珂民尼阿斯,泰特斯·拉舍斯及其他元老等;朱尼阿斯·布鲁特斯与西新尼阿斯·佛留特斯上。

元老甲	马尔舍斯,你最近告诉我们的话是真的,伏尔斯人是起兵了。
马尔舍斯	他们有一个领袖,特勒斯·奥非地阿斯,他将使你们难以应付。也许这是不应该的,不过我确是嫉妒他的高贵的品格,如果我不是我自己,我只愿我是他。
珂民尼阿斯	你们一起交过战。
马尔舍斯	如果这世界的一半和另一半冲突起来,而他在我这一面,那么我就叛变,我只要和他作战:他是一头狮子,能猎取他这样的一头狮子我觉得足以自傲。
元老甲	那么,高贵的马尔舍斯,陪珂民尼阿斯去出征吧。
珂民尼阿斯	你曾这样许诺过。
马尔舍斯	是的,先生,我绝不食言。泰特斯·拉舍斯,你将要看我再度打击特勒斯。怎么! 你老得不能动弹了? 想袖手旁观吗?
拉舍斯	不,凯耶斯·马尔舍斯。我要靠着一根拐,用另一根去作战,绝不落后。

麦匿尼阿斯	啊！不愧为罗马人的本色。
元老甲	和我们一同到神庙去，我知道我们的顶伟大的朋友们在那里等着我们呢。
拉舍斯	〔向珂民尼阿斯〕你领路。〔向马尔舍斯〕跟着珂民尼阿斯，我们必须跟随在你的后面，你应该走在我们前面。
珂民尼阿斯	高贵的马尔舍斯！
元老甲	〔对公民们〕走！回家去吧！走吧。
马尔舍斯	不，让他们跟在后面：伏尔斯人有很多粮食，把这些老鼠带去吃他们的仓库。尊贵的叛徒们，你们的勇敢有很好的表现，请跟了来吧。〔元老等、珂民尼阿斯、马尔舍斯、泰特斯、麦匿尼阿斯下。公民等潜散〕
西新尼阿斯	可曾有过像马尔舍斯这样骄傲的人吗？
布鲁特斯	没有人能和他比。
西新尼阿斯	我们被选为护民官的时候——
布鲁特斯	你没注意他的嘴和眼吗？
西新尼阿斯	噫，还有他的更令人难堪的嘲骂呢。
布鲁特斯	激动起来，天神他也不饶，一样地痛骂。
西新尼阿斯	温柔的月亮也要讥笑。
布鲁特斯	但愿这次战争把他吞下去，他自恃勇敢，变得太骄傲了。
西新尼阿斯	这样性格的人，陶醉在胜利之中，会看不起正午时候自己脚下踩着的影子。不过我很怀疑他这样骄横的人能否忍受珂民尼阿斯的节制。

布鲁特斯	他要的是名誉，他已经得到不少的名誉，保持名誉或获得更多名誉的方法莫善于屈居在一人之下，因为如有差失将被认为是主帅的过错，纵然他已尽了最大的努力。糊涂的舆论就会为马尔舍斯叫屈："啊！这一回如果由他主持就好了。"
西新尼阿斯	并且，如果一切顺利，一向拥护马尔舍斯的舆论，也会把珂民尼阿斯的功劳给剥夺了去。
布鲁特斯	来吧，珂民尼阿斯的一半光荣是属于马尔舍斯的了，纵然他没有出力；他的所有的过失将是马尔舍斯的光荣，纵然他没有一点功劳。
西新尼阿斯	我们去听听他们是怎样筹备，看看他除了他的怪脾气之外用怎样的态度去出发作战。
布鲁特斯	我们去吧。〔同下〕

第二景：考利欧里。元老院

特勒斯·奥非地阿斯及元老等上。

元老甲	那么，你的看法是，奥非地阿斯，罗马方面已经知道我们的计划，知道我们如何进行了。
奥非地阿斯	你不也是这样看法吗？我们所能想到的计划，有哪一桩不是在实行之前即已被罗马所破毁？不到四天

前，我得到了那边的消息，是这样说的，我还带着那封信呢，对了，这就是："他们已征集军队，但不知是向东方或西方进军；饥荒严重；人民思乱；据闻，珂民尼阿斯，你的旧敌马尔舍斯——罗马人比你更恨他——还有泰特斯·拉舍斯，一个极勇敢的罗马人，这三个人率领着军队向方向不明的地方进发，很可能是对你来的：请注意及之。"

元老甲　　我们的队伍已经列在战场上了，我们从未怀疑过罗马是已准备迎战。

奥非地阿斯　你们以为你们很聪明，把你们的伟大计划遮掩起来，一直到不得不暴露的时候为止；其实一开头就好像是被罗马人看穿了。我们的计划本来是打算在罗马人尚未觉察我们发动之前就先占领许多城市，现在既已外泄，我们的计划怕要打个折扣。

元老乙　　高贵的奥非地阿斯，接受你的派令，赶快到你的队伍里去，留我们守卫考利欧里好了。如果他们前来围攻，你可带兵解围；不过我想你会发现他们的备战不是针对着我们。

奥非地阿斯　啊！这一点不必怀疑，我这样说是确有把握的。不仅如此，他们的军队已有一小部分出发了，而且正是向此地出发。我向诸位告别了。如果我能遇到凯耶斯·马尔舍斯，我们曾经赌过咒要打斗到底，打到其中一个不能动弹为止。

全体　　　愿天神帮助你！

奥非地阿斯　并且保佑诸位平安！

元老甲	再会。
元老乙	再会。
全体	再会。〔同下〕

第三景：罗马。马尔舍斯家中一室

服龙尼亚与维吉利亚上，坐两矮凳上缝纫。

服龙尼亚　　我请你，少奶奶，唱个歌吧。再不就表现快活一点
　　　　　　的样子。如果我的儿子是我的丈夫，受分离之苦让
　　　　　　他出去赢取光荣，比留他在闺房里表示儿女私情，
　　　　　　要使我快活得多。想当年他身体还很娇嫩，而且是
　　　　　　我的独子，他年轻漂亮，大家都为之瞩目，就是帝
　　　　　　王整天请求，做母亲的也不肯放他离去一小时，那
　　　　　　时节我就想，光荣对于这样的青年是多么地相称，
　　　　　　这样的一表人才若是不出去追求名誉将何异于墙上
　　　　　　挂的一幅画像，所以我便很高兴地让他出去冒险，
　　　　　　以便获得英名。我教他去参加一场残酷的战争，他
　　　　　　战罢归来，头上束着橡叶。我告诉你吧，少奶奶，
　　　　　　当初知道他是个男孩子的时候，还不及初次看到他
　　　　　　成为堂堂男子汉的时候，更使我欢喜得跳起来呢。

维吉利亚　　但是他要是战死了，老太太，您又当作何感想呢？

服龙尼亚	那么，他的好名声便成为我的儿子了，我会把他的好名声当作我的亲生子一般抚养。听我说句真心话：假使我有十二个儿子，都同样地爱，都像对你和我的好马尔舍斯一般地爱，我宁愿见十一个为国家光荣战死，也不愿见其中一个耽于安逸而无所事事。

一女侍上。

女侍	太太，瓦利里亚夫人来拜访您。
维吉利亚	请您准许我退去。
服龙尼亚	不，你不要退去。我好像听到你的丈夫的鼓声传了过来，好像是看到他揪着奥非地阿斯的头发把他扯下马来，伏尔斯人见了他就好像孩子们见了熊似的纷纷逃散。我好像是看到他这样地顿足，这样地高呼："跟我来呀，你们这些懦夫！虽然你们生在罗马，你们却是在恐惧中产生出来的。"他用戴铁手套的手揩抹他的血污的脸，向前冲去，好像是雇来的农工，要把所有的谷物割刈净尽，否则就没有工钱。
维吉利亚	他的血污的脸！啊，朱匹特！不要教他流血。
服龙尼亚	去，你这傻孩子！血是合于男子汉身份的，比胜利纪念碑上的镀金还要好：海鸠巴 [5] 给她的儿子海克特喂奶时的那一对乳房，不见得比海克特轻蔑希腊人的刀剑而鲜血直喷的前额为更美。告诉瓦利里亚我们现在可以接见她。〔女侍下〕
维吉利亚	上天保佑我的丈夫不要遭残酷的奥非地阿斯的伤害！
服龙尼亚	他会把奥非地阿斯的头打到他的膝下，脚踏着他的

颈子。

女侍偕瓦利里亚及一阉者上。

瓦利里亚	两位夫人安好。
服龙尼亚	你好。
维吉利亚	我很高兴能见到你。
瓦利里亚	你们两位都好？你们真是好主妇。你们在这里绣些什么？真是好漂亮的图案。你的小儿子好吗？
维吉利亚	谢谢你，他很好。
服龙尼亚	他宁愿看刀剑听鼓声，也不愿见他的教师。
瓦利里亚	可真是有其父必有其子，我认为他是个很好的孩子。星期三那天我当真地足足看了他半小时：他有一副坚决的面孔。我看他追一只彩色斑斓的蝴蝶，他捉到之后又放了；再去捉；爬下去，又站起来，又捉到它。不知是因为跌跤而生气，还是为了别的缘故，他咬牙切齿地把它撕碎了。啊！他撕得好狠！
服龙尼亚	恰似他父亲发脾气的样子。
瓦利里亚	真是的，唉，一个了不起的孩子。
维吉利亚	一个淘气鬼，夫人。
瓦利里亚	来，放下你们的绣活。今天下午我要你们陪我玩玩。
维吉利亚	不，好夫人，我不想出门。
瓦利里亚	不想出门！
服龙尼亚	一定要她去，一定要她去。
维吉利亚	真的，不，请原谅我。在我的丈夫战罢归来之前我是不出门槛一步的。

服龙尼亚	瞎讲！你简直是无理地幽禁你自己。来，你一定要去探视那位刚生孩子的好夫人。
维吉利亚	我愿她早日复原，为她祈祷，但是我不能去。
服龙尼亚	为什么，请问？
维吉利亚	不是偷懒，也不是我寡情。
瓦利里亚	你要做另一个裴乃罗皮[6]。不过，据说，她在优利塞斯离家之后所纺的线只是使得伊色佳充满了扑灯蛾[7]。来，我愿你的绢像你的手指一样地有感觉，为了怜悯起见不要再去刺它。来，和我们一起去。
维吉利亚	不，好夫人，原谅我，真的，我不出去。
瓦利里亚	说实话，唉，跟我去，我就告诉你一些有关你丈夫的好消息。
维吉利亚	啊，好夫人，现在还不可能有什么消息。
瓦利里亚	是真的，我不是和你说着玩的，昨晚他那里有消息来。
维吉利亚	真的吗，夫人？
瓦利里亚	老实讲，是真的，我听见一位元老说起的。是这样的，伏尔斯人派出了一队兵，主帅珂民尼阿斯带了我们罗马军队的一部分前去迎战，你的丈夫和泰特斯·拉舍斯在他们的考利欧里城前扎营。他们以为一定胜利而且战事会迅即结束。我以名誉为誓，这是真的，所以，请和我们一起去吧。
维吉利亚	原谅我吧，好夫人，以后任何事情我都听从你。
服龙尼亚	不要勉强她，夫人，像她这样子，就是去了也会令我们扫兴。
瓦利里亚	老实讲，我想她会的。那么，再会。来，好夫人。

维吉利亚，请你把你的忧郁赶出去，还是和我们一
起走吧。

维吉利亚　干脆说，不，夫人，我实在不去。我愿你们玩得好。

瓦利里亚　那么，再会。〔同下〕

第四景：考利欧里城前

马尔舍斯、泰特斯·拉舍斯、官佐及士兵等于旗鼓中上。
一使者迎面上。

马尔舍斯　那边有消息来，我敢打赌他们已经遭遇了。

拉舍斯　用我的马赌你的马，尚未遭遇。

马尔舍斯　就这么办。

拉舍斯　同意。

马尔舍斯　喂，我们的统帅和敌人遭遇了吗？

使者　他们彼此已可望得见，但是尚未交绥。

拉舍斯　那么那匹好马是我的了。

马尔舍斯　我要向你买过来。

拉舍斯　不，我既不卖亦不送，借给你骑五十年。吹喇叭通
知这城投降吧。

马尔舍斯　两军相距有多么远？

使者　还不到一英里半。

马尔舍斯   那么我们可以听他们的号声，他们也可以听到我们
    的。战神啊，让我们在此地快一点完事，以便带着
    血淋淋的刀剑从此地出发去解救我们的鏖战中的友
    军！来，吹起你的喇叭。

    谈判号声起。二元老及其他从城头上。

    特勒斯·奥非地阿斯，他在你们城里吗？

元老甲   不在，这里没有人比他更怕你，我们是一点不怕你
    的 [8]。听，我们的鼓声〔鼓声遥闻〕正在引导我们
    的壮丁出发，与其让城墙把我们关在里面，我们宁
    愿把城墙捣碎。我们的城门好像还是紧闭着，其实
    是用灯草拴着的，自己会打开的。你们听吧，远处
    的声音！〔遥闻号声〕那是奥非地阿斯。听，他在
    你们的军队中间正在纵横驰骤呢。

马尔舍斯   啊！他们正在酣战。

拉舍斯   让他们的鼓噪作为我们的榜样吧。搬云梯来呀！

    伏尔斯人上，经过舞台。

马尔舍斯   他们不怕我们，从他们城里出来了。现在把你们的
    盾牌放在胸前，鼓起比盾牌更为坚硬的心去战斗。
    前进，勇敢的泰特斯，想不到他们这样藐视我们，
    使我气得直冒汗。来呀，我的伙伴们，谁退却，我
    就把他当作为伏尔斯人，让他尝尝我的剑锋的滋味。

    号角声。罗马人被击退到他们的壕沟边。马尔舍斯又上。

马尔舍斯　　所有的南方的疫疠都降在你们身上，你们这些使罗
　　　　　　马蒙羞的东西！你们这一群——让毒疮恶疱长满了
　　　　　　你们周身，臭气熏人令人老远地就吓得不敢近前，
　　　　　　迎着风一英里以外就能互相传染！你们这些徒具人
　　　　　　形而蠢笨如鹅的东西，见了猴子都会打退的一批奴
　　　　　　隶居然也临阵逃跑！活见鬼！全都是伤在背上，背
　　　　　　是血红的，脸却是因奔逃恐惧而变成灰白！重新鼓
　　　　　　起勇气，向他们冲锋，否则我凭着天上的日月星辰
　　　　　　为誓，我要撇开敌人，先和你们作战。听我的话，
　　　　　　去吧。如果你们坚定奋战，我们一定可以把他们打
　　　　　　回到他们的妻子的身边去，就像他们把我们追赶到
　　　　　　我们的壕沟里一般。

　　　　　　号角声又起。伏尔斯人与罗马人又上，战斗又起。伏尔
　　　　　　斯人败退考利欧里城内，马尔舍斯追到城门口。

　　　　　　好，现在城门是开着的，现在大家好好地助我一臂
　　　　　　之力：命运之神把城门大开，是为便利追赶的人，不
　　　　　　是为便利逃跑的人。看我，你们也来吧。〔他进城〕
兵甲　　　　蛮干！我不来。
兵乙　　　　我也不来。〔马尔舍斯被关在城内〕
兵丙　　　　看，他们把他关在里面了。
众　　　　　我敢说他一定是送死去啦。〔号角声续闻〕

　　　　　　泰特斯·拉舍斯又上。

拉舍斯　　　马尔舍斯怎样了？

众　　　　被杀了，将军，毫无疑问。

兵甲　　　他紧追着逃走的敌兵，和他们一起进了城。忽然间
　　　　　他们把城门关上了，现在他是单身独自对付城里所
　　　　　有的人。

拉舍斯　　啊，真是勇敢绝伦的人！他是有感觉的，可是比他
　　　　　的无感觉的剑还要凌厉，剑纵然弯曲，他还是挺立
　　　　　的。你是被我们舍弃了，马尔舍斯。一颗像你一般
　　　　　大的完整的红宝石也没有你珍贵。你乃是凯图[9]理
　　　　　想中的军人，不仅在劈刺中凌厉可怕，你的森严的
　　　　　面貌和雷吼似的声音就可以使敌人抖颤，好像全世
　　　　　界都在因发热病而战栗。

　　　　　马尔舍斯被敌围攻，流血，又上。

兵甲　　　看，将军！

拉舍斯　　啊！那是马尔舍斯！我们去救他出来，或是和他同
　　　　　归于尽。〔他们加入战斗，全体进入城内〕

第五景：考利欧里。一街道

　　　　　若干罗马人携战利品上。

罗甲　　　我把这个带回罗马去。

罗乙　　　我带这个。

罗丙　　　真倒霉！我以为这是银的哩。〔号角声仍遥闻〕

马尔舍斯与泰特斯·拉舍斯偕一号手上。

马尔舍斯　看这些人把宝贵的时间用在一文不值的东西上！靠垫、铅匙、不值几文的铁器，刽子手都会留着死者穿在身上入葬的衣服^[10]，这些下贱的奴才竟在战事尚未完毕就开始掠夺了。把那些东西丢下来！听，主帅那边发出的是什么号声！接应他去！我从心里面痛恨的那个奥非地阿斯正在冲刺我们罗马人呢。那么，勇敢的泰特斯，你带一部分兵守城，我带一些有勇气的赶快去声援珂民尼阿斯。

拉舍斯　　将军，你在流血呢，战事刚到第二回合，你就打斗得太凶了。

马尔舍斯　不要夸奖我，我还没有杀得兴起呢。再会了。我滴下来的血对我是有益的，并无损害，我就这个样子走到奥非地阿斯面前和他作战。

拉舍斯　　愿美丽的幸运之神深深地眷恋着你。她的伟大的魔力使你的敌人的剑不得击中！勇敢的军人，让胜利追随着你！

马尔舍斯　让她也做你的好朋友，不亚于她所最宠爱的人。好，再会了。

拉舍斯　　你真是最高贵的马尔舍斯！〔马尔舍斯下〕去，在市场吹起你的喇叭，把全城的官员召集起来，让他们知道我们的意思。走吧！〔同下〕

第六景：珂民尼阿斯的营盘附近

珂民尼阿斯率队上，在撤退中。

珂民尼阿斯　休息一下吧，朋友们，仗打得好。我们不失罗马人
的本色，既不愚蠢地坚持，亦不怯懦地撤退，诸位
可以相信我的话，敌人还要来攻。在我们激战的时
候，一阵阵的顺风吹来我们的友军冲锋的声音。罗
马的天神啊！引导他们胜利，像我们自己所希冀的
那样地胜利吧，我们两军含笑相遇的时候，要向你
们献祭以谢。

一使者上。

你有什么消息？

使者　　　考利欧里的人已经冲出城来，向拉舍斯和马尔舍斯
作战。我看到我们这一方面被迫返到壕沟，于是我
就走了。

珂民尼阿斯　虽然你说的是真话，却不是好消息。这是多久以前
的事？

使者　　　一小时以上了，大帅。

珂民尼阿斯　相距不过一英里。我们方才还听到一阵鼓声，你怎
么一英里路要走上一小时，传消息这样慢？

使者　　　伏尔斯的暗探紧追着我，我不得已绕了三四英里路
的圈子；否则半小时前我就送消息来了。

珂民尼阿斯　那边来的是谁，那样子好像是被人剥了皮？啊，天

神！他像是马尔舍斯，从前我见过他这个样子。

马尔舍斯　　〔在内〕我来得太迟了吗？

珂民尼阿斯　牧羊人听见雷声不会误认为鼓响，我听见马尔舍斯的声音立刻就知道那不是较低微的人的声音。

马尔舍斯上。

马尔舍斯　　我来得太迟了吗？

珂民尼阿斯　是的，如果你不是染着别人的血，而是盖着一层你自己的血。

马尔舍斯　　啊，让我用求婚时那样坚强的胳膊来拥抱你，让我用结婚那天白昼已过、花烛引我入洞房时那样愉快的心情来拥抱你吧。

珂民尼阿斯　战士中的英杰！泰特斯·拉舍斯怎样了？

马尔舍斯　　他在忙着审判，某些人判处死刑，某些人驱逐出境；有的缴款开释，或是从宽赦免，有的就加以威吓；以罗马的名义占领了考利欧里，像是一条用皮带系起的猎狗，可以任意驱使。

珂民尼阿斯　说他们已经把你打退到壕沟的那个奴才在哪里？他在哪里？让他到此地来。

马尔舍斯　　不要怪他，他报告的是实情；不过我们的那些精锐，一般的士兵——该死的！还要护民官保护他们！——他们见了比他们更下流的家伙就逃跑，老鼠见了猫都没有比他们逃得更快。

珂民尼阿斯　但是你怎样得胜的呢？

马尔舍斯　　我们有时间细谈吗？我怕没有时间。敌人在哪里？

你们是否已经在战场上称雄了？如果不是，为什么停下来不打到胜利为止呢？

珂民尼阿斯　马尔舍斯，我们作战一度对我们形势不利，所以为达成任务起见不得不暂行引退。

马尔舍斯　他们的阵形是怎样布置的？你知道他们的最可靠的部队是在哪一方面吗？

珂民尼阿斯　以我猜想，马尔舍斯，他们的前锋是安席姆人，是他们的精锐部队。其统帅便是奥非地阿斯，他们的希望的中心了。

马尔舍斯　凭了我们过去打过的各次战役，凭了我们一起流过的血，凭了我们的永以为好的盟誓，我请求你派我直接向奥非地阿斯及其安席姆部队作战，并且请你不要拖延，立刻把刀枪高高举起，决一胜负。

珂民尼阿斯　虽然我愿你先洗个澡，伤口涂上油膏，但是我不敢拒绝你的要求。你自己选择你认为最能帮助你的人员吧。

马尔舍斯　最愿意去的便是最能帮助我的。此地如果真有这样的人——我真不该怀疑——爱我身上涂抹的这一层油彩，怕恶名有甚于怕遭生命危险，认慷慨赴死胜过苟且偷生，国家高于个人，如有这样的一个，或更多的同样想法的人，就请像我这样挥动他的剑，表示他的志愿，跟随马尔舍斯去。

全体高呼挥剑；用臂将他举起，抛掷他们的帽子。

啊！只是把我举起来？你们把我当作一把剑[11]？如

果这种热诚不是虚有其表，你们当中有哪一个不可以抵抗好几个伏尔斯人？没有一个人不可以举起同样坚固的盾牌去和伟大的奥非地阿斯厮杀。多谢你们大家，可是我必须挑选若干位，其余的等着机会在其他战事中担当任务。请开步走吧，请几位赶快替我挑选我的部队，看看哪些是最热心去的。

珂民尼阿斯　开步走吧，我的弟兄们。用事实证明这一番英勇的表示，你们将和我们分享一切光荣。〔同下〕

第七景：考利欧里城门口

泰特斯·拉舍斯在考利欧里留兵驻守，于鼓号声中趋赴珂民尼阿斯与凯耶斯·马尔舍斯处，偕一副将、士兵一队及一探子上。

拉舍斯　　好，各城门要防守起来，按照我的吩咐善尽你们的职责。如果我送信来，就派那些兵团前来应援；其余的可供短期守城之用。如果我们战败，城是无法守得住的。

副将　　　不要为我们的职务担心，将军。

拉舍斯　　去，就把城门关上吧。我们的向导，来，引我们到罗马的营盘去。〔同下〕

第八景：罗马与伏尔斯的营盘之间的战场

号角声。马尔舍斯与奥非地阿斯自相对方上。

马尔舍斯　　我只想和你对打，因为我恨你，比恨一个无信的人
　　　　　　还要厉害。

奥非地阿斯　我们彼此一样地恨：非洲的毒蛇都不比你的美名与嫉
　　　　　　恨更使我憎恶。请站稳了吧。

马尔舍斯　　谁先逃躲，谁就算是败死在对方手下，永世不得
　　　　　　超生！

奥非地阿斯　如果我逃，马尔舍斯，把我当作兔子一般地追喊。

马尔舍斯　　在过去的这三小时内，特勒斯，我独自在你们的考
　　　　　　利欧里城里作战，我为所欲为。你看我脸上涂抹的
　　　　　　并不是我自己的血。如果你要报仇，鼓起你最大的
　　　　　　勇气来吧。

奥非地阿斯　你纵然是你们的光荣的祖先中的英雄海克特他自
　　　　　　己 [12]，你今天也休想能逃得掉。〔他们对打，一些伏
　　　　　　尔斯人前来支援奥非地阿斯〕你们太多事，算不得
　　　　　　勇敢，这样地来帮助我反倒使我丢脸了。〔马尔舍斯
　　　　　　驱赶众人，且战且下〕

第九景：罗马营盘

号角声。吹收兵号。奏花腔。珂民尼阿斯及若干罗马人自一方上；马尔舍斯以巾裹臂偕其他罗马人自另一方上。

珂民尼阿斯　如果我重述一遍你这一天的战绩，你会不相信你自己所做的事，但是我要回去报告，元老们听了会一面哭一面笑，贵族们听了会耸耸肩，可是终于会惊叹；贵妇们会大大吃惊，可是听得高兴还要再听下去；那些愚蠢的护民官，和那些霉臭的平民一样，嫉恨你的尊荣，可是也要违反本心地说："我们感谢天神使我们罗马有这样的一个军人！"你已经酣战过了，好像是尚未尽兴，特意到我们这里再分尝一脔。

泰特斯·拉舍斯率军追踪上。

拉舍斯　　啊，主帅，这一位是骏马，我们不过是马衣，如果你曾看到——

马尔舍斯　请你别再说下去了。我的母亲有权利夸奖她的孩子，可是她夸奖我的时候我很难过。我做事和你们一样，我只是尽力为之；我的动机和你们的一样，只是为我的国家。凡是把决心要做的事都尽量做到的人，他的成绩都可说是在我之上。

珂民尼阿斯　你不可这样埋没你的功劳，罗马必须知道它的健儿的成绩。隐蔽你的功勋，把怎样推崇都嫌不足的功勋绝口不提，那简直是比窝藏贼赃还严重，等于是

诽谤。所以，我请你——为了表示我们对你的观感，
不是为酬谢你的辛劳，听我在三军面前说几句话。

马尔舍斯　　我身上有几处伤，听人一提起来就要作痛。

珂民尼阿斯　如果不听人提起，恐怕就要为了忘恩负义而溃烂起
来，刺痛得要死哩。我们虏获的大批大批的战马，
以及在战场上和在城里得到的珍宝，我们把十分之
一赠送给你。在分配给大众之前，你可以自由选取。

马尔舍斯　　我谢谢你，元帅，但是我无法同意接受一份贿赂给
我的剑。我拒绝接受，我坚持领取和参与战役的人
一样的普通的一份。

奏长时的花腔。大家高呼"马尔舍斯！马尔舍斯！"，掷
起他们的帽子和长矛；珂民尼阿斯与拉舍斯脱帽肃立。

马尔舍斯　　被你们渎亵了的这些乐器，不可再发出声音来了！
鼓和喇叭在战场上成了歌颂的工具的时候，让宫廷
城市变成一片口是心非的奉承吧！钢铁变得像宫廷
寄食者的丝袍那样软的时候，让那丝袍作为我们的
战袍吧[13]！不要再奏乐了，我说！只因我尚未洗涤
淌血的鼻子，只因我打败了几个弱小的家伙，其实
这是此地许多人都做了的事，只是没人看见罢了，
而你们就对我过分地大吹大擂，好像是我喜欢稍有
贡献便要受人夸大的赞赏。

珂民尼阿斯　你过谦了，你对自己的成就过分苛刻，顾不得感谢
我们对你之正确的表扬。在你允许之下，如果你
真是对你自己动火，我们就要把你当作一个想要自

己伤害自己的人，给你加上镣铐，然后再放胆地和你理论。所以，我要宣告大众周知，凯耶斯·马尔舍斯业已赢得这次战争的光荣胜利；为了表扬他的功劳，我把我这一匹全军驰名的骏马连同全副配件都送给他。从现在起，为了纪念他在考利欧里城前的丰功伟业，于全军欢呼鼓舞之中，我们尊称他为凯耶斯·马尔舍斯·考利欧雷诺斯！永远拥有这个尊称吧！

众　　　　　凯耶斯·马尔舍斯·考利欧雷诺斯！〔奏花腔。号角与鼓声〕

考利欧雷诺斯　我要去洗一洗，等我洗干净了脸，你就可以看出我是否赧颜。无论如何，我谢谢你。我决定骑你的这匹马，尽我的全力不辜负你给我的好名称。

珂民尼阿斯　好，到我们的帐篷里去吧！在我们躺下来休息之前，我要写信给罗马报捷。你，泰特斯·拉舍斯，必须回到考利欧里去，把他们的首要分子送到罗马去，以便为双方的利益和他们办理交涉议和的事情。

拉舍斯　　　遵命，元帅。

考利欧雷诺斯　天神开始讥笑我了。我方才拒绝了极慷慨的赠予，现在却不得不向元帅做一请求。

珂民尼阿斯　毫无问题，我答应你的请求。你要什么？

考利欧雷诺斯　我从前曾在考利欧里这里一个穷人家里住宿，他待我很殷勤。他向我呼号，我看见他被俘了，那时节正赶上奥非地阿斯出现在我眼前，愤怒遮住了我的怜悯。我请您释放我的那个可怜的居停主人吧。

珂民尼阿斯　啊！请求得好！纵然他是屠杀我儿子的凶手，他也
　　　　　　可以像风似的享有自由。释放他，泰特斯。

拉舍斯　　　马尔舍斯，他的姓名呢？

考利欧雷诺斯　我的天！忘了。我很疲倦，是的，我的记忆力也疲
　　　　　　乏了。我们这里没有酒吗？

珂民尼阿斯　到我们的帐篷里去。你脸上的血都干了，也该加以
　　　　　　调理了，来。〔同下〕

第十景：伏尔斯人营盘

奏花腔。吹乐号。特勒斯·奥非地阿斯，带着血污，偕
二三兵士上。

奥非地阿斯　城被占了！

兵甲　　　　会在优越条件下归还我们的。

奥非地阿斯　条件！我真希望我是一个罗马人，因为做了伏尔斯
　　　　　　人，我不能保持我的威风了。条件！处在受人支配
　　　　　　的一方，在和约里还能得到什么优越条件？马尔舍
　　　　　　斯，我和你已经打过五次了。你屡次打败我，并且
　　　　　　我相信如果我们遭遇的次数像我们吃饭的次数一般
　　　　　　多，你也会每次都要把我打败的。我指天指海为誓，
　　　　　　如果下次我和他面对面相遇，一定要拼个你死我活。

> 我和他之争胜逞强已经不能保持从前的光荣的性质，
> 我既不能以公平的打斗取胜——以剑对剑——我就
> 要凭着疯狂厮杀或是暗下毒手来取他的性命。

兵甲　　　　他是恶魔。

奥非地阿斯　比恶魔更凶横，虽然不比他更狡诈。我的勇气只因
　　　　　　被他所掩而受了伤害，因为他的缘故，我的勇气变
　　　　　　质了。他睡着也好，躲在庙里也好，卸除武装也好，
　　　　　　病倒也好，在庙里祭神也好，在殿里议事也好，祭
　　　　　　司的祈祷或是献祭的良辰，这些都是可以阻止人复
　　　　　　仇的，但是必须放弃它们的陈腐的特权与习惯，不
　　　　　　能阻止我对马尔舍斯发泄怨气。我一旦发现他，纵
　　　　　　然是在我家里，由我的兄弟保护着，我也要违反款
　　　　　　待客人的规矩，要在他的胸膛里洗我的凶狠的手。
　　　　　　你到城里去，探听一下敌人占领的情形，以及送往
　　　　　　罗马为质的必须是一些什么样的人。

兵甲　　　　你不去吗？

奥非地阿斯　有朋友在柏树林里等候着我，就在本城的磨坊南面，
　　　　　　外面有什么消息给我送信到那里，以便我相机行事。

兵甲　　　　遵命，将军。〔同下〕

注　释

[1] 原文 good 为双关语，另一义为“富有”。

[2]Capitol 是罗马 Jupiter Optimus Maximus 神庙，执政官在此设供宣誓就职，大将凯旋亦乘车到此谢神。

[3]"重复一遍"，牛津本保存第一对折本的原文 to scale't a little more，据 Steevens 其意应是" 把故事再散播一下"，亦即把故事再广为流传一番。似稍牵强。Theobald 提议改为 stale，颇有见地，今从译。

[4]原文" Fore me，this fellow speaks！" Fore me = fore God，轻微的咒骂语。

[5]海鸠巴（Hecuba），希腊神话 Troy 国王 Priam 之第二个妻。

[6]裴乃罗皮（Penelope），希腊神话伊色佳（Ithaca）国王优利塞斯（Ulysses）之妻。自王参加 Troy 之役，其妻即遭受许多求婚者之困扰，佯允于织毕一件寿衣后即择一而嫁，日间织而夜间拆，永无完成之日。于是推拖十年之久，象征对夫之忠贞。

[7]扑灯蛾 moth，Schmidt 字典注：喻为无聊的食客，寄生者。当系指求婚者而言。

[8]原文"No,nor a man that fears you less than he,/That's lesser than a little." 颇费解。Verity 解释说："Two ideas struggle for expression, because the speaker is thinking simultaneously but differently of the citizens inside Corioli and of Aufidius—thus: (1) 'There is no man in the city who fears you more than Aufidius does' i. e., the besieged are not afriaid of you at all; (2) Aufidius if not here,and(if he were) there is no man who fears you less than he does."

意谓奥非地阿斯现不在城里，可是城里没有人比他更怕你，（less 作 more 解，在莎氏文中常有此例。）如果他在城里，他将是最不怕你的，没有人比他更不怕你。这解释很好，但是仍然没有解释清楚 that's lesser than a little 数字的意义。据 Deighton 谓 that 是指 fear，" that(fear) is absolutely nothing"，似较简单明白，今从之。

[9] 凯图（Cato）是在考利欧雷诺斯死后二百五十五年生的。莎士比亚是在袭用普鲁塔克原文，忘记普鲁塔克原文是夹叙夹议的叙事体文字不妨以后人之标准评论前人之优劣，而戏剧对话则绝对不可有此时代错误也。

[10] 罪犯行刑后，其衣服照例属于刽子手以为酬劳。

[11] 此句第一对折本原文是："Oh me alone，make you a sword of me." 后之编者提出各种修订。牛津本是："O！me alone？ Make you a sword of me？"其义似为："你们把我当作剑似的举起来？你们应该举你们的剑，不该只是举我。"一说其义为"为什么举我一个，不把珂民尼阿斯也举起来？"似嫌语气不贯。

[12] 原文"Wert thou the Hector / That was the whip of your bragg'd progeny."稍费解。海克特是 Trojans 中的英雄，考利欧雷诺斯与其他罗马人一样都自称是 Trojans 的后裔，whip 作 champion 解，progeny 作 race 或 ancestry 解，如此解释似亦可通。

[13] 此句为全剧中最有问题之一句。原文："When steel grows soft as is the parasite's silk,Let him be made a coverture for the wars！"问题有二：（一）him 何所指？（二）coverture 一字（在第一对折本原作 overture），应作何解？各家议论纷纭。今依 Verity 的释义："Let the natural order of things be reversed: let the drum and trumper be heard no more on the battlefield: let our armour be made of silk when steel loses its character and becomes soft."试译如此。

第 二 幕

第一景：罗马。广场

麦匿尼阿斯、西新尼阿斯与布鲁特斯上。

麦匿尼阿斯　占卜官告诉我今晚我们将要得到消息。

布鲁特斯　好的还是坏的?

麦匿尼阿斯　不是你们平民所希望听到的，因为他们对于马尔舍斯没有好感。

西新尼阿斯　畜牲也本能地晓得谁是他们的朋友。

麦匿尼阿斯　请问豺狼爱的是谁?

西新尼阿斯　羔羊。

麦匿尼阿斯　对了，好吃掉它，就像饥饿的平民想把马尔舍斯一口吞下去一般。

布鲁特斯　他真是一只羔羊，吼起来像是一只熊哩。

麦匿尼阿斯　他真是一只熊，却柔顺得像是一只羊哩。你们二位
　　　　　　都是上了年纪的人。我有一件事要请教。

西新尼阿斯┐
　　　　　├请说吧，先生。
布鲁特斯　┘

麦匿尼阿斯　马尔舍斯有什么重大缺点而是你们二位所不曾大量
　　　　　　拥有的？

布鲁特斯　他的缺点不止一端，每一缺点都很严重。

西新尼阿斯　尤其是在骄傲一方面。

布鲁特斯　在夸耀一方面超过了一切。

麦匿尼阿斯　这可就怪了，你们二位可知道这城里的人对于你们
　　　　　　如何批评，我的意思是指我们这些有地位的人[1]？
　　　　　　你们知道不？

二人　　　　是怎样批评的？

麦匿尼阿斯　因为你们方才提到骄傲——你们可不会生气吧？

二人　　　　好，好，请说吧。

麦匿尼阿斯　好，你们就是生气也没有什么要紧，因为一点点小
　　　　　　事也可以使你们大发脾气的。你们就任性吧，要生
　　　　　　气就生气吧，至少，如果你们认为生气是件好玩的
　　　　　　事。你们不是怪马尔舍斯太骄傲吗？

布鲁特斯　不仅是我们两个。

麦匿尼阿斯　我知道单是你们两个也干不出什么事来，你们的帮
　　　　　　手很多，否则你们的行动就会变得非常薄弱。你们
　　　　　　的力量太幼稚，单独地做不成什么事。你们提起骄
　　　　　　傲，啊！但愿你们能转过头来看看你们的颈背[2]，

　　　　　　　自己反省一下。啊！但愿你们能够。

布鲁特斯　　反省又该如何呢？

麦匿尼阿斯　噫，那时节你们就会发现一对全罗马最无用的、狂傲
　　　　　　的、凶暴的、易怒的官员——换言之就是一对蠢材。

西新尼阿斯　麦匿尼阿斯，大家也知道你是怎样的一个人。

麦匿尼阿斯　大家都知道我是一个古怪脾气的贵族，喜欢喝一杯
　　　　　　不羼一滴水的热酒；都说我有先入为主的毛病；受
　　　　　　一点小小的刺激就要爆发；夜深宴游不肯睡，清晨
　　　　　　贪睡不肯起。想到什么就说什么，而且说完就算，
　　　　　　不存一点芥蒂。遇到你们这样的两位政治家——恕
　　　　　　我不能称你们为两位赖克尔格斯[3]——如果你们敬
　　　　　　我一杯不对胃口的酒，我就会做个鬼脸。我若是觉
　　　　　　得你们两位的说话大部分都是驴鸣，我也不能恭维
　　　　　　你们是善于词令，虽然有人说你们是严肃的长者，
　　　　　　我可以不提异议，但是他们若说你们二位有诚实的
　　　　　　面孔，那可真是弥天的大谎。如果你们从我的面孔
　　　　　　上看出我的性格，是不是大家也都知道我是怎样
　　　　　　的一个人呢？如果大家都知道我是怎样的一个人，
　　　　　　你们二位的模糊的眼睛可又发现我的性格有什么缺
　　　　　　点呢？

布鲁特斯　　算了吧，先生，算了吧，我们晓得你是怎样的人。

麦匿尼阿斯　你们不知道我，不知道你们自己，不知道任何事。
　　　　　　你们只是要那些贫苦的人向你们脱帽屈膝，你们可
　　　　　　以浪费大好的一上午，听取一个卖橘子的女人和一
　　　　　　个卖桶塞的男人告状，然后把这三便士的争执延期

到下次再审。你们审理讼案的时候，若是赶上肚子绞痛，就拧眉皱眼地做怪相，一点耐心也没有了，大声吼叫着拿便壶，硬把两造斥退，案子越审越乱，你们对讼案所做之唯一的调处便是把两造同样地骂为混蛋。你们真是一对活宝。

布鲁特斯　好了，好了，谁都知道你在宴席上是嬉怒笑骂的好手，却不见得是庙堂上不可缺的一员元老。

麦匿尼阿斯　就是我们的祭司若遇到你们这样可笑的人也要忍俊不住。你们说话最中肯的时候，其实也值不得那样地摇头晃脑。你们的那一把胡须不配给一个笨工匠的坐垫做填料，或是塞垫驴子的驮鞍。但是你们还要说马尔舍斯骄傲，以最低的估计，他也可以抵得过自洪水 [4] 以来你们的所有的老祖宗，虽然他们中间也许有几位曾经是祖传的刽子手。再会吧，二位大人，你们是齷齪的平民的牧者，若再和你们多交往，我会发狂的，恕我少陪了。〔布鲁特斯与西新尼阿斯走到一边〕

服龙尼亚、维吉利亚与瓦利里亚上。

怎么，我的美丽高贵的夫人们来了——月亮来到人间也不比你们更高贵——你们的眼睛焦虑地企望着什么呢？

服龙尼亚　尊贵的麦匿尼阿斯，我的儿子马尔舍斯要来了。我们快走吧。

麦匿尼阿斯　哈！马尔舍斯要回来了？

服龙尼亚	是的，好麦匿尼阿斯，而且是顶光荣地胜利归来。
麦匿尼阿斯	朱匹特，你接着我的帽子，我感谢你。啊！马尔舍斯回来了！
服龙尼亚 维吉利亚	是的，真是的。
服龙尼亚	看，这是他来的信，政府还收到他一封信，他的妻也接到一封。我想他还有一封给你到你家里去了。
麦匿尼阿斯	我今晚要痛饮到天翻地覆。有一封信给我！
维吉利亚	是的，确实有一封信给你，我看到了。
麦匿尼阿斯	有一封信给我！这消息可以使我保持健康七年。在这期间我见了医生就可以撇撇嘴，和这一服药比较起来，加伦[5]的最有效的药剂也不过是庸医的偏方，比喂马的汤药好不了多少。他没有受伤吧？他经常是带着伤回来的。
维吉利亚	啊！没有，没有，没有。
服龙尼亚	啊！他是受了伤，我为了这个感谢天神。
麦匿尼阿斯	我也感谢天神，如果受伤不重。他把胜利囊括了吗？挂彩更显得他英雄。
服龙尼亚	他把胜利戴在头上了，麦匿尼阿斯，这是第三次头戴橡叶冠回来。
麦匿尼阿斯	他着实把奥非地阿斯教训了吧？
服龙尼亚	泰特斯·拉舍斯写信来说他们二人打过，可是奥非地阿斯逃掉了。
麦匿尼阿斯	他也是非逃不可，如果他坚持和他厮打，那么就是

把考利欧里库藏的所有的金银财宝都给了我，我也不愿处在奥非地阿斯的挨打的位置上。元老院知道这消息了吗？

服龙尼亚　　好夫人，我们走吧。是的，是的，是的，元老院接到了主帅的信，他把战争的全功都给了我的儿子。他这一次的战功确是较往常的战绩超过了一倍。

瓦利里亚　　信里真的提起了他的许多的惊人的事迹。

麦匿尼阿斯　惊人的！是的，我敢说，都是凭他的真实的本领换来的。

维吉利亚　　天神可以证明那些事迹都是真的！

服龙尼亚　　真的！难道还是假的？

麦匿尼阿斯　是真的！我可以发誓都是真的。他在什么地方受了伤？〔对护民官〕天神保佑二位大人！马尔舍斯就要回来了，他有更多的资格可以骄傲了。〔对服龙尼亚〕他什么地方受了伤？

服龙尼亚　　在肩上、在左臂上。将来他在候选新职[6]的时候，可以把他的大的伤疤给人民看。他在击退塔尔昆[7]的时候身上受了七处伤。

麦匿尼阿斯　头上一处，大腿上两处，我所知道的一共九处了。

服龙尼亚　　在这次出征之前，他已经有二十五处伤了。

麦匿尼阿斯　现在是二十七处了，每一处伤口便是一个敌人的坟墓。〔欢呼声及花腔〕听！喇叭声。

服龙尼亚　　这是马尔舍斯即将到来的前奏。他未到之前带来了音乐，他走过之后留下的是眼泪：

他的强壮的胳膊里藏着死神，胳膊一举一落，就要死掉好多人。

号角鸣。喇叭响。珂民尼阿斯与泰特斯·拉舍斯上；考利欧雷诺斯头戴橡叶冠走到二者之间；众军官、士兵及传令官随上。

| 传令官 | 全罗马的人听着，马尔舍斯曾独自一人在考利欧里城里作战：他在那里于凯耶斯·马尔舍斯之外又赢得了一个光荣的名字，于凯耶斯·马尔舍斯之后缀上考利欧雷诺斯。著名的考利欧雷诺斯，欢迎你回到罗马来！〔奏花腔〕 |

众　　　　欢迎你回到罗马，著名的考利欧雷诺斯！

考利欧雷诺斯　不要再这样，这使我心里很难过，请再不要这样。

珂民尼阿斯　看，将军，你的母亲！

考利欧雷诺斯　啊！我晓得您为了我的胜利已经在所有的天神面前祈祷过了。〔跪下〕

服龙尼亚　　别这样，我的好战士，起来。我的好马尔舍斯，高贵的凯耶斯，还有凭功劳新得到的尊称——叫作什么？——是不是称你作考利欧雷诺斯？但是啊！你的妻！——

考利欧雷诺斯　我的可爱的静默的人儿，你好！你看我胜利归来，反倒流泪，难道如果我装在棺材里回来，你才肯笑吗？啊！亲爱的，考利欧里的寡妇和失去儿子的母亲倒是有你这样的泪眼。

麦匣尼阿斯　愿天神赐你以光荣！

考利欧雷诺斯　你还活着呢？〔向瓦利里亚〕啊，我的好夫人，恕我少礼。

服龙尼亚　　我不晓得应该先招呼哪一位了，啊！欢迎你归来。
　　　　　　欢迎，将军，欢迎你们全体。

麦匿尼阿斯　　千千万万个欢迎！我想要哭，又想要笑；我心情愉
　　　　　　快，我又心情沉重。欢迎。谁要是看见你们而不高
　　　　　　兴，让诅咒降在他的心的深处去咬他！你们三位是
　　　　　　罗马应该宠爱的人，但是，说老实话，我们在后方
　　　　　　却有几棵老山楂树不肯和你们接枝在一起哩。但是，
　　　　　　欢迎，诸位战士：我们把荨麻只好叫作荨麻，蠢人的
　　　　　　过错也只好叫作愚蠢。

珂民尼阿斯　　说得很对。

考利欧雷诺斯　麦匿尼阿斯总是这样地风趣。

传令官　　　让路，向前走啊！

考利欧雷诺斯〔向服龙尼亚与瓦利里亚〕请您伸出手，请您也伸出
　　　　　　手。在我回到自己家里以前，必须先去拜访诸位贵
　　　　　　族；他们不仅写信祝贺我，还给我许多新的光荣。

服龙尼亚　　我活到今天，看到我的愿望实现，幻想成为事实；只
　　　　　　是还有一点欠缺，但是我相信我们的罗马终于会给
　　　　　　你的。

考利欧雷诺斯　你要知道，我的好母亲，我宁愿按照我的意思为他
　　　　　　们做奴仆，不愿按照他们的意思和他们一起做主管。

珂民尼阿斯　　走，到神庙去！〔奏花腔。小喇叭鸣。众列队下。
　　　　　　二护民官留在台上〕

布鲁特斯　　大家都在谈论他，老眼昏花的人都戴上眼镜来看他：
　　　　　　絮聒的乳媪谈起他来喋喋不休，由着她的婴儿哭得

死去活来；厨娘把她最漂亮的围巾裹在她的油腻的颈
子上，爬上墙头去看他；摊子上、棚架上、窗户上，
都挤满了人，站在房顶上的，骑在屋脊上的，各等
各样的人，都一致地热烈地想看看他；不常露面的祭
司也在人丛里挤来挤去，喘吁吁地和平民抢一个站
着的位置；平常戴面罩的贵妇们，现在也露出她们的
仔细妆扮过的红白二色争奇斗妍的脸庞，任由太阳
的热吻来调戏。那热闹的场面，好像是呵护他的某
一位天神巧妙地附上了他的肉体，赋给他以诸般的
庄严妙相。

西新尼阿斯　在这群情激动之际，我敢说他会被推举为执政。

布鲁特斯　　在他当权的时候，我们的职务可能无法施展了。

西新尼阿斯　他这样的人不能有始有终地安享他的尊荣，迟早一
　　　　　　定要失势的。

布鲁特斯　　这样就好了。

西新尼阿斯　不必疑虑，我们所代表的平民本来对他就怀着宿怨，
　　　　　　将来遇到一点细故就会忘记他们所给他的这一份新
　　　　　　的光荣，而且我敢说他的那种骄傲性一定会制造出
　　　　　　令人不满的事端。

布鲁特斯　　我听见他发誓说，他如果做执政的候选人，他决不
　　　　　　到市场去露面，也决不披上表示谦卑的朴素的袍子；
　　　　　　决不按照习惯袒露他的伤疤给人民看，从他们的臭
　　　　　　嘴里乞求同意。

西新尼阿斯　一点也不错。

布鲁特斯　　他是这么说的。啊！若不是缙绅请求和贵族企望的

	话，他宁愿放弃这职位，也不愿当选。
西新尼阿斯	我真愿他坚持他的主张并且付诸实行。
布鲁特斯	他大概会那么做的。
西新尼阿斯	那么，他的这种做法，恰如我们所努力以求的，一定要使他惨败的了。
布鲁特斯	若不是他惨败，我们的职权便要受到挫折。为了达到我们的目的，我们必须提醒民众他一直是如何地恨他们；他会要尽他的力之所及把他们当作骡马，不准有人代他们诉苦，并且剥夺他们的自由；认为他们在行为能力方面根本没有多少头脑不配做事，犹如骆驼在战争中之一般地无用；骆驼能载重，便给草料吃，驮不动而爬下去，便给一顿毒打。
西新尼阿斯	对了，当他大发脾气教训人民的时候——这样的情形是少不了的，如果他受到刺激，而刺激他又是非常容易的事，犹如唆使狗去咬羊——在这时节我们再加挑拨，全是在干柴上放一把烈火，他们的怒火会把他烧成枯焦。
	一使者上。
布鲁特斯	有什么事？
使者	请两位到神庙去。马尔舍斯大概要做执政了。我看见聋子们挤着去看他，瞎子们听他说话。在他经过的时候，妇女们向他掷手套，贵妇和侍女们掷围巾手绢；贵族们像在神像面前一般对他鞠躬，平民们掷帽如雨，欢呼如雷：我从未见过这种场面。

布鲁特斯　　我们到神庙去吧。用耳用眼观察事态的发展，以勇
　　　　　　气实行我们的计划。
西新尼阿斯　我跟你去。〔同下〕

第二景：同上。神庙

　　　　　二官员上，铺坐垫。

官甲　　　快一点，快一点，他们就要到了。有几位候补执政？
官乙　　　他们说有三位，但是每人都以为考利欧雷诺斯会
　　　　　当选。
官甲　　　他是好汉，但是他太骄傲，不喜欢民众。
官乙　　　老实讲，有许多伟大人物口头上奉承民众，心里并
　　　　　不喜欢他们；有许多人，民众爱戴他们，可是不知道
　　　　　为了什么要爱戴。如果他们莫名其妙地爱戴，自然
　　　　　也会莫名其妙地憎恨。所以，考利欧雷诺斯对于他
　　　　　们的爱憎毫不关心，正可表示他真能了解他们的性
　　　　　格；而且由他的胸怀坦荡，他让他们明白地看出他的
　　　　　这种态度。
官甲　　　如果他对他们的爱憎真是毫不关心，那么他就应该
　　　　　既不讨好他们亦不开罪他们才是，但是他之惹他们
　　　　　憎恨比他们表示憎恨更为热心；凡足以表示他是他们

的敌人的地方，他都无所不用其极。做出故意与人
民交恶的态度，这就和他所不喜欢的巴结取宠的态
度一样地不妙了。

官乙　　　他对国家是功勋卓著。他的升发并非幸致，和那些
毫无建树只知脱帽致敬媚世取宠的人迥然不同；他
把他的功勋彰明昭著地放在他们的眼前，把他的业
绩放在他们的心里，如果他们默不作声，不予承认，
那便是忘恩负义；如果捏报事实，那便是恶意中伤，
本身既是虚伪，一定要引起听者的斥责。

官甲　　　别再说他了。他是一个可敬的人：让路，他们来了。

　　　　　喇叭鸣。珂民尼阿斯执政、麦匿尼阿斯、考利欧雷诺斯、
　　　　　若干其他之元老、西新尼阿斯与布鲁特斯，由仪仗队前
　　　　　导上。元老等就位；护民官亦在一旁就位。

麦匿尼阿斯　关于伏尔斯人我们已有了处置的办法，并且已派人
去请泰特斯·拉舍斯，这次会议剩下来的主要问题
便是如何报酬这位捍卫国家的英雄所立下的殊功，所
以，众位尊贵的元老，请你们要求这一位执政，亦即
给我们获致胜利的元帅，略为报告凯耶斯·马尔舍
斯·考利欧雷诺斯所立下的功劳，我们在此集会就为
的是向他致谢并且给他一些他分所应得的光荣。

元老甲　　说吧，好珂民尼阿斯。尽管长篇大论地说，不要删
节，宁可让我们觉得是国家在酬庸方面能力不足，
而不是我们缺乏充分酬庸的心。〔向护民官〕二位人
民的导师，请你们耐心静听，然后请运用你们的大

力向民众解说，同意我们这里的决定。

西新尼阿斯　我们参加这个会议是为讨论一项令人愉快的提议，并且我们也颇有意对于我们大会所要讨论的人物加以表彰和升迁。

布鲁特斯　我们会格外高兴这样做，如果他能改善一下他一向对民众所抱的观感。

麦匿尼阿斯　这是题外的话，这是题外的话。我觉得你们还是不开口好些。你们愿听珂民尼阿斯说话吗?

布鲁特斯　极愿意听，不过我提出的劝告比你的责难要更为切题。

麦匿尼阿斯　他是爱你们的人民的，但是不要勉强他做人民的密友。高贵的珂民尼阿斯，说吧。〔考利欧雷诺斯起立欲去〕不，不要离席。

元老甲　请坐，考利欧雷诺斯。不要听人述说你的光荣事迹而害羞。

考利欧雷诺斯　请诸位原谅，我宁愿再一次受伤慢慢地去疗养，也不愿听人讲述我受伤的经过。

布鲁特斯　将军，我希望你不是为了我的话而要离席。

考利欧雷诺斯　不是的，先生。打斗可以把我留住，可是一听恭维话我就常常要逃。你不曾恭维我，所以对我并无损伤。至于你们的人民，我只能按照他们自己的分量而爱他们。

麦匿尼阿斯　请坐下吧。

考利欧雷诺斯　我宁愿在战号吹响的时候在阳光下请人搔头，也不愿无聊地坐着听人夸说我的不值一提的事迹。〔下〕

麦匿尼阿斯　二位人民的导师，你们现在看出来了吧，他宁可为了荣誉而冒断胳膊断腿的危险，而不愿伸出这一只耳朵听别人述说他的光荣，他如何能奉承你们的那些只会繁殖的人民大众——一千个里也挑不出一个好的。讲吧，珂民尼阿斯。

珂民尼阿斯　我深感我说话的力量不够，考利欧雷诺斯的功绩是不可以轻描淡写的。大家公认勇敢是最高的美德，有勇之人是最为可敬。果真如此，那么我所要说的这个人在全世界是罕有其匹的。他十六岁的时候，塔尔昆向罗马进攻，他奋战之勇就超过别人。我们那时候的最高统帅[8]，我提起他来是满怀敬意的，他亲眼看见他作战，一个面白无须的少年把一些满脸胡子的大汉追得望风而逃。他跨着保护一个被围攻倒地的罗马人，当着执政的面手刃了三个敌人：他遭遇了塔尔昆本人，一击把他打得双膝落地。在那一天的战绩中，他本可以扮演一个妇人的角色，却成为战场上最英勇的男子汉，他得到的报酬是在额上戴起橡叶冠。他以小小的年纪就这样地进入了成年人的行列，他的勇敢像海潮一般地增长，十七次冲锋陷阵，都能夺得胜利而归。最近这一次，他在考利欧里城里城外的表现，我可以说，我无法充分地赞美他：他阻止了溃败的逃兵，以罕有的榜样使得懦夫视死如归；他杀得兴起，就像舟行草偃一般，当者披靡；他的剑便是死亡的标记，剑光指处，便能取得敌人的性命；他从头到脚浑身是血，他的每一动作都由垂死的哀号为他拍着节奏；他单身闯入了杀机四伏的城门，把全城到处涂满了血印，好像是无可逃避的命运一般；然后他又只身突围而出，像煞星一般带着援军向考利欧里猛攻。于是他完全占领该城，这时节他听到远处厮杀的喧声，立刻抖擞精神，振作疲惫的肉体，前去参加战斗；他杀气腾腾地纵横驰骤，好像是一场无尽无休的大屠杀；在我们宣布胜利以前，他不曾停下来喘一口气。

麦匿尼阿斯　可佩服的人！

元老甲　　　无论我们给他什么样的光荣，他都当之无愧。

珂民尼阿斯　他把我们的战利品一脚踢开，把珍贵的东西视如粪土：他所贪求的比赤贫的人所愿施给的更少；以苦干作为工作的酬劳，把工作完成就觉得满足。

麦匿尼阿斯　他真是高贵，去请他来。

元老甲　　　请考利欧雷诺斯来。

吏　　　　　他来了。

考利欧雷诺斯又上。

麦匿尼阿斯　考利欧雷诺斯，元老们愿推你做执政。

考利欧雷诺斯　我应该永远为他们效命效劳。

麦匿尼阿斯　还有一步手续，你要对人民说几句话。

考利欧雷诺斯　我请求你们，免了这例行手续吧，因为我不能披上长袍，站在那里裸露出身体，恳求他们为了我的伤疤而惠赐选票：请你们准我免了这步手续吧。

西新尼阿斯　将军，人民必须投票，他们也不肯减免分毫的礼节。

麦匿尼阿斯　不必激怒他们，请你按照惯例行事，就像以前的人一样履行固定仪式以获取你的尊荣吧。

考利欧雷诺斯　扮演这样的角色会使我脸红的，大可不必在人民面前表演。

布鲁特斯　〔向西新尼阿斯旁白〕你听到了吗?

考利欧雷诺斯　在他们面前夸耀，说我做过这个，做过那个。把应该隐盖起来的毫无痛楚的伤疤给他们看，好像我受伤只是为了换取他们的投票赞成!

麦匿尼阿斯　不要这样坚持。二位护民官，请把我们的意思转达给人民大众，愿我们的高贵的执政享有一切的愉快与光荣。

众元老　愿考利欧雷诺斯有一切的愉快与光荣!〔奏花腔。除西新尼阿斯与布鲁特斯外，众下〕

布鲁特斯　你看到他打算怎样对待人民了。

西新尼阿斯　但愿他们看出他的心里如何盘算!他将要以不屑的态度请求他们，好像是向他们乞求乃是一件可耻的事。

布鲁特斯　来，我们要把这里的经过通知他们，我知道他们是在市场等候我们呢。〔同下〕

第三景：同上。广场

几个公民上。

民甲　　　　干脆说吧，如果他要我们表示赞成，我们是不该拒
　　　　　　绝他的。

民乙　　　　我们可以拒绝他，先生，如果我们愿意。

民丙　　　　我们固然有权这样做，可是我们不便使用这个权，
　　　　　　因为如果他把伤疤给我们看，把他的功绩告诉我们，
　　　　　　我们便要替那些伤口说话。所以，如果他把他的英
　　　　　　勇的功绩讲给我们听，我们也得说些钦佩嘉勉的话
　　　　　　给他听。忘恩负义是可怕的，人民大众而忘恩负义，
　　　　　　那简直是把人民大众变成为可怕的怪物了。我们都
　　　　　　是人民大众的一分子，我们也要变成可怕的怪物的
　　　　　　一部分了。

民甲　　　　我们毫不费事地就可以令人把我们当作怪物看待。
　　　　　　有一回我们为了粮食哄闹起来，他就毫不犹豫地骂
　　　　　　我们是多头的怪物。

民丙　　　　许多人这样称呼我们，并不是因为我们的头有些是
　　　　　　棕色的，有些是黑色的，有些是淡黄色的，有些是
　　　　　　光秃的，而是因为我们的思想杂乱不齐。我真这样
　　　　　　想，如果我们的思想都从一个脑壳里发表出来，一
　　　　　　定会东西南北地乱飞，唯一的同意的路线便是同时
　　　　　　向各个方向乱窜。

民乙　　　　你这样想吗？你判断一下我的思想是朝哪个方向飞？

民丙　　　　不，你的思想不能像别人的那样快地飞出来，因为
　　　　　　它是牢牢地嵌在一块木头里；不过如果能自由活动，
　　　　　　无疑地是飞向南方。

民乙　　　　为什么是那个方向呢？

民丙	好迷失在大雾里，四分之三溶化在腐蚀的湿露里面，四分之一因良心发现还会飞回来，帮助你讨个老婆。
民乙	你总是爱挖苦人，没关系，没关系。
民丙	你们都决定选他了吗？不过那也没有什么关系，因为这是要由多数来决定的。我说，如果他肯对人民亲善，实在没有一个人比他更令人敬佩。

考利欧雷诺斯着粗布袍，偕麦匿尼阿斯又上。

他来了，还穿的是粗布袍，注意看他的举止。我们不要聚在一起，单独地或三三两两地走到他站着的地方去。他要个别地征求我们的同意，每个人都有机会用我们自己的嘴表示我们自己的意见：跟我来吧，我引导你们走到他的身旁。

众	好的，好的。〔公民等下〕
麦匿尼阿斯	啊，将军，你错了，你不知道顶高贵的人都这样做过的吗？
考利欧雷诺斯	我可说些什么呢？"我求你，先生，"——该死的！我无法说出这样的话。"先生，你看看我的伤，在你们的一些弟兄听了本国的鼓声而惊吼逃散的时候，我却为国效力而受到这些伤。"
麦匿尼阿斯	啊哟，我的天！你不可以说这个，你必须令他们对你起好感。
考利欧雷诺斯	对我起好感！这群该死的东西！我愿意他们把我忘掉，就像忘掉我们的祭司们对他们枉费唇舌所施的教训一般。

麦匿尼阿斯　你要把事情弄糟，我要走了。我请你，对他们说话的时候务必要采取合理的态度。

考利欧雷诺斯　令他们去洗洗脸，刷刷牙。〔麦匿尼阿斯下〕这边来了一对。

二公民上。

先生，你知道我为什么站在这里吗？

民甲　我们知道，将军，告诉我们是什么事情使你来到此地。

考利欧雷诺斯　是我自己的功绩。

民乙　你自己的功绩！

考利欧雷诺斯　对了，不是我自己想来的。

民甲　怎么！不是你自己想来的？

考利欧雷诺斯　不是的，先生，我从来无意向穷人乞讨。

民甲　你要知道，如果我们给你一点什么，我们也希望从你那里得到一点什么。

考利欧雷诺斯　好啦，那么，请问为一个执政的职位你们要什么样的代价呢？

民甲　代价就是你得好好地请求。

考利欧雷诺斯　好好地！先生，我请求让我得到这个职位吧！我有伤疤给你看，我私下里可以让你看一下。你的意见呢，先生，你意下如何？

民乙　你可以得到这职位，高贵的将军。

考利欧雷诺斯　就这么定规啦，先生。我一共求到了两票。多谢你们的施舍，再会。

民甲	这事情有一点古怪。
民乙	如果再有人这样要求——不必再说了。〔二公民下〕

另二公民上。

考利欧雷诺斯	我已经照例穿上这件布袍,请问你们是否同意我做执政。
民丙	为了国家你已经光荣地立功,可是又没有光荣地立功。
考利欧雷诺斯	这是什么谜语?
民丙	对于国家的敌人你是一条鞭子,对于国家的友人你是一根棒子,你实在是不喜爱平民。
考利欧雷诺斯	我不滥爱,你应该对我格外起敬。先生,我决计要奉承我的好朋友平民,好博取他们的好感。他们认为这才是谦恭有礼,他们的选择的标准,既然是看重我的脱帽敬礼,不注重我的内心,我就要学习屈意奉承地点头示意,顶虚情假义地脱帽为礼。换言之,先生,我要效法一些风云人物之媚世取容的本领,对喜欢这一套的人我就大量奉送。所以,请你同意我做执政吧。
民丁	我们希望你是我们的朋友,所以我们衷心地拥护你。
民丙	你为了国家受了许多伤。
考利欧雷诺斯	我不用把创疤给你们看来证实你们所知道的事。我很珍视你们的盛情,不再麻烦你们了。
民丙丁	我们恳切希望上天给你快乐,将军!〔同下〕
考利欧雷诺斯	好大的盛情!

向人乞讨自己早该得到的酬报，
还不如挨饿，还不如死掉。
为什么我穿着粗袍站在这里，
向过路的张三李四乞求同意？
习惯要我如此做，如果我们做事
都要完全依照习惯的意旨，
古远的积尘便要永久无人扫，
山积的错误要把真理障蔽了。
与其我在这里演无聊的把戏，
不如把这些高官显职送给
爱玩这把戏的人。我已演了一半，
吃了一半苦，另一半只好硬着头皮干。
又有表示同意的来了。

另三个公民重上。

你们的意见呢？因为我是为了你们的同意而作战的；
为了你们的同意而不睡觉；为了你们的同意而受了
二十多处伤；看见过并且听说过十八次战争；为了你
们的同意我做过很多事，或大或小。你们的意见呢，
老实讲，我想做执政。

民戊　他的表现很好，任何厚道的人不可不投他一票。

民己　所以让他做执政吧。愿天神给他快乐，让他成为人
民的朋友！

众　阿门，阿门。上帝保佑你，高贵的执政！〔众公
民下〕

考利欧雷诺斯 盛意可感!

麦匿尼阿斯偕布鲁特斯与西新尼阿斯又上。

麦匿尼阿斯 你已经过了候选的指定时间了,护民官宣告你已获得人民的同意,剩下要做的事便是穿着这身衣服立刻到元老院去。

考利欧雷诺斯 完事了吗?

西新尼阿斯 请求同意的手续你已经做了,人民接受了你,奉召立刻就要去参加你的正式任命的典礼。

考利欧雷诺斯 在哪里?在元老院吗?

西新尼阿斯 就在那里,考利欧雷诺斯。

考利欧雷诺斯 我可以把这衣服换掉了吧?

西新尼阿斯 你可以,将军。

考利欧雷诺斯 我立刻就去换。等我认识自己的原形之后,再到元老院去。

麦匿尼阿斯 我陪你去。你们也跟我们一道走?

布鲁特斯 我们在这里等候民众。

西新尼阿斯 再会了。〔考利欧雷诺斯与麦匿尼阿斯下〕他现在已经得到了,我看他的脸色,心里很得意呢。

布鲁特斯 他是怀着一颗骄傲的心穿上那件谦卑的袍子。你去遣散这些民众吧?

众公民又上。

西新尼阿斯 怎样,诸位!你们选中这个人了吗?

民甲 他得到我们的同意了,先生。

布鲁特斯	我们祷告天神，使他不辜负你们的盛意。
民乙	阿门，先生。以我的浅薄的观察，他乞求我们同意的时候实在是讥讽我们。
民丙	当然是，他简直是轻蔑我们。
民甲	不，他说话就是这种样子，他并未讥讽我们。
民乙	除了你之外，我们当中没有一个不认为他是对我们傲慢，他应该把他的功勋的标记，为国家受的创伤，露出来给我们看。
西新尼阿斯	噫，我敢说他一定给你们看过了。
众	没有，没有，没有人看过。
民丙	他说他有伤，私下里可以给我们看。把帽子这样轻蔑地一挥，他说："我要做执政。""按照古老的习惯，若没有你们的同意，是不允许我做的，所以要你们同意。"我们同意了之后，他又说："谢谢你们的同意，谢谢你们，谢谢你们的盛意，现在你们既已表示同意，我不再需要你们了。"这是不是轻蔑？
西新尼阿斯	噫，是你们糊涂没有看出来呢，还是像孩子一般好说话，看出来而依然同意拥护他呢？
布鲁特斯	你们为什么不依照我的指导告诉他，当初他无权无势，只是国家的一名小吏的时候，便已经是你们的敌人，动辄反对你们在国家里所享受的自由与权利。如今，在国家里取到权势的地位了，如果仍旧与民众为敌，你们的同意岂不是害了你们自己吗？你们应该说，他的丰功伟绩使他有权要求他所希冀的位置，那么他的忠厚的天性也应该为了你们的赞助而

对你们表示一点好感，把敌意变成为亲善，做一个仁慈的长官。

西新尼阿斯　如果你们按照事前嘱咐的这样说了，便可以测验他的心情，试探他对你们的态度；你们可以逼他做慷慨的诺言，将来遇到机缘即可要求他履行；也许你们会惹起他的恼怒，因为他不能忍受任何条件的拘束；这样把他激怒，你们便可利用他的暴躁脾气，让他不得当选。

布鲁特斯　难道你们没有看出，他在需要你们爱护的时候，尚且公然轻蔑地向你们求情，将来一朝得势，他的轻蔑还能不变本加厉地残害你们吗？噫，你们都是毫无心肝的吗？你们的舌头都是不服从理性判断的吗？

西新尼阿斯　以前你们不是拒绝过人吗？现在他并不是请求，而是讥笑，你们却表示欣然同意？

民丙　他还没有经过正式认可，我们还可以否决他。

民乙　我们是要否决他，我可以号召五百人反对他。

民甲　一千人都可以，他们还可以邀集朋友一致行动。

布鲁特斯　你们立刻就去，告诉朋友们，他们所选中的一位执政将来是要剥夺他们的自由的，要把他们当作狗似的不准随便出声，养狗原是为要它吠，可是它吠起来又要打它。

西新尼阿斯　让他们集合起来；于仔细考虑之后，一致撤回你们的糊涂的同意。强调他的傲慢，以及他以前对你们的仇恨。还有，别忘记他穿那粗布袍是用怎样轻蔑的态度，他求你们的时候是怎样地藐视你们，你们只是想到他的功劳，所以一味地发生好感，忽略了他从多年宿恨中间极恶毒无礼地制造出来的对待你们的态度。

布鲁特斯　把过错推到我们这两个护民官上，就说是我们极力运动，排除一切障碍，要你们一定选他。

西新尼阿斯　就说，你们选他是由于我们的命令，而不是你们由衷的爱戴。你们心里只是想不得不如此做，并不是觉得应该如此做，所以违反本愿地同意他做执政，把过错推在我们身上。

布鲁特斯　对了，别饶我们。就说我们对你们演说，他如何年轻就为国宣劳，服务了多么久，出身是什么样的门第，他是出身自马尔舍斯世家，纽马的外孙安珂斯·马尔舍斯继霍斯提·里阿斯而君临罗马，便是来自这个世家[9]；给我们这里造水道输水的普伯利阿斯与昆特斯也是这一家族的人，还有那两度做监政官因而被尊称为珊梭赖诺斯的，正是他的伟大的祖先[10]。

西新尼阿斯　此人这样出身高贵，而其本人又努力上进，于是我们把他推荐给你们，但是你们把他现在的态度和他过去的参照一下，发现他仍是你们的死敌，所以就撤回你们的鲁莽的同意。

布鲁特斯　就说如果不是我们怂恿，你们永远不会选他——要反复述说这一点。你们把人聚齐了之后立刻就到神庙去。

众	我们一定这样做，几乎所有的人都后悔选了他。〔众公民下〕
布鲁特斯	让他们去进行，引起这一场叛变总比隐忍着等待更大的危险要好一些。如果按照他的脾气，因被拒而大怒，我们就静待利用这一个机会吧。
西新尼阿斯	到神庙去，来。我们要在大群的民众到达之前先到那里，这将显得是，其实一部分也实在是，他们自动去的，可是实际上是经过我们怂恿的。〔同下〕

注释

[1]"有地位的人"，原文 the right-hand file，按 file 作 multitude 解，意为"一群"，右手方表示尊崇，故"右手方的一群"即是罗马贵族，当权者。

[2]"颈背"（the napes of your necks），约翰孙注云："典出寓言，每人面前悬一囊，内贮其他人之过失，身后悬一囊，内贮自己之过失。"言只见人之短，不见己之短。

[3]赖克尔格斯（Lycurgus），传说中古代斯巴达之聪明的立法者，为斯巴达宪法之创立者，并创立若干重要之制度。

[4] Deucalion 的故事，见 Golding 译的 Ovid 之《变形记》。Deucalion 是希腊 Thessaly 的 Phthia 的国王，其妻为 Pyrrha。天神 Zeus 因 Arcadia 国王之不敬而发起九日之洪水以毁灭人类。Deucalion 夫妇则以虔敬之故乘舟独免于难。此故事相当于耶教圣经中 Noah 与洪水之记述。

[5] 加伦（Galen），古希腊名医，在此处提起当然是时代错误，因加伦生于纪元后一三一年，相距六百余年。

[6] 受任新职（stand for his place）指执政之职（consulship），此乃彼所希冀之职位。

[7] 塔尔昆（Tarquin），罗马最后一任皇帝，因残暴被逐，数度企图卷土重来，均被拒，此处所说的战斗是指 Lake Regillus 一役。

[8] 古罗马之 dictator 是被派任的，于国家危急时享有全权，为期六个月，与近代所谓之"独裁者"迥异其趣，故译为"最高统帅"。

[9] 安珂斯·马尔舍斯（Ancus Marcius）是罗马七个皇帝中之第四个，纽马（Numa Pompilius）是第二个，霍斯提里阿斯（Tullus Hostilius）是第三个。

[10] 普伯利阿斯（Publius）与昆特斯（Quintus），在考利欧雷诺斯之后三百年，珊梭赖诺斯（Censorinus）在考利欧雷诺斯之后约二百年。莎士比亚在这里又犯了时代错误，把后裔当作了祖先。其致误之由见第一幕注九。

按第一对折本原文：

Of the same House, Publius and Quintus were

That our best Water, brought by conduits hither,

And Nobly nam'd, so twice being Censor,

Was his great An cestor.

第二行与第三行之间显然脱落一行。后之编者多参照莎氏所密切依据之普鲁塔克传记酌添一行以补足之。

第 三 幕

第一景：罗马。一街道

乐号鸣。考利欧雷诺斯、麦匿尼阿斯、珂民尼阿斯、泰特斯·拉舍斯、元老等、贵族等上。

考利欧雷诺斯　那么特勒斯·奥非地阿斯又组织起一支新的队伍来了？

拉舍斯　　　　是的，将军，因此我们格外地急于议和。

考利欧雷诺斯　那么伏尔斯人还是和当初一样，遇到机会还是要再向我们进攻。

珂民尼阿斯　　他们是疲惫了，执政先生，所以我们有生之年大概看不到他们的旌旗招展了。

考利欧雷诺斯　你看到奥非地阿斯了？

拉舍斯　　　　在我们的军队护送之下他来见过我，他痛骂伏尔斯人，因为他们这样卑鄙地弃城投降，他现在回到安席姆去了。

考利欧雷诺斯　他说起我了吗?

拉舍斯　他说起了。

考利欧雷诺斯　他怎样说，说些什么?

拉舍斯　他说他和你剑对剑地遭遇过多少次，他在世上最恨的便是你这一个人，他宁愿把财产典当净尽永无赎回之望，只消他能够把你打败。

考利欧雷诺斯　他现在住在安席姆?

拉舍斯　在安席姆。

考利欧雷诺斯　我愿能得到机会到那里去找他，把彼此的仇恨尽量发泄一下。欢迎你回来。

西新尼阿斯与布鲁特斯上。

看! 这两位是护民官，民众的喉舌，我看不起他们，因为他们作威作福地令高贵的人无法忍受。

西新尼阿斯　不要再往前走了。

考利欧雷诺斯　哈! 这是什么意思?

布鲁特斯　再向前走便有危险，别再向前走。

考利欧雷诺斯　何以发生变化了?

麦匿尼阿斯　怎么一回事?

珂民尼阿斯　他不是已经由贵族与平民都通过了吗?

布鲁特斯　珂民尼阿斯，还没有。

考利欧雷诺斯　方才同意我的难道是一些不懂事的孩子?

元老甲　护民官，让路，他必须到广场去。

布鲁特斯	人民对他愤怒起来了。
西新尼阿斯	停步，否则要引起一场骚动。
考利欧雷诺斯	这些是你们所豢养的民众吗？这些一下子同意一下子又否认同意的人，也可以有投票权吗？你们的职务是什么？你们既是他们的嘴巴，为什么不控制住他们的牙齿呢？不是你们怂恿他们的吧？
麦匿尼阿斯	要镇定，要镇定。
考利欧雷诺斯	这是蓄意做成的事，有阴谋从中策动，其目的在控制贵族们的意旨，如果加以容忍，以后只好和这些既不能令又不受命的人在一起共事了。
布鲁特斯	不要说这是阴谋，人民高呼着说你讥笑了他们，并且最近施放粮食的时候你又不大乐意；辱骂那些为民请命的人，说他们是媚世取容的小人，是高贵性格之敌。
考利欧雷诺斯	嗳，这是以前大家都知道的。
布鲁特斯	并非大家全都知道。
考利欧雷诺斯	你以后没有告诉他们吗？
布鲁特斯	什么！我告诉他们！
考利欧雷诺斯	这种事你可能会做出来的。
布鲁特斯	可能的，可能在各方面都做得比你好一些。
考利欧雷诺斯	那么又何必要我做执政呢？我指着天上的云发誓，让我像你们一样地不配受赏，陪着你们做一名护民官吧。
西新尼阿斯	你显得太能容人了，人民正是为了这缘故而起骚动。你现在迷路了，如果你想达到目的地，必须以温和

　　　　　一些的态度向人问路，否则永远不能贵为执政，就
　　　　　是和他比肩做一名护民官也办不到哩。

麦匿尼阿斯　　我们大家都镇定一下。

珂民尼阿斯　　人民是受骗了，受了鼓动。在罗马不该发生这种骚
　　　　　动，考利欧雷诺斯也不该在因功受赏的时候遭受这
　　　　　种卑鄙的不名誉的挫折。

考利欧雷诺斯　向我提起粮食的事情！当时我是这样说的，现在我
　　　　　愿再重复一遍——

麦匿尼阿斯　　现在不说了，现在不说了。

元老甲　　　现在大家吵得动火，不必说了。

考利欧雷诺斯　我现在偏要说。至于我的高贵的朋友们，我要请他
　　　　　们原谅：那些反复无常的冒着臭气的民众，他们尽可
　　　　　把我当作一面不善恭维的镜子，照照他们自己的本
　　　　　来面目吧！我再说一遍，当初我们准许他们与我们
　　　　　混合在一起，良莠不分，便已经是亲自播下了狂妄
　　　　　叛变的种子，如今再要迁就他们，简直是培养那狂
　　　　　妄叛变的莠草来和我们的元老院作对了。我们并不
　　　　　缺乏勇气，也不缺乏权力，只是把勇气与权力都送
　　　　　给一群乞丐了。

麦匿尼阿斯　　好了，别再说了。

元老甲　　　我们请你别再说下去了。

考利欧雷诺斯　什么！别再说下去！我曾不畏强敌为国流血，现在
　　　　　我要竭尽我全部的肺力去编造恶毒的辞句，去臭骂
　　　　　那些癞货，我们怕被那癞传染，可是我们却企求招
　　　　　引上一身癞呢。

布鲁特斯	你一提到人民，就好像你是惩罚罪恶的一位天神，并非具有同样弱点的一个凡人。
西新尼阿斯	我们最好让人民知道他所说的话。
麦匿尼阿斯	什么，什么？他的一时气愤的话？
考利欧雷诺斯	气愤！我纵然像是午夜安眠那样地宁静，我依然是这样的想法。
西新尼阿斯	这种想法，只合留着毒害自己，不可再去伤害人。
考利欧雷诺斯	只合留着！你们听到这位小鱼中间的海神[1]所说的话了吗？你们注意到他说的"只合"二字了吗？
珂民尼阿斯	使用这个字眼是不合法的。
考利欧雷诺斯	"只合！"忠厚而糊涂的贵族们啊！你们这些庄严而疏忽的元老，为什么准许这九头怪[2]推选一位官员，他不过是这怪物的发言人罢了，但是他用命令口吻的"只合"二字，胆敢对你们的行动横加限制，把你们的广大的职权据为己有？如果他是有权，那么你们只好怪自己糊涂而向他低头；如果他无权，从你们的危险的宽容中间觉醒吧。如果你们是聪明的，就不要像是一般的蠢人；如果你们并不是聪明的，让他们和你们坐在一起好了。如果他们成为元老，你们便是平民；现在他们已经不下于元老了，因为你们的意见和他们的意见混合在一起的时候，那主要的味道是属于他们的。他们选他们自己的主管，而且选出像他这样的一位主管，居然满口"只合""只合"地来顶撞一位希腊[3]不曾有过的那样尊严的官员。天哪！这使得执政们都显得低贱了，我看着实

在伤心，两个力量互争雄长的时候，毁灭很快地就乘隙而入，利用这一个打击那一个。

珂民尼阿斯　好了，到市场去吧。

考利欧雷诺斯　是谁出的主意，要按照当初希腊的惯例，把库存的粮食散发给民众——

麦匿尼阿斯　好了，好了，不要再提这个。

考利欧雷诺斯　虽然在希腊人民有更大的主权，可是我要说，他们是培养了叛变的作风，助长了国家的崩溃。

布鲁特斯　噫，对于这样说话的人，人民能表示同意吗？

考利欧雷诺斯　我可以提出我的理由，比他们的同意更有价值，他们知道那粮食是我们白白送给他们的，他们明明知道他们根本不曾做过任何值得受酬的事。一旦被征召去作战，纵然国家到了最危急的时候，他们也不肯出城门，这种服务态度是不配免费供给食粮的。既入了战场，在叛变作乱的时候倒是勇气百倍，这不能算是他们的长处。他们常常无缘无故地对元老院加以指责，这绝不能成为我们要对他们慷慨施舍的理由。好了，以后怎么样呢？盲目的群众将要怎样消受元老院的这一番善意呢？让他们的过去的行为表示他们可能要说的话吧："我们做了此项请求。我们人数多，他们害怕，所以答应了我们的要求。"这样我们便贬损了我们的身份，使得这些乱民把我们的关怀当作恐惧，早晚有一天，我们的这种过分的优容将要打碎元老院的门锁，引进一批乌鸦来啄老鹰。

麦匿尼阿斯　算了，够了。

布鲁特斯　够了，实在太多了。

考利欧雷诺斯　不，还没说完哪！愿天上人间凡是足以指着发誓的东西来证实我最后要说的话吧！这国里有两个权威，一方面是有理由地蔑视对方，另一方面是毫无理由地侮辱对方；拥有身份、尊衔、智慧的人竟不能做任何决定，除非得到愚蠢的民众的认可。国家必须加以处理的事只好撇开不管，暂时委曲做一些无关紧要的事：有主张而遭到掣肘，其结果将是无主张地乱干。所以，我请求你们，如果你们的胆量超过于审慎，对国家的基本原则的爱护超过对于革命的恐惧，爱高贵的生活超过于长寿，宁愿一试危险的药物以拯救势必要死的身体，我请求你们立刻拔去这民众的舌头吧，不要让民众舐尝甜言蜜语，那实际是害他们的毒药。你们所受的屈辱伤害了你们的明辨是非的能力，使国家也失去了其所应有的统一的权力，在恶势力胁持之下无法推行善政。

布鲁特斯　他说得够了。

西新尼阿斯　他说话像是一个叛徒，该受叛徒们所应得的处分。

考利欧雷诺斯　你这下流东西！该受人人的唾骂！人民要这些秃头的 [4] 护民官做什么呢？有他们做靠山，人民才敢犯上作乱。在叛变的时候，不合理而又不能不做的事都可以成为法律，所以他们被选出来了：在太平的时候，只有合理的事才是可行，他们的权力只好丢到尘埃里去。

布鲁特斯　　　公然叛国！

西新尼阿斯　　这是一位执政？不。

布鲁特斯　　　警官们，喂！把他逮捕起来。

　　　　　　　一警官上。

西新尼阿斯　　去，喊民众来。〔警官下〕我以人民的名义，把你当
　　　　　　　作一个叛乱的政客、公众的敌人，亲加逮捕。我命
　　　　　　　令你，要服从，接受你的处分。

考利欧雷诺斯　滚开，老山羊！

元老等　　　　我们去保他。

珂民尼阿斯　　老先生，放手。

考利欧雷诺斯　滚开，坏东西！否则我要把你的骨头从你的袍子里
　　　　　　　摔出来。

西新尼阿斯　　救命呀，你们人民大众！

　　　　　　　警官等及其他偕一群民众上。

麦匿尼阿斯　　双方都要多顾一点礼貌。

西新尼阿斯　　就是这个人，他想要把你们的权力完全剥夺。

布鲁特斯　　　逮捕他，警官们！

民众　　　　　打倒他！——打倒他！——

元老等　　　　武器！——武器！——武器！〔围绕着考利欧雷诺斯
　　　　　　　慌作一团，呼喊〕护民官！——贵族们！——诸位
　　　　　　　人民！——你们要怎样！——西新尼阿斯！——布
　　　　　　　鲁特斯！——考利欧雷诺斯！——诸位人民！——
　　　　　　　安静！——安静！——安静！——停住！——住

手！——安静！

麦匿尼阿斯　这要闹成怎个样子呢？——我喘不过气来了，离毁
灭不远了，我说不出话来了。你们两位护民官！考
利欧雷诺斯，你忍耐一些！你说句话，好西新尼
阿斯。

西新尼阿斯　听我说，诸位人民，安静！

民众　　　　我们听我们的护民官说话吧：安静！——说吧，说吧，
说吧。

西新尼阿斯　你们就要失掉你们的自由了：马尔舍斯要剥夺你们的
一切权力；马尔舍斯，就是你们最近提名做执政的那
个人。

麦匿尼阿斯　哎呀，哎呀，哎呀！这是火上加油，不是救火。

元老甲　　　是要把全城夷为平地。

西新尼阿斯　除了人民还有什么城市？

民众　　　　对，人民即是城市。

布鲁特斯　　由于大家的同意，我们曾被任为人民的长官。

民众　　　　你们现在还是。

麦匿尼阿斯　你们大概也会继续做下去。

珂民尼阿斯　这就是要把全城夷为平地了，把屋顶拆落到地面上，
把排列整齐的市面埋葬在一堆堆的废墟里面。

西新尼阿斯　这应处死刑。

布鲁特斯　　我们要坚持我们的权力，否则就要失掉它。我们受
人民的推选，代表人民说话，现在正式宣布，马尔
舍斯应立即处死。

西新尼阿斯　所以逮捕他吧，送他到塔皮崖[5]，把他掷下去摔

	死他。
布鲁特斯	警官们，逮捕他！
民众	屈服吧，马尔舍斯，屈服吧！
麦匿尼阿斯	听我说一句话，护民官，请听我说一句话。
警官等	安静，安静！
麦匿尼阿斯	你们要表里一致，真正是为国家谋福利才好，要用温和的方法进行你们的激烈的抗议。
布鲁特斯	先生，遇到急难大症，小心谨慎地投以和缓药饵，是要误事不浅的。抓起他来，把他送到崖上去。
考利欧雷诺斯	不，我宁可死在这里。〔拔剑〕你们中间有些曾看见我作战。来，你们也自己尝试一下我是如何杀敌的。
麦匿尼阿斯	放下那一把剑！护民官，你们暂且退去。
布鲁特斯	抓住他。
麦匿尼阿斯	援助马尔舍斯，援助他，你们有正义的人。援助他，年轻的和年老的！
民众等	打倒他！——打倒他！〔骚动中护民官、警官及人民被击退〕
麦匿尼阿斯	去，你回家去吧。去，走吧！否则一切全要毁了。
元老乙	你快走吧。
考利欧雷诺斯	站住别动，我们有和敌人一样多的朋友。
麦匿尼阿斯	难道要一拼胜负吗？
元老甲	天神不准！好朋友，我请你回家去，让我们来挽救这僵局。
麦匿尼阿斯	这是我们身上的一个疮，你不能自己治疗的。去吧，我请你。

珂民尼阿斯　　来，和我们一起走吧。

考利欧雷诺斯　我愿他们是野蛮人，他们实在也是，虽然是在罗马
　　　　　　　生下来的——不是罗马人——他们实在不配称为罗
　　　　　　　马人，虽然是在神庙廊下产出来的——

麦匿尼阿斯　　走吧。不要把你的义愤放在舌头上，将来总有一天
　　　　　　　得到补偿。

考利欧雷诺斯　公正地交起手来，我可以打败他们四十个。

麦匿尼阿斯　　我自己也可以应付他们中间最好的一对，是的，那
　　　　　　　两位护民官。

珂民尼阿斯　　但是现在众寡悬殊，无法计算。房子坍下来而不躲
　　　　　　　避，那种勇气也只好称为愚蠢。趁乱民没有回来，
　　　　　　　你们还不走开？他们的狂怒像是横决的水流，会把
　　　　　　　平常所负载的一切都给冲掉。

麦匿尼阿斯　　请你，走吧。我要试一试那些没有多少头脑的人是
　　　　　　　否还能欣赏我这老朽的头脑，这是要另外想法弥
　　　　　　　缝的。

珂民尼阿斯　　对了，走吧。〔考利欧雷诺斯、珂民尼阿斯及其
　　　　　　　他下〕

贵族甲　　　　这个人把他自己的前途毁了。

麦匿尼阿斯　　他性格太高傲，不适宜于这个世界，他不肯谄媚海
　　　　　　　龙王以取得他的那把三叉戟，他也不肯谄媚周甫天
　　　　　　　神以取得他雷霆的威力。他是心口如一，心里想什
　　　　　　　么，嘴里就说什么。发起怒来，便忘记世界上还有
　　　　　　　所谓死。〔内喧哗声〕闹得好厉害！

贵族乙　　　　我愿他们现在都去睡觉了！

麦匿尼阿斯	我愿他们都跳进了泰伯河！真糟！他就不能对他们客气一些？

布鲁特斯与西新尼阿斯率民众又上。

西新尼阿斯	想要屠杀全城市民而由他一人独霸的那个毒蛇在什么地方？
麦匿尼阿斯	你们二位高贵的护民官——
西新尼阿斯	该用严厉手段把他掷下塔皮崖去，他反抗了法律，所以法律亦无须再给他审判程序，交付给他所蔑视的民众力量去严办就是了。
民甲	他须要知道，护民官乃是民众的喉舌，我们乃是他们的手。
众民	必须让他知道，那是一定的。
麦匿尼阿斯	诸位，诸位——
西新尼阿斯	住声！
麦匿尼阿斯	在只该从容追赶的时候，你们不要赶尽杀绝。
西新尼阿斯	先生，你为什么要帮助他逃去？
麦匿尼阿斯	听我说，我深知这位执政的长处，我也能指出他的缺点。
西新尼阿斯	执政！什么执政？
麦匿尼阿斯	考利欧雷诺斯执政。
布鲁特斯	他是执政！
民众	不，不，不，不，不。
麦匿尼阿斯	如果护民官和你们众位良善的老百姓准许，我要说一两句话，对你们没有什么害处，顶多是糟蹋你们

一些时间。

西新尼阿斯　那么简单说吧，因为我们决心要铲除这恶毒的叛徒。把他驱逐出境会有后患，留在国内我们一定会死在他的手里，所以决计今晚把他处死。

麦匿尼阿斯　我们的罗马是以最善崇功报德著称于世的，对于它的立有功勋的孩子们之一番感激的心情是记在周甫的亲自的典册里的，如今像是伤天害理的母兽一般地把自己的孩儿吞噬，怕天神不准吧！

西新尼阿斯　他是必须要铲除的一块病。

麦匿尼阿斯　啊！他只是生了病疮的一个肢体，割去是要致命的，治疗却很容易。他对罗马做了什么事而应处死刑？他因杀敌而流的血，我敢说，比他现在身上所有的血还要多，他的血是为了他的国家而流的；剩下来的血，如果再被本国的人洒去，对于我们动手害他的人以及坐视不救的人，都将是永久不能磨灭的耻辱的烙印。

西新尼阿斯　这完全是歪曲之论。

布鲁特斯　完全是曲解，他爱护国家的时候，国家也抬举过他。

麦匿尼阿斯　曾经效劳过的一只脚，一旦生了坏疽，就要被人另眼看待了。

布鲁特斯　我们不要再听下去。追到他的家里，把他抓走，否则他的恶性因传染而散播开去。

麦匿尼阿斯　再说一句，一句。这如狼似虎的一时气愤，将来总要吃到过分鲁莽的苦头，再想把铅块系在它的脚上可就嫌晚了。按照合法的程序去进行吧，否则，他也是有人拥护的，派系斗争必定要发生，伟大的罗马要被罗马人自行摧毁。

布鲁特斯　　果真如此——

西新尼阿斯　你们说的是什么话？我们还没有领略到他的服从的味道吗？我们的警官不是被打了吗？我们自己不是也被他抗拒了吗？来吧！

麦匿尼阿斯　考虑这一点，他自从能拔剑的时候起，一直是在战争中长大的，所以不善言辞。他的谈吐里有谷粒也有糠皮，漫无检点。请准许我，我去见他。负责把他带来依法应审——和平地——接受你们的最严厉的指控。

元老甲　　　高贵的护民官，这是文明的办法，另一方式未免太残酷了，其结果如何未可逆料。

西新尼阿斯　高贵的麦匿尼阿斯，那么就请你为人民而辛苦一趟吧。诸位，请放下武器。

布鲁特斯　　不要回家去。

西新尼阿斯　在市场集合。我们在那里等你，如果你不能把马尔舍斯带到那里去，我们就按原来的办法去做了。

麦匿尼阿斯　我一定把他给你们带来。〔向元老们〕请你们陪我一起去。他一定要来，否则将有更坏的结果。

元老甲　　　我们一起去吧。〔同下〕

第二景：同上。考利欧雷诺斯家中一室

考利欧雷诺斯及贵族等上。

考利欧雷诺斯　让他们把一切毁灭的灾难加在我的头上，吊在轮子上活活打死，或是由野马分尸 [6]；或是在塔皮崖上再堆起十座山，把我丢下看不见底的深渊。我仍然是这个态度对待他们。

贵族甲　这更显得你高贵了。

考利欧雷诺斯　我很诧异我的母亲也不赞成我，可是她常称他们为穿羊毛衣的奴才 [7]，生就得只能做几分几文的小买卖，在公共集会时遇见我这样地位的人站起来讲解和战大事，他们只是秃头露顶地打哈欠，默不作声，莫名其妙。

服龙尼亚上。

我正在谈到你，你为什么愿我脾气温和一些呢？你愿我违反我的本性吗？你应该说我现在的行为正是我的本色。

服龙尼亚　啊！你呀，你呀，你呀，我愿你在糟蹋掉你的力量之前好好地把你的力量使用一番。

考利欧雷诺斯　你放心吧。

服龙尼亚　你不这样逞强，已经可以充分表现你的才能。在他们缺乏阻挠你的力量之前，如果你对他们少一些意气用事，便可以少遭遇一些不如意的事。

考利欧雷诺斯　让他们被绞死。

服龙尼亚　　　对，还烧死呢。

麦匿尼阿斯与元老等上。

麦匿尼阿斯　　好啦，好啦，你方才太粗鲁了，是有一点太粗鲁，
　　　　　　　你必须回去弥补一下。

元老甲　　　　此外无法可以弥补，如果你不肯这样做，只好任由
　　　　　　　我们的大好城市分裂灭亡。

服龙尼亚　　　你接受忠告吧。我心如铁，和你的一样不易屈服，
　　　　　　　但是我有一个头脑指导我在较有益的时机去发怒。

麦匿尼阿斯　　说得好，高贵的妇人！若不是情势危急，为了顾全
　　　　　　　大局，不得不令他向群众低头，我这衰老之躯也要
　　　　　　　披上盔甲去和他们拼命哩。

考利欧雷诺斯　我该怎么做呢？

麦匿尼阿斯　　回到护民官那里去。

考利欧雷诺斯　好，以后呢？以后呢？

麦匿尼阿斯　　为你所说的话表示歉意。

考利欧雷诺斯　对他们道歉！我对神都不能道歉，难道要向他们
　　　　　　　道歉？

服龙尼亚　　　你太固执了，一个人的意志固然是越坚定越好，但
　　　　　　　是在紧急关头也要临机应变。我听你说过，在战争
　　　　　　　中荣誉与权术是像不可分离的朋友一般地在一起发
　　　　　　　扬滋长。这话不错，那么告诉我，在和平期间，为
　　　　　　　什么就会互相冲突伤害，以致不能联合在一起。

考利欧雷诺斯　咄，咄！

麦匿尼阿斯　问得好呀。

服龙尼亚　如果在战争中你为了达成目的不惜采用权术，以另一种面目出现，并不算是不荣誉的事，那么在和平时期权术亦有其同等的需要，何以便是较不荣誉，不能和战时一般地与荣誉并行不悖呢？

考利欧雷诺斯　你为什么强调这一点？

服龙尼亚　因为你现在需要去向民众说话，不是按照你的良心的指示，也不是按照你心头所想倾吐的去说，而是去说一些你内心并不承认只是舌端背得烂熟的假话。这对你并非不荣誉，犹如用温语招抚一座城池，否则你要靠命运来一决胜负，而且有流许多血的危险。我是会摆出一副虚伪的面目，如果事关我的利益与我的朋友们，需要我这样去做，我这一番话实在是代表了你的妻子、你的儿子、这些位元老和这些位贵族；而你偏要对一般人民横眉怒目，不肯巴结他们，以取得他们的好感，并且保障那些如无民众好感必将遭受毁灭的一切。

麦匿尼阿斯　尊贵的夫人！来，和我们一起去。说话要客气，不但可以缓和当前的危急，而且可以挽救过去的损害。

服龙尼亚　我请你，我的儿，拿着这顶帽子，和他们一起去吧！把手这样伸着，向他们敬礼，双膝落地，因为在这种场合行动最有效力，愚民的眼睛比耳朵要敏感得多。向他们点首，不断地点首，控制你那颗倔强的心，把那颗心控制得十分谦逊柔和，有如不堪一触的烂熟的桑葚一般；或是对他们说，你是一个军人，在战火中长大的，所以自称缺乏博取他们的好感之所应具有的文雅的态度，不过今后必定尽力克服自己为人民效劳。

麦匿尼阿斯　只消像她所说的这样去做，哼，你就会赢得他们的心，因为只消你求饶，他们就会随随便便地饶恕你，像说一句废话一般地容易。

服龙尼亚　请你去吧，要听话。虽然我知道你是宁愿追随敌人跳火坑，也不愿在树荫里向他献媚。珂民尼阿斯来了。

珂民尼阿斯上。

珂民尼阿斯　我到市场去过了，你必须准备下强大的支援，否则只好以冷静的态度，或避不露面，以图自卫，群众甚为激怒。

麦匿尼阿斯　只能用好言相慰。

珂民尼阿斯　我想如果他肯压制他的性子去那样做，即可生效。

服龙尼亚　他必须那样做，并且会那样去做。现在请你说一声你愿这样做，立刻就去吧。

考利欧雷诺斯　我必须秃头露顶去见他们吗？我必须用卑贱的舌头对着我的高贵的心说出难堪的谎言吗？好吧，我愿去做，不过，如果可能损失的只是这个躯体，马尔舍斯的这一副血肉之躯，那么就让他们把我粉身碎骨，迎风抛洒吧。到市场去！你们现在是逼我扮演一个我永远不会演得好的角色。

珂民尼阿斯　来，来，我们会给你从旁提词。

服龙尼亚　　　现在我请你，好儿子，你曾经说过是我的赞美使得你成为一名军人，现在，为了得到我的赞美起见，去扮演一个你从来不曾做过的角色吧。

考利欧雷诺斯　好，我一定去做，滚开去，我的本性。让一个娼妇的鬼魂附在我的躯体上吧！我的与战鼓相和谐的喉音，也变成为太监的细嗓，或是使婴儿入睡的少女的柔声吧！让奴才的微笑长驻在我的颊上，学童的眼泪盘踞在我的眼珠上！让乞丐的舌头在我的唇间鼓动，让我那只有踏在马蹬上才肯弯曲的披甲的膝盖也像受人施舍一般地弯曲吧！我不肯这样做，否则我会失掉了自尊，以实际的行动向我的内心表示出一种无法磨灭的卑贱。

服龙尼亚　　　那么由你决定吧，我来求你，比你求他们，乃是我的更大的耻辱。一切趋于毁灭吧！宁可让你的母亲领略你的骄傲，莫要让她为了你的充满危险性的倔强性格而担忧害怕，因为我和你一样并不把死放在心上。随便你怎样做，你的勇敢是从我身上吮吸了去的，但是你的骄傲是你自己的。

考利欧雷诺斯　请你放心，母亲，我就到市场去，别再责骂我了。我要骗取他们的好感，偷取他们的欢心，得到罗马的所有的行业的人们的爱戴然后回家。看，我去了，代我问候我的妻子。我要以执政的身份回来，否则永远不要再相信我的舌头是工于谄媚的。

服龙尼亚　　　按照你的意思做吧。〔下〕

珂民尼阿斯　　走吧！护民官在等着你呢。要准备好以温和的态度作答，因为我听说他们已经准备好对你提出前所未有的严厉的控诉。

麦匿尼阿斯　最要紧的是要"温和"。

考利欧雷诺斯　我们就走吧！让他们捏造任何罪状来控诉我，我总会按照我的荣誉的指示来作答。

麦匿尼阿斯　是的，但是要温和。

考利欧雷诺斯　好，那么就温和一点。温和一点！〔下〕

第三景：同上。广场

西新尼阿斯与布鲁特斯上。

布鲁特斯　在这一点上要尽力攻击他，说他企图独裁专政，如果他狡辩躲闪，就强调他对人民的敌意，并且指出从安席姆人得来的战利品从来不曾给大家均分过[8]——

一警官上。

怎样，他来不来？

警官　他就来。

布鲁特斯　谁陪伴着他？

警官　有老麦匿尼阿斯和那些一向偏袒他的元老。

西新尼阿斯　我们争取到的选民，你可曾一个个地记载下了吗？

警官	我已记载下，都准备好了。
西新尼阿斯	你可曾按照部落把选票聚积起来？[9]
警官	我已这样做过。
西新尼阿斯	立刻把人民集合到这里来，他们听到我说，"依据人民的权利与力量，必须如此如此"，不论是死刑，罚款，或放逐，如果我说"罚款"，他们就喊"罚款"——如果我说"死刑"，他们就喊"死刑"，要坚持这一项古老的特权和我们这一项正当的要求。
警官	我就去通知他们。
布鲁特斯	他们到了开始喊的时候，教他们不要停，要齐声狂吼，要求立刻执行我所决定的处分。
警官	就这样办。
西新尼阿斯	等我们对他们发出暗示，要教他们机警而强烈地反应。
布鲁特斯	去安排吧。〔警官下〕一下子就要激起他的怒火。他一向是惯于征服别人，和人争执总要占上风，一旦被激怒，必定不能自持。那时节他会说出心里的话，那种弱点可能帮助我们致他于死命。
西新尼阿斯	好，他来了。

考利欧雷诺斯、麦匿尼阿斯、珂民尼阿斯、元老及贵族等上。

麦匿尼阿斯	我请你，要心平气和。
考利欧雷诺斯	对，就像是马夫一般，为了区区一点赏钱，由人骂来骂去。愿天神保佑罗马安全无恙，让正人君子占

据司法的席次！让我们互相亲爱！让我们的广大的神庙充满了庆祝和平的人民，不要让我们的街道充满了战争的叫嚣！

元老甲　阿门，阿门。

麦匿尼阿斯　是个高贵的愿望。

　　　　　　警官偕民众又上。

西新尼阿斯　走近些，你们民众。

警官　听你们的护民官讲话。静听，不要作声！

考利欧雷诺斯　先听我说。

二护民官　好，说吧。别作声，喂！

考利欧雷诺斯　是不是除了在这里以外我便不再受审判了？是不是一切都在此地决定？

西新尼阿斯　我问你，你是否愿意服从人民的意旨，承认他们的官员的权威，并且甘心愿意在你的罪状证实之后接受法律的制裁？

考利欧雷诺斯　我甘心愿意。

麦匿尼阿斯　听呀！诸位人民，他说他甘心愿意。他为国家所立下的战功，请想一想，想一想他身上的创伤，就像是坟地上的墓铭一般。

考利欧雷诺斯　不过是些荆棘的划伤，供人一笑的疤痕而已。

麦匿尼阿斯　请再想一想，他说话不像一个公民，可是你们曾发现那是军人的谈吐。不要把他的粗话当作恶声，那实在是由于军人的身份，而不是仇视你们。

珂民尼阿斯　好了，好了，不要再说了。

考利欧雷诺斯	到底是怎么回事，于一致推选我做执政之后，又这样地羞辱我，立刻撤销原议？
西新尼阿斯	回答我们的问话。
考利欧雷诺斯	那么，说吧。对的，我是来应询的。
西新尼阿斯	我们指控你，你企图推翻罗马的习惯的政体，攫取独裁的大权，因此对于全体人民你是一个叛徒。
考利欧雷诺斯	什么！叛徒！
麦匿尼阿斯	不，要温和一些，别忘记你的诺言。
考利欧雷诺斯	让地狱里最低层的烈火来包围那些人民吧！唤我作他们的叛徒！你这侮辱人的护民官！纵然你的眼睛里藏着两万个死亡，你的手里握着二十万个死亡，你的说谎的舌头含着两个数目加起来那样多的死亡，我也要用祈祷神明时那样坦白的口吻对你说"你是在扯谎"。
西新尼阿斯	你们听见这话了吗，人民？
民众	到岩石上去！——送他到岩石上去！
西新尼阿斯	住声！我们在对他的控诉上无须增添新的资料，你们所见到的他所做的事，你们所听到的他所说的话，殴打你们的官员，辱骂你们自己，以暴力反抗法律，并且在此地公然藐视有权审判他的人们，单是这一点，便是罪大恶极，应处极刑。
布鲁特斯	但是既然他对罗马立过战功——
考利欧雷诺斯	你这样的人还谈什么战功？
布鲁特斯	我谈我所知道的事。
考利欧雷诺斯	你！

麦匿尼阿斯　这就是你对你母亲所许下的诺言吗？

珂民尼阿斯　你要知道，我请你注意——

考利欧雷诺斯　我不要再多知道什么了，让他们宣布把我投到塔皮崖下处死，放逐流亡，剥皮，禁闭起来每天给一粒谷吃奄奄待毙，我不愿说一句好话向他们讨饶，也决不低声下气地向他们有所乞求，纵然说一声"早安"我也不肯。

西新尼阿斯　因为他时常地嫉恨人民，企图攫夺他们的权力，现在居然采取敌对行动，不仅是在尊严的法律之前，而且是以暴行加诸执法的人。我们以人民的名义，以护民官的权力，把你立即驱逐市外，永不许再进罗马的城门，违则掷下塔皮崖处死。我说，以人民的名义，必须如此办理。

民众　必须如此办，必须如此办，让他走。驱逐出境，必须如此办。

珂民尼阿斯　听我说，诸位，我的朋友们——

西新尼阿斯　他已被判决，不必再多说了。

珂民尼阿斯　让我说句话：我曾经做过执政，我可以给罗马看看它的敌人加在我身上的伤痕。我爱我的国家的利益，比爱我自己的生命，比爱我的妻，比爱她和我孪生出来的宝贝儿女，还要来得更温柔、更神圣、更深厚，所以如果我说——

西新尼阿斯　我们知道你的意思，说什么呢？

布鲁特斯　没有什么可说的了，他已被放逐，成为人民和他的国家的公敌，必须如此办。

民众　　　　必须如此——必须如此。

考利欧雷诺斯　你们这一群贱狗！我厌恶你们的气味，就像厌恶腐烂沼泽的朽味一样，我不重视你们的好感，就像不重视那把我的空气搅得混浊的未经掩埋的死尸一样，我放逐你们。你们和你们的游移不定的性格就留在这里吧！让每一微弱的谣传动摇你们的心！你们的敌人们，摇晃着帽上的羽毛，会把你们扇得情急发抖！你们永远有权放逐保卫你们的人，等到最后，你们的愚昧无知——未吃苦头之前是不会觉察的——对于你们自己也是毫不留情的——永远是你们自己的敌人，把你们自己断送给某些敌国，令他们不费吹灰之力就把你们变成为最低贱的俘虏！为了你们的缘故，我看不起这个城市，所以我走了，别处另有世界在。〔考利欧雷诺斯、珂民尼阿斯、麦匿尼阿斯、元老及贵族等下〕

警官　　　　人民公敌已经去了，去了！

民众　　　　我们的敌人被放逐了！他走了！——呼！呼！

　　　　　　众欢呼掷帽。

西新尼阿斯　去，在城门口看他离去，对他表示所有的愤恨，像他对你们所曾表示的一般，让他领受他应得的苦恼。派一队人护送我们穿过这城市。

民众　　　　来，来——让我们到城门口看他离去！来呀！愿天神保佑我们的护民官！来呀！〔同下〕

注释

[1]"小鱼中间的海神"（Triton of the minnows），按 Triton 是希腊神话中海神 Neptune 及其他神祇之使者，吹喇叭者或吹贝壳号角者，其职位不高，但对河里小鱼（民众）则甚为高贵而重要。

[2]"九头怪"（Hydra），希腊神话中 Hercules 所斩之九头怪，此处指"民众"。

[3] 希腊是民主国家的模范。又普鲁塔克说施放粮食是希腊的习俗。

[4]"秃头的"（bald）一般注者认为作 witless 解，殊无必要，护民官系老年人，故以其秃头为取笑之语也。

[5] 塔皮崖（rock Tarpeian）。罗马建造在上面的七座山丘之最小的一座，名 Capitoline Hill，其南端止于离泰伯河二百五十码处，为一断崖，高八十英尺，即有名之塔皮崖，叛国者均自此处投下处死。

[6] 吊在轮上打死，是莎士比亚时代的一种酷刑，将罪犯缚于车轮（或木架）之上，四肢张开，用铁棍击之至死。分尸法是罗马时代的一种酷刑，缚罪犯于二辆马车之上，使二车分向而驰，将犯人扯碎而死。

[7] 莎士比亚时代贵族衣绒缎，平民衣羊毛粗布。

[8] 关于战利品一事，见普鲁塔克，莎士比亚略去未谈。此发生于围攻考利欧里之后，选举执政之前。考利欧雷诺斯获大量战利品，但并未自行留用。（见 North 英译本第三十五节。）

[9] 罗马的平民分为三十个部落（tribes），城内四，城外二十六，各部落选民之数相同。旧式选举法以百人为单位，此单位不论含有若干富人或贫人，其选举权相同。但在每一单位或部落之内进行选举时，则仍以每人一票计。普鲁塔克原文就此点并无解释，North 英译本第六十三节略有说明，莎士比亚似并未十分明了。

第 四 幕

第一景：罗马。一城门前

考利欧雷诺斯、服龙尼亚、维吉利亚、麦匿尼阿斯、珂
民尼阿斯及数青年贵族上。

考利欧雷诺斯　好，不要流泪了，就此告别了，是多头的畜牲把我
撞走的。别这样，母亲，你素有的勇气呢？你惯常
说，苦难锻炼一个人的品格；普通的人可以担当普通
的变故；海上风平浪静时所有的船都会平稳地行驶；
命运的打击，在打击得极为惨重时，而能处之泰然，
便需要极高的智慧：你常常把那些背诵熟习之后便可
使人意志坚强的格言传授给我。

维吉利亚　啊，天哪！啊，天哪！

考利欧雷诺斯　别这样，女人，我请你——

服龙尼亚　　　现在让猩红的瘟疫^[1]来打击罗马一切的行业的人，
　　　　　　　让各行各业的人一齐毁灭吧！

考利欧雷诺斯　干吗，干吗，干吗！我不在此地的时候，我会被怀
　　　　　　　念的。别这样，母亲，你常说过，如果你是赫鸠里
　　　　　　　斯的妻子，你会替他做六件艰巨的工作^[2]，省得使
　　　　　　　你的丈夫出那么多汗。珂民尼阿斯，不要颓丧，再
　　　　　　　会。再会，我的妻！我的母亲！我还是会过得好好
　　　　　　　的。你这位年老精诚的麦匿尼阿斯，你的眼泪比年
　　　　　　　轻人的眼泪要咸一些，会伤害你的眼睛。我的旧日
　　　　　　　统帅，我曾经看见过你很严肃刚强的样子，你也常
　　　　　　　见令人心肠变硬的景象。请你告诉这两位哀伤的女
　　　　　　　人，对于不可避免的打击而表示哀痛，其愚蠢正无
　　　　　　　异于表示欢笑。我的母亲，你明知道我所谓的危险
　　　　　　　一向是你引以自傲的事情，并且请你相信，绝不是
　　　　　　　我空言夸口，虽然我只身离去，像是独来独往的一
　　　　　　　条龙，它藏在沼泽里将比显露在外面更能引起人们
　　　　　　　的恐怖与谈论，你的儿子必定会出人头地，除非是
　　　　　　　误中奸计。

服龙尼亚　　　我最亲爱的儿子^[3]，你要到哪里去？让好珂民尼阿
　　　　　　　斯陪你一个时期吧，决定一个计划，不要冒然盲动
　　　　　　　以致在半途中撞上意外的危险。

考利欧雷诺斯　啊，天神！

珂民尼阿斯　　我陪你一个月，和你商量着寻觅一个安居之处，以
　　　　　　　便我们互通消息。如果情形变化，可以有机会把你
　　　　　　　召回，我们便可无须在茫茫人海中去寻找一个单

身汉，并且由于当事人不知下落，大好机会就要失掉了。

考利欧雷诺斯　诸位再会了，你已上了年纪，并且饱尝战争的辛劳，不可陪着一个年富力强的人到处流浪：陪我走出城门就是了。来，我的爱妻，我的最亲爱的母亲，我的最有义气的朋友们，我离去的时候，你们要向我微笑道别。我请你们，来。只消我尚在人间，你们会不时地得到我的消息，并且永远不会得到任何与我平素为人不相符合的消息。

麦匿尼阿斯　这是任何人所能听到的最好的一套话。来，我们不要哭泣。如果我能从这衰老的臂腿摔去七岁的年纪，我愿亦步亦趋地跟着你去。

考利欧雷诺斯　把你的手伸出来给我，来。〔同下〕

第二景：同上。城门附近一街道

西新尼阿斯、布鲁特斯及一警官上。

西新尼阿斯　叫他们全回家去吧！他已经走了，我们也不必再追究下去了。贵族们很是苦恼，我们看得出他们是偏袒他的。

布鲁特斯　我们既已表现出我们的力量，那么在事后就要比在当时做出较谦恭的样子来吧。

西新尼阿斯　叫他们回家去，告诉他们大敌已去，他们又已恢复
　　　　　　了他们原有的力量。

布鲁特斯　　打发他们回家吧。〔警官下〕

服龙尼亚、维吉利亚及麦匿尼阿斯上。

他的母亲来了。

西新尼阿斯　我们不要和她会面。

布鲁特斯　　为什么？

西新尼阿斯　据说她疯狂了。

布鲁特斯　　他们已经看到我们了，照直走过去。

服龙尼亚　　啊！遇见你们正好。愿天神把他们储藏的瘟疫来酬
　　　　　　劳你们做的好事！

麦匿尼阿斯　小声些，小声些！别这样大叫。

服龙尼亚　　我如果不是泣不成声，我就要使你们听听，不，你
　　　　　　们一定要听我说几句。〔向布鲁特斯〕你想逃避吗？

维吉利亚　　〔向西新尼阿斯〕你也别走，我愿我有对我丈夫说这
　　　　　　样的话的权力。

西新尼阿斯　你们是男子汉吗？

服龙尼亚　　是的，傻瓜，那是可耻的事吗？听这傻瓜说的话。
　　　　　　我的父亲不是男子汉吗？你居然有奸谋把一位对罗
　　　　　　马建立战功比你所说废话还要多的人驱逐出境？

西新尼阿斯　啊，天哪！

服龙尼亚　　他的战功且比你的俏皮话要多一些，而且都是为了
　　　　　　罗马的利益。我告诉你说吧，你去吧。不，你必须

停留一下，我真愿我的儿子是在阿拉伯，你的一家人都在他面前，他手里拿着宝剑。

西新尼阿斯　做什么？

维吉利亚　做什么！他会把你满门杀绝。

服龙尼亚　全是些杂种私生子。好人，他为罗马受了多少伤啊！

麦匿尼阿斯　算了，算了，小声些！

西新尼阿斯　我也很愿他能像当初那样继续为国效忠，不要亲自毁掉自己建立起来的功勋。

布鲁特斯　我也但愿他能这样。

服龙尼亚　"我也但愿他能这样！"是你煽动起乱民的：猫狗不如的东西，他们之不能正确地认识他的价值，犹之我不能了解上天不欲人知的奥秘一样。

布鲁特斯　请你让我们走吧。

服龙尼亚　现在就请你们走吧！你们做了一桩好事。在你们走之前，听我再说一句：罗马神庙远比罗马平民的陋室要宽大得多，同样地，被你们放逐的我的儿子——亦即是这位夫人的丈夫，这一位，看见了吧——也比你们都高贵得多。

布鲁特斯　好了，好了，我们要告辞了。

西新尼阿斯　我们何必留在这里让一个头脑不清的人纠缠不休呢？

服龙尼亚　带着我的咒骂走吧。〔二护民官下〕我愿神明什么事也别做，只是实现我的咒骂！如果我能每天遇见他们一次，也可以解除我心头的块垒。

麦匿尼阿斯　你可把他们骂惨了，老实讲，你可也没有冤枉他们。你们可愿和我一同吃晚饭去？

服龙尼亚　　愤怒是我的食粮。我只能吃我自己的闷气，这样吃
　　　　　　下去会饿死的。好，我们走吧。不要哭哭啼啼的，
　　　　　　要像我这样在愤怒中表示哀痛，像天后一般。来，
　　　　　　来，来。

麦匿尼阿斯　呸，呸，呸！〔同下〕

第三景：罗马与安席姆之间的公路

　　　　　　一罗马人与一伏尔斯人上，相遇。

罗马人　　　我认识你，先生，你也认识我，你的名字大概是爱
　　　　　　德利安。

伏尔斯人　　是的，先生，老实讲，我忘记你了。

罗马人　　　我是罗马人，可是我的职务是和你的一样，反对罗
　　　　　　马人的。你还不认识我吗？

伏尔斯人　　是奈凯诺尔？不是吧。

罗马人　　　正是，先生。

伏尔斯人　　我上次见到你的时候你的胡须要多一点，但是你的
　　　　　　声音证实你是他。罗马有什么消息？我得到伏尔斯
　　　　　　政府的通知到罗马去找你，你使我省却了一天的
　　　　　　路程。

罗马人　　　罗马发生了惊人的动乱，人民反抗元老贵族们。

伏尔斯人　　发生了！结束了没有呢？我们的政府认为尚未结束，他们正在积极准备战事，打算在他们争执得最激烈的时候向他们进攻。

罗马人　　　大火已经过去，一点小事可以使死灰复燃。因为贵族们对于那高贵的考利欧雷诺斯之被放逐十分地耿耿于怀，随时准备剥夺人民的一切权力，永久废除他们的护民官。这种情绪正在那里闪耀放光，我可以说，猛烈爆发的时机差不多成熟了。

伏尔斯人　　考利欧雷诺斯被放逐了！

罗马人　　　被放逐了，先生。

伏尔斯人　　你带来这个消息，将大受欢迎，奈凯诺尔。

罗马人　　　现在时机对他们是很有利。我听人说过，要诱奸一个人的妻子，最适宜的时候便是乘她和她的丈夫反目的时候。你们的英勇的特勒斯·奥非地阿斯将要在战争中大显身手了，因为他的劲敌考利欧雷诺斯现已不为他的国家所录用了。

伏尔斯人　　他当然要大显身手。我实在运气太好，无意中遇到你，你已使我任务完成，我很高兴地和你一同回家去。

罗马人　　　在晚饭时间之前我可以把罗马发生的顶奇怪的事情告诉你，全都对他们的敌人有利。你是不是说，你们已经准备好一支队伍？

伏尔斯人　　极雄厚的一支队伍，所有的百夫长及其部下均已分别征集，已经动员入营，一小时之内就可以出发。

罗马人　　　他们已有准备，我很高兴，我想我是可以使他们立

刻采取行动的。所以，先生，我们今天相遇实在很
巧，并且有你陪伴实在高兴之至。

伏尔斯人　　高兴的应该是我，先生，有你陪伴，我才该最为
　　　　　　高兴。

罗马人　　　好，我们一道走吧。〔同下〕

第四景：安席姆。奥非地阿斯邸前

考利欧雷诺斯着贫民装束，化装蒙面上。

考利欧雷诺斯　这安席姆真是一座好城池。城市啊，你的成群的寡
　　　　　　妇是我造成的；这些富丽大厦的主人们，我听到有好
　　　　　　多个在我的进攻中呻吟倒下。所以，最好不认识我，
　　　　　　否则你的妇女们要用烤肉叉，孩子们要用石头，在
　　　　　　一场丢人的战斗中把我杀死。

一公民上。

上帝保佑你，先生。

公民　　　　保佑你。

考利欧雷诺斯　请你指点我，如果你愿意，伟大的奥非地阿斯住在
　　　　　　哪里。他是在安席姆吗？

公民　　　　他是的，今晚在他家里宴请政府要人。

考利欧雷诺斯　他的家在哪里，请问？

公民　　　　就是你面前的这一所房子。

考利欧雷诺斯　谢谢你，先生。再会。〔公民下〕啊，世界！你真是变化无常。永矢不渝的忠实朋友，两个胸腔好像是只有一颗心，他们的时间、床铺、饮食和游戏，都永远厮守在一起，亲密得好像是一对孪生儿，无法分开，但是就在这一小时之内，为了一些微屑的争执，转眼变成为死敌。同样地，最凶狠的仇人们，睡觉的时候都在处心积虑地要毁灭对方，但是为了某一个机缘，微不足道的琐事，就会变成为好朋友，使他们的子女联姻。我就是这样：我恨我的父母之邦，我爱这敌人的城市。我要进去，如果他杀死我，那是天公地道；如果他肯收容我，我愿为他的国家效忠。〔下〕

第五景：同上。奥非地阿斯家中大厅

内乐声。一仆上。

仆甲　　　　酒，酒，酒！伺候得太不成话了！我想我们的伙计们是睡着了。〔下〕

又一仆上。

仆乙　　　科特斯在哪里？我的主人叫他呢。科特斯！〔下〕

　　　　　考利欧雷诺斯上。

考利欧雷诺斯　好壮丽的房子，筵席的味道好香，但是我的样子不像是一位客人。

　　　　　仆甲又上。

仆甲　　　你要什么？你是哪里来的？没有你的位置，请你，到门口去。〔下〕

考利欧雷诺斯　既然名为考利欧雷诺斯，我原是不配受到更好的待遇。

　　　　　仆乙又上。

仆乙　　　你是从哪里来的，先生？看门的难道没有生眼睛，竟让这样下流的东西走进来？请你出去。

考利欧雷诺斯　滚开！

仆乙　　　"滚开！"你滚开。

考利欧雷诺斯　哎，你讨人嫌。

仆乙　　　你这样地大胆？我去找人来教训你。

　　　　　仆丙上。仆甲又上。

仆丙　　　这是什么人？

仆甲　　　我从未见过的一个怪人。我无法叫他出去。请你去喊主人来应付他。

仆丙　　　你到这里来做什么，老哥？请你走开吧。

考利欧雷诺斯　只要准我站在这里就行，我不会损坏你们的家。

仆丙　　　　你是做什么的？

考利欧雷诺斯　绅士。

仆丙　　　　好穷苦的一位绅士。

考利欧雷诺斯　的确，我是很穷。

仆丙　　　　穷绅士，我求你到别处去落脚吧，这里没有你的位
　　　　　　置。请你走吧，来。

考利欧雷诺斯　做你本分的事吧，去，吃残羹剩菜去。〔推开他〕

仆丙　　　　怎么，你不肯走？请去禀告主人这里有什么样的一
　　　　　　位怪客。

仆乙　　　　我去。〔下〕

仆丙　　　　你住在哪里？

考利欧雷诺斯　在苍穹之下。

仆丙　　　　"在苍穹之下！"

考利欧雷诺斯　是的。

仆丙　　　　那是在什么地方？

考利欧雷诺斯　在鸢鹰和乌鸦的城里 [4]。

仆丙　　　　"在鸢鹰和乌鸦的城里！"那是多么蠢的一个家伙！
　　　　　　那么你和穴乌 [5] 也是住在一起的吗？

考利欧雷诺斯　不，我不是你的主人驱使的仆役。

仆丙　　　　你说什么！你跟我的主人打起交道来了？

考利欧雷诺斯　比和你的主妇打起交道要好得多。你是在说废话，
　　　　　　说废话，去端盘子吧。走开。〔打他出去〕

　　　　　　奥非地阿斯与仆甲上。

奥非地阿斯	这人在哪里？
仆乙	在这里，大人，若不是怕惊动了里面的大人们，我会把他像条狗似的打一顿。
奥非地阿斯	你从哪里来的？你要干什么？你的名字？为什么不说话？你倒是说话呀，你叫什么名字？
考利欧雷诺斯	〔取下面幕〕特勒斯，如果你还不认识我，见了我的面而还认为我不是我，我只好自行通报我的姓名了。
奥非地阿斯	你姓甚名谁？〔众仆退〕
考利欧雷诺斯	对于伏尔斯人听来很不悦耳，对你听来很刺耳的一个名字。
奥非地阿斯	说吧，你叫什么名字？你有一副尊严的样子，脸上带着威风，虽然衣裳褴褛，你却不是平庸之辈。你叫什么名字？
考利欧雷诺斯	你准备着皱眉吧。你还不认识我吗？
奥非地阿斯	我不认识你。你的名姓？
考利欧雷诺斯	我的名字是凯耶斯·马尔舍斯，曾伤害了所有的伏尔斯人，尤其是你，我的姓考利欧雷诺斯便是明证。艰苦的劳役、极端的危险，以及为我的忘恩负义的国家所流的血，只换得了这样的一个姓氏；这一姓氏足以提醒并且足以证实你对我所怀的仇恨，剩下来的只有这样一个姓氏，人民的残酷与嫉恨，在遗弃我的那些怯懦的贵族纵容之下，把我一切其他的权益都吞噬了，由那些奴才决定把我赶出了罗马。这一遭遇把我送到了你的府上。请毋误会，我并非希望保存性命，因为如果我怕死，我是世上最应该躲

避你的一个人；我之来到你的跟前，只是由于愤恨，企图充分地报复那些放逐我的人。如果你心里想要报仇雪恨，为你的国家湔雪耻辱，你可以立刻着手，利用我的狼狈的处境来达成你的目的，我为愤恨而为你效劳，你正好利用而对你有益，因为我要以所有地狱魔鬼的怨气来向我的恶毒的祖国作战。但是如果你没有这个胆量，太疲惫以至不想再冒险，那么，简单说吧，我也厌世不欲再活下去，愿引颈受戮，听你发泄你的积愤。你若是不砍我一刀，你便是傻瓜，因为我一直是在仇视你，在你祖国的胸上抽出了成吨的血，我活一天便是你一天的耻辱，除非是让我给你效劳。

奥非地阿斯　啊，马尔舍斯，马尔舍斯！你所说的每一个字从我心里拔除了一宗宿恨的根苗。如果朱匹特从那云端发出圣谕，说"这是真的"，我信赖他的话也不会过于信赖你的话，全然高贵的马尔舍斯。让我拥抱你的身体，在你的身体上我曾敲断过一百次我的桦木枪柄，碎木屑在月亮上造成了伤痕。现在我拥抱我用剑劈刺的这个铁砧，我要和你争着表示热烈的友情，就如同过去和你争着表示英勇一般。我先要你知道，我是很爱我所娶的女子，男人从来没有发出过更真挚的叹声，但是如今见了你，你这英雄好汉！我的狂欢的心比在我看到我的新婚的娘子跨进我家门槛时还要跳荡得厉害[6]。哎，你这战争之神，我告诉你吧，我们已有一支队伍开动了，我已决心再度试行把你的盾牌从你的臂上砍下，纵然因此而牺牲我自己的胳臂亦在所不惜。你曾彻底打败过我十二次，我每夜寤寐中都在和你交手；在睡梦中我们一起摔倒下去，互相争着解开对方的盔，拳击对方的咽喉，醒来累得半死，原是一场空。高贵的马尔舍斯，如果我们对罗马并无其他仇恨，只为了你被罗马放逐，我们就愿动员一切从十二岁到七十岁的人，把战争灌到忘恩负义的罗马的内部里去，像洪流泛滥一般。啊！来！进去！和我们的友善的元老们握握手，他们都在这里向我辞行，准备攻打你们的领土，虽然不能一下侵入罗马。

考利欧雷诺斯　是神明保佑我！

奥非地阿斯　所以，十全十美的英雄，如果你愿意为了报自己的仇恨而做前驱，你可以率领我的一半部队，你晓得你本国的虚实，你可根据你自己的经验决定你自己的策略；或是直叩罗马的城关，或是骚扰他们的边区，在毁灭的打击之前先给他们一点恐怖。但是进来吧，先让我给你介绍那些以后必须听从你的计划的人。十二分欢迎！从前是敌人，现在是格外亲密的友人了，不过，我当初对你的敌意确是很深啊。伸出手来：欢迎之至！〔考利欧雷诺斯与奥非地阿斯下〕

仆甲　〔上前〕这真是好奇怪的变化！

仆乙　我举手为誓，我本想拿棍子打他的，可是我就想到他的服装可能不能代表他的本人。

仆甲　他有好粗壮的胳臂！他用他的食指和拇指就能把我

捻得团团转，像捻陀螺似的。

仆乙　唉，我看他的脸就看出他不是等闲之辈，他脸上有
　　　一种神情，我觉得——不知怎么说才好。

仆甲　他确是如此。那样子好像是——我情愿绞死，如果
　　　我没看出他脸上有我所不能测其高深的一点什么。

仆乙　我也是这样，我敢发誓：他简直就是世上最稀有的
　　　人物。

仆甲　我也认为他是，但是你晓得还有一个比他更伟大的
　　　战士。

仆乙　谁？我的主人吗？

仆甲　不，不必管它啦。

仆乙　抵得过他那样的六个。

仆甲　不，也不可这样说，不过我认为他是较伟大的战士。

仆乙　真是的，这种事情是很难说的，讲到防卫城池我们
　　　的统帅是极擅长的。

仆甲　是的，在进攻方面也是一样的。

仆丙又上。

仆丙　啊，奴才们！我有消息告诉你们，有消息告诉你们
　　　这群坏人。

仆甲
　　　　什么，什么，什么？让我们听听。
仆乙

仆丙　做哪一国的人都可以，我最不愿做罗马人，我宁愿
　　　做一个判了死刑的囚徒。

仆甲	为什么，为什么？
仆乙	

仆丙 刚才来的那个人便是屡次打败了我们的大帅的那个凯耶斯·马尔舍斯。

仆甲 你为什么说"打败了我们的大帅"？

仆丙 我不是说"打败了我们的大帅"，不过他一向是他的一个很好的对手。

仆乙 算了吧，我们都是在一起的好朋友。我们的主帅一向是打不过他，我听他自己这样说的。

仆甲 他打不过他——的的确确是如此，在考利欧里城前，他被他任意宰割。

仆乙 他如果爱吃人肉，会把他煮了吃掉。

仆甲 继续讲你的消息吧。

仆丙 唉，他在里面很受大家的敬重，好像他是战神的儿子一般，高踞上座，元老们向他问话的时候都在他面前脱帽肃立。我们的主帅也把他当作了情妇，以摸着他的手为荣，翻着白眼听他讲话。但是最要紧的消息是，我们的主帅从中间被劈成两半，只剩了从前的一半，另一半由于全体的要求与批准，送给那个人了。据他说，他要把看守罗马城门的人提着耳朵揪出来，他要把挡住他的去路的人都芟除掉，所过之处夷为平地。

仆乙 我想他真会这样做。

仆丙 做！他一定会这样做！因为——你要注意，先生——他有很多敌人，但也有同样多的朋友，这些朋友，先生——好像是——在他倒霉 [7] 的时候——不敢——你要注意，先生——表现出——我们可以说——是他的朋友。

仆甲 倒霉！这是什么意思？

仆乙 但是他们一看他又抬起头来了，又精神抖擞了，他们就像是雨后的兔子从洞里蹿出来围着他欢蹦乱跳了。

仆甲 可是什么时候出发呢？

仆丙 明天，今天，立刻。今天下午你准可听见鼓声，这好像是他们的宴会中的一个节目，在揩嘴之前就要执行似的。

仆乙 噫，那么我们将要有一场热闹好看了。和平只是使铁刀生锈，增加裁缝，产生编制歌谣的人。

仆甲 还是战争吧，我说，战争比和平强，恰似白昼比黑夜强。战争是活泼的、清醒的、耳听八方、精力充沛。和平简直是瘫痪、昏迷、平淡无味、双耳聋聩、奄奄欲睡、麻木不仁。和平时期生出来的私生子，要比战争时期杀死的人更多些。

仆乙 是这样的，战争，在某些场合上，可以说是强奸者，所以无可否认，和平乃是乌龟王八的制造者。

仆甲 是的，和平使得人彼此嫉恨。

仆丙 有理，因为那时节彼此不大需要互助。我赞成战争。我希望能看到罗马人和伏尔斯人一样地贱。他们起席了，他们起席了。

众　　　　　进去，进去，进去，进去！〔同下〕

第六景：罗马。一广场

西新尼阿斯与布鲁特斯上。

西新尼阿斯　我们没有听到他的消息，我们也无须怕他。现在民
　　　　　心镇定，以前怂恿他卷土重来的企图气势甚盛，如
　　　　　今也衰歇了。现在全国有升平的气象，我们使他的
　　　　　朋友们觉得羞惭了，他们是宁愿见党同伐异的人民
　　　　　在街上纷争滋事，纵然对他们自己也不利，也不愿
　　　　　见在市廛里百工高歌，安居乐业。

麦匿尼阿斯上。

布鲁特斯　　幸亏我们的立场坚定。这是麦匿尼阿斯吗？
西新尼阿斯　是他，是他。啊！他近来变得极为和蔼。你好，先生！
麦匿尼阿斯　你们二位好！
西新尼阿斯　你的考利欧雷诺斯离去之后，除了他的朋友之外，
　　　　　并没有人怀念他，国家依然屹立，纵然他更为愤怒，
　　　　　将来还是会屹立的。
麦匿尼阿斯　一切都很好，可能更好一些，如果他能适应潮流。
西新尼阿斯　他在什么地方呢，你可曾听说？

麦匿尼阿斯　　不，我不曾听说，他的母亲和他的妻子也没听到他
　　　　　　　的消息。

　　　　　　　三四个公民上。

众公民　　　　天神保佑你们二位！

西新尼阿斯　　下午好，诸位高邻。

布鲁特斯　　　诸位下午好，诸位下午好。

公民甲　　　　我们自己，我们的妻子儿女，都该跪下来为你们二
　　　　　　　位祈祷。

西新尼阿斯　　愿你们生活顺利！

布鲁特斯　　　再会，好朋友们，我们但愿考利欧雷诺斯也像我们
　　　　　　　这样地爱你们。

众公民　　　　天神保佑你们！

西新尼阿斯┐
　　　　　├再会，再会。〔民众等下〕
布鲁特斯┘

麦匿尼阿斯　　比起从前这些人满街乱跑狂呼毁灭的时候，如今可
　　　　　　　以说是较为幸福适意的时期了。

布鲁特斯　　　凯耶斯·马尔舍斯在战争中是一员勇将，但是傲慢，
　　　　　　　骄气凌人，难以想象地野心勃勃，自负过甚——

西新尼阿斯　　就想独登宝座，不要任何伙伴。

麦匿尼阿斯　　我不这样想。

西新尼阿斯　　他若是真做了执政，我们到如今就会发现他是这样
　　　　　　　的一个人，我们可就都惨了。

布鲁特斯　　　神明及时地阻止了这不幸的事，罗马排斥了他，得

以安然无恙。

一警官上。

警官	二位护民官，有一个奴隶，我们已经关了起来，据他说，伏尔斯人分两队进入了罗马领土，以极残酷的战争手段捣毁他们面前的一切。
麦匿尼阿斯	必是奥非地阿斯，听说我们的马尔舍斯被放逐，于是又把头角伸了出来，以前有马尔舍斯保卫罗马，他们躲在壳里不敢向外探视一下。
西新尼阿斯	算了，你谈马尔舍斯做什么？
布鲁特斯	去把这散布谣言的人打一顿。伏尔斯人胆敢和我们启衅，那是决不可能的。
麦匿尼阿斯	决不可能！过去有过记录，那是很可能的，我这一生就经历过三次了。在惩罚他之前，先问问他，他是从哪里得来的这个消息，否则你们会把一个通风报信使你们提防灾难的好人枉打一顿。
西新尼阿斯	用不着你来指点我：我知道这是不可能的。
布鲁特斯	不可能。

一使者上。

使者	贵族们都很焦急地到元老院去了，有什么消息来到，使得他们都变色了。
西新尼阿斯	都是这个奴才闹的——当着民众面前，鞭打他一顿，是他闹出来的，完全是他造谣生事。
使者	是的，先生，这奴才的报告业已证实，不仅如此，

	还有更可怕的消息。
西新尼阿斯	有什么更可怕的?
使者	许多人都在信口传说——是否可靠我不晓得——马尔舍斯联合奥非地阿斯,带兵攻打罗马,声言要大肆报仇,无分老幼,一律杀光。
西新尼阿斯	像是很有可能。
布鲁特斯	完全是捏造的,好让那些胆小的人期望好马尔舍斯回来。
西新尼阿斯	就是这个鬼主意。
麦匿尼阿斯	这是不可能的。他和奥非地阿斯势同水火,决不可能协调。

又一使者上。

使者乙	有请二位到元老院去。凯耶斯·马尔舍斯,联合奥非地阿斯,率领一支强大的队伍,在我们的领土上横冲直撞,并且已经扫荡一切,放火焚烧,劫掠一空。

珂民尼阿斯上。

珂民尼阿斯	啊!你们干的好事!
麦匿尼阿斯	有什么消息?有什么消息?
珂民尼阿斯	你们是帮凶,帮助敌人强奸你们自己的女儿,熔化全城房顶的铅板浇在你们的脑壳上,亲眼看着你们的妻子被人污辱——
麦匿尼阿斯	是什么消息?是什么消息?

珂民尼阿斯	你们的坚固的神庙烧成了焦土,你们的坚持不放的权利缩小到锥孔那样大。
麦匿尼阿斯	请你说,是什么消息?——我恐怕,你们一定干了好事。请问,有什么消息?如果马尔舍斯真和伏尔斯人联合起来——
珂民尼阿斯	如果!他已经成了他们的神。看他领导着他们的那副神气,好像他是另外一个手艺较好的造物者所造出来的一个人,他们追随着他来攻打我们这一批羸弱的小儿,其稳操胜券正不下于孩子们之追逐夏日的蝴蝶或屠夫们之扑杀苍蝇[8]。
麦匿尼阿斯	你们干的好事,你们,和你们的那些穿围裙的臭工匠,你们这些人就知道重视手艺人的主张和吃大蒜的人的谈吐!
珂民尼阿斯	他会把你们的罗马撼得天翻地覆。
麦匿尼阿斯	像赫鸠里斯之摇落熟果[9]。你们干的好事!
布鲁特斯	这可是真的吗,先生?
珂民尼阿斯	是的。在证实消息不确之前,你会吓得面色惨白的。各地都在欣然跟着叛变,凡是抵抗的都被讥笑为愚勇之辈,自取灭亡的傻瓜。有谁能怪罪他呢?你们的敌人,他的敌人,都觉得他是有一点道理的。
麦匿尼阿斯	除非这个好人大发慈悲,我们全都完了。
珂民尼阿斯	谁去求他呢?护民官没脸向他开口。人民不配受他的怜恤,有如豺狼不配受牧人怜恤一样;至于他的好朋友们,如果他们说"要善待罗马",他们这样请求他,便无异于该受他憎恨的人们所要做的事,事实

上他们也成为他的敌人了。

麦匿尼阿斯 　确是如此。如果他用火把来烧我的房子，我没有脸说"请你，住手"——你们这一手可真做得好，你们和你们的匠人们！你们真做得巧妙！

珂民尼阿斯 　你们使得罗马战栗，从来没有像这样无法挽救地战栗过。

西新尼阿斯 ⎤
　　　　　　├ 不要说是我们使罗马战栗。
布鲁特斯 　⎦

麦匿尼阿斯 　怎么？难道是我们？我们是爱戴他的，但是，像畜牲和怯懦的贵族们一样，竟任由你们那些贱民为所欲为，在吼叫声中把他逐出城外。

珂民尼阿斯 　但是我猜想他们将要在吼叫声中再把他迎接进来。特勒斯·奥非地阿斯，当代英雄中占第二位，对他奉命唯谨，好像是他的属下一般。罗马所能有的抵抗的策略、力量与防御，只是消极绝望而已。

一队人民上。

麦匿尼阿斯 　民众来了。奥非地阿斯是和他在一起吗？当初你们把油渍的臭帽子高高掷起，吼叫着把考利欧雷诺斯驱逐出境，是你们把空气搅浊了的。现在他来了，每一士兵的头上的一根头发都会成为膺惩的鞭子。你们掷起过多少顶帽子他就要砍下多少颗头，以报答你们的盛意。这没有什么要紧；如果他把我们大家烧成为一块焦炭，我们也是自作自受。

民众	的确，我们听到了可怕的消息。
公民甲	以我个人来说，我说放逐他的时候，我曾说那是一件遗憾的事。
公民乙	我也是这样说的。
公民丙	我也是这样说的，并且，实在讲，我们很多人都是这样说。我们所作所为，都是为了大家好；虽然我们欣然同意把他驱逐出境，并非出于我们的本愿。
珂民尼阿斯	你们都是好东西，你们只是会空嚷嚷！
麦匿尼阿斯	你们干的好事，你们和你们一群！我们到神庙去吧?
珂民尼阿斯	啊！好吧，还有别的什么办法呢?〔珂民尼阿斯与麦匿尼阿斯下〕
西新尼阿斯	去，诸位，回家去吧！不必着慌，这两个是同党，他们对这消息好像很怕，其实心里很愿意它是真的。回家去，不要做出怕的样子。
公民甲	愿天神眷顾我们。来，诸位，我们回家去。我一向是说，我们放逐他，是我们不对。
公民乙	我们全是这样说。来，我们回家吧。〔民众下〕
布鲁特斯	我不欢喜这消息。
西新尼阿斯	我也不。
布鲁特斯	我们到神庙去。但愿放弃我的一半财产，以证实这消息为谣言！
西新尼阿斯	我们去吧。〔同下〕

第七景：距罗马不远的兵营

奥非地阿斯及其副官上。

奥非地阿斯　他们还是纷纷投奔到那罗马人那里去吗？

副官　　　我不知道他有什么魔术，但是你的士兵们把他当作饭前祈祷、饭间谈话、饭后谢恩，一直赞不离口。主帅，你被他所掩，你自己的亲信都转而崇拜他了。

奥非地阿斯　现在我没有办法，除非采取某种措施，可是又怕影响到我们的军事计划的进行。他现在的态度比我当初拥抱他的时候所预料的要骄横得多，对我本人也是这样；也许是他本性难移，无可补救的事我必须加以原谅。

副官　　　但是我愿，大帅——我是为你着想——我愿你当初没有跟他共同负指挥的责任，或独负全责，或完全交付给他。

奥非地阿斯　我懂你的意思，你要知道，等到他解职清算的时候，他会想不到我将怎样收拾他。他自己以为，一般人看着也像是，他行事光明正大，对伏尔斯政府也很忠心，作战像一条龙，抽出剑来就可以克敌建功；可是他忘记了一件事，等到我们清算的时候，两个人要分一个你死我活。

副官　　　我请问，你以为他会不会占领罗马？

奥非地阿斯　所有的地方，在他尚未开始围攻之前，就望风披靡了。罗马的贵族都是拥护他的；元老们和亲贵们也都喜欢他；护民官手无寸铁。他们的民众既可轻率地把他放逐，亦可鲁莽地收回成命。我想他对罗马，就如同鱼鹰之对鱼，有一种天生的魔力会把它一把抓到手。他原本是他们的忠仆，但是他不会稳稳当当地享受他的尊荣；也许是由于经常走运，养成骄傲习气，成为盛德之累；也许是由于智力不足，不善于利用他所得到的机会；也许是由于他本性难移，惯于披盔甲，不惯于坐软垫，以治军的威严来处理政事。这几种原因他都沾着一点点，他并不是完全沾有，我敢说，不过有一于此，即足以使他为人所畏，为人所恨，以致遭受放逐。但是他有一个优点，在你提起他的缺点的时候足以把你的嘴堵起来。[10]所以，我们的优点是要靠世人来衡量的，有权有势，固然值得令人称赞，但是死后未必就有歌功颂德的碑来纪念你的功绩[11]。

以火攻火，以楔出楔；权让位给权，武力为武力所灭。走罢。凯耶斯，你掌握罗马的时候，你一无所有，你逃不出我的手。〔同下〕

注释

[1] 瘟疫有红、黄、黑三种。红的瘟疫即斑疹伤寒（据 *Moyes: Medicine in Shakespeare*, p21）

[2] 赫鸠里斯（Hercules）于疯狂中杀死其诸子，依照神谕之指示，服从国王 Eurystheus 之命令，进行"十二艰巨工作"。

[3] 原文 my first son 费解，因考利欧雷诺斯系独生子，吾人不知其尚有兄弟。first 或为 first- born（头生的）之意，引申为"最亲爱的"。

[4] 言在露天中。

[5] 穴乌（daws）是 jackdaw，magpie 等鸟之别称，喜喋喋不休地叫，喻为空谈叫嚣之辈。

[6] 罗马习俗，新娘初入夫家，绊在门槛上，或足触门槛，即为不吉之兆，故往往为新郎抱起跨过门槛云。

[7] 原文 directitude 不可解。Malone 改为 discreditude，Collier 改为 dejectitude，似均可不必。原文显然是无知的仆役之错误的用语，应是 discredit 之误。今译为"倒霉"。

[8] "苍蝇"（flies）一字可能是因上一行末一字的关系而误植，Capell 提议改为 sheep，不无见地。

[9] 指赫鸠里斯之第十一项艰巨工作，摘取金苹果。

[10] 原文"but he has a merit/To choke it in the utterance." 各家注释不同，例如，（一）Johnson: He has a merit for no other purpose than to destroy it by boasting of itself. （二）Wright: He was banished, but his merit was great enough to have prevented the sentence from being uttered. （三）Hudson:But his merit as a soldier is so great, that the very name of his fault must stick in the throat of his accusers. （四）Verity: Yet he has one merit such as to suppress this fault even as we are speaking of it. （五）Harison: His merit should have caused the sentence of banishment to be suppressed. （六）Hardian Craig: He has a merit to counterbalance every fault you urge against him. 问题在 utterance 一字究何所指，it 一字又何

指。今综合第三、第四及第六解释翻译。又 E.K.Chambers（Warwick Shakespeare）：And yet, after all, his merit is so great, that one hardly likes to speak (of) his faults，虽是意译，更为简洁。

[11] 原文第四十九至五十三行，"So our virtues...it hath done." 与上文语意不甚连贯，引起甚多批评，文字本身亦费解。兹据 E.K.Chambers 之意　译。（"Coriolanus was meritorious, but merit is as our contemporaries choose to think it. A man may have power, and deserve commendation, yet if his fellow-citizens choose, he may be blotted out, and not the slightest monument left to speak his praise."）原文中之 "Not a tomb so evident as a chair" 即是 "no tomb at all" 之意。此数行显然与上文无关，似是希腊悲剧中合唱队之批评性的歌词。

第 五 幕

第一景：罗马。一广场

麦匿尼阿斯、珂民尼阿斯、西新尼阿斯、布鲁特斯及其他上。

麦匿尼阿斯　不，我不去。你们听到他的从前的上司所说的了，他是对他特别钟爱的。他视我如父执，但是那有什么用？你们放逐了他，你们去吧，在离他的帐篷一英里之处跪下，膝行而前，求他慈悲。不，他既不屑听珂民尼阿斯说话，我还是留在家里好。

珂民尼阿斯　他假做出不认识我的样子。

麦匿尼阿斯　你们听见了？

珂民尼阿斯　可是从前他是直呼我的名字的。我谈起我们往日的交情，以及在一起流过的血。喊他作考利欧雷诺斯，他不回答，喊什么名字他都不答应；他好像是一个无名无氏的东西，要用火烧罗马来给他自己锻铸一个名字。

麦匿尼阿斯 噢，这样的，你们干的好事！一对护民官为罗马努力降低煤炭的价格：了不起的功绩！

珂民尼阿斯 我提醒他，宽恕一般人认为难以宽恕的过失，那是何等地高贵。他回答说，这乃是一个国家对它所惩罚过的人所提出的下贱的请求。

麦匿尼阿斯 说得好。他能说出更好听的话来吗？

珂民尼阿斯 我企图唤醒他对他私人亲友的感情，他的回答是，他迫不及待，无法在一大堆霉烂的糠屑中把他们挑捡出来；他说，为了一两颗谷粒而长期嗅那臭味不去把它烧毁，那是愚蠢。

麦匿尼阿斯 为一两颗谷粒！我就是其中的一颗；他的母亲、妻子、孩子，还有这一位好汉，我们都是谷粒；你们便是霉烂的糠屑，你们的臭味已蒸发到月亮上面去了。为了你们，我们也要被烧毁。

西新尼阿斯 好啦，请你，安静下来。如果在这前所未有的需要帮忙的时候你不肯帮忙，别拿我们的苦恼来谴责我们。不过，如果你愿为你的国家做说客，你那份口才，比我们立刻征集的队伍，更能阻止我们的这位同胞。

麦匿尼阿斯 不，我不管。

西新尼阿斯 请你，去见他一次吧。

麦匿尼阿斯 我能做什么呢？

布鲁特斯	只消试试你对马尔舍斯的友谊能为罗马做些什么。
麦匿尼阿斯	好。若是马尔舍斯根本不理我,把我打发回来,就像对待珂民尼阿斯一样,那怎么办呢?受他冷淡之后像一个失望的朋友满怀悲怆而归?是不是这样?
西新尼阿斯	你尽心去做,这一番好意总会受到罗马的感激。
麦匿尼阿斯	我试试看,也许他会听我的话。但是他对珂民尼阿斯咬着嘴唇哼哼唧唧的,很令我寒心。也许他进言的时机不当,他尚未吃饭,血管没有充实,我们的血是凉的,所以一清早就噘大嘴,不想施惠于人,更不想饶恕人,但是到了酒足饭饱之后,心里就比斋戒的时候柔和多了,所以,我要留心等到他吃过饭再向他提出我的请求。
布鲁特斯	你知道如何打动他的心,不会有错。
麦匿尼阿斯	好,我去试一试,不论结果如何。不久就可以知道我的结果了。〔下〕
珂民尼阿斯	他不会听他说话的。
西新尼阿斯	不?
珂民尼阿斯	我告诉你说,他确是高踞在金碧辉煌的宝座上,眼睛红得像是要把罗马焚毁,他的怜悯心被他的满腔怨愤给关闭起来了。我跪在他面前,他只轻轻地说了一声"起来吧",一声不响地把手一挥就把我打发了。他想做的事,他以后写信通知我;他所不想做的事,无奈发誓在先必须恪遵他所应允的条款[1],所以一切希望均已落空,除非他的母亲和妻子,我听说,她们有意前去求他宽恕他的国家。所以我们去

吧，催她们早些动身。〔同下〕

第二景：罗马城前伏尔斯人军营。卫兵站岗

麦匿尼阿斯趋向卫兵上。

卫甲　　　　站住！你是哪里来的?

卫乙　　　　站住！回去！

麦匿尼阿斯　你们真是称职的卫兵，很好；但是，对不起，我是政
　　　　　　府的官吏，来见考利欧雷诺斯。

卫甲　　　　从哪里来?

麦匿尼阿斯　从罗马来。

卫甲　　　　你不能过去，你必须回去。我们的将军不再接见那
　　　　　　边来的人。

卫乙　　　　在你见到考利欧雷诺斯之前，你将见到你们的罗马
　　　　　　烈焰四起。

麦匿尼阿斯　好朋友们，如果你们听你们的将军谈起过罗马以及
　　　　　　他的那边的朋友，我敢打赌，我的名字一定接触过
　　　　　　你们的耳朵：我叫麦匿尼阿斯。

卫甲　　　　就算是。回去。你的名字在此地不能令你自由通行。

麦匿尼阿斯　我告诉你，伙计，你的将军是我的密友，我乃是一
　　　　　　卷书，记载着他的事业，一般人从这书里可以读到

他的无比的美誉，也许有一点夸张，因为我总是揄扬我的朋友们——主要的是他——我总是绝口地赞美，只要不使其真实性受损就行，不，有时候，像是一只球在滑地上滚，我溜过了限度，在夸奖他的时候几乎为谎言盖印了。所以，伙计，你必须准我通过。

卫甲　　　　老实讲，先生，即使你为他说的谎就和为你自己说的一样多，你也不能通过此地。不，纵然说谎是和过纯洁生活一般地高尚也不行。所以回去吧。

麦匿尼阿斯　我请你，伙计，别忘记我的名字是麦匿尼阿斯，一向是站在你们的将军一面的。

卫乙　　　　无论你为他说过什么谎——这是你自己说的——我是他手下奉令行事的一个人，必须告诉你你不得通过。所以回去吧。

麦匿尼阿斯　他吃过饭没有，你能否告诉我？因为在他尚未吃饭的时候我不愿和他谈话。

卫甲　　　　你是罗马人，是不是？

麦匿尼阿斯　我和你们的将军一样，都是罗马人。

卫甲　　　　那么你应该恨罗马，像他一样。你们把保卫你们城池的人推出门外，糊涂的民众一时激动，把你们的盾牌交付了你们的敌人，你想想现在就凭老太婆的几声呻吟，年轻少妇举起几只手掌，或是像你这样的昏聩老朽颤巍巍地来做说客，就能对抗他的复仇吗？你想用这样微弱的气息就能吹灭这就要席卷全城的火焰吗？不，你想错了，所以，回罗马去吧，

	准备受刑吧。你们都已被判死刑，我们的将军已经发誓决不宽贷你们。
麦匿尼阿斯	唉，若是你的长官知道我在这里，他会很有礼貌地对待我。
卫乙	算啦，我的长官不认识你。
麦匿尼阿斯	我的意思是说你的将军。
卫甲	我的将军根本不理会你。回去吧，我说，去，否则我要把你身上的那几滴血放出来。回去，这就是你所能得到的回答：回去吧。
麦匿尼阿斯	不，但是，伙计，伙计——

考利欧雷诺斯与奥非地阿斯上。

考利欧雷诺斯	是什么事？
麦匿尼阿斯	现在，你这家伙，我要给你打个报告了。你就要知道我是一个受敬重的人；你就会看出一个站岗的大兵不能拦住我不让我见我的孩子考利欧雷诺斯，看他怎样接待我，你就可以料到你是否将要上绞架，或供人更长期观赏的更残酷难受的死法；现在立刻就看吧，为了你即将遭受的事而晕厥吧。〔向考利欧雷诺斯〕愿光荣的神祇时刻地商讨如何增加你的福祉，像你的老爹麦匿尼阿斯一样地爱护你！啊，我的孩子！我的孩子！你预备用火烧我们；你看，这里有水可以浇灭它。我是受人苦劝才来看你的，都说除了我以外没有人能劝服你，于是我在叹息声中被送出了城，我劝你饶恕罗马以及向你求情的同胞们。愿

　　　　　　慈悲的天神缓和你的怒气，把残余的怒火泼在这个
　　　　　　奴才身上吧！这奴才，他，像一块木石一般，挡着
　　　　　　我不准我见你。

考利欧雷诺斯　走开！

麦匿尼阿斯　怎么！走开！

考利欧雷诺斯　妻子，母亲，孩子，我一概不认。我现在做事要听
　　　　　　别人支配，虽然我是为我自己报仇，我的宽恕却是
　　　　　　在伏尔斯人的心里。至于我们过去的情谊，宁可让
　　　　　　无情的冷漠把它糟蹋掉，不必让怜悯心常常记念着
　　　　　　它。所以，去吧！我的耳朵抵抗你们的请求，比你
　　　　　　们的城门抵抗我进攻，还要更坚强些。不过，我过
　　　　　　去和你有过交情，把这个拿去吧，这是为了你的缘
　　　　　　故我才写的，〔付与一信〕本想送交给你。还有一句
　　　　　　话，麦匿尼阿斯，我不要听你说话。这个人，奥非
　　　　　　地阿斯，是我在罗马的一个好朋友：但是你看看我是
　　　　　　怎样对待他的！

奥非地阿斯　你的性格真是坚定。〔考利欧雷诺斯与奥非地阿
　　　　　　斯下〕

卫甲　　　　喂，先生，你的名字是麦匿尼阿斯吗?

卫乙　　　　这个名字，你看，是有好大的魔力。你知道回家的
　　　　　　路吧。

卫甲　　　　你听到没有，为了阻挡大驾，我们挨了怎样的一顿
　　　　　　臭骂？

卫乙　　　　你知道我为什么缘故要昏厥吗？

麦匿尼阿斯　我不把这世界放在心上，也不把你们的将军放在心

上，至于像你们这样的东西，我从来没想到你们的存在，你们是这样地微卑。敢自杀的人不怕别人来杀他。让你们的将军施展他的最恶毒的手段吧。至于你们，愿你们一辈子没出息，长久当小兵；你们的苦恼随着你们的年纪以俱增！我被叱，我现在也叱你们，走开！〔下〕

卫甲　　　是个很高贵的人，我认为。

卫乙　　　我们的将军才是高贵的人呢，他是岩石，是风不能摇撼的橡树。〔同下〕

第三景：考利欧雷诺斯的帐篷

考利欧雷诺斯、奥非地阿斯及其他上。

考利欧雷诺斯　明天我们要在罗马城外扎营。和我共同作战的伙伴，你必须向伏尔斯贵族们报告我是如何坦白地执行任务。

奥非地阿斯　你只是考虑他们的利益，对罗马的一致的要求充耳不闻，从不听取私人的低诉。不，自信对你最有把握的人你也不理。

考利欧雷诺斯　最后来的这个老人，我使得他伤心返回罗马去了，他爱我胜似一个父亲，甚至把我视作神明。他们最后的手段就是派他来，我虽然对他表现得很冷酷无情，但是为了这一段老交情，我再度提出原先的条款[2]，他们既已拒绝于先，亦必不会接受于后，只是给他一点面子，以示此行不虚。我让步的地方只是一点点，再有新的使节或请求，无论政府所派，或是私人朋友，此后我一概不理。〔内呼声〕哈！这是什么呼声？我要被诱惑去破坏我刚刚发的誓言吗？我不肯。

维吉利亚、服龙尼亚，着丧服，率小马尔舍斯、瓦利里亚及侍从等上。

我的妻率先走来，随后是我这躯体所由铸成的那个尊贵的模型，她手里牵着她的嫡亲的孙子。但是走开吧，情爱！一切伦常的关系，全破碎了吧！把顽强作为美德。那屈膝请安有什么用处！鸽子般和平的眼睛，能使天神背誓，对我又有什么用处？我要软化，我的本质也不见得比别人的坚强。我的母亲在打躬，好像是奥林帕斯山向一座小土丘低头求情，我的小儿子也带着恳求的脸色，我的天性在高呼"不可拒绝"，让伏尔斯人去捣毁罗马，蹂躏意大利吧！我决不做一个服从天性的傻瓜，我要像是一个独来独往六亲不认的人屹立不动。

维吉利亚　　我的夫君！

考利欧雷诺斯　我现在的这一双眼睛不是从前在罗马时看你的那一双了。

维吉利亚　　　悲哀改变了我们的容颜，使得你这样想。

考利欧雷诺斯　我现在像是一个蠢笨的演员，竟忘了台词，不知所
　　　　　　措，大大地受窘。我最亲的人儿，请饶恕我的残酷，
　　　　　　但是不要因此就说，"请饶恕我们罗马人"。啊！给
　　　　　　我一个像我的流亡那样长久，像我的复仇那样甜蜜
　　　　　　的亲吻！现在，以天上善妒的神后 [3] 为誓，我一直
　　　　　　没有忘怀上次和你所接的那一吻，亲爱的，我的忠
　　　　　　实的嘴唇一直保持着纯洁。天神啊！我是在说废话，
　　　　　　竟忘记向世上最尊贵的母亲致敬。膝盖，跪下，陷
　　　　　　在泥土里面去。〔跪〕比一般做儿子的要表示更深的
　　　　　　孝意。

服龙尼亚　　　啊！起来受我的祝福，现在没有比石头更软的垫子，
　　　　　　我就在你面前下跪了，很反常地向你致敬，好像以
　　　　　　往儿子孝顺父母都是错误的一般。〔跪〕

考利欧雷诺斯　这成什么话？你向我下跪！向你那该受谴责的儿子
　　　　　　下跪！那么让荒凉的海滩上的卵石弹击天上的星斗
　　　　　　吧；那么让变乱的狂风把傲岸的杉柏吹上天去打击烈
　　　　　　日吧，使世上不再有不可能的事，使不能实现的事
　　　　　　变为轻而易举。

服龙尼亚　　　你是我心目中理想的军人，对于你的造就我是有过
　　　　　　助力的。你认识这一位夫人吗？

考利欧雷诺斯　朴伯利可拉 [4] 的令妹，罗马的一轮明月，贞洁得像
　　　　　　是悬在戴安娜神庙檐下的最皎白的霜雪所凝冻成的
　　　　　　冰柱，亲爱的瓦利里亚！

服龙尼亚　　　这就是你自己的缩影，〔指孩子〕假以时日，就会完

全像你一样。

考利欧雷诺斯 愿战神，在最高的天神准许之下，培养你的高贵的
思想，让你不受屈辱，在战争中像一座伟大的灯塔
屹立不动，受得住风浪打击，使望着你的人都能
获救！

服龙尼亚 跪下，孩子！

考利欧雷诺斯 真是我的好孩子！

服龙尼亚 他，你的妻子，这位夫人，还有我自己，都来求你
来了。

考利欧雷诺斯 我请你，不要说了，如果你有请求，先记住这一点：
凡是我曾发誓不能应允的事，永远不要认为是我对
你个人的拒绝。不要教我撤回军队，也不要教我再
向罗马的工匠们乞和；不要对我说我在什么地方好
像是矫情。休想用你的冷静的理智打消我的复仇的
怒火。

服龙尼亚 啊！别再说了，别再说了！你已经说你不肯答应我
们任何要求，除了你已拒绝的之外，我们也没有任
何要求，但是我们还要要求；如果你拒绝我们，那就
怪你心肠太硬了。所以，听我们说。

考利欧雷诺斯 奥非地阿斯，还有你们诸位伏尔斯人，请听；因为我
决不和罗马方面来的人私下谈话。你们要求什么？

服龙尼亚 纵然我们默不作声，我们的服装和体态也可以显示
自从你被放逐之后我们过的是什么样的生活。你自
己想想看，我们如今到这里来，比起一切女人是更
为多么不幸，因为见到你，我们的眼睛应该流露出

欢忭之情，我们的心应该快乐地跳荡，如今却淌着眼泪，忧戚欲绝；母亲、妻子、孩子，眼睁睁地看着自己的儿子、丈夫、父亲，在撕扯自己的国家的脏腑。对于可怜的我们，你的敌意实在是无比地凶恶：你不准我们向神祈祷，那乃是我们之外任何人都能享受的安慰。因为我们如何能，哎呀！我们如何能为我们的国家祈祷，我们有为国家祈祷的义务，同时又有为你的胜利而祈祷的义务？哎呀！我们不是要失去国家，我们的亲爱的保姆，便要失去你，在国内唯一可以安慰我们的人。无论哪一方面获胜，都是我们所愿望的，但是显然地都是我们的灾祸；因为你一定或是像个叛徒一般戴着镣铐被牵着在街上走，或是扬扬得意地踏着你的国家的废墟，算是你大获胜利，勇敢地溅了你的妻室儿女的血。至于我自己，儿子，我无意在战事结束之前静候命运之神的摆布，如果我不能说服你，使你对双方都表示仁慈，而不是企图毁灭一方，那么与其让你前去进攻你的国家，毋宁先让你践踏你的生身的亲娘的躯体——但是这是你不该做的事。

维吉利亚 对，也践踏我的身体吧，我是为你生下这个孩子给你延续家声的。

孩子 他可别践踏我，我要逃走，等我长大，我就要去打仗。

考利欧雷诺斯 若使心肠不像女人那样软，最好别看女人或孩子的脸。

我坐太久了。〔起身〕

服龙尼亚　　不，别这样地离开我们。如果我们的请求是为保全罗马，毁灭你所投效的伏尔斯人，那么你可以谴责我们，说我们伤害你的荣誉。不，我们的请求乃是，你为他们和解，伏尔斯人说："这慈悲我们已经表示了。"罗马人就说："这慈悲我们接受了。"同时双方对你欢呼，大叫："为了缔造这和平，我们祝福你！"你要晓得，我的伟大的儿子，战争的结果是不确定的，但这一点却是确定的：你如果征服罗马，你的利益不过是赢得一个恶名，将来一提起就要遭人唾骂；你的传记将有这样的记载："其为人是高贵的，但最后他破坏了他的晚节，毁灭了他的国家，留下永世为人憎恨的恶名。"对我说话呀，儿子！你一向标榜侠义的精神，模仿天神的作风，挟着隆隆的雷声在天空驰骤，但是发出的雷霆也不过是劈裂一棵橡树而已。你为什么不说话呀？你以为一个高贵的人会以不忘旧恶为荣吗？儿媳，你说话呀，他不怕你哭。你说话，孩子，也许你的稚气比我们的理智更能打动他的心。世上没人比他受母亲更多的恩惠，但是他由着我独自唠叨，像是一个械足的罪犯。你一生从未对你的亲爱的母亲表示过任何孝敬的意思，而她呢——可怜的老母鸡！一心钟爱，不想再孵第二窝——咯咯叫着送你出征，看你安然载誉回家。你如果以为我的请求是无理的，你可以一脚把我踢回去，如果不是这样的，那么你的为人就不公正了，

天神会要降祸于你，因为你不曾曲尽人子之道。他
转身走了。跪下来，太太们，我们跪下来使他惭愧。
他对于考利欧雷诺斯这个姓氏颇为自豪，对于我们
的祈求却没有半点怜悯。跪下，这样结束了。这是
我们的最后一着，我们回到罗马去，和我们的国人
一起死吧。不，你看看我们呀。这个孩子，他说不
出他要求的是什么，但是陪我们跪下来举着手，使
得我们的请求分外有力，你是无法拒绝的。来，我
们走吧，这家伙的母亲一定是个伏尔斯人，他的妻
子是在考利欧里，他的孩子只是偶然地长得像他。
你准许我们离去吧，在大火焚烧我们的城以前，我
不再说什么话了，可是到那时节我也没有多少话好
说了。

考利欧雷诺斯　〔执服龙尼亚手，默不作声〕啊，母亲，母亲！你做
的是什么事？看！天都开了，天神在向下望，笑这
反常的情景。啊，我的母亲！母亲！啊！你为罗马
赢得了一场大胜利，但是，对于你的儿子，请相信
我，啊！请相信我，纵然不是置他于死，你也是把
他打击得极为惨重了。但是就这么办吧。奥非地阿
斯，虽然我不能为你们去作战，我可以为你们缔造
适当的和约。现在，好奥非地阿斯，如果你在我的
地位，你能对一个母亲所说的话更冷漠一些，更少
答应一些吗，奥非地阿斯？

奥非地阿斯　我很受感动。

考利欧雷诺斯　我敢说你是受感动了，阁下，要使我的眼睛流出同

情之泪不是轻而易举的事。但是，你愿缔结什么样
的和约，请告诉我，至于我自己，我不到罗马去，
我要和你一同回去。在这件事上请你支持我。啊，
母亲！我的妻！

奥非地阿斯　〔旁白〕我很高兴你的慈悲与你的荣誉在你心里冲突
起来了，我要利用这一情形来恢复我原来的地位。
〔几位妇人向考利欧雷诺斯做手势〕

考利欧雷诺斯　好，以后再谈，但是我们先要在一起喝杯酒。你们
要带回去比语言更好的凭证，写明那些和口头谈过
的同样的条件，由双方盖印 [5]。来，和我们一起进
去。几位夫人，你们值得令人给你们盖一座庙宇。
意大利的所有的刀剑，及其联合的武力，也不能促
成这样的和约。〔同下〕

第四景：罗马。一广场

麦匿尼阿斯与西新尼阿斯上。

麦匿尼阿斯　你看见那边神庙的突出的一角，那边的一块基石
了吗？

西新尼阿斯　噫，那怎么啦？

麦匿尼阿斯　如果你用你的小指就能把它搬动，那么罗马的几位

妇人，尤其是他的母亲，就可以说服他。可是我说，这是没有希望的。我们只好引颈待戮。

西新尼阿斯 在这样短的时间内，一个人的性格就能改变吗？

麦匿尼阿斯 毛虫和蝴蝶是大有分别的，可是蝴蝶原来即是毛虫。这个马尔舍斯已经由人变而为龙了，他生了翅膀，他不仅是个爬虫了。

西新尼阿斯 他很爱他的母亲。

麦匿尼阿斯 他也很爱我，他现在就像是一匹八岁的马，不复记得他的母亲了。他脸上的那股乖戾之气可以使熟葡萄变酸；他走路的时候，像是开动一部撞墙车，在他落脚处大地为之震陷。他的眼光可以贯穿甲胄，说起话来有如丧钟，咳一声有如炮响。他高踞在宝座之上，好像是一个亚力山大一般。凡是他要人做的事，命令一出，事情即已办好。除了长生不死以及天上的宫廷之外，一个神所应有的特点他都不欠缺。

西新尼阿斯 不，他还欠缺一点慈悲心肠，如果你描写得确实。

麦匿尼阿斯 我是要照他的真相描写。你看他的母亲会使他发出什么样的慈悲吧！他没有多少慈悲，犹之雄老虎没有多少奶。这种情形我们这可怜的城即将发现：这一切都是你们引起来的。

西新尼阿斯 愿天神保佑我们！

麦匿尼阿斯 不，在这件事情上天神不会保佑我们。我们放逐他的时候，我们并未顾虑到天神，如今他回来砍我们的头，他们当然也不会来管我们。

一使者上。

使者	先生，如果你要保全性命，赶快逃回家去。民众已经抓住了那一位护民官，把他拖来拖去，大家发誓说，如果那几位罗马的夫人不能带回好消息，他们要用酷刑慢慢地把他处死。

又一使者上。

西新尼阿斯	有什么消息？
使者乙	好消息，好消息！那几位夫人成功了，伏尔斯人已拔营而去，马尔舍斯也走了。罗马从来没有过这样快乐的日子，就是当年击退塔尔昆一家人的时候也没有这样的快乐。
西新尼阿斯	朋友，你确知这消息是真的吗？是极确实的吗？
使者乙	恰似我确知太阳是火一般。你躲到哪里去了，竟怀疑这消息？得到消息感觉欣慰的人匆忙地涌出城门，汹涌的潮水流过桥孔都不曾这样匆忙过。噫，你听！〔喇叭与竖笛声、鼓声，同时并作。内呼声〕小喇叭、伸缩喇叭、弦琴、横笛、小鼓、铙钹，还有欢呼的罗马人，使得太阳都舞起来了[6]。你听！〔内呼声〕
麦匿尼阿斯	这是好消息。我要去迎接那几位夫人。这一位服龙尼亚足可抵得过满城的执政、元老与贵族；至于像你们这样的护民官，她一个人抵得过满海洋满陆地的像你们这样的东西。你们今天祈祷得好；在今天早晨，

　　　　　　我不肯出一个铜板买你们一万条命。听，他们多么
　　　　　　高兴！〔仍有乐声及欢呼声〕

西新尼阿斯　首先，为了你带来的消息，愿天神祝福你；其次，请
　　　　　　接受我的感谢。

使者乙　　　先生，我们大家都有理由表示感激。

西新尼阿斯　她们已经离城近了吗？

使者乙　　　几乎就要进城了。

西新尼阿斯　我们去迎接她们，加入欢呼。〔欲去〕

　　　　　　夫人们，由元老、贵族及民众等陪上。走过舞台。

元老甲　　　请看我们的女恩人，罗马的生命之源！集合你们各
　　　　　　区的民众，赞美天神，燃起祝贺的野火；在她们经过
　　　　　　的路上撒花，用更热烈的呼声打消从前放逐马尔舍
　　　　　　斯的叫嚣，以对他母亲的欢迎表示他的放逐实行撤
　　　　　　销，喊，"欢迎，夫人们，欢迎！"。

民众　　　　欢迎，夫人们，欢迎！〔喇叭鼓奏花腔。同下〕

第五景：考利欧里。一广场

　　　　　　特勒斯·奥非地阿斯及侍从等上。

奥非地阿斯　去告诉城里诸位大人我已到此，把这件公文交给他

们，读过之后就请他们到市场去。我就要在那里，当着他们和民众的面，证实这文件的内容。我所控诉的那个人，此际已经进了城门，准备在民众面前露面，希望能用语言洗刷他自己。快去吧。〔侍从等下〕

奥非地阿斯的党羽三四人上。

欢迎之极！

党甲	我们的大帅可好？
奥非地阿斯	恰似一个被自己的施舍所毒害，被自己的慈善所杀死的人。
党乙	大帅，如果你仍然有意要我们帮助你做那桩事，我们就可以解除你的重大的危机。
奥非地阿斯	我还不敢说，我们必须注意人民的情绪而相机进行。
党丙	你们二人之间发生争执的期间，人民的态度是不定的。可是无论哪一个倒下去，一切即将归于剩下来的那一位了。
奥非地阿斯	我知道，我很容易找到打击他的借口。我提拔了他，我以名誉担保他的忠诚。被抬举起来之后，他用甘言蜜语灌浇他的新栽的树木，诱惑我的左右。为达到这目的，他抑制住他以往的著名的粗野豪横的性格。
党丙	他竞选执政的时候因不肯低头而落选，那一股偏强的劲儿——
奥非地阿斯	我正想提起这一点：他因偏强而被放逐，便来到我的

家里，引颈请罪。我收留了他；使他与我共绾军符，准他自由行事。甚至为了达成他的计划，准他在我自己的部队中间选择最精锐的分子。我亲自帮助他进行他的任务，我帮助他建立名誉，他却完全据为己有。我自已委曲求全，还引为庆幸。直到，最后，我好像是他的部下，而不是同僚。他对待我就好像是对待一个雇来的兵一般，假以颜色就算是报酬了。

党甲　　　　他是这样，大帅，全军都为之诧异。到最后，我们差不多已经占领了罗马，那时节我们已经胜利在望了——

奥非地阿斯　就是为了这个，我一定要努力对付他。为了像谎话一般不值钱的几滴女人的泪，他把我们的伟大的军事行动所淌的血汗都出卖了，所以他非死不可，他倒下去我才可以再起。但是，听！〔鼓喇叭响。人民高声欢呼〕

党甲　　　　你进入你的本乡本土，就好像是一个普通的驿卒一般，没有任何欢迎仪式。而他回来的时候，却呼声震天。

党乙　　　　那些苦难中的糊涂人，他们的子女死于他的手里，还扯着他们的破喉咙为他欢呼哩。

党丙　　　　所以，在他剖辩之前，在他尚未用语言打动人民之前，你就要乘机下手，让他尝尝你的宝剑的滋味，我们会在一旁相助。他倒下去之后，你可以随意宣布他的罪状，把他那一方面的理由连同他的尸体一起埋葬掉。

奥非地阿斯　不要再说了，贵族们来了。

　　　　　　城中贵族等上。

贵族等　　　你回来了，我们欢迎之至。

奥非地阿斯　我愧不敢当。但是，诸位可曾仔细看过我写给你们
　　　　　　的信件？

贵族等　　　看过了。

贵族甲　　　我们看了很是痛心。他以前所犯的过错，我觉得可
　　　　　　以从轻发落。但是在军事刚开始的时候就办理结束，
　　　　　　放弃我们招兵买马所追求的利益，我们除了虚耗军
　　　　　　费之外一无所得。在敌人即将投降的时候缔结和约，
　　　　　　这是不可宽恕的。

奥非地阿斯　他来了，你们听他说。

　　　　　　考利欧雷诺斯于鼓乐旌旗中上；一群民众随上。

考利欧雷诺斯　诸位可好！我现在回来听从诸位吩咐，和从此地出
　　　　　　发时一样地毫未感染对祖国的眷恋，仍然是唯诸位
　　　　　　之命是听。敬告诸位得知，我进行甚为顺行，打开
　　　　　　一条血路，直趋罗马城门。我们带回来的战利品于
　　　　　　抵销我们的全部军费之外还多出整整三分之一而有
　　　　　　余。我们缔结了和约，对安席姆人的光荣正不下于
　　　　　　对罗马人的屈辱。现在我奉上我们议定的条件，业
　　　　　　已由罗马的执政们和贵族们签字，还有元老院盖的
　　　　　　大印。

奥非地阿斯　诸位，请不要读它，告诉这个罪大恶极的叛徒他已

经滥用了你们的权力。

考利欧雷诺斯　叛徒！怎么回事？

奥非地阿斯　是的，叛徒，马尔舍斯。

考利欧雷诺斯　马尔舍斯！

奥非地阿斯　是的，马尔舍斯，凯耶斯·马尔舍斯。你以为在考利欧里我会用你偷来的名字考利欧雷诺斯称呼你吗？你们诸位政府首长，他很狡诈地背叛了你们的付托之重，为了几滴眼泪放弃了你们的罗马，注意"你们的罗马"，放弃给他的妻子和母亲，扯毁了他的誓言与决心，像是一绺烂丝一般，从没有征询过其他将领的意见，而一看他的妈妈流泪便号啕吼叫着把你们的胜利断送了，孩子们都要为他而羞愧，勇敢的人们也要相顾失色。

考利欧雷诺斯　战神啊，你听见了吗？

奥非地阿斯　不要提起天神，你这爱哭的孩子。

考利欧雷诺斯　哈！

奥非地阿斯　你就是这样的一个东西。

考利欧雷诺斯　你这说谎不着边际的人，你说的话快要把我的心气炸了。孩子！啊，你这奴才！请原谅我，诸位，我这是第一次破口骂人。诸位明镜高悬，一定会申斥这狗东西的谎言。他的身上还带着我打击的伤痕呢，并且也只好带着这伤痕进入他的坟墓——他自己也明白他说的全是谎话。

贵族甲　两个人都别说了，听我说。

考利欧雷诺斯　把我切成碎块吧，伏尔斯人。成人和少年们，用你

们的剑来戳我吧。孩子！说谎的狗！如果你们的历
史是忠实的，里面必定记载着，我像是鹰入鸽窝，
把你们的考利欧里的伏尔斯人都吓得心惊胆战，而
且我是独手只拳。孩子！

奥非地阿斯　哎，诸位，你们愿意让这狂妄之徒对着你们自己的
耳目夸说他的侥幸使你们忆起你们的耻辱吗？

众党羽　把他处死。

民众　把他撕碎——立刻下手——他杀死了我的儿子——
我的女儿。他杀死了我的族人马尔克斯——杀死了
我的父亲。

贵族乙　住声，喂！不许乱闹！静下来！这人是高贵的，他
名震寰宇。他最后对我们所犯的罪过，要予以公平
审判。站在一边，奥非地阿斯，不可扰乱和平。

考利欧雷诺斯　啊！我愿合法地使用我的剑来对付六个奥非地阿斯，
或是更多的，他的全部党羽！

奥非地阿斯　狂妄的恶棍！

党羽等　杀，杀，杀，杀，杀死他！

　　　奥非地阿斯及其党羽等拔剑杀考利欧雷诺斯，倒地死;
　　　奥非地阿斯立于尸体之上。

贵族等　住手，住手，住手，住手！

奥非地阿斯　诸位先生，请听我说。

贵族甲　啊，特勒斯！

贵族乙　你做下了一桩使英雄为之洒泪的事。

贵族丙　不要踏在他身上。诸位先生，全都安静下来。收起

	你们的剑。
奥非地阿斯	诸位大人，在目前他所惹起的这场纷扰当中你们是无法明白的，可是将来你们会了解，此人生存一日便要令你们冒很大的危险，你们将来会感觉欣慰今天能把他铲除。请唤我到元老院去，我将为我的忠诚做证，或接受你们的最严厉的处分。
贵族甲	把他的尸体抬走，你们为他致哀吧！要把他当作为由司仪送到坟地去的最高贵的一具尸体看待 [7]。
贵族乙	他自己的暴躁脾气减去了奥非地阿斯很大一部分的责任。事已至此，我们尽力善后吧。
奥非地阿斯	我的愤怒已经消失了，我现在深感悲哀。把他抬起来：请三位最主要的军人来帮忙；我算是一个。你们敲起鼓来，要奏出悲哀的调子；倒曳着你们的钢矛。虽然他在这城里制造了许多孤儿寡妇，至今哀恸不已，他还是要有一个光荣的葬礼。来帮忙。〔抬考利欧雷诺斯尸体同下。奏丧葬进行曲〕

注 释

[1] 原文 what he would not,/ Bound with an oath to yield to his conditions 费解。Johnson，Malone 等皆以为此处字句有脱落。兹采 G.B.Harrison 之解释："He is bound by an oath to observe the conditions of his appointment as General." 然亦不惬也。"所不想做的事"即焚毁罗马。

[2] 此"原先的条款"the first conditions 不知何指。有人谓指 V.1.67-69 即"注 [1]"所引,则意义又不符。

[3] 即 Juno, Jupiter 之后,善妒,保卫婚姻之神。

[4] Publius Valerius(496B.C.)为罗马人民服务著有功绩,罗马共和国创立者之一,故有 Publicola(即"人民之友")之名,驱逐 Tarquins 之役曾积极参加,三次被推为执政。

[5] 考利欧雷诺斯已对那几位妇人口头说过媾和之条件,(参看 Skeat:*Shakespeare's Plutarch*,p.38)即此处所谓之"on like conditions",现写成书面文件,由双方(即考与奥)签署。like=similar。

[6] 俗迷信,耶稣复活日,太阳亦为之舞蹈。

[7] "司仪"(herald)在墓前正式宣告死者的全名及头衔,此乃英国习俗。

雅 典 的 泰 蒙

Timon of Athens

Timon of Athens.

序

一　版本

《雅典的泰蒙》在莎士比亚活着的时候没有演过，没有印过，至少没有证明其曾经上演过。（有人说，细玩此剧的舞台指导，似有曾经上演的迹象。）至于此剧的印行，则一六二三年十一月八日书业公会的登记簿上明明地记载着"以前未被别人登记过"（not formerly entered to other men.）。

此剧初刊于一六二三年的"第一对折本"，列于悲剧部门，在《罗密欧与朱丽叶》与《朱利阿斯·西撒》二剧之间。这个位置本来是属于《脱爱勒斯与克莱西达》的（参看《脱爱勒斯与克莱西达》译本序），为了某种缘故而临时抽出，空出来三十页，易以《雅典的泰蒙》。《雅典的泰蒙》较《脱爱勒斯》为短，少八页之数，因此页数号码不能衔接，《雅典的泰蒙》开始的第八十一、八十二，两页号码重出，其最后一页第八十九页不能与《朱利阿斯·西撒》的第一〇九页相联。可见"第一对折本"的两位编者当初可能并不想把《雅典的泰蒙》收在这个集子里面。这个情形是很特殊的。

此剧版本本身也有特殊之处。全剧情节有矛盾，文笔不匀称，无韵诗中杂有韵语，五步十音节的无韵诗时常变为不规则的自由诗，行中断句（Mid-line Speech Endings）占全剧行数百分之六十三，处处显示莎士比亚此剧的"草稿"foul papers 实在是很"草"。因此此剧究竟是否全为莎士比亚的手笔成了一个问题。有些学者们以为莎士比亚是改编了别人的作品，其中有莎氏的手笔，有原作的部分的保留。原作是谁的作品呢？Delius 说是 George Wilkins，J. M. Robertson 说是 Chapman，Dugdale Sykes 说是 Day and Middleton。另有些学者以为原作是莎士比亚的，但由别人加以改窜，那改窜者又是谁呢？Verplank 说是 Heywood，Parrott 说是 Chapman，Fleay 又说是 Tournour。无论是哪一派的学说，大家几乎异口同声地把剧中精彩的部分划给莎士比亚，把较平淡的部分划给另外一位作家。H. J. Oliver 说得好，这就像是一客李子布丁，把李子挖出来都给了莎士比亚。

近代批评家似是倾向于另一看法，认定《雅典的泰蒙》是莎士比亚的作品，但是一部未完成的作品。E. K. Chambers 有这样的论断：

"我认为那是无疑问的，此剧乃莎士比亚所留下的未完成的一部作品，而且我相信这个问题之真正的解决，一如很久以前 Ulrici 及其他人士之所指陈，便是此剧直到如今仍是没有完成。"（William Shakespeare，1930，1，482）

Una Ellis-Fermor 有一篇论文 "*Timon of Athens: An Unfinished Play*" 发表在一九四二年的 *The Review of English Studies*（页二七〇至二八三），对这一问题有最详尽的分析。她发现此剧的词句当是作者心中的一些零碎的词句单位，尚未缀成"诗的段落"verse paragraph，甚或没有组成无韵诗的形式，只是匆匆的笔记。我们知道，无韵诗并不能一气呵成的，慢慢地加以整理乃是正常的写作顺序。近代的编者如 G. B. Harrison，H. J. Oliver 都附和此一学说。

二 著作年代

《雅典的泰蒙》的著作年代不能十分确定，因为没有外证可资依据，我们只能按照其内容的精神与文字的作风而判断。假如我们承认此剧不是莎士比亚一人的手笔，则此种判断必将遭遇更大的困难。大致而论，此剧与《李尔王》颇为相近，泰蒙和李尔一样地不听忠告轻信阿谀，都有一个忠仆伴随，结果都是因失望而疯狂，咒骂整个的人类。《李尔王》著于一六〇五或一六〇六年，《雅典的泰蒙》想来也可能是作于一六〇六或一六〇七年。

泰蒙的故事与考利欧雷诺斯的故事极相近，而其故事来源又与《考利欧雷诺斯》及《安东尼与克利欧佩特拉》同样地是 North 译的普鲁塔克的传记，所以这三出戏大概是著于同一个时期，那便是一六〇八年左右。泰蒙咒骂雅典与人类的两段话（第四幕第一景之前四十行，第四幕第三景之前四十三行），很像是考利欧雷诺斯之咒骂罗马。（第三幕第三景第一一八至一三三行）。

总之，此剧著于一六〇六至一六〇八年之间是不至有误的一个推断，它属于《李尔王》《安东尼》《考利欧雷诺斯》同一时期也是可信的。

三 故事来源

此剧的主要故事来源是 North 从 Amiot 的法文本译的普鲁塔克的 传记（*Plutarch : Lives of the Noble Grecians and Romans*，1579，1595）中之《安东尼传》里的一段文字，写的是安东尼于 Actium 一役战败之后，在海滨建屋隐居，名其屋为 Timoneon，模仿泰蒙的行径。泰蒙者，乃雅典一市民也，生于 Peloponnesus 战争之际，其事迹见于柏拉图与阿利多芬尼斯的喜剧，因激于世人之忘恩负义，变得傲慢，玩世不恭，嫉恨一切人类，独善亚西拜地斯，因为预知其将有为害雅典之一日。与阿泊曼特斯亦有往还，因为他也是一个恨世的人，二人臭味相投。有一天，泰蒙于市场登台演说，说他家园有无花果树一株，因欲建屋，必须伐树，盼大众之欲自缢者乘树尚未伐之际速往上吊。他卒于 Hales，葬于海滨，海水环绕，人迹难至。据说他曾自撰墓铭云：

Here lie I, Timon, who alive all living men did hate:

Pass by and curse thy fill: but pass, and stay not here thy gate.

我泰蒙睡在这里，生时人人厌恶，

走过去，尽你骂，但莫停留你的脚步。

另一铭为诗人 Callimachus 所撰：

Here lies a wretched corse, of wretched soul bereft:

Seek not my name: a plague consume you wicked wretches left！

这里躺着的是可怜人的尸体一具，

莫问我的姓名，瘟疫毁灭你这些坏东西！

这便是普鲁塔克的一段简短的记载。莎士比亚无疑地也利用了普鲁塔克的《亚西拜地斯传》，虽然里面有关泰蒙的只是一点点琐节。

William Painter 的 *Palace of Pleasure*（1566）之第二十八篇故事 *"Of the straunge beastlie nature of Timon of Athens, enemie to mankinde"* 是从普鲁塔克衍变而来的，莎士比亚也看过，但是没有得到多少帮助。

现存的古典文学里以泰蒙为题材的最著名的是 Lucian 的一部对话：*Timon the Misanthrope*。写的是泰蒙贫苦愤世，诉于天神 Zeus，天神派 Pluto（财富）与 Thesaurus（宝藏）陪同 Hermes 访问泰蒙。泰蒙投以泥石，但神意不可违，终掘出黄金。从前的朋友们又复纷纷来觐，但又被他一一在咒骂声中驱逐而去。这一篇对话在情节上（例如掘出黄金）与莎士比亚的《泰蒙》有近似之处，有些字句亦复略有仿佛，但是我们知道 Lucian 是二世纪时的一位作家，他的原作是希腊文写的，莎士比亚的希腊文程度似不允许他直接阅读原文，而他的对话当时并无英译本行世，只有三个意大利文译本和一个法文译本，莎士比亚是否看过这些译本我们无从而知。

研究莎士比亚的一位著名学者 Alexander Dyce 于一八四二年为"莎士比亚学会"编印了一部旧手稿的《泰蒙》。这一部旧本《泰蒙》大概是上演于一六〇〇年。不过也有人指出这旧本《泰蒙》是在莎氏的《泰蒙》之后，而不是在前。无论如何，莎氏剧中有两点不见于 Lucian 的对话而见于旧本《泰蒙》，那便是：（一）假宴会的一景，（二）不惜一切牺牲的忠实管家。Steevens 和 Malone 以及近代的耶鲁本编者都相信莎士比亚利用了这个旧本。编者 Dyce 本人则未置可否，声称留待后人研究。

四 舞台历史

《雅典的泰蒙》在莎士比亚生时没有演过，以后也不常演，而且演的时候也都是使用多少经过修改的本子。

第一个修改本的上演是在一六七八年十二月，演出的地点是 Dorset Garden，剧本的编者是沙德威 Thomas Shadwell，剧名为 *Timon of Athens, or The Man-Hater*，饰泰蒙的是名演员 Thomas Betterton。沙德威在剧本献词里说他把泰蒙的历史"变成了戏"，他添入了两个女角，一个是泰蒙即将与之结婚而在泰蒙贫苦之时又将泰蒙遗弃的一个女人，另一个是虽遭泰蒙遗弃而始终追随不舍的女人。他又把孚雷维阿斯变成为一个舍弃主人的恶仆。沙德威的本子被使用了很久，最后一次上演是在一七四五年四月二十日于 Covent Garden Theatre，独霸舞台几一百年。

一七六八年 James Dance（即 James Love）刊行了他的修改本，他根据的是莎士比亚及沙德威，在 Richmond 演过，似尚受欢迎，但不知曾否在伦敦上演。

十八世纪的一个重要修改本是 Richard Cumberland 所作，泰蒙有了一个女儿，为亚西拜地斯所爱，此剧一七七一年十二月四日上演于 Drury Lane。

首次真正尝试恢复莎士比亚原剧本来面目是在一八一六年十月二十八日在 Drury Lane 上演的那一次。主演的是喜爱这部戏的著名演员 Edmund Kean，Leigh Hunt 曾有这样的赞美："全剧最好的一景是与亚西拜地斯相会的那一景。我们不记得对照的力量曾有比这更亲切动人的场面。泰蒙在林中用铲掘地，听得有军乐声。他一惊，静静地听那声音的迫近，亚西拜地斯声势浩大地带着人马终于来了。这样有效安排的场面真是得未曾有。你先是听到轻速的行军乐在远处奏起——Kean 略示惊异，注意倾听，坚定而愤怒地依在铲上，皱着眉头，咬紧嘴唇，表示真情，可是又没有闭得太紧。他好像是下了决心不再受骗，甚至那没有生气的死东西尽管美妙也不能再骗他——观众一声不响，行军的乐声愈来愈近，雅典人的旌旗出现，随后士兵开到，有乐声陪奏，士气壮盛。最后，这恨世者依然保持原来姿势，背向着观众，年轻英俊的亚西拜地斯出台，满怀着胜利的希望。这是希望与绝望的相逢。"（F. W. Hawkins：*Life of Edmund Kean*, 1869, pp. 398-399）

次一个伟大演员饰泰蒙的是 Samuel Phelps，他是在他自己做经理的 Sadler's Wells 剧院于一八五一年九月十五日演出的。从九月到圣诞节，演出了至少有四十场。有新的布景，"不仅在考古学上是正确的，在图案上也是美观的"。

一八九二年四月十八日在斯特拉福的莎士比亚纪念剧院又有演出，由 F. R. Benson 导演，剧本缩编为三幕。虽然 Benson 是喜爱这部戏的，此戏的演出仍被一般人当作一种有趣的稀罕的实验，而不当作一部正规的伟大的戏剧之上演。这种观点在以后几十年中似乎是从来不曾改变过。

一九○四年五月十八日此剧在 Court Theatre 演出，连演十晚。此次演出全无女性的点缀，甚至剧中仅有的两个女角（亚西拜地斯的情妇）也实际变成了木偶。

英国著名的专演莎氏剧的 Old Vic 剧院在一九二二年、一九五二年及一九五六年均演出过此剧。

一九四七年 Birmingham Repertory Theatre 以现代装束演出此剧，先是在斯特拉福，后是在伯明罕。此剧比较地便于试用现代装束，因为剧中的"地方色彩"很少之故。

五　几点批评

《雅典的泰蒙》在艺术方面不是一部完成的作品。不论此剧的作者是莎士比亚一人或于莎氏之外另有一人参加写作，剧本本身显示许多不谐和的和不够标准的地方，和同一时期的其他悲剧无法相提并论。一般批评家都承认，泰蒙不是莎士比亚的伟大人物之一，因为在剧中没有充分的"人物描写"，泰蒙好像是"挥霍金钱"和"嫉恨人类"两种精神之"拟人化"，而不是一个有血有肉的人。但是此剧之所以停留在这样粗糙的状态之下与世人相见，可能不是由于莎士比亚江郎才尽，而是泰蒙的故事先天地不易发展成为伟大的悲剧。泰蒙是恨世者，他诅咒人类，他骂尽世人，他把人看作畜牲，他认为人全是坏的，他自己是全然孤立的。他没有妻室儿女，他没有朋友，他甚至也没有单独的仇敌。泰蒙的心理是单纯的恨。他没有踌躇，没有顾忌，没有反省，没有希冀。总之，他心里没有矛盾冲突。如果内心没有矛盾冲突，如何能成为一个悲剧的人物呢？也许 E. K. Chambers 说得对，大概莎士比亚自己也看出这样的一个故事不能成为伟大的悲剧，所以才抛在那里没有设法予以"完工的拂拭"。

但是为什么莎士比亚又要编写这么一出戏呢？讲到这里我们就要指出，莎士比亚并未独辟蹊径，把古代一个恨世者的生平搬上舞台，莎士比亚只是把一个大家所熟悉的故事加以戏剧化。伊利沙白时代文学里常常提到泰蒙，例如: Lyly, Greene, Nashe, Lodge,

Dekker，Marston 的作品里都曾提到过。泰蒙的故事是家喻户晓的。在十七世纪初年，莎士比亚正在心情沉重，他写出了《脱爱勒斯与克莱西达》《李尔王》等等的几出戏之后，就选中了泰蒙的故事了。不过我们不要忘记，这是他最后一部悲剧，此后的作品便另是一个类型了。

无可否认，此剧有几段非常精彩的戏词，其中最著名的一段是泰蒙咒骂黄金（第四幕第三景）。金钱之为害人间，古今中外的文学家类多慨乎言之。（我们的《晋书》隐逸《鲁褒传》内有一篇《钱神论》就是一篇出色的讽刺文。）莎士比亚的这一段文字的确写得深刻透彻。在资本主义形成的时候，金钱的势力也许令人特别感觉得可厌。莎士比亚借了泰蒙的疯狂诞谩发挥了他的深刻的见解。但是我们没有理由把泰蒙的恨世的看法全部地认定为莎士比亚的主张。人性中含有可鄙的兽性，但是人不是兽。

剧 中 人 物

泰蒙（Timon），一个高贵的雅典人。

陆舍斯（Lucius）

留科勒斯（Lucullus）　　　　诌媚的贵族。

散波尼阿斯（Sempronius）

樊提地阿斯（Ventidius），泰蒙的假友之一。

阿泊曼特斯（Apementus），一个性格乖戾的哲学家。

亚西拜地斯（Alcibiades），雅典将领。

孚雷维阿斯（Flavius），泰蒙的管家。

弗雷闵尼阿斯（Flaminius）

柳西利阿斯（Lucilius）　　　　泰蒙的仆人。

塞维利阿斯（Servilius）

凯菲斯（Caphis）

菲洛特斯（Philotus）

台特斯（Titus）　　　　　泰蒙的债主们的仆人。

郝谭舍斯（Hortensius）

樊提地阿斯的仆人，及泰蒙另二债主瓦洛（Varro）与伊西都尔
（Isidore）的仆人。

三个路人。

一雅典老人。

一侍童。

一傻子。

诗人，画家，珠宝匠，商人。

芙赖尼亚（Phrynia）
蒂曼德拉（Timandra） ⎤ 亚西拜地斯的情妇。

贵族们，元老们，官员们，士兵们，盗贼们及侍从们。

面具舞中之邱比得（Cupid）与阿马孙女战士们。

地 点

雅典及邻近森林。

第 一 幕

第一景：雅典。泰蒙家中大厅

诗人、画家、珠宝商、商人及其他，自各门上。

诗人	早安，先生。
画家	您好。
诗人	我好久不见你了。世界大势如何？
画家	越过越坏。
诗人	唉，这是大家都知道的，可有什么特别稀罕的事？有什么新鲜的、闻所未闻的事？看，慷慨好施的魅力！你的法术把这些鬼魂都拘来了。我认识那位商人。
画家	两个我都认识，另外那一个是珠宝商。
商人	啊！他真是一位了不起的人。

珠宝商	那是千真万确。
商人	一个最出类拔萃的人，好像是长久不倦地好施成性了，他实在是超人一等。
珠宝商	我这里有一块钻石——
商人	啊！让我看看，是给泰蒙大人送来的吗，先生？
珠宝商	不知他是否愿意出这个价钱，不过，讲到这一点——
诗人	"我们为了报酬曾对坏的谬加赞许，如今歌颂好的，纵有佳句，亦不光荣[1]。"
商人	〔看钻石〕样子很好。
珠宝商	而且身份好，这里有光彩，你看。
画家	您大概是又有了什么得意的佳句，先生，贡献给这位大人的什么诗篇了。
诗人	不过是偶得的诗句罢了。我们的诗篇有如树胶，在哪里生长就在哪里流露。打火石里的火，不敲击是不迸发出来的。我们的诗的灵感是自发自动的，而且像急流一般，不受任何拘束地向前猛冲。你拿着什么呢？
画家	一张画，先生。您的作品何时出版？
诗人	呈献过第一本之后立刻就发行了[2]，先生。我看看您的那张画。
画家	这一张很不坏。
诗人	是不坏，简直是好得很。
画家	不过尔尔。
诗人	很可佩！这优美的姿势何等充分地表现出了他本人的身份[3]！这眼睛炯炯有光，表现了何等的智力！

这嘴唇上有何等丰盛的想象力在活跃着！在这哑口无言的神态之中我们可以了解他要说的是什么话。

画家　　这完全是临摹真人的肖像。这一笔很传神，您看如何？

诗人　　据我看，胜似原来的本人。在这几笔当中可以看出艺术与自然竞争，比活人更有生气。

数元老上，走过舞台。

画家　　看这一位前呼后拥的神气！

诗人　　是雅典的几位元老，幸福的人！

画家　　看，还有呢！

诗人　　你看这一群人，潮涌一般的宾客。我在我这篇拙作里描写出了一个人，他受到世人之最热烈的欢迎。我只是信笔所之，并不特指某一个人，而是神游于广阔的一片蜡海之中[4]：我全篇中没有一个逗点染有恶意中伤的习气，而是像鹰隼一般地昂然远举，不留下一点痕迹。

画家　　你这是什么意思？

诗人　　我可以给你解释。你看，各种地位各种性格的人——包括油腔滑调的以及道貌岸然的在内——都到泰蒙大人跟前献殷勤。他于秉性善良之外，还饶有财富，所以赢得了各色人等的喜爱，都来向他攀交。是的，从那专门看人颜色的谄媚者，一直到那除了厌恨自己以外别无所好的阿泊曼特斯。连他都肯在他面前双膝跪落，只要泰蒙点头，他就心安理得而去。

画家　我看见过他们两个在一起谈话。

诗人　先生，我曾幻想命运女神端坐在巍峨高山的宝座之上，山脚下排列着各色人等，在地面上辛苦奔波，孜孜求利。他们都在注视着这位端坐不动的女神，我假设其中一位就是泰蒙大人，命运之神挥着她的玉手召他前去，这一项殊荣把他的名利场中的对手都变成了他的奴仆。

画家　这想法是很恰当。这宝座，这命运之神，这高山，下面芸芸众生，独有一个蒙受召唤，他低着头向那陡峭的山上爬去，追求他的幸福，这正是我们的情形的写照。

诗人　先生，您且听我说下去。本来和他地位相等的那些人，有些还是比他更为高贵的人，登时就追随着他，到他家里趋候，在他耳边像是祷告神明一般地喃喃细语，捧着他的马镫都诚惶诚恐，好像呼吸新鲜空气也是由于他的恩惠。

画家　唉，诚然是，又当如何呢？

诗人　命运之神心情多变，一脚把她的新宠踢开的时候，那些追随在他身后匍匐膝行爬到山顶的人，便由他滚下山坡，没有一个人陪着他失足下坠。

画家　这是常情，我可以给你看一千幅的寓意画，描写命运的打击，比文字更为生动哩。不过你提醒泰蒙大人一下，倒是很好的事，我们这些低微的观察者都看出来了，他头上有一只脚随时可以把他踢下去 [5]。

喇叭鸣。泰蒙大人上，有礼貌地接待每一宾客。樊提地阿斯派来的一个使者在和他谈话，柳西利阿斯及其他仆人们随侍。

泰蒙　　　你是说，他被关在监狱里了？

使者　　　是的，大人，他欠债有五个"塔兰"[6]，他的手头极窘，他的债主极凶。他求您写封信给那些逼他入狱的人，您要是不写，他是没有好日子过了。

泰蒙　　　高贵的樊提地阿斯！好吧，朋友需要我的时候而我置之不理，我不是那样的人。我知道他是值得帮助的体面人，我要帮助他。我付清欠债，放他出来。

使者　　　他将永远感激大人。

泰蒙　　　代我向他致意。我就把他的赎金送去。出来之后，就请他来见我。把一个孱弱的人搀扶起来是不够的，以后还要维护他。再见。

使者　　　祝您愉快。〔下〕

一雅典老人上。

雅典老人　泰蒙大人，请听我说。

泰蒙　　　请说吧，老先生。

雅典老人　您有一个仆人名叫柳西利阿斯。

泰蒙　　　是有，他怎样了？

雅典老人　最高贵的泰蒙，唤他到您面前。

泰蒙　　　他在这里没有？柳西利阿斯！

柳西利阿斯　我在这里，伺候大人。

雅典老人	就是这个家伙，泰蒙大人，您的这个人，他常夜晚到我家里。我是一个从小勤俭起家的人，我的财产应该有个像样的继承人，比一个端盘子的人身份总要高一些才行。
泰蒙	啊，还有什么说的？
雅典老人	我有一个独生的女儿，别无亲属可以承继我的产业。这孩子长得很美，太年轻尚不宜于做新嫁娘，我付了最高的代价来教养她，让她有最好的教育。您的这个用人想要得到她的爱情，我请求您，大人，与我合力阻止他去见她。我已经说过，但是无效。
泰蒙	这人倒是很老实的。
雅典老人	所以他就应该放老实些才对，泰蒙。他的老实会得到好处的，可是不能把我的女儿拐跑。
泰蒙	她爱他吗？
雅典老人	她年轻，容易上当。我们自己青春时的热情奔放，就可以告诉我们年轻人是如何地容易动情。
泰蒙	〔向柳西利阿斯〕你爱那位小姐吗？
柳西利阿斯	是的，大人，她接受了我的爱。
雅典老人	如果她的婚姻不得我的同意，我当着天神发誓，我一定要在乞丐群中挑选一个做我的继承人，一个钱也不留给她。
泰蒙	如果她嫁一个门当户对的丈夫，你给她多少妆奁呢？
雅典老人	目前先付三个"塔兰"，将来，全部是她的。
泰蒙	我这个用人伺候我已经很久，我要特别筹划一下，

给他一笔财产，因为这是人与人之间应有的情分。把你的女儿给他吧，你赔嫁多少，我也照数给他多少，让他也配得过她。

雅典老人　最高贵的先生，如果您肯做这样的保证，她可以嫁给他。

泰蒙　我们握手吧，我以名誉保证必定实现诺言。

柳西利阿斯　我敬谢大人，我的一切幸运完全是您的赐予！〔柳西利阿斯与雅典老人下〕

诗人　请接受我的拙作，并祝大人长寿！

泰蒙　多谢你，我立刻有话对你说，不要走开。你手里拿着什么，我的朋友？

画家　一幅画，敬求您赏收。

泰蒙　画是我所喜欢的。画像差不多就是一个人的真面目，因为人心险诈，他只是外表上装得冠冕堂皇。而这些画中的人物却是表里如一，画成什么样便是什么样。我喜欢你的作品，你就会知道我确是喜欢。不要走开，我对你还有一点表示。

画家　愿天神保佑您！

泰蒙　再见，先生。我们握一下手，我们要在一起吃饭。先生，你的钻石在大家的赞美声中反倒吃亏了。

珠宝商　怎么，大人？不被赏识？

泰蒙　只是赞美得太过度了。我若是按照大家赞赏的程度来付给你钱，我会倾家荡产。

珠宝商　大人，那价钱是按照卖主在收购时所愿出的价格而定的。不过您是深知的，同样价值的东西，在不同

的人的手里即有不同的价值，要各按其主人的身份
而定。相信我，大人，您戴上这块钻石会把它的身
份提高。

泰蒙　　　　你真会说笑话。

商人　　　　不，大人，他说的是大家要说的话，大家都有同感。

泰蒙　　　　看，谁来了？你们想挨骂吗？

阿泊曼特斯上。

珠宝商　　　您能忍受，我们也愿忍受。

商人　　　　他是一个也不饶的。

泰蒙　　　　早安，和蔼可亲的阿泊曼特斯！

阿泊曼特斯　等到我变得和蔼可亲的时候，你再向我道早安吧。
等到你变成了泰蒙的狗，等到这些混蛋变得诚实的
时候，你再道早安吧。

泰蒙　　　　你为什么喊他们为混蛋？你不认识他们。

阿泊曼特斯　他们不是雅典人吗？

泰蒙　　　　是。

阿泊曼特斯　那么我不懊悔。

珠宝商　　　你认识我，阿泊曼特斯？

阿泊曼特斯　你知道我认识你，我已经喊过你的名字了。

泰蒙　　　　你可真是骄傲，阿泊曼特斯。

阿泊曼特斯　我最引以自傲的便是我不像泰蒙那样。

泰蒙　　　　你要到哪里去？

阿泊曼特斯　我要去找一个诚实的雅典人，把他打得脑浆迸裂。

泰蒙　　　　那是要你偿命的行为。

阿泊曼特斯	对，如果没有罪行也要依法处死的话^[7]。
泰蒙	你喜欢这幅画吗，阿泊曼特斯？
阿泊曼特斯	出类拔萃的幼稚。
泰蒙	这画家不是本领很高强吗？
阿泊曼特斯	创造这画家的造物主，本领要更高强一些，可是创造出来的也不过是个庸俗的作品。
画家	你是一只狗。
阿泊曼特斯	你的母亲和我同种。如果我是狗，她是什么？
泰蒙	你跟我一起吃饭吧，阿泊曼特斯？
阿泊曼特斯	不，我不吃老爷们。
泰蒙	你若是吃，你会触怒了太太们。
阿泊曼特斯	啊！她们吃老爷，所以她们凸起了大肚子。
泰蒙	这是淫秽的念头。
阿泊曼特斯	如果你是这样的想法，你就这样想好了^[8]。
泰蒙	你喜欢这块钻石吗，阿泊曼特斯？
阿泊曼特斯	我比较地喜欢光明正大的行为，那不要人破费一分钱^[9]。
泰蒙	你想这幅画值多少？
阿泊曼特斯	不值得我一想。怎么，诗人吗！
诗人	怎么，哲学家吗！
阿泊曼特斯	你说谎。
诗人	你不是吗？
阿泊曼特斯	是的。
诗人	那么我就没有说谎。
阿泊曼特斯	你不是一个诗人吗？

诗人	是的。
阿泊曼特斯	那么你就是说谎了，看看你最近的作品，你把他虚构成为一个可尊敬的人。
诗人	那不是虚构，他是这样的一个人。
阿泊曼特斯	是的，他值得你尊敬，他付钱给你，酬谢你的辛劳。喜欢受人谄媚的人都受谄媚者的尊敬。天哪！真愿我也是一个大阔佬！
泰蒙	那时节你便当如何呢，阿泊曼特斯？
阿泊曼特斯	就像阿泊曼特斯现在所做的一样，衷心地嫉恨一个阔佬。
泰蒙	怎么，恨你自己？
阿泊曼特斯	是的。
泰蒙	为什么呢？
阿泊曼特斯	恨我自己没有做老爷的那种暴躁脾气[10]。你不是一个商人吗？
商人	是的，阿泊曼特斯。
阿泊曼特斯	如果天神不打击你，愿你的生意毁掉你！
商人	如果生意毁了我，那也是天意。
阿泊曼特斯	生意即是你的神，愿你的神毁掉你！

喇叭鸣。一仆上。

泰蒙	这喇叭声是为什么？
仆	这是亚西拜地斯，还有二十多人成群结队地骑马而来。
泰蒙	去接待他们，引导他们前来。〔数侍者下〕你必须陪

我吃饭。在我尚未向你致谢之前，你不可走开。吃
过饭后，再把这幅画给我看。我很高兴见到诸位。

亚西拜地斯及其同伴上。

欢迎之至，阁下！

阿泊曼特斯　看，看，那副神情！愿你们的骨节酸痛麻痹！这一
群混蛋彼此不怀好意，偏偏有这么多礼节！人类变
成了狒狒猴子。

亚西拜地斯　先生，我想念已久，今日一见，大慰生平。

泰蒙　　　非常欢迎，阁下！在我们分离之前，一定要在各种
方式之下畅叙一番。我们进去吧。

〔除阿泊曼特斯外众下〕

二贵族上。

贵甲　　　现在是什么时候了，阿泊曼特斯？

阿泊曼特斯　该变老实些的时候了。

贵甲　　　那是随时都有机会的。

阿泊曼特斯　而你竟不加利用，所以你格外地该死。

贵乙　　　你是去参加泰蒙大人的宴会吗？

阿泊曼特斯　是的，我去看看肉塞混蛋、酒灌傻瓜的盛况。

贵乙　　　再会，再会。

阿泊曼特斯　你连说两声再会，你就是一个傻瓜。

贵乙　　　为什么，阿泊曼特斯。

阿泊曼特斯　你应该给你自己保留一个，因为我不打算对你说再
会的。

贵甲	你去上吊吧!
阿泊曼特斯	不,我不听从你的吩咐行事,对你的朋友提出你的请求吧。
贵乙	滚开,惹是生非的狗!否则我把你踢开。
阿泊曼特斯	我会像狗一样躲开一头驴的蹄子。〔下〕
贵甲	他与人类为敌。来,我们进去,领受泰蒙大人的盛筵去吧?他的慷慨真是超出了常情。
贵乙	他的慷慨是大量地往外倾倒,黄金之神普鲁特斯只好算是他的管家。凡有酬谢,总比所值的加上七倍。若是送礼给他,他的回敬总是超过普通应酬的限度。
贵甲	他有一副人类从来没有过的最高贵的胸襟。
贵乙	愿他长享尊荣!我们进去吧?
贵甲	我愿奉陪。〔同下〕

第二景: 同上。泰蒙家中大客厅

木笛高声奏乐。盛大筵席正在开出,孚雷维阿斯及其他在伺候着。随后泰蒙大人、亚西拜地斯、贵族等、元老等、樊提地阿斯与侍从等上。最后,阿泊曼特斯以他的本来面目垂头丧气上。

樊提地阿斯	最尊贵的泰蒙,天神们怜悯我的父亲年老,已经召

	唤他去做长久的安息。他安然地逝世，使我成为富有。这一回承您慷慨相助，我感激之余，谨将原款奉还，就是靠了这笔钱我才恢复自由的。
泰蒙	啊！决不可以，忠实的樊提地阿斯，你误会了我的好意。我本是永久奉赠的意思，如果原款收回，那就算不得是赠送了。
	位高的人玩这种把戏，我们不可仿行。
	阔人就是犯了错误，也没有人敢讥评[11]。
樊提地阿斯	真是高贵的人。〔全体肃立，望着泰蒙〕
泰蒙	不，诸位，当初所以制订礼仪无非是要文饰一些虚情假意的举动和空洞的热忱，既无诚意，又属勉强。如有真正的友谊，即无繁文缛节之必要。请大家就座，我幸而薄有家财，但是更幸而有诸位惠然肯来与我共享。〔众坐下〕
贵甲	大人，这是我们一向承认的。
阿泊曼特斯	哈！哈！承认了，还绞死了，是不是[12]？
泰蒙	啊，阿泊曼特斯，欢迎你来。
阿泊曼特斯	不，你不用欢迎我，我来是为了让你把我攆出门去。
泰蒙	呸！你是个粗人，你的脾气很坏，真是不该如此。诸位，常言道："Ira furor brevis est."[13]（愤怒乃短暂的疯狂），但是那个人永远在发怒。去，让他独占一桌，因为他不喜欢伴侣，实在也不宜于和人做伴。
阿泊曼特斯	你留我，可能是你自讨没趣，泰蒙。我来是要冷眼旁观，我先警告你一声。
泰蒙	我不理会你便是，你是一个雅典人，所以我欢迎你。

我无法令你不开口，请你让我的饮食封住你的嘴巴。

阿泊曼特斯　我才不稀罕你的饮食呢，我吃下去会噎住，因为我永远不会巴结你的。啊，天神呀！好多人都来吃泰蒙，而他看不见他们。我看了好难过。这么多人在一个人的血里蘸肉吃，而最令人不解的是，他还在劝客加餐。我觉得奇怪，人竟敢信任人。我想请客的时候应该请不带刀子的客[14]，既可节省肉食，对主人的性命亦比较安全。这是有很多往例的。现在坐在他身旁，和他分食面包，同杯共饮互祝健康的那个家伙，便是最方便动刀杀他的人。过去有过这样的事。如果我是一个大人物，宴会时就不敢仰着脖子喝酒，怕的是他们会觑着我的咽喉致命之处，大人物喝酒的时候在喉咙处应该加上铠甲。

泰蒙　　　大人，我们要开怀尽兴，请传杯共饮。

贵乙　　　就请从这边传过去吧，大人。

阿泊曼特斯　从这边传来！好漂亮的一个角色！他抓着逢迎的机会就不放松。这样的举杯祝健康会使得你和你的财产病容满面[15]，泰蒙。这里有白水，淡淡的害不了人，永远不会使人陷入泥沼。

这淡水和粗饭正相称，优劣难分。

吃筵席的人太骄傲，不会感谢天神。

天神啊，我不希求金银财宝，

我不为别人，只为我自己祈祷。

永远不要令我变得那样地傻，

遇到发誓立据的人便信任他。

也别信任一个妓女的眼泪，

也别信任一条狗假装在睡。

也别信任监禁我的人，

也别信任朋友，若是用着他们。

阿门！现在我就吃饭了。

有钱的人罪过，我把菜根嚼。〔吃喝〕

愿这对你的好心肠能有很大的好处，阿泊曼特斯！

泰蒙	亚西拜地斯将军，您现在是心在战场上吧。
亚西拜地斯	我是一心一意听候您的差遣，大人。
泰蒙	您是宁愿拿敌人当早点吃，也不愿赴朋友们的宴会的。
亚西拜地斯	大人，只要他们是鲜血淋漓，世上就没有比那更好吃的肉了。我愿我的最要好的朋友参加一次这样的宴会。
阿泊曼特斯	我愿那些谄媚的人全是你的敌人，你就可以杀掉他们，请我去吃一餐。
贵甲	我们若是能有那种福气，大人，能让您测验一次我们的忠心，让我们也表现一些我们的赤诚，那么我们就会觉得此生十分圆满了。
泰蒙	啊！我的好朋友们，无疑地天神早有安排，我曾得到你们很多的帮助，否则你们怎么会成为我的朋友呢？如果你们不是我的特别知己，何以于成千成万的人中你们会有那样亲近的名义呢？我私心对你们的承诺早已超过了你们因羞于启齿而不便向我提出的要求，我确认你们对我的友谊有如此之深。啊，

天神哟！我常想，如果我们永不需要朋友，我们何
必要朋友呢？如果我们永不使用他们，他们便是最
无用的人，最像是放在匣子里系而不用的乐器，音
声只好留着自己欣赏。唉，我时常希望自己穷一些，
以便和你们更为亲近。人生以乐善好施为目的，除
了我们的朋友们的财富之外，有什么东西我们可以
更确切更恰当地说是属于我们自己的？啊！那是何
等可贵的乐事，有这样多的人，像弟兄一般，彼此
互通有无。啊，快乐！我还没有快乐出来，快乐就
先消失了。我的眼睛忍不住要淌泪，为了忘记眼睛
的失态，我向你们敬酒。

阿泊曼特斯	你是洒泪请他们喝，泰蒙。
贵乙	快乐也同样地在我们的眼睛里面形成了，而且立刻像婴儿一般地迸出来了。
阿泊曼特斯	哈，哈！想到那婴儿是私生子，我要笑。
贵丙	大人，您使我深受感动。
阿泊曼特斯	深受感动！〔喇叭鸣〕
泰蒙	这喇叭声是什么意思？

一仆上。

有什么事！

仆	启禀大人，有几位女客极想晋见。
泰蒙	女客！她们有什么事？
仆	和她们同来的还有一位先遣的小使，其任务是为她们说明来意的。

泰蒙　　　　叫她们进来吧。

　　　　　　邱比得上 [16]。

邱比得　　　我向您致敬了，高贵的泰蒙，还有他的所有的门下
　　　　　　食客！人的五种官感都承认你是他们的恩人，踊跃
　　　　　　地前来向你的慷慨的胸襟致敬。
　　　　　　听觉味觉触觉嗅觉在你席上均已尽兴，现在她们要
　　　　　　来献技，欢宴你们的眼睛。

泰蒙　　　　我欢迎她们全体，就请她们进来。乐师们，欢迎她
　　　　　　们！〔邱比得下〕

贵甲　　　　您看，大人，您是多么地受人爱戴。

　　　　　　音乐。邱比得又上，率众妇人化装为阿马孙女战士，手
　　　　　　持弦琴，一面跳舞一面弹奏。

阿泊曼特斯　啊哟！多么灿烂缤纷的一群女人冲着这个方向来了，
　　　　　　她们跳舞呢！她们是疯女人。人生的繁华也是同样
　　　　　　地疯狂，像这场盛宴比起箪食瓢饮便无异于疯狂。
　　　　　　我们寻欢作乐，实在是愚蠢胡闹。我们对人极口称
　　　　　　赞，日后又深恶痛绝地予以排斥，这也是浪费精神。
　　　　　　活着的人，谁没挨过骂，谁没骂过人？死了的人，
　　　　　　谁在他坟地上不被他的朋友讥笑一番？现在在我面
　　　　　　前蹦蹦跳跳的人们，我恐怕有一天就会在我身上跺
　　　　　　一脚。
　　　　　　这种事曾经有人这样干，人对着落日总是把门关 [17]。

贵族等起立离席，向泰蒙备致崇敬。为表示他们的爱戴，各选一阿马孙女战士，男男女女联翩起舞，木笛伴奏高歌一二曲，旋止。

泰蒙	诸位美丽的女宾，你们给我们的娱乐生色不少，给我们的宴会增光，本来是没有一半这样的漂亮，你们给加上了精彩的点缀，而且用我自己撰写的歌舞乐章来款待我，我应该感谢你们。
女甲	大人，您太夸奖我们了。
阿泊曼特斯	实在是，因为你们的最恶劣的部分是脏的，经不起用手去抓，我恐怕[18]。
泰蒙	诸位女宾，那边备有菲薄的点心请你们赏光，请去就座吧。
众女	敬谢大人。〔邱比得与女客等下〕
泰蒙	孚雷维阿斯！
孚雷维阿斯	大人？
泰蒙	把那只小箱子给我拿来。
孚雷维阿斯	是，大人。〔旁白〕又要珠宝！他的脾气如此，谁也不能逆着他。 否则我真该好好地叫他知道，一切花光之后他就会被一笔勾销[19]。 可怜慷慨的人没有后眼，叫他不要为了慷慨而狼狈不堪。〔下〕
贵甲	我们的仆人呢？
仆	在这里，大人，听候吩咐。

贵乙　　　备马!

　　　　　　孚雷维阿斯携小箱又上。

泰蒙　　　啊,我的朋友们! 我对你们有句话说。您,我的好
　　　　　朋友,我要请求您抬举这块宝石。请赏收,请佩戴
　　　　　它,我的好朋友。

贵甲　　　我接受您的厚赐已经太多了——

全体　　　我们也都是一样。

　　　　　　一仆上。

仆　　　　大人,有几位元老院的贵族刚刚下马,前来见您。

泰蒙　　　我很欢迎他们。

孚雷维阿斯　我恳求大人听我说一句话,与大人本身甚关重要。

泰蒙　　　本身! 那么以后再说吧。我们要上紧招待客人。

孚雷维阿斯　〔旁白〕我不知怎样办。

　　　　　　又一仆上。

仆乙　　　启禀大人,陆舍斯大人出于至诚赠送给您四匹乳白
　　　　　色的马,附有银饰的鞍辔。

泰蒙　　　我敬谨接受,这一份礼物可要好好照料。

　　　　　　第三个仆人上。

　　　　　　怎样! 有何消息?

仆丙　　　启禀大人,那位高贵的留科勒斯大人请您明天陪他

打猎，给您送来了两对猎狗。

泰蒙　　　我愿陪他打猎，礼物收下，要好好地回敬一份礼物。

孚雷维阿斯　〔旁白〕这将导致什么样的后果？他要我们供应客
　　　　　人，致送厚礼，而家里的钱箱空空如也。他既不愿
　　　　　检视自己的私囊，又不准我向他说明他是多么地心
　　　　　余力绌，根本没有办法实现他的好心。他的诺言远
　　　　　超过了他的经济力量，他所说的话全都成了债务。
　　　　　每一句话就是一笔债，他太忠厚，他现在还支付利
　　　　　息呢，他的地产都转到他的户头上去了。哼，我真
　　　　　愿在被迫解雇之前安然离职！

　　　　　有这样一群比敌人还凶的朋友，还不如有酒食而没
　　　　　有朋友来享受。

　　　　　我为我的主人衷心惨痛。〔下〕

泰蒙　　　你们太对不起你们自己了，你们过分地自谦。这个，
　　　　　大人，这是我一点小小的敬意。

贵乙　　　我以非常感谢的心情拜领了。

贵丙　　　啊！他真是极端地慷慨。

泰蒙　　　现在我想起来了，大人，前两天您夸奖过我所骑的
　　　　　红棕牡马。您既喜欢它，我就送给您了。

贵丙　　　啊！大人，这可不敢承受。

泰蒙　　　你听我的话吧，大人。我知道一个人真喜欢一件东
　　　　　西才肯衷心地加以赞美，我以为我的朋友的喜爱和
　　　　　我自己的喜爱是同样地重要。我老实对你说。我有
　　　　　所需求时会去奉访诸位。

众贵族　　啊！那是最欢迎不过的了。

泰蒙	承蒙各位光临，我衷心感激，不是一点馈赠所能表达。我觉得我可以把若干整块的国土分赠给我的朋友们，而且我将乐此不疲。亚西拜地斯，你是军人，所以难得富有。不管我奉赠你什么，那是真正地出于友爱。因为你是在死人堆里讨生活，你所有的地产都是在战场之上。
亚西拜地斯	是的，而且那是肮脏的地方哩，大人。
贵甲	我们深为感激——
泰蒙	我也感激你们。
贵乙	我们怀着无穷的谢意——
泰蒙	是我对你们有无穷的谢意。点亮，多点些亮！
贵甲	愿您有最高的幸福、荣誉与财富，泰蒙大人！
泰蒙	随时给他的朋友们享受。〔亚西拜地斯与贵族等下〕
阿泊曼特斯	搞什么乱！ 弯腰撅屁股的算是做什么！ 我不知道他们屈膝打躬值不值得给他们那么多钱。 友谊含着许多虚伪，我觉得虚伪的心不该有一双结实的腿。 多少老实的傻瓜就是为了他们的屈膝打躬而倾家荡产。
泰蒙	阿泊曼特斯，如果你不乖僻，我也给你一点好处。
阿泊曼特斯	不，我不要你什么，因为如果我也受贿，那就没有人来骂你了，你会更快地造孽。你施舍这样久了，泰蒙，我恐怕你不久就要立字据出卖你自己了，何必要这些宴会、排场、浮华？

泰蒙　　　　别说了，你一开始反对交朋友，我发誓决不理你。

再会了，盼你下次来的时候心情好一些。〔下〕

阿泊曼特斯　好，你现在不听我的话，以后要听也没有机会了。

我只好把忠言收起。

啊！好话总是听不进去，偏偏要听谄媚的言语。

〔下〕

注释

[1] 背诵诗句，也许是"旁白"性质。诗之意盖谓：诗的赞颂可以用钱买到，故诗的赞颂之价值不能令人无疑。言外之意是：钻石商对于他的钻石自卖自夸，亦不足置信也。

[2] 一本书印好后，第一本献给一位显贵，俟接受后其书始得公开发售。（哈利孙注）

[3] 剧中并未说明这幅画是泰蒙的画像。

[4] "神游于广阔的一片蜡海之中"，按原文 moves itself In a wide sea of wax：语甚奇特，各家解释不一。旧说 wax 指写字用的 tablet of wax，例如 C. J. Sisson 解释为："My movements are not restricted to the limits of a tablet of wax；I move freely in a wide sea of wax."（*New Readings in Shakespeare*, II, 167）新亚敦本编者 H. J. Oliver 解释云："...the poet's work does not pause to deal with individuals but moves freely as if in a whole sea, and a sea of wax at that; i. e., one which can be moulded at will and so, as it were, fit any case." 似均可取。但"蜡海"一词究系一大胆的撰词，实为

metaphysical poetry 风尚下之一实例。

[5]the foot above the head，Rolfe 与 Deighton 解 作 为 "the highest and the lowest changing places"。哈利孙亦附和说: i. e., that men can change places. 均不治。Oliver 注 云: "the foot poised above the climber's head, ready to 'spurn' or force it down again." 似较合理。

[6]"塔兰"（talent），古希腊货币，每一塔兰均值美金一千二百五十元。

[7] 原文 if doing nothing be death by the law. 哈利孙注: "if it's a capital offence to do nothing-for, since no honest Athenian has any brains, they cannot be knocked out." 译者以为，言外之意似应是雅典人中没有诚实的，故杀诚实的雅典人乃不可能之事也。看上下文，强调的是 honest 一字。

[8] 原文 So thou apprehendest it, take it for thy labour. Deighton 云: "since you put that interpretation on my words, you are welcome to it for your pains." Oliver 注 云: "It's your interpretation, not mine ; you may have it for your pains."

[9] 谚云: "光明正大的行为是像一块钻石那样地可贵，但是谁那样做谁就会贫穷而死。""Plaindealing is a jewel, but they that use it die beggars."

[10] 原 文 That I had no angry wit to be a lord. 费 解，哈 利 孙 注 云: "Apemantus is cursing himself because he lacks the usual hot temper of a great lord." 是也。

[11] 这两行有问题。E. C. Pettet（*Timon of Athens : The Disruption of Feudal Morality. The Review of English Studies*, xxiii, 1947, p. 325, n. 4）云: "There is a slight difficulty here. Shakespeare must be commenting in these lines since Timon has no 'betters'." 似有见地。但 Oliver 则谓无加评注之必要，且云: "The reference is surely to the senators." 所谓 faults

that are rich and fair，显然不是指"元老们"。

[12] 可能指俗语所谓: Confess and be hanged.

[13] 罗马诗人 Horace 语，见 Epistles, I, ii, 62。

[14] 莎氏时代，客人赴宴通常是自己带刀子。

[15] 谚语:"To drink health (s) is to drink sickness."

[16] 邱比得即"先遣的小使"，由一男童化装为爱神邱比得状。

[17] 谓趋炎附势。谚语:"The rising, not the setting, sun is worshippped by most men."

[18]hold taking = endure handling，指患梅毒处腐烂之情形。

[19]crosed 双关语:（一）受到违反或抗逆，thwarted，（二）账目之被勾销。

第 二 幕

第一景：雅典。一位元老家中一室

一元老手持文件上。

元老 最近，又是五千。他欠瓦洛和伊西都尔各九千，再
加上我的旧欠，总共是两万五。目前还在挥霍无
度！这是无法维持的，不可能维持下去。如果我需
要金钱，只消偷一条乞丐的狗送给泰蒙，哼，那条
狗就会变成金钱。如果我想卖马，再买二十四较好
的马，哼，只消把我的马送给泰蒙。不必要求什么，
只是送给他，那匹马立刻就会给我生出一群马，而
且是骏马。他的门口的看门人不像是看门的，像是
对一切路过的生人都笑脸相迎的人。这是无法维持
下去的，任何人都无法使他的情形稳定。凯菲斯，

喂！凯菲斯，喂！

凯菲斯上。

凯菲斯	在这里，先生，您有何吩咐?
元老	穿上大衣，赶快到泰蒙大人家去。请他还我的钱，不要被他轻描淡写地一推托你就不作声，也不要看他右手这样地把帽子一挥，说声"请代我向贵主人致意"，你便一声不响——你要告诉他，我急等钱用，我必须用自己的钱做自己的事。他的借款期限已过，我靠他还钱而他逾期不还，已经使我失掉了信用。我是敬爱他的，但是我不能摧毁我的脊背去疗治他的手指。我的需要很急，不能任由他空言搪塞，要他立刻给钱。你去，放出一副情急的样子，一副讨债的面孔。因为，我实在担心，泰蒙大人虽然现在像是一只凤凰似的光艳照人，若是到了每一根羽毛都物归原主的时候，他就要成了一只光秃秃的小呆鹅。你去吧。
凯菲斯	我去了，先生。
元老	"我去了，先生！"要带着借据，把日期都算清楚[1]。
凯菲斯	我会的，先生。
元老	去吧。〔同下〕

第二景：同上。泰蒙家中一室

孚雷维阿斯手持账单多纸上。

孚雷维阿斯　无忧无虑，挥霍不停！花钱这样地没有算计，一方面不知如何开源，一方面又不停止他连串的狂欢。既不问钱是怎么花掉的，亦不管以后何以为继，一个人从来没有糊涂过到这样地慷慨好施。这可如何是好？非到身受其苦，他是不听人言的。现在他打猎回来了，我要对他直说。唉，唉，唉，唉！

凯菲斯及伊西都尔与瓦洛的仆人等上。

凯菲斯　　　您晚安，瓦洛[2]。怎么！你要钱来了？

瓦洛仆　　　你不也是要钱来了吗？

凯菲斯　　　是的，你也是吗，伊西都尔？

伊西都尔仆　是的。

凯菲斯　　　但愿我们都能讨到钱！

瓦洛仆　　　我怕不见得。

凯菲斯　　　这位大人来了。

泰蒙、亚西拜地斯及贵族等上。

泰蒙　　　　一吃过饭，我们再去[3]，我的亚西拜地斯。见我的吗？有什么事？

凯菲斯　　　大人，这是您的到期的借据。

泰蒙	借据！你是哪里来的？
凯菲斯	我就是雅典本地的，大人。
泰蒙	去见我的管家。
凯菲斯	启禀大人，他总是一天一天地推托。我的主人迫于急需要钱使用，敬请您按照您一向宽厚待人的往例，把钱还给他吧。
泰蒙	我的好朋友，请你明天再来。
凯菲斯	不，我的好大人——
泰蒙	不要着急，好朋友。
瓦洛仆	我是瓦洛的仆人，好大人——
伊西都尔仆	我是伊西都尔派来的，他敬请您早日偿付他钱。
凯菲斯	如果您知道我的主人的急需——
瓦洛仆	已经过期六个星期了，照约是要没收抵押的。
伊西都尔仆	您的管家搪塞我，要我来直接见您。
泰蒙	给我一点时间。请诸位大人先去吧，我随后就来。〔亚西拜地斯及众贵族等下〕
	〔向孚雷维阿斯〕过来，请问这是怎么一回事，我遇到这些叫嚣讨债的人，逾期已久的债务竟未清偿，大伤我的体面？
孚雷维阿斯	诸位先生，对不起，现在不是宜于办理这件事的时候。你们暂且停止要求，等到吃饭过后，我好让大人明白何以尚未偿付你们的缘故。
泰蒙	就这么办，我的朋友们。好好招待他们。〔下〕
孚雷维阿斯	请走过来。〔下〕

阿泊曼特斯及傻子上。

凯菲斯	等一下，等一下，傻子和阿泊曼特斯来了，我们来戏弄他们一番。
瓦洛仆	吊死他吧，他会骂我们。
伊西都尔仆	瘟死他，狗！
瓦洛仆	你好，傻子？
阿泊曼特斯	你是在和你的影子谈话吗？
瓦洛仆	我没有和你讲话。
阿泊曼特斯	没有，你是对你自己讲话。〔向傻子〕走吧。
伊西都尔仆	〔向瓦洛仆〕你已经把傻子惹到你自己身上来了。
阿泊曼特斯	不，你还是独自站在那里，你还没有附在他的身上。
凯菲斯	现在傻子到底是谁？
阿泊曼特斯	就是方才发问的那个人。可怜的东西，放债人的奴才！金钱与贫苦之间的掮客！
众仆	我们是什么，阿泊曼特斯？
阿泊曼特斯	蠢驴。
众仆	为什么？
阿泊曼特斯	因为你们问我你们是什么，你们自己倒不知道。和他们谈谈，傻子。
傻子	诸位先生好。
众仆	多谢，好傻子。你的女主人好吗？
傻子	她正在烧开水预备给你们这样的小鸡拔毛呢。我们但愿能在妓娼馆里看到你们[4]！
阿泊曼特斯	好！多谢。

侍童上。

傻子	你们看，我的女主人的侍童来了。
侍童	〔向傻子〕噫，怎么了，头子！你混在聪明人中间做什么？您好，阿泊曼特斯？
阿泊曼特斯	我真愿我嘴里有一根棍子，以便有效地回答你。
侍童	阿泊曼特斯，请你给我念一念这些信封上面写的字，我分不清哪一个是哪一个。
阿泊曼特斯	你不识字？
侍童	不。
阿泊曼特斯	那么在你受绞刑的那天，学术界也没有多少损失了。这一封是给泰蒙大人的，这一封给亚西拜地斯。去吧，你生来是个私生子，死时是个淫媒。
侍童	你生来是一条小狗，早晚像狗似的饿死。不必回嘴，我走了。〔侍童下〕
阿泊曼特斯	这样地不肯受教，你永远得不到好处——傻子，我要和你一同到泰蒙大人家里去。
傻子	你要把我留在那里？
阿泊曼特斯	如果泰蒙在家[5]。你们三个是伺候三个放债人的吗？
众仆	是的，但愿他们是伺候我们的！
阿泊曼特斯	我也愿这样，那就像是刽子手伺候盗贼一样了。
傻子	你们是三个放债人的仆人吗？
众仆	是的，傻子。
傻子	我想没有一个放债人不雇一个傻子做仆人的，我的女主人便是一个放债人，我是她的傻子。有人向你

们的主人借债，总是愁眉苦脸而来，欢天喜地而去。可是到我女主人家来的人，来时欢天喜地，走时愁眉苦脸，这是何缘故？

瓦洛仆　我可以说出一个理由。

阿泊曼特斯　那么你就说吧，好让我们承认你是一位嫖客，是一位流氓。其实，你就是不说，我们也是这样敬重你的。

瓦洛仆　什么是嫖客，傻子？

傻子　穿好衣服的傻瓜，有点像你似的。他变化多端，时而像是一位贵族，时而像是一位律师，时而像是一位哲学家，除了他的点金石之外还有他的两颗睾丸。他时常像是一位武士，普通是化身为来来往往的各色人等，由八十岁的老头儿到十三岁的小伙子。

瓦洛仆　你倒并不完全是个傻子。

傻子　你也不完全是个聪明人，我有多少傻气，你也正缺乏那么多的聪明。

阿泊曼特斯　这句回答很像是阿泊曼特斯的口吻。

众仆　躲开，躲开，泰蒙大人来了。

泰蒙与孚雷维阿斯又上。

阿泊曼特斯　跟了我来，傻子，来。

傻子　我不永远追随情人、长子、女人 [6]，我有时候要追随哲学家。〔阿泊曼特斯与傻子下〕

孚雷维阿斯　请你们先去，可不要走远，我不久有话要对你们说。

泰蒙　你真使我惊异，在这以前你为什么没有把我的经济

　　　　状况完全报告给我听，好让我调度我的开销，不至
　　　　于入不敷出？

孚雷维阿斯　我说了好多回，您不肯听。

泰蒙　　　胡说，也许你利用的是某些特殊的机会，正值我心
　　　　情不佳，没理会你。而你就利用我当时没听你的话，
　　　　从此不再对我说了。

孚雷维阿斯　啊，我的好大人，好多回我把账目拿来放在您的面
　　　　前，您总是要把它丢开，并且说我的忠实就是一本
　　　　老账。为了收人一点薄礼，您要我重重地回赠，我
　　　　曾摇头哭泣。是的，我曾不揣冒昧地请求您手笔要
　　　　小一些。我为了提醒您资财消耗债务增长，曾多次
　　　　地受到您的严词申斥。我的亲爱的主人啊，虽然您
　　　　现在垂听已嫌太晚，现下仍不失为一个良机，我要
　　　　告诉您您的全部财产只够抵消您现在的一半债务。

泰蒙　　　把我的地产全部卖掉。

孚雷维阿斯　全都抵押出去了，有些已经被没收了，剩下来的不
　　　　足以抵眼前到期的债。还有不少很快地就要到期，
　　　　眼前这一段时间如何应付？最后我们的问题如何
　　　　解决？

泰蒙　　　我的土地广大，远及斯巴达。

孚雷维阿斯　啊，我的好大人！整个世界也不过是一句话，如果
　　　　世界属于您，您一口气把它送给人，那不是很快地
　　　　就没有了吗！

泰蒙　　　你说得对。

孚雷维阿斯　如果您疑心我办事有弊，您可以请最精细的会计师

查核我的账目。天神明察，我们的厨房膳室为了大批叫嚣的食客而穷于应付的时候，我们的酒窖哭得满地都是泼溅的酒浆的时候，每间房屋灯火辉煌歌声荡漾的时候，我就躲在那大量挥霍的酒桶的龙头[7]旁边，两泪直流。

泰蒙　　　　请你不要再说了。

孚雷维阿斯　天哪！我曾说，这位大人多么慷慨！伧夫俗客今晚吞下了多少丰盛的食物！谁不是泰蒙的门下客？哪个人的心、头、武力、财产，不是献给泰蒙大人的？伟大的泰蒙，高贵的、贤德的、豪迈的泰蒙！啊！购买这种赞颂的财富一旦耗尽，那构成这种赞颂的声音也就会消失。酒肉朋友，丢掉得快[8]，冬天一朵乌云出现，苍蝇就匿迹销声。

泰蒙　　　　好了，不要再向我说教，我心中从未起过借施舍做坏事的念头。我用钱不当，但没有卑劣的动机。你为什么哭？你真是失掉了信心，以为我将没有朋友相助吗？你放心，如果我肯打开贮藏友谊的容器，根据他们的慷慨承诺而开口借钱，多少人和他们的财产都会交由我自由使用，就像我能命令你说话一般。

孚雷维阿斯　但愿您的想法不错！

泰蒙　　　　而且，在某一方面，我的穷困有特殊的意义，可以认为是一种幸运，因为我借此可以测验我的朋友们。你就看出你把我的处境估计错了，在朋友方面我还是很富足的。里面的人！弗雷闵尼阿斯！塞维利阿斯!

弗雷闵尼阿斯、塞维利阿斯及其他仆人等上。

众仆　　　　　　大人！大人！

泰蒙　　　　　　我要分派你们出去。你，到陆舍斯大人那里。你到留科勒斯大人那里，我今天还和他一起打猎的。你，到散波尼阿斯那里。代我向他们致意，告诉他们，我很得意，如今因有急需我有机会向他们通融一些钱财使用，借额就定为五十塔伦吧。

弗雷闵尼阿斯　遵命，大人。

孚雷维阿斯　　〔旁白〕陆舍斯大人和留科勒斯？哼！

泰蒙　　　　　　〔向另一仆〕你去到诸位元老那里——凭我以往的功勋我有权利向他们提出此项请求，即使国家竭其全力来帮助我亦不为过——请他们立即送一千塔伦给我。

孚雷维阿斯　　我已经用您的名义和图章向他们请求过了，因为我以为那是最可能生效的一条路子。但是他们摇头，我只得空手而回。

泰蒙　　　　　　真的吗？可能吗？

孚雷维阿斯　　他们众口一词地回答说，现在他们时运不济，正在缺钱，力不从心。很抱歉，您是有面子的人。不过他们深愿，他们并不知道，大概是出了点什么事故，一位高贵的人也难免不出纰漏，但愿一切平安，真是可惜。于是，假装着另有要事，于面现尴尬说些难听的断句之后，帽子半脱不脱的，冷冷地点了点头，就把我冷冻得哑口无言。

泰蒙　　　天神哟，给他们报应！你不必烦恼。这些老东西是
　　　　　天生地忘恩负义，他们的血液凝冻了，是冷的，不
　　　　　大会流。由于没有热情，所以不近人情。他们是就
　　　　　要重复回到泥土里去的，所以他们的性情也变得颇
　　　　　适合于那漫漫的人生长途，既冷漠又沉闷。〔向一
　　　　　仆〕去到樊提地阿斯那里——〔向孚雷维阿斯〕请
　　　　　你不必哀伤，你是忠心耿耿的，我坦白地说，你没
　　　　　有错——〔向一仆〕樊提地阿斯最近葬了他的父亲，
　　　　　因此他取得了一笔巨大的产业。他穷的时候关进了
　　　　　监牢，又没有朋友，是我用了五个塔伦把他赎出来
　　　　　的。去代我向他致意，让他知道他的朋友现在急需，
　　　　　希望他不要忘了当年那五个塔伦。〔仆下〕〔向孚雷
　　　　　维阿斯〕拿到这笔钱之后，我还给这几个到期讨债
　　　　　的家伙。

　　　　　不必乱说，也不必乱想，泰蒙不会破产，自有朋友
　　　　　帮忙。

孚雷维阿斯　我愿我不那样想，那想法害苦了慷慨的人。

　　　　　自己慷慨，竟以为所有的别人有同样的心。〔众下〕

注　释

[1] 可能借据上只写了借贷的期限，并未写明实际的某年某月某日到

期，故云。一说为计算利息之意。

[2] 午后即可道"晚安"。午饭是在午后。仆人可以其主人之名姓相称呼。

[3] 大概是出去打猎。莎氏当时习惯，午前午后均可行猎。

[4] "烧开水"指梅毒患者常用之蒸浴治疗法。原文 Corinth 古时以生活放肆闻名，此处是指城区中娼妓汇集之地。

[5] 意谓泰蒙是傻瓜，或泰蒙只宜与傻子为伍。

[6] 情人，热烈疯狂；长子，可继承产业饶有资财；女人，性情易变。故就此三种人皆手头慷慨，值得追随也。

[7]cock（=faucet）照字面讲是"（酒桶上的）龙头"，意亦可通。Daniel 疑为 cot，Deighton 疑为 couch，均属臆测。

[8]Feast-won, fast-lost, 如 Oliver 所指陈，fast 可能为 feast 之反语，故此语可能附带含有双关意："筵席上结交，饥饿时绝交。"二字音亦相近。

第 三 幕

第一景：雅典。留科勒斯家中一室

弗雷闵尼阿斯等候中。一仆上。

仆　　　　　我已经为你通报我的主人，他就来见你。

弗雷闵尼阿斯　多谢您了。

留科勒斯上。

仆　　　　　我的主人来了。

留科勒斯　　〔旁白〕泰蒙大人的一个仆人！我想是送礼来了。哼，这就对了，我昨夜梦见一套银盆银罐。弗雷闵尼阿斯，忠诚的弗雷闵尼阿斯，我对你敬表欢迎。倒酒来。〔仆下〕那位尊贵的、多才多艺的、胸襟恢宏的雅典的标准绅士，你的十分慷慨的好主人，近来可好?

弗雷闵尼阿斯　他很健康,先生。

留科勒斯　我很高兴他很健康。你的袍子里面藏着什么呢,英俊的弗雷闵尼阿斯?

弗雷闵尼阿斯　老实说,没有什么,只有一个空盒子,先生。我是代表我家主人拿来请您给装满,他有急需,要用五十塔伦,派我前来向您告贷,毫不怀疑您必定会解囊相助的。

留科勒斯　啦,啦,啦,啦!"毫不怀疑",他说?哎呀!好大人,他是一位高贵的绅士,只是他太挥霍了。我时常和他一同进午餐,同他提到这一点。然后又去陪他吃晚饭,特意劝他少浪费。但是他不听劝告,我去了多少次也不肯接受警告。人孰无过,他的过失就是太慷慨,我已经告诉过他,但是我无法把他纠正过来。

仆携酒又上。

仆　启禀大人,酒拿来了。

留科勒斯　弗雷闵尼阿斯,我知道你一向是懂事的。敬你这一杯。

弗雷闵尼阿斯　您夸奖了。

留科勒斯　我注意到你一向是和蔼可亲的一个人[1],我说的是老实话,而且你也是明白事理的一个人。如果时机顺利,你是能善用时机的,你有才干。〔向仆〕你走吧。〔仆下〕走近一些,忠实的弗雷闵尼阿斯。你的主人是一位慷慨的绅士，但是你是聪明的，虽然你来告贷，你一定很明白这年头不是随便可以对外放账的，尤其是只凭友谊而没有抵押。这三先令给你，好孩子，睁一眼闭一眼，就说你没有见到我。再会了。

弗雷闵尼阿斯　世界变得这样厉害，而我们居然还活在世间，这是可能的吗？滚你的，该死的下贱东西，谁崇拜你，你就到谁那里去吧。〔掷钱〕

留科勒斯　哈！现在我看出你是个傻瓜，和你的主人倒是很相称。〔下〕

弗雷闵尼阿斯　愿这几块钱加在你的其他金钱里面熔化起来浇烫你吧[2]！你就该死后受金钱的溶液的煎熬，你这朋友中的败类，你不够朋友！难道友谊像是薄乳一般隔了不到两夜就变酸了吗？啊，天神哟！我感到了我的主人所要感到的愤怒。这奴才受我主人的抬举，肚里装了我的主人的肉食，如今他变得如此狠毒，何以那肉食仍能消化成为营养呢？啊！愿那食物使他百病丛生。等到他病得要死的时候，愿他身上由我主人出资营养的那一部分毫无祛除疾病的能力，让他苦痛地慢慢地死去。〔下〕

第二景：同上。广场

陆舍斯偕三个生客上。

陆舍斯　　谁，泰蒙大人？他是我的很好的朋友，很体面的
　　　　　绅士。

客甲　　　我们也听说他是这样的一个人，虽然我们不认识他。
　　　　　不过有一件事我可以告诉你，大人，那是我听大家
　　　　　传说的。泰蒙大人的风光的日子已成过去，他的产
　　　　　业荡然无存了。

陆舍斯　　嘘，不见得，我不相信，他不会缺钱的。

客乙　　　但是你要相信这一件事，大人。不久以前，他的一
　　　　　个仆人去见留科勒斯，借几个塔伦，不，是紧急告
　　　　　帮，还说明是为了什么急事，结果还是遭了拒绝。

陆舍斯　　什么！

客乙　　　我对你说吧，被拒绝了，大人。

陆舍斯　　这是何等的怪事！天神在上，我觉得这事情太可耻
　　　　　了。拒绝了那位体面的人！这事情太不体面了。至
　　　　　于我自己，我必须承认，我也受过他一些小恩小惠，
　　　　　例如金钱、银具、珠宝，以及类似的零零碎碎，和
　　　　　他的不能相提并论。但是，如果他一时错误，向我
　　　　　来借钱，我决不会拒绝借给他这么几个塔伦去救他
　　　　　的急难。

塞维利阿斯上。

塞维利阿斯　瞧，运气真好，这位大人正在那边，急得我直流汗。
〔向陆舍斯〕尊贵的大人！

陆舍斯　塞维利阿斯！很高兴见到你。再会了，代我问候你
的高贵贤德的主人，我的很要好的朋友。

塞维利阿斯　启禀大人，我的主人派我来——

陆舍斯　哈！派你来送什么？我很感激你的主人，他总是送东
西来，你说我该怎样感谢他呢？这回他送来了什么？

塞维利阿斯　这回他只送来了他目前的急需，大人，请您立刻供
给他几个塔伦使用。

陆舍斯　我知道这是他和我开玩笑，他不会缺少五千——
五百塔伦的[3]。

塞维利阿斯　不过这一回他需要的数目倒是没有这样大，大人。
若不是他真有急需，我也不会这样地向您恳求。

陆舍斯　你说这话可是当真的吗，塞维利阿斯？

塞维利阿斯　我敢发誓，确是实情，大人。

陆舍斯　我真是该死的畜生，现在有这样好的机会正可表现
我自己是多么地讲义气，我偏偏手头不宽裕！事情
赶得多么不凑巧，前天为了一桩小小的事情花了些
钱，破坏了大大露脸的机会！塞维利阿斯，现在，
天神在上，我没有办法，我格外地是个畜牲。我正
在想派人去向泰蒙大人借几个钱呢，这几位先生可
以为我做证。若不是我觉得实在太难为情，我现在早
已派人去借了。为我多多地向贵大人致候，我希望他
老人家对我千万不要见怪，因为我实在是心余力绌。
请告诉他，我未能满足这样高贵的一位绅士的雅望，

乃是我生平最大遗憾之一。好塞维利阿斯，你可否帮我一个大忙，把我所说的话照样地转达给他？

塞维利阿斯　好的，大人，我就这么说。

陆舍斯　我会设法报酬你的，塞维利阿斯。〔塞维利阿斯下〕

你们说得不错，泰蒙已经坍台。

遭人拒绝借款的人永难抬起头来。〔下〕

客甲　你看到了吗，郝斯提阿斯？

客乙　看到了，看得太清楚了。

客甲　唉，这就是世故人情的本质，每个谄媚之徒的心地都是这一类的货。谁能把自同一盘中取食的人唤作他的朋友？因为，以我所知，泰蒙对于这位大人真是亲如自己的子弟，用自己的资财为他担保债务，维护他的产业。而且，泰蒙出钱开销他的仆人的工资，他没有一次喝酒不是泰蒙的银器贴着他的嘴唇。可是，啊！看看人面兽心的怪现象，它以忘恩负义的形态出现了！以他的资产而论，这一点钱不过是像施舍乞丐一般，他竟吝而不予。

客丙　有天良的人要为之感叹。

客甲　讲到我自己，我毕生没有和泰蒙有过往来，也没有受过他的任何恩惠，算不得是他的朋友。可是，我要说，只因他有高贵的胸襟、杰出的德性、荣誉的行为，如果他因窘迫而向我借贷，我愿把我的财产拿来馈赠，把大部分奉送给他[4]，我实在爱他这副好心肠。但是，我看出来了，这年头我们不可心怀怜悯。为人要先讲手段，后讲良心。〔众下〕

第三景：同上。散波尼阿斯家中一室

散波尼阿斯及泰蒙一仆上。

散波尼阿斯　他一定要麻烦我。哼！他不找别人？他大可以试试陆舍斯大人，或是留科勒斯，现下樊提地阿斯也很富足，是他把他从监牢里赎出来的：这几个人的财产都是靠他积起来的。

仆　　　　大人，这几个人全都试过了，都不是真金，因为他们全都拒绝他了。

散波尼阿斯　什么，他们全拒绝他了？樊提地阿斯和留科勒斯拒绝他了吗？又来找我？三个人？哼，这表示他不够交情，或是见事不明，我必须做他最后的避难所吗？他的朋友们，像是医生们，三度认为他不可救药，我还能负责治疗吗？他已经严重地侮辱了我，我对他很生气，他应该知道我应有的地位。我觉得他毫无理由在困难时不先来找我，因为，凭良心讲，我是第一个受他馈赠的人，他现在竟这样迟地来找我，让我来做一个最后报答他的人？不，这样将成为大家的笑谈，我也将被大家认为是个傻瓜。如果他先派人来向我借钱，只为了我对他的一番好感，即使数目再加三倍也无所谓，我肯这样帮助他。但是现在你回去吧，在他们的冷淡的回答之上再加上这句话，使我失面子的人休想我会借钱给他。〔下〕

仆　　　　好极了！您是一位了不起的小人。当初恶魔把人类

弄得这样狡猾，他不知道他做的是什么事，他因此
而自己遭殃。而且我想到头来人类的奸诈多端，相
形之下，会要显得他是天真无邪的[5]。这位大人多
么漂亮地摆出一副丑陋的嘴脸！貌充忠厚，而心怀
阴险，就像那些宗教热狂者存心要在国内燃起战火
一般[6]，他的虚伪的友谊就是这样的性质。这是我
的主人最后希望之所寄，现在一切皆成泡影，只剩
下求神了。他的朋友们全死了，多少年来慷慨好施
从未上过锁的大门，现在须要紧紧关起保障主人的
安全了。这就是一个人过度慷慨的下场，守不住家
财的人只好在家里躲藏。〔下〕

第四景：同上。泰蒙家中大厅

瓦洛的二仆人与陆舍斯的仆人上，遇台特斯、郝谭舍斯
及其他等候泰蒙出来之债主们的仆人等。

瓦洛仆甲	难得今日相遇，早安，台特斯与郝谭舍斯。
台特斯	您早安，好瓦洛。
郝谭舍斯	陆舍斯！怎么！我们又遇在一起了！
陆舍斯仆	是的，我想我们全是为了一桩事来的，我是为了钱。
台特斯	他们和我们也都是一样。

菲洛特斯上。

陆舍斯仆	菲洛特斯也来了！
菲洛特斯	诸位早安。
陆舍斯仆	欢迎，老兄。你看现在是什么时候了？
菲洛特斯	快熬到九点钟了。
陆舍斯仆	这么晚了吗？
菲洛特斯	这位大人尚未露面？
陆舍斯仆	还没有。
菲洛特斯	我觉得有点怪，他经常是七点就露面的。
陆舍斯仆	是的，不过现在他的白昼变短了。你要知道一个人的挥霍生涯，有如太阳行空，可是不像太阳之周而复始。我恐怕泰蒙大人的钱囊已经到了严冬季节，那便是说，尽管往深处摸，摸不出几个钱了。
菲洛特斯	我和你有同样感想。
台特斯	有件奇怪的事我来讲给你们听。你家主人派你来要钱。
郝谭舍斯	的确是，他是派我来要钱。
台特斯	他现在佩戴的珠宝是泰蒙送他的礼物，我是来索取那珠宝钱。
郝谭舍斯	我来要钱并非本心所愿。
陆舍斯仆	听，这事情多奇怪，泰蒙在这一笔账上所要付出的要比他所欠下的多。好像你家主人戴着人家的珍贵的珠宝，还要派人向人家讨那笔买珠宝的钱。
郝谭舍斯	天神在上，我懒得再干这份差事了。我知道我的主人用的是泰蒙的财富，如今忘恩负义实在比窃盗更可恶了。

瓦洛仆甲	是的，我要讨的是三千克朗，你的呢？
陆舍斯仆	五千。
瓦洛仆甲	数目大得多。看这个数目，你家主人要比我家主人对泰蒙的信任大一些，否则他一定也会借给他同样多的钱。

弗雷闵尼阿斯上。

台特斯	泰蒙大人的一个仆人来了。
陆舍斯仆	弗雷闵尼阿斯！和你说句话。请问你们大人预备就要出来了吗？
弗雷闵尼阿斯	不，实在还没有准备好出来。
台特斯	我们都在恭候，请代为通报一下。
弗雷闵尼阿斯	我用不着去通报；他早就知道你们来得很勤。〔弗雷闵尼阿斯下〕

孚雷维阿斯披长袍蒙头上。

陆舍斯仆	哈！那蒙面的不是他的管家吗？他想遮遮掩掩地溜出去，喊他，喊他。
台特斯	您听见我喊了吗，先生？
瓦洛仆乙	对不起，先生。
孚雷维阿斯	你喊我有什么事，我的朋友？
台特斯	我们等着要几笔钱，先生。
孚雷维阿斯	是的，钱若是像你们这样地准时来守候，钱就不愁没的花了。你们的负心的主人们吃着我家主人的酒肉的时候，你们为什么不提起你们的借款和借据？

那个时候他们会对着他的债务一味地谄笑，把利息往他们的贪婪的肚皮里面吞。你们和我捣麻烦，对你们没有好处，让我一声不响地过去吧。我的主人和我已经一刀两断，我不再有账可管，他也休想再花钱。

陆舍斯仆　是的，但是这个回答是不中用的。

孚雷维阿斯　如果不中用，也不至于像你们那样地下贱，因为你们是给小人使用的。〔下〕

瓦洛仆甲　什么！这位解雇的先生嘴里嘟囔些什么？

瓦洛仆乙　管他说什么，他从此受穷，我们也够解恨的了。谁能比一个无家可归的人更会大放厥词？他见了高楼大厦当然会破口大骂。

塞维利阿斯上。

台特斯　啊！塞维利阿斯来了，现在我们可以得到一句答话了。

塞维利阿斯　诸位，如果我可以请求你们改日再来，我是非常感激的。因为实不相瞒，我的主人今天脾气非常不好。他的愉快的心情不知哪里去了，他很不舒服，不能出来了。

陆舍斯仆　很多不出屋门的人不见得就是生病，如果真是病到那种地步，我觉得他更应该早些偿清债务，以便清清白白地上升天界。

塞维利阿斯　天哪！

台特斯　我们不能接受这样的答话。

弗雷闵尼阿斯　〔在内〕塞维利阿斯，快来！大人！大人！

泰蒙盛怒上，弗雷闵尼阿斯随上。

泰蒙	什么！我自家的门也和我作对不让我穿行？我过去无拘无束，如今我的房子也与我为敌，成了我的监牢？我过去饮宴的地方，现在也像所有的人一样，对我露出一副铁石心肠？
陆舍斯仆	现在向他提出，台特斯。
台特斯	大人，这是我的账单。
陆舍斯仆	这是我的。
郝谭舍斯	还有我的，大人。
瓦洛仆二人	还有我们的，大人。
菲洛特斯	我们的账单全在这里了。
泰蒙	用账单把我打倒[7]！把我从头顶劈到腰。
陆舍斯仆	哎呀！大人——
泰蒙	把我的心切成一笔一笔的钱。
台特斯	我的是五十塔伦。
泰蒙	数一数我的血。
陆舍斯仆	五千克朗，大人。
泰蒙	还你五千滴血。你的是多少？你的呢？
瓦洛仆甲	大人——
瓦洛仆乙	大人——
泰蒙	把我撕碎，拿了去，天神来毁灭你们！〔下〕
郝谭舍斯	老实讲，我看我们的主人们可以放弃他们的钱了。这些债可以说是呆账，因为欠账的人是个疯子。〔众下〕

泰蒙与孚雷维阿斯又上。

泰蒙　　　　他们逼得我喘不过气，这些奴才，债主吗？恶魔哟！

孚雷维阿斯　我的亲爱的大人——

泰蒙　　　　真这样做又有何不可？

孚雷维阿斯　大人——

泰蒙　　　　我要这样做，我的管家！

孚雷维阿斯　在这里，大人。

泰蒙　　　　这样方便！去，再把我的朋友们请来，陆舍斯、留
　　　　　　科勒斯和散波尼阿斯，全都请来。我要再宴请一次
　　　　　　这些混蛋。

孚雷维阿斯　啊，大人！您说的话只是由于一时气愤，剩下的钱
　　　　　　不够备办一桌普通菜饭了。

泰蒙　　　　你不用管，去吧。我命令你，把他们全请来。
　　　　　　让这群混蛋再度涌进我的家门，我的厨子和我会好
　　　　　　好款待他们。〔同下〕

第五景：同上。元老院

　　　　　　众元老在集会中。

元老甲　　　大人，我赞成这样的处分，这罪行太残酷了，他是
　　　　　　必须处死刑的。慈悲最足以助长罪恶。

元老乙　　　对极了，法律必须粉碎他。

亚西拜地斯率侍从上。

亚西拜地斯	愿众位元老享有荣誉、健康，并且慈悲为怀！
元老甲	你说吧，将军。
亚西拜地斯	我向诸位的仁慈之心诚惶诚恐地求情，因为慈悲乃是法律的至上威权，只有暴君才肯严酷地执行法律。我有一个朋友遭逢不幸，激于一时气愤，蹈入法网，对于无心陷入的人们那是一失足便无法自拔的。他的命运不济，姑且不谈，他的为人确是品行端正的。他在行为当中没有表现一点怯懦——他这一点荣誉感即足以抵赎他的过失——他是为了他的名誉受了严重的污辱，所以义愤填膺，挺身而起，和他的敌人决斗。他自始至终头脑清醒心神不乱地控制着他的怒火，好像是从事一场辩论一般。
元老甲	你是想把一件丑恶的事说得好看，实在是过于自相矛盾。你说的话很牵强，好像是要把杀人说成为顺理成章的事，把争吵看成为勇敢的一个项目。其实这样的勇敢是来源不正的，是人类最初开始成群结党的时候才来到世间的。真正勇敢的人能明智地忍受最难堪的恶声，把所受的屈辱看成为身外之物，随随便便的，如同穿的衣服一般，而且决不把他所受的伤害放在心里，因为那样反倒会要伤害他的心。如果屈辱是罪过，逼我们去杀人，那么为了罪过而拼命，岂不太蠢！
亚西拜地斯	大人——

元老甲　　　你不能使重大罪行变成清白。

　　　　　　报复不是勇敢，要忍耐。

亚西拜地斯　那么，诸位大人，请原谅我，我是军人，说话鲁莽。
　　　　　　愚蠢的人们为什么奋不顾身地去作战，而不肯忍受
　　　　　　一切威胁呢？为什么不去睡大觉，让敌人一声不响
　　　　　　地割断他们的咽喉而不加抵抗呢？如果忍受便是勇
　　　　　　敢，我们何必到国外作战？那么，留在家中的妇女
　　　　　　该是比较更为勇敢，如果万事以忍为上，驴比狮子
　　　　　　更堪为兽中之王，银铐系身的罪犯比法官更明智，
　　　　　　如果忍受苦难也算是明智。啊，诸位大人！你们身
　　　　　　居高位，务必慈悲为怀，对于残酷杀人的罪行谁不
　　　　　　痛恨？我承认，杀人是罪大恶极。但是，为了防卫，
　　　　　　从宽解释，应是极正当的。发怒是放肆的行为，但
　　　　　　是人谁能不发怒？要这样地衡量这个案情。

元老乙　　　你这样说是无用的。

亚西拜地斯　无用！他在斯巴达和拜占庭的功劳就足够赎他一命。

元老甲　　　你说什么？

亚西拜地斯　我是说，诸位大人，他立过很大的功劳，在战争中
　　　　　　杀死了你们的很多敌人。在最近一次激战中他是何
　　　　　　等地骁勇，他杀伤了多少人！

元老乙　　　他杀害的人太多了，他是个惯常滋事的捣乱鬼。他
　　　　　　因酗酒，时常烂醉如泥，勇气全消，如果没有敌人，
　　　　　　这酗酒的毛病也足够把他制服了。可是在酒性发作
　　　　　　的时候，据说他曾做出骇人听闻的事，引起不少的
　　　　　　纠纷。我们听说他过的是昏天暗地的日子，喝起酒

来无恶不作。

元老甲　　　他非死不可。

亚西拜地斯　冷酷的命运！他本来可以死在战场上的。诸位大人，
　　　　　　若是他的种种优点还嫌不够——其实他的战功即足
　　　　　　以购买他的寿终正寝的权利，而不欠任何人的人
　　　　　　情——为了格外感动你们起见，请把我的战功加在
　　　　　　他的上面，合在一起计算。因为我知道诸位年高有
　　　　　　德做事喜欢稳健，我愿把我过去所赢得的胜利与荣
　　　　　　誉押给你们，担保他不会辜负你们的大恩。如果他
　　　　　　这回所犯的罪依法难饶一死，
　　　　　　唉，让他英勇流血死在疆场。
　　　　　　法律大公无私，战争也是一样。

元老甲　　　我们依法行事，他必须死。不必再多说，以免引起
　　　　　　我们的震怒。
　　　　　　不管是朋友还是弟兄，杀了人就必须偿命。

亚西拜地斯　一定要这样办吗？不可以这样做。诸位大人，请你
　　　　　　们不要忘记我是什么人。

元老乙　　　什么！

亚西拜地斯　请不要忘了我是谁。

元老丙　　　什么！

亚西拜地斯　我想你们上了年纪，一定忘记我了，否则我不至于
　　　　　　这样地低贱，求这样小小的一点人情而遭拒绝，看
　　　　　　着你们这样的人我的伤疤都疼起来了。

元老甲　　　你是要激怒我们吗？我们只消一句话，其影响是广
　　　　　　大的，我们把你永久驱逐出境。

亚西拜地斯	放逐我！放逐你们的老糊涂吧，放逐那使得元老院蒙受丑名的高利贷吧。
元老甲	如果两天过后你仍然在雅典逗留，你就等着受到我们更严厉的处罚吧。为了免得使我们更生气，把他立刻处死。〔众元老下〕
亚西拜地斯	愿天神保佑你们长久地活下去吧，让你们活得只剩一把骨头，没人敢看你们一眼！我真气愤极了，我把他们的敌人打退，这时节他们就数数他们的金钱，出放高利。而我自己只落得伤痕累累，受这么多伤只为得到这样的待遇？这就是盘剥高利的元老们给将士的创伤所敷的油膏吗？放逐！那倒不坏，我不反对放逐，这一着可以引起我的狂怒，我借此可以进攻雅典。我要去鼓舞我的激愤不平的队伍，并且收揽人心。

那是体面事，到处和人冲突。

军人像天神，受不得一点侮辱。〔下〕

第六景：同上。泰蒙家中大厅

奏乐。摆起餐桌，仆人们伺候。众贵族、元老及其他分别从各门上。

贵甲　　　您今天好，先生。

贵乙　　　您好。我想这位尊贵的大人前天不过是试探我们
　　　　　罢了。

贵甲　　　我们上次见面的时候，当时我也正是这么想，我希
　　　　　望他没有穷得像他要到处试探朋友的那个样子。

贵乙　　　看他最近大开盛筵的样子，不该是那样地穷。

贵甲　　　我也有同感。他诚恳地邀我，我本有许多要事逼我
　　　　　推辞，但是经不住他敦促过甚，我不得不来。

贵乙　　　我也是同样地有要事待办，但是他不容我推辞。我
　　　　　很抱歉，他派人向我借钱的时候，我手里正好没钱。

贵甲　　　我也是为了这个而心里很难过，尤其是我现在知道
　　　　　了他各处遭遇的情形。

贵乙　　　这里的每个人都有同感。他向你借多少？

贵甲　　　一千块。

贵乙　　　一千块！

贵甲　　　向你借多少？

贵丙　　　他派人来说——他来了。

　　　　　泰蒙及随从人等上。

泰蒙　　　我衷心欢迎，二位大人。你们可好？

贵甲　　　听到了您这里的好消息，我们总是好得很。

贵乙　　　燕子追随夏天，不及我们追随您的左右那么热心。

泰蒙　　　〔旁白〕也没有那么热心地逃离冬天，人就是这样的
　　　　　夏令的鸟。诸位，我们的筵席怕不值得令诸位这样
　　　　　久候，你们先用耳朵享用音乐一番吧，如果你们的

耳朵能吞下这喇叭的噪音，我们立刻就可以入席了。

贵甲　　　我使得您的差人空手回来，希望您不要耿耿于怀。

泰蒙　　　啊！先生，请你不要介意。

贵乙　　　我的尊贵的大人——

泰蒙　　　啊！我的好朋友，什么事？

贵乙　　　我的尊贵的大人，我真是羞愧万分，前天您派人来，
　　　　　我正不幸穷得像个乞丐。

泰蒙　　　不要想它，先生。

贵乙　　　如果您只要早两小时派人来——

泰蒙　　　不要把这事放在心上。〔筵席送上〕来，一齐都开
　　　　　上来。

贵乙　　　全是大盖碗！

贵甲　　　上好的菜肴，我敢担保。

贵丙　　　毫无疑问，必是贵重的时菜。

贵甲　　　您好？有什么消息？

贵丙　　　亚西拜地斯被放逐了，您听说了吗？

贵甲 ⎤
　　　⎬　亚西拜地斯被放逐了！
贵乙 ⎦

贵丙　　　正是，的确是的。

贵甲　　　怎么？怎么？

贵乙　　　请问是为了什么？

泰蒙　　　我的好朋友们，走过来好吗？

贵丙　　　我随后再告诉你。盛宴就要开始了。

贵乙　　　他还是那个老样子。

贵丙	能维持久吗？能维持久吗？
贵乙	事实是在维持着，不过时间将要——所以——
贵丙	我懂你的意思。
泰蒙	请各位以前去吻情人嘴唇的速度各自就位吧，坐在哪里食物都是一样的。不要弄得像是正式宴会，在同意谁坐首席之前先把肉冷掉。坐下，坐下。我们要先感谢天神——伟大的施恩的天神哟，请在我们的席上洒下感激之情。为了你们的厚赐，接受我们的赞颂吧。但是要保留一些以便将来再施予，否则你们的神明要遭受人的轻蔑。借给每一个人刚刚足够的钱，好让他无须把钱再借给别人。因为你们天神若是向人类借钱，人类是会舍弃天神的。让大家欢迎食物，甚于欢迎施给他们食物的那个人。二十人集会在一起，就让他们有二十个小人。若是有十二个女人在座，就让她们一打人不失她们的本色。至于你所豢养的其他的人等[8]，啊，天神哟！例如雅典的元老们，以及一般的平民，他们有何失误，就给他们适当的毁灭打击吧。至于我目前这些朋友，他们对我没有用处，所以我无须祝福他们，也就不必拿什么东西来款待他们。打开碗盖，狗，舔吧。
	〔揭开盖的碗全是盛着热水〕
某客	他这是什么意思？
另客	我不懂。
泰蒙	愿你们永远见不到更好的筵席，你们这一群只知道要嘴巴的朋友！你们只配吃些热气和温水。这是泰

蒙的最后一次宴会，他被你们的诏媚打扮得珠光宝气[9]，现在要把它刷洗掉，把你们的热腾腾的奸诈洒在你们的脸上。〔泼水在他们脸上。〕讨人憎恶，长久地活下去吧，你们这群胁肩谄笑卑鄙无耻的寄生虫、礼貌周到的害人精、和蔼的狼、恭顺的熊，你们这群受命运播弄的蠢货、酒肉朋友、炎夏的苍蝇、脱帽屈膝的奴才、没有内容的空气、报时敲钟的小傀儡！愿人畜所有的毒疮恶症生满了你们的全身！什么！你要走吗？且慢！先拿你的药——你也拿去——还有你——且等一下，我要借钱给你们，不是向你们借钱。〔掷盘碗在他们身上，并赶他们出去[10]〕

怎么！全要走？从今以后的筵席，将没有不奉小人为上宾的。

烧吧，房子！沉沦吧，雅典！

泰蒙今后将恨人类和整个的世间！〔下〕

众贵族及元老等又上。

贵甲	怎样了，诸位大人！
贵乙	你可知道泰蒙大人气得什么样子吗？
贵丙	嘘！你看到我的帽子了吗？
贵丁	我失掉了我的袍子。
贵甲	他不过是个疯子，完全受着脾气的支配。前天他给了我一块宝石，现在他把它从我帽子上打下去了。你看到我那块宝石了吗？

贵丙	你看到我的帽子了吗?
贵乙	在这里。
贵丁	我的袍子在这里。
贵甲	我们不要在此逗留吧。
贵乙	泰蒙大人是疯了。
贵丙	我的骨头被他打得好惨。
贵丁	他今天给我们钻石,明天用石头砍。〔众下〕

注释

[1] a towardly prompt spirit, Oliver 注: towardly = friendly, prompt = welldisposed. 但 Deighton 注云:"quick to meet another's thoughts", 未知是。从后解,可译为"善解人意"。

[2] 贪财者死后下地狱受他自己的金钱溶液的浇烫之苦。但亦可能引 Parthia 人在 Marcus Crassus 死后以黄金溶液灌入他的喉中以惩其吝之故事。

[3] fifty-five talents, 第一对折本作 fifty fiue, Capell 改为 fifty-five, 牛津本从之。Oliver 的推论是对的:"陆舍斯的意思是举出一个大数目,或是两个大数目,表示泰蒙已经很富足,任何大数目的金钱不能使他的财富能有更显著的增加。"所以他把二字中间的 hyphen 改为 dash。今从之。

[4] put my wealth into donation, / And the best half should have returned to him. 各家解释不同。Oliver 引述 Steevens(1778)的解释:"I would

have treated my wealth as a present originally received from him, and on this occasion have return'd to him the half of that whole for which I supposed myself to be indebted to his bounty." 似嫌牵强。不如照 Harrison 解作 "made a gift of my own wealth."。

[5] the villainies of man will set him clear. 句中之 him 何所指？是恶魔还是仆人自己？ Oliver 指陈，如是前者，大意应是："man by his own villainies will repay the debt he owes to Satan." 如指后者，则句意难明。Malone 的猜想也许是对的："will make the devil by comparison appear clear or innocent." 姑从后一解释译之。

[6] 可能是指耶稣教会的天主教徒，尤指一六〇五年之"炸药案"。

[7] bill 双关语：（一）账单，（二）halberd 一类的武器，可劈死人。

[8] the rest of your fees，所谓 fees 一字意义不明。Oliver 注云："第一对折本原文是可以讲得通的，如果按照 Sisson,'New Readings'p.173 所指陈，当作法律上术语作为'财产'解释，而且如果我们可以相信莎士比亚知道此字之较早的含义有'牲畜'的意思，则此字可能有此特殊的意义。"

[9] 第一对折本作：you with Flatteries, Hanmer 改为 with your flatteries 近代本多从之，是也。

[10] 一般近代本有 and drives them out. 字样，牛津本缺，似应补上。

第 四 幕

第一景： 雅典城墙外

泰蒙上。

泰蒙　　　让我回头看看你。啊，你这环绕着那些豺狼的城墙，你沉到土里去吧，不要给雅典做防御！妇女们，不必守你们的妇道！孩子们，不必服从父母！奴隶和蠢材们，把那些年高有德的元老拉下来，代替他们治理国家！青春少女立刻都变成为公共的娼妓！就在你们父母面前行淫！破产的人们，不必清理债务。钱不需还，拔出你们的刀子，割断你们债主的咽喉，佣工们，放开手偷——你们的体面的主人们便是大手笔的巨盗，他们是依法掠劫。婢女，登上你们主人的床，你们的主妇是个窑姐儿！十六岁的儿子，从你那步履蹒跚的老父手里夺下那根带软垫的拐，把他打得脑浆迸裂！虔诚、恐惧、对天神的敬畏、和平、公道、忠实、家庭中的孝顺、夜间的安宁和睦邻之道、教导、礼仪、工艺与贸易、尊卑的等级、做事的规矩、风俗与法律，全都陷于颠倒紊乱，而且继续紊乱下去！害人的瘟疫，把你们的猖獗的传染的热病传遍了雅典，使我进攻的机会早日成熟！令人发寒的坐骨神经痛，请你使我们的元老们瘫痪吧，让他们的两腿变得和他们的品德一般地病病歪歪！淫乱与纵欲，爬进我们青年人的心灵与骨髓，与健全的血液抗拒，使他们沉溺于色情之中！痒疥、疔疮，生遍在所有雅典人的胸膛上，其结果是让他们遍体是癞！在呼吸中一个传染一个，使得他们的交往，就像他们的友谊一般，成为纯粹的剧毒！我赤条条地不带走任何东西，你这可憎恶的城！你把这个也拿了去[1]，连同我的一连串的诅咒！泰蒙要到森林里去。

在那里他将发现最凶恶的野兽也比人类待人更为宽厚。

请听我说，你们诸位天神，毁灭城里城外的雅典人！

让泰蒙的仇恨之心与日俱增，恨整个的人类，不分上下阶层！

阿门。〔下〕

第二景：雅典。泰蒙家中一室

孚雷维阿斯偕二三仆上。

仆甲　　　听我说，管家先生！我们的主人在哪里？我们全都毁了？被抛弃了？什么都没有剩下来？

孚雷维阿斯　哎呀！我的伙伴们，我对你们该说些什么呢？让大公无私的天神们给我做一记录吧，我和你们一样地潦倒。

仆甲　　　这样的人家会崩溃！这样高贵的主人会垮台！全部毁灭！没有一个朋友助他一臂之力，和他患难相扶！

仆乙　　　我们看到我们的亡友入土，就会掉身而去，同样地他的朋友们看到他的资财耗尽也就全都悄悄地溜走了，给他留下的是他们的虚伪的誓言，像是掏空了的钱袋一般。他那可怜的本人，成了一个漂荡无依的乞丐，带着一身人人躲避的穷酸，像是凌人的傲气一般孤独地走去了。又有几个伙伴来了。

另数仆上。

孚雷维阿斯　全是一个败落人家的破碎家具。

仆丙　　　但是在内心里我们还是穿着泰蒙发给我们的服装，这是我从我们的脸上可以看出来的。我们还是在一起工作的伙伴，同样地在哀伤之中为主人效劳。我们的帆船满水了，我们这些可怜的船员站在即将覆没的甲板上，听着波涛怒吼，我们必定全要落在茫茫大海之中。

孚雷维阿斯　好伙计们，我要把我的最后剩余的钱财和你们共享。以后无论我们在什么地方相遇，让我们仍旧是为泰蒙效劳的伙伴。让我们摇摇头，好像是为我们主人的财富敲丧钟一般地说"我们曾经过过好日子"。每人拿一些吧。〔给他们钱〕

大家都伸出手来。再没有话好讲。

我们于贫困中分散，心里充满了忧伤。〔他们互相拥抱，分途下〕

啊！荣华富贵给我们带来了强烈的困苦。财富既然会招致灾难和耻辱，谁不愿意避免发财呢？谁愿意受荣华富贵的欺骗？谁愿意只在梦中生活，幻想着自己有许多朋友？谁愿意享受他那样的排场，以及一切像他的虚伪的朋友一般地虚伪的浮华？可怜的老实的主人！被他自己的好心给打倒了，被善行给毁了。好奇怪反常的人性，一个人最大的罪过便是他有太多的善行！那么谁还敢有他一半的仁慈？天神惯用的慷慨，却足以毁坏凡人。我最亲爱的主人啊！你有福气，也最倒霉，很富有，偏偏落得极狼狈，你的庞大财产成为你的主要的痛苦。哎呀！仁爱的主人，他是被这一群忘恩负义的骇人听闻的朋友给气得一怒而去。他没有带着生活必需的东西，也没有用以购办的资财。我要去追寻他，我要尽心竭虑地去伺候他。

只消我有钱，我还是他的管家。〔下〕

第三景：海岸附近之森林与窟穴

泰蒙自窟中上。

泰蒙　　啊，神圣的育煦万物的太阳！吸起土地上的瘴气，
把月亮以下的一层空气都给沾污了吧[2]！同胞的孪
生兄弟，他们的受孕、成胎、诞生，几乎是不可分
的，让他们遭受不同的命运的考验。让得意的轻蔑
那失意的，人性本来是易受一切病害侵蚀的，那么
就让昧起良心不顾人性的人去承受大笔财富吧。让这
乞丐发财，让那贵族受穷。让元老生来就受人奚落，
让乞丐生来就享尊荣。是牧草使得牛身上生膘[3]，是
缺乏牧草使得它瘦。谁敢，谁敢鼓起十足的勇气挺
身而起，并且说"这一个人是谄媚之徒"？如果一
个人是，他们大家全是。因为在财富方面，每一级
都要受下一级的奉承。有学问的人要向多金的蠢材
低头，一切都是歪斜的。我们的可厌的天性之中没
有半点正直，有的只是彻底的邪恶。所以，一切的
筵席、集会、人群，都是可怕的东西！泰蒙厌恶像
他那样的人，也厌恶他自己。让人类被毁灭了吧！
泥土，给我一些草根。〔挖掘〕谁要是想从你那里
寻求更好的东西，你就用你的最强烈的毒涂上他的
馋吻！这是什么？金子！黄澄澄的、亮晶晶的、宝
贵的金子！不，天神呀，我不是一个信口发誓的信
徒。我要的是草根，你们这一层层的清澈的天哟！

这么多的这种东西将要把黑变成白，丑变成美，非变成是，卑贱变成高贵，老变成少，怯懦变成勇敢。哈！你们天神呀，为什么给我这个？这算什么呢，天神呀？唉，这东西会把你们的祭司和仆人从你们身边拉走，把健壮大汉头下的枕头突然抽去[4]。这黄色的奴才可以使人在宗教上团结或分离，使该受诅咒的得福，让浑身长满白皮癞的人受人喜爱，使盗贼成为显要，给他们官衔，受人的跪拜和颂扬，和元老们同席并坐。就是这个东西使得憔悴的寡妇能够再嫁，她，住花柳病院的和生大麻风的人看了都要恶心，但是这东西能把她熏香成为四月那样地鲜艳。来，可恶的泥巴，你这人类公用的娼妇，你能在列国之间掀起纷争，我现在就要你施展你的本领——〔遥闻行军声〕哈！是鼓声？你是活的东西，但是我要把你埋起来。强大的贼人，等到你的瘫痪的守者站不起来的时候，你可以走。不，你留在外面做押金吧。〔留下一些黄金〕

亚西拜地斯于鼓笛声中着戎装上，芙赖尼亚与蒂曼德拉上。

亚西拜地斯　你是做什么的？说。

泰蒙　　　　是个畜牲，和你一样。愿蛆虫来咬你的心，因为你又来让我看到了人类的嘴脸！

亚西拜地斯　你叫什么名字？你自己是人，人类由你看来还是这样地可恨吗？

泰蒙	我是密桑索洛普斯[5]，我恨人类。至于你呢，我愿你是一条狗，也许我对你还可有一点好感。
亚西拜地斯	我认识你，但是我不知道你何以落到这个地步。
泰蒙	我也认识你，不过关于你的事，我不愿再多知道。跟着你的鼓声去吧，用人血涂染土地，染得通红，通红。宗教的诫条，国家的法律，是残酷的。那么战争该是怎样的呢？你的这位毒恶的娼妇虽然貌似天使，有比你的剑更大的毁灭的力量。
芙赖尼亚	你的嘴唇要烂掉的！
泰蒙	我不吻你，要烂掉的还是你自己的嘴唇[6]。
亚西拜地斯	高贵的泰蒙怎么会变成这个样子？
泰蒙	像月亮一样，没有光可以照耀了。可是我不能像月亮似的有缺有圆，没有太阳可以使我借取光亮。
亚西拜地斯	高贵的泰蒙，我可以怎样对你帮忙？
泰蒙	没有什么可帮的，只要你帮助我坚持我的看法。
亚西拜地斯	什么看法，泰蒙？
泰蒙	许下帮助我的诺言，可是不要施行。如果你不许下诺言，天神要降灾于你，因为你是一个人！如果你真施行，你还是要被毁灭的，因为你是一个人！
亚西拜地斯	我听说到你的一些悲惨的遭遇。
泰蒙	在我得意的时候，你已经看到了。
亚西拜地斯	我是现在才看到的，当初你是在享福。
泰蒙	就像你如今这样，拥着一对娼妇。
蒂曼德拉	这就是大家这样赞扬的那位雅典的名人吗？
泰蒙	你是蒂曼德拉吗？

蒂曼德拉	正是。
泰蒙	永远做娼妇吧，玩弄你的人并不真心爱你。他们在你身上泄欲，你就把恶疾传给他们。利用你那淫荡的时间，把那些混账东西加以泡制，好让他们钻进木桶做蒸汽浴，把那些面颊红润的少年都弄到发汗的桶里去并且让他们实行断食[7]。
蒂曼德拉	吊死你，怪物！
亚西拜地斯	原谅他，亲爱的蒂曼德拉，因为他在灾难之中神经错乱了。豪爽的泰蒙，我近来金钱短绌，我的贫苦的部队当中每天都有叛变。我已经听说，而且为之痛心，可恶的雅典人不顾你的身份，忘怀你的功勋，当初邻邦压境若不是由于你的英武和你的资财，恐怕早已把他们践踏了——
泰蒙	我请求你，敲起你的鼓，走吧。
亚西拜地斯	我是你的朋友，我同情你，亲爱的泰蒙。
泰蒙	你这样烦扰他，怎能算是同情他呢？我愿谁也别理我。
亚西拜地斯	好，再会了，这里有一点金子给你。
泰蒙	你留着吧，我不能吃它。
亚西拜地斯	等我把骄纵的雅典打成一堆废墟之后——
泰蒙	你要进攻雅典？
亚西拜地斯	是的，泰蒙，而且师出有名。
泰蒙	愿天神由于你的征服把他们全都毁灭，并且在你征服他们之后把你也毁灭！
亚西拜地斯	为什么毁灭我，泰蒙？

泰蒙	那是因为，由于诛戮那群坏蛋，你命中注定地要征服我的邦国。收起你的金子，走吧——拿去这些金子——走吧。你要像是天神对于一个多行不义的城池所要降下的毒漫天空的疫疠一般，你的剑不要饶过一个人。不要怜恤那白胡子的尊贵的老者，他是放高利贷的。给我打击那虚伪的妇人，她只是服装体面，她本人是个淫媒。不要让处女的面颊软化了你的利剑，因为从胸衣上的镂空处暴露着吸引男人注视的那些乳头，都不在应受怜悯之列，要当作可怕的叛徒看待。不要饶过婴儿，他的含着酒窝的微笑使得许多蠢人耗尽了他们的慈悲。把他当作一个私生儿看待，神谕隐约指示他将来会要割断你的咽喉的，所以你要毫不留情地把他砍碎。发誓毁灭一切引人怜悯的事物，你的耳朵、你的眼睛都要装上厚厚的铠甲，对于妇孺的哭喊或是披着圣服的祭司的流血，一律充耳不闻、视若无睹。这金子你拿去发给你的士兵们，制造大规模的屠杀。你的狂怒发泄了之后，你自己也被毁灭了吧！不必多言，去吧。
亚西拜地斯	你还有金子吗？我接受你给我的金子，但不能接受你的全部的劝告。
泰蒙	你接受也好，不接受也好，愿上天的诅咒降在你身上！
芙赖尼亚 ⌐ 　　　　├ 蒂曼德拉 ⌐	给我们一点金子，好泰蒙，你还有没有？

泰蒙	有足够的金子可以使娼妇改业，可以使娼妇去自己开妓馆。贱货，掀起你们的经常为人掀起的裙子，你们发誓是不足置信的，虽然我知道你们会发誓，而且狠狠地发誓，天神听到之后都会打冷战、发寒热，所以你们不必发誓，我相信你们的品性。永久地做娼妇吧，若有人苦口婆心地劝你们从良，要坚持做一个娼妇，诱惑他，让他欲火烧身。用你的淫欲的火焰压倒他的劝告的熏烟，不可叛离本行，但是我愿你也有不同寻常的六个月之久的月经痛[8]。而且用死人头发制成的假发去遮盖你的秃顶，也许是绞死的人，那倒也没有什么关系。戴着那假发，去骗人吧。永远地做娼妇，在脸上涂粉，使得马蹄踏上去都拔不出来。还怕什么皱纹！
芙赖尼亚 蒂曼德拉	好，再给一点金子。还有什么说的？你相信吧，我们为了金子无事不可为。
泰蒙	在人的骨头里散播梅毒，让他的骨髓枯干，让他的胫骨上长疖子，不得踢马奔驰。让律师的喉音嘶哑，永不得再为不法的权益辩护，永不得再高声地咬文嚼字。让那痛骂肉欲而又不能自持的祭司浑身长满疮疤，烂掉鼻子，整个地烂掉。让那只图私利罔顾公益的人把鼻梁完全烂掉，使那些满头鬈发的混账东西变成秃头，让那些没受过伤而只会夸口的战争英雄从你身上吃一点苦头。收拾所有的人，以你的

风骚泼辣击败一切能令阴茎勃起的根源。这里还有金子给你们，你们去害别人，让这个来害你们，一齐去填沟壑吧！

芙赖尼亚 ⌐

　　　　　再多给一些劝告，再多给一些金子，慷慨的泰蒙。

蒂曼德拉 ⌐

泰蒙　　　先去再多卖几次淫，再多害一些人，我已经付给你们定钱了。

亚西拜地斯　敲起鼓来向雅典进发！再会，泰蒙，我此去如果成功，我会再来见你。

泰蒙　　　如果我的希望实现，我将永不再见你。

亚西拜地斯　我从来没有伤害过你呀。

泰蒙　　　你伤害过，你总是说我的好话。

亚西拜地斯　你把这个叫作伤害吗？

泰蒙　　　这道理是大家天天看得出来的。去你的吧，带着你的两条小狗子。

亚西拜地斯　我们只是招他生气。敲起鼓来！〔敲鼓。亚西拜地斯、芙赖尼亚、蒂曼德拉下〕

泰蒙　　　一个人被世间的冷酷无情弄得神魂颠倒，居然还知道饿！大众的母亲啊，你，〔掘地〕你的无法计量的子宫，无限广大的胸乳，孕育着一切，哺喂着一切。你用你的精华泡制了你的宠儿，傲慢的人类，也用了同样的材料生出了黑的蟾蜍、青的毒蛇、金色的蝾螈、盲目的含毒的无脚蜥蜴，以及一切光天化日照耀之下的丑恶可怖的怪胎。请从你的丰盛的胸膛里，再给你那全体人类儿女所嫉恨的他一段可怜的草根吧！愿你的肥沃多产的子宫从此枯萎，不再生产忘恩负义的人类！去跟虎、龙、狼、熊交合怀胎，养出一批你从来不曾仰着脸向浮云掩映的天宫奉献过的新怪物！啊！一段草根，多谢了。把你的精髓，葡萄园与垦殖地，都给弄得枯干了吧。那忘恩负义的人类，就是利用你的出产，狂饮美酒，饱餍膏粱，迷昏了他的心窍，失却了一切的理性！

阿泊曼特斯上。

又有人来了！灾祸！灾祸！

阿泊曼特斯　我是经人指点而来的，大家传说你在模仿我的行径，而且就真的做出那种行为。

泰蒙　　　　那是因为你没有养一条狗，否则我就模仿那条狗了，愿杨梅大疮要你的命！

阿泊曼特斯　你这不过是一时感染的性质，由于时运不济而生出来的潦倒忧郁。为什么用一把铲子？为什么住在这里？为什么穿这一身奴才的服装？为什么露出这样愁苦的神气？奉承你的那些人现在都还穿着绸缎，喝着美酒，睡得软和，拥着他们的长着梅毒的香喷喷的姑娘，早已忘记曾经有过一个泰蒙。不要装出玩世不恭的样子使山林蒙羞。现在你不妨也做一个媚世的人，当初人家怎样毁你，你就怎样去设法讨便宜。见人就屈膝，你想巴结谁，就由着他信口狂吹，甚至吹掉了你的帽子，称赞他的最恶劣的缺点，

　　　　　　硬说是最高明不过。别人对你如此这般地说，你就
　　　　　　要像迎接顾客的酒保一般，对于一切流氓一切顾客
　　　　　　都要洗耳恭听。你自己尤其应该变成一个流氓，如
　　　　　　果你再有了钱，应该让那些流氓分享。不要模仿我
　　　　　　的样子。

泰蒙　　　如果我像你一样，我会自惭形秽把我自己抛弃掉。

阿泊曼特斯　像你自己这个样子，你已经把你自己抛弃掉了。这
　　　　　　样久的一个疯子，如今又是个傻子。什么！你以为
　　　　　　那凛冽的空气，你的喧嚣的仆人，能把你的衬衫烘
　　　　　　暖吗？这些寿命比鹰隼还长的苔藓丛生的老树，会
　　　　　　追随你的左右听你使唤吗？结了一层冰的寒涧能供
　　　　　　应你一碗晨间的热饮，来消解你隔夜的积食吗？召
　　　　　　唤那些赤裸裸的在上天无情打击之下生活着的，以
　　　　　　无处藏蔽的肉体承受风吹雨打和自然对抗的生灵，
　　　　　　让它们来奉承你吧。啊！你就会发现——

泰蒙　　　你是一个大傻瓜。走开吧。

阿泊曼特斯　我现在比以前更喜欢你了。

泰蒙　　　我更厌恨你了。

阿泊曼特斯　为什么？

泰蒙　　　你恭维贫苦的人。

阿泊曼特斯　我没有恭维，我说你是一个可怜虫。

泰蒙　　　你为什么来找我？

阿泊曼特斯　为的是让你着恼。

泰蒙　　　这永远是一个小人或一个傻子的行径。你引以为
　　　　　　乐吗？

阿泊曼特斯　是的。

泰蒙　什么! 还是一个恶汉?

阿泊曼特斯　如果你装出这种寒酸的样子只是为了打击你的傲气，
那倒也很好，但是你做得太勉强了。如果你不再是
乞丐，你仍然会再成为一个当朝的贵人。甘心忍受
的贫困比捉摸不定的荣华富贵要持久得多，而且能
抢先获得荣誉。一个是诛求无餍，永远不得满足。
一个是心安理得无所希冀。有最佳的境遇而不知足，
比身处最恶劣的境遇而知足的人，其生活要狼狈多
了。你如此困苦，应该但求一死。

泰蒙　我不会听从一个比我更苦的人的劝告而去寻死的。
你是幸运女神从来不曾伸出她的玉臂来拥抱过的一
个奴才，你生来是一条狗。如果你和我们一样，在
襁褓时期起，就一步一步地在这短暂的人世里享受
任何贱奴都能享受到的软暖，你恐怕就会沉迷在声
色放荡之中。把你的青春溶化在一座座的阳台之上，
永远不会学习礼教的冰冷的教条，而只知道追求眼
前之表面诱人的欢娱。但是我呢，整个的世界犹如
为我而设的一间糖果室，大家的口、舌、眼、心都
在争着为我服务，而我想不出那么多的事情分派给
他们做，于是无数的人像树叶丛生在橡树上一般地
依附着我，可是冬天冷风一起，他们从枝上纷纷吹
落，剩下我赤裸裸地忍受一阵阵的风飕。我过去享
受过好日子，忍受这样的打击，真是够沉重的。你
是寒苦出身，时间已经把你磨炼得坚强了。你为什

么要恨人类呢？他们永远不曾巴结过你，你施舍过什么？如果你要咒骂，你的父亲，那可怜的穷酸家伙，才该是你咒骂的对象。他穷极无聊和一个乞丐婆寻欢作乐，于是生下了你这个世袭的贱货。走开！去吧！如果你不是生来便是最寒苦的人，你也会成为一个献媚的小人。

阿泊曼特斯　你还那样骄傲吗？

泰蒙　　　　是的，因为我不是你。

阿泊曼特斯　我骄傲，因为我过去不是一个浪子。

泰蒙　　　　我骄傲，因为我现在是个浪子。如果我现在所有的金子都落在你的手里，我还是愿你去上吊。你走吧。愿雅典的全体生灵都在这个里面！我就这样地把它吃掉。〔吃草根〕

阿泊曼特斯　给你这一根，我要改善你的筵席。

泰蒙　　　　先要改善我的陪客，把你自己挪开吧。

阿泊曼特斯　没有你在我身边，我也可以说是改善我的陪客了。

泰蒙　　　　这样改善还是不大好，这样只是笨拙的手法。如果你不觉得那是笨拙，我愿你能觉得那是。

阿泊曼特斯　你有什么要带到雅典去的吗？

泰蒙　　　　一阵旋风把你带到那里去吧。如果你愿意，告诉他们我现在有了金子。看，我的确有。

阿泊曼特斯　在这里金子没有用。

泰蒙　　　　最好最可靠，因为金子在这里睡着，不至被人拿去做坏事。

阿泊曼特斯　你夜间睡在哪里，泰蒙？

泰蒙	在上天覆盖之下。你白昼里在什么地方用饭,阿泊曼特斯?
阿泊曼特斯	在有食物可以下肚的地方,也可以说,在我吃东西的地方。
泰蒙	愿毒药肯听话,并且了解我的意思!
阿泊曼特斯	你要在哪里下毒?
泰蒙	放在你的食物里。
阿泊曼特斯	你一向不曾履行中庸之道,总是趋于两个极端。你在衣锦熏香的时候,他们讥笑你过度考究。衣裳褴褛的时候,谁也不理你,因为你潦倒而被人轻蔑。这一只枸杞子给你,吃了吧。
泰蒙	我不吃我所恨的东西。
阿泊曼特斯	你恨枸杞子吗?
泰蒙	是的,因为它长得像你。
阿泊曼特斯	如果你早些恨那些荒淫过度的人[9],你现在就该更知道自爱了。你可曾知道有哪一个善挥霍的人于家财散尽之后还能受人喜爱?
泰蒙	你可曾知道有哪一个没有你所说的家财而被人喜爱过?
阿泊曼特斯	我自己便是。
泰蒙	我懂你的意思,你有一份畜养一条狗的家财。
阿泊曼特斯	你觉得世界上有什么东西和那些对你献媚的人最近似?
泰蒙	女人最近似,但是男人,男人就是那些献媚者的本身。如果世界在你支配之下,阿泊曼特斯,你预备

　　　　　　怎样处置它？

阿泊曼特斯　　把它送给野兽，灭绝人类。

泰蒙　　　　在人类被毁灭的时候你愿跟着毁灭，变成为一个野
　　　　　　兽，和一般野兽为伍吗？

阿泊曼特斯　　是的，泰蒙。

泰蒙　　　　真是一个畜牲的愿望，愿天神准你如愿以偿。如果
　　　　　　你是狮子，狐狸会欺骗你。如果你是羔羊，狐狸会
　　　　　　吃掉你。如果你是狐狸，驴子若是来告你，狮子会
　　　　　　猜疑你。如果你是驴子，你的蠢笨会使你痛苦不堪，
　　　　　　而且不免成为狼的一顿早点。如果你是狼，你的贪
　　　　　　馋会使你难过，你会时常冒生命的危险去觅食。如
　　　　　　果你是独角兽，骄傲与怒火会毁灭你，使你被你自
　　　　　　己的狂怒所征服[10]。如果你是熊，你会被马踢死。
　　　　　　如果你是马，你会被豹捉住。如果你是豹，你便是
　　　　　　狮子的亲戚，你那一身斑点[11]也要代狮子受过而被
　　　　　　判处死刑。你所能有的安全便是走得远远的，你所
　　　　　　能有的防御便是离开这个地方。你能成为什么野兽，
　　　　　　而不受别的野兽的侵袭？你现在已经成为什么样的
　　　　　　畜牲了，竟看不出变成野兽之后将要有什么更大的
　　　　　　损失！

阿泊曼特斯　　如果你能以陪我谈话来获取我的欢心，你这一段话
　　　　　　倒是说得十分中听，雅典这个国家是已经变成了群
　　　　　　兽盘据的榛莽。

泰蒙　　　　驴子怎样踢倒了墙，使得你走出城外？

阿泊曼特斯　　那边来了一位诗人和一位画家，让这瘟疫一般的客

人来纠缠你吧！我怕受传染，我要先走一步。等我
无事可做的时候，再来找你。

泰蒙　　　　除了你之外世上没有活人的时候，我欢迎你来。我
宁可做乞丐的狗，也不愿做阿泊曼特斯。

阿泊曼特斯　你是现存的所有的傻瓜当中之最杰出的一个。

泰蒙　　　　愿你再干净一些，好让我在你身上吐一口唾液！

阿泊曼特斯　愿你遭瘟！你太坏，不配受人诅咒！

泰蒙　　　　所有的小人站在你身边都会显得纯洁。

阿泊曼特斯　除了你嘴里说出来的之外，世上根本没有麻风。

泰蒙　　　　那是在我说到你的名字的时候。我本想打你，又怕
脏了我的手。

阿泊曼特斯　我愿我的舌头能使你两只手烂掉！

泰蒙　　　　走开，你这癞皮狗生出来的东西！你活在世上可把
我气死了，我看见你就要昏厥。

阿泊曼特斯　愿你气得肚皮迸裂！

泰蒙　　　　走开，你这讨嫌的混蛋！我很难过我要损失一块石
头来对付你。〔以石掷之〕

阿泊曼特斯　畜牲！

泰蒙　　　　奴才！

阿泊曼特斯　虾蟆！

泰蒙　　　　流氓，流氓，流氓！我厌恶这虚伪的世界，除了生
活必需的之外什么也不再喜爱。那么，泰蒙，立刻
准备你的坟墓吧。躺在海浪的泡沫每天轻轻地拍着
你的墓碑的地方，撰写你的墓碑上的铭文，让我在
死后讥笑别的活人。〔望着黄金〕

啊，你这可爱的害死帝王的凶手，使亲生父子断绝关系的根由！你这个灿烂的东西，你是新婚最纯洁的寝床之玷污者！你这英勇的战争之神[12]！你永远年轻、活泼、惹人爱、讨人欢喜，你的光芒[13]就可以把戴安娜身上那最神圣的白雪给融化掉！你这显形的天神，你能把不可能的事物紧紧地焊接在一起，使他们吻合！你能说各种语言，能达成任何目标！啊，你这人心的试金石哟！你要知道，你的奴隶人类是在叛变中，用你的力量让他们互相残杀吧，以便由野兽来统治这个世界。

阿泊曼特斯　但愿如此，但是要等我死了之后才可以。我要去说你现在有了金子，不久就会有人对你蜂拥而来。

泰蒙　　　蜂拥而来？

阿泊曼特斯　是的。

泰蒙　　　我请你走。

阿泊曼特斯　活着，享受你的贫苦吧！

泰蒙　　　长久地这样活下去，而且这样地死去！〔阿泊曼特斯下〕可把他摆脱了。更多的像人似的东西来了！吃吧，泰蒙，不要搭理他们。

众盗上。

盗甲　　　他能从哪里得到这金子？必是他用剩下来的一点零零碎碎。就是因为缺乏金钱，朋友四散，他才被逼得发了疯狂。

盗乙　　　据说他有了一大批财宝。

盗丙	我们且去试试他看，如果他不加珍视，他会随便送给我们的。如果他贪吝地不肯交出，我们将如何取得呢？
盗乙	对呀，他的财宝不带在身边，是藏着的。
盗甲	这不就是他吗？
众盗	哪里？
盗乙	正是他的样子。
盗丙	是他，我认得他。
众盗	你好，泰蒙。
泰蒙	喂，强盗们？
众盗	是军人，不是强盗。
泰蒙	也可以说二者都是，而且还是女人养的儿子呢。
众盗	我们不是强盗，我们只是十分贫困的人。
泰蒙	你们的最大的需要乃是由于你们想要太多的食物。你们何至于贫乏？看呀，土地里有的是草根。一英里以内，有一百处泉水迸涌。橡树生着橡栗，野蔷薇生着红荚。自然是个慷慨的主妇，她在每棵树上都给你们摆上了丰盛的食物。贫乏！为什么贫乏？
盗甲	我们不能像野兽鸟鱼一样，靠吃青草浆果和清水过活。
泰蒙	也不能单靠吃野兽鸟鱼为生，你们还得吃人。可是我必须向你们道谢，你们是坦白自称的强盗，你们没有假借较为体面的外貌去行事，因为有许多限制森严的职业干的是些任意胡搞的盗窃行为。混账强盗们，这里有金子。去，吮吸葡萄的狡诈的血浆，

直到烧得你们的血液沸腾起沫，免得受那绞刑之苦。
不要相信医生，他的药剂根本就是毒饵，他杀的人
比你们掠劫的人还要多。杀人越货要同时一起干，
行凶作恶，既然明目张胆地干，就要道道地地地干。
我举几个强盗的前例给你们听。太阳是一个强盗，
以他强大的吸力抢夺了大海，月亮是一个真正的强
盗，她的苍白的光亮是从太阳那里抢来的。海是一
个强盗，他的波涛把月亮融化成为咸泪[14]。大地是
强盗，他从各种粪便偷来肥料而变成为肥沃的土壤。
每一样东西都是强盗。法律，原是你们的马衔也是
你们的鞭策，也利用暴力实行无节制的掠夺。不必
爱惜你们自己，走吧！彼此互相抢劫。这里还有更
多的金子，去割断大家的咽喉，你们所遇到的全是
强盗。到雅典去，打破商店的门户，你们所能偷到
的无一不是贼赃。不要因为我给了你们金子，你们
就少偷一点，那是没有用的，这金子照样地会毁灭
你们的！阿门。

盗丙　　他劝我做盗贼，可是他说得我几乎不愿干这勾当了。

盗甲　　因为他痛恨人类，所以才这样地劝我们，并非要我
　　　　们做这一行生意发财。

盗乙　　我要把他当作敌人，一反其言而行，放弃我的这一
　　　　行职业。

盗甲　　我们先在雅典安定地住下来吧，日子无论多么苦，
　　　　一个人总可以安分守己地过活。

　　　　〔众盗下〕

孚雷维阿斯上。

孚雷维阿斯　啊，你们这些天神哟！那边那个受人鄙视狼狈不堪
的人可是我的主人？落拓潦倒到这个样子？啊，这
才是行善而不得其当的下场头！人穷了之后怎么会
变得这样黯然无光！
一群朋友而把最高贵的人毁得一败涂地，世上没有
比这种人更为卑鄙的东西！
这是多么适合于这个时代的气氛，我们居然还劝人
去爱他的敌人！
让我宁可爱那些公然扬言要害我的坏蛋，也胜似那
些口里不说而实际害我的恶汉！
他看到我了，我要向他表示我对他的关切。而且他
是我的主人，我有生之日永远要服侍他。我最亲爱
的主人！

泰蒙走向前来。

泰蒙　　　走开！你是做什么的？
孚雷维阿斯　你忘记我了吗，先生？
泰蒙　　　为什么问这个？我已经忘记了一切的人，如果你承
认你也是一个人，那么我是忘记你了。
孚雷维阿斯　我是你的一名可怜的忠仆。
泰蒙　　　那么我不认识你，我身边从来没有过一个忠仆。我
只豢养了一群恶汉，伺候一群坏蛋吃饭。
孚雷维阿斯　天神可以做证，可怜的管家为了他的败落的主人所

感到的伤心从来没有比我对你所感到的更为深切。

泰蒙　　　什么！你哭起来了？走过来一点。那么我是爱你了，因为你是一个女人，你没有铁石心肠的男人气。男人的眼睛，除了由于欢乐狂笑之外，是永远不会淌泪的。恻隐之心是在睡觉，奇怪的年头，人只会笑得淌泪，不会哭着淌泪！

孚雷维阿斯　我求您认我，我的好主人，接受我的同情，这一点点钱够用一天就请留我一天做你的管家吧。

泰蒙　　　我可曾有过这样忠心，这样正直，这样体贴的一位管家吗？这几乎要把我的激烈的性格变成为温和的。让我看看你的脸。一点也不错，这人是女人生的。饶恕我的笼统而不留例外的鲁莽判断吧，你们永远洞彻一切的天神哟！我公开宣布世上有一个忠实的人，不要误会，只有一个。此外就没有了，而且他是一个管家。我是多么想要痛恨全体人类！而你竟免受我的痛恨了。不过除了你之外，我还是要诅咒一切的人们。我觉得你现在固然忠实，未免不智。因为你靠了欺侮我背叛我，可以老早地就找到了新的雇主，很多人都是踏在旧主人的脖子上巴结到了新的主人。但是老实告诉我——因为事情虽然确实可靠，我还是不能无疑——你的一番好心是否其中有诈，是否有所贪求，是否像富人送礼一样，在馈赠之中寓有盘剥高利之意，想要讨回二十倍的好处？

孚雷维阿斯　不是的，我的最尊贵的主人。哎呀，您现在心里才有这种疑虑未免太晚了。你当初大张盛筵的时节，就该顾虑到人心险诈，人总是在财产将要荡尽的时候才疑虑。我所表示的，天晓得，全是一片忠心，对您的仁慈无比的心肠之忠诚的热爱，对您的饮食起居的关怀。我的最尊贵的主人，请您相信我，我任何可能得到的利益，无论是想望中的或是现实的，我都愿拿来换取另外一个愿望，那便是愿您自己富裕起来能有权有力报酬我。

泰蒙　你看，我已经富裕了。你是唯一的好人，这个，你拿去吧，天神利用我的贫困给你送来了财宝。去吧，过富裕而幸福的生活。但有这样的一个条件，你要离群索居，嫉恨所有的人，咒骂所有的人，对任何人没有怜悯，任由一个饥饿的乞丐皮肉离骨，也不要救济他。把不肯给人吃的东西丢给狗，让监狱吞食他们，让债务使他们枯萎而死。

愿人类像是暴风吹毁了的树林，疾病把他们的虚伪的血吸得净尽！

再会了，祝你顺利。

孚雷维阿斯　啊！让我留下来服侍你吧，我的主人。

泰蒙　如果你不喜欢咒骂，就别留下。

趁你还在幸福自由的时候，快快离去。

你永远不要再见人，也不要让我再见你。〔分途下〕

注 释

[1] 指身上穿的衣服。另一说指 nakedness，似不治。

[2] 按照陶乐美的宇宙观，月亮以下的地界是可以起变化的，以上的几层天是永远不变的。太阳神阿波罗与月神戴安娜是孪生子。

[3] 第一对折本作: It is the pasture lards the brother's sides, Collier 改为 rother's（=a horned beast's），这是很有名的一个修改，牛津本亦从之。不修改亦可勉强讲通。

[4] 人垂死时，突然抽去枕头，即可安然断气。

[5] Misanthropos = Hater of Mankind. Plutarch's Lives（North's trans.）即称泰蒙为 Timon Misanthropos, the Athenian。

[6] 俗以为患梅毒者一旦传染给别人，其本人即可霍然而愈，故云。

[7] 蒸汽浴和断食都是当时治疗花柳病的方法。

[8] yet may your pains, six months, / Be quite contrary: 各家有不同的解释:

（一）six months in houses of correction.（Steevens）

（二）six months recuperating from the ravaging effects of your profession.（Warburton）

（三）Cheer up! in six months you will have achieved murder.（Hardin Craig）

（四）that for six months their menstrual pains may be abnormal.（Oliver）兹照最后一说译之。

[9] medlar 与 meddler 二字音相近。medlar 是枸杞子，一种树（学名 Mespilus Germanica）的果实，形似小型的棕色皮的苹果，软烂时方可食用。meddler 一字有数义，Oliver 注云: one who meddles or intrigues; also, one who over-indulges in sexual intercourse. 姑译为"荒淫无度"的人。

[10] 独角兽（unicorn）在盛怒时会盲目冲向敌方，以角触树，深入不

能自拔，终至被害。

[11]spots 双关语: (一) 豹身上的斑点，(二) 罪过，污点。

[12] 指战神 Mars 与爱情之神的通奸。

[13]blush，据 Oliver 注: The shine on the metal. 是也。

[14] 指月亮之控制潮汐，亦可能指月亮之制造湿气。此句语意不明。

第 五 幕

第一景：森林。泰蒙的窟穴前

诗人与画家上。

画家　　照我所记得的那地方的形势，这离他住的地方不会
　　　　太远了。

诗人　　对这个人应该是怎么一个看法呢？传说他拥有多金，
　　　　是可靠的吗？

画家　　当然可靠。亚西拜地斯说出来的，芙利尼亚与蒂曼
　　　　德拉都从他手里得到了金子，他也同样地对于贫苦
　　　　的散兵游勇大量地施赠。据说他给了他的管家很大
　　　　的一笔。

诗人　　那么他这次破产不过是对他的朋友们一番试探罢了。

画家　　不过如此，你就会看到他在雅典再度成为显赫人物，

高据要津得意扬扬。所以我们在他假装贫困的时候对他表示好感，那是不会有错的。那会表现出我们有朋友的义气，而且如果他拥有多金的消息是正确的，我们很可能满载而归不虚此行。

诗人　你现在有什么东西送给他？

画家　我目前除了访问之外没有什么东西可送。不过，我可以答应送他一幅杰作。

诗人　我也得要同样地向他效劳，把我写作的计划先告诉他。

画家　再好不过了。空言许诺正是这时代的风气，它可以令人眼巴巴地盼望着，实行起来反倒索然寡味。除了在一些头脑简单的蠢人之间，实行诺言是十分少见的事。空言许诺是极体面而时髦的，实行诺言则犹如某一种遗嘱，适足以证明立遗嘱者之神志不清。

泰蒙自其窟穴中上。

泰蒙　〔旁白〕最高明的画家！你画不出像你自己那样坏的一个人。

诗人　我正在想告诉他我准备呈献给他的是什么样的作品，那当然是形容他本人身世的一首诗。讽刺富贵中人之经不起风吹雨打，描述那些随着青春豪富以俱来的无穷尽的谄媚逢迎。

泰蒙　〔旁白〕你何必在你自己的作品里扮演一个小人呢？你还想在别人身上攻击你自己的缺点吗？就这样做吧，我有金子给你。

诗人	不，我们找他去吧：我们有利可图而迟到了一步，那便是我们自己误了自己的前途。
画家	对，趁着白昼，黑夜还没有到， 利用无限的阳光，要什么赶快去找。 来呀。
泰蒙	〔旁白〕等你们转过身来我就去和你们会面 [1]。金子是怎样的一个神啊，竟被供奉在一个比猪圈还要脏的人体里！你使得人扬帆下海，你使得奴才奉命唯谨，大家都崇拜你吧！ 你的忠实信徒永久倒霉，只知道服从你的指挥。 现在我该去见他们了。〔前行〕
诗人	您好，高贵的泰蒙！
画家	我们的尊贵的旧主人！
泰蒙	我终有一日看到两个忠实的人了吗？
诗人	先生，我往日常受您的人恩，听说您已退隐，朋友四散，那种忘恩负义的人们——啊，好可恨的东西！所有的天谴都嫌不足——怎么！竟对您忘恩负义，是在您的吉星高照之下他们才获有生命的呀！我气疯了，我无法用任何语言文字来遮掩这忘恩负义的丑行。
泰蒙	就让它赤裸裸的吧，大家可以看得更清楚些，你们两个是忠实的，以你们的忠实面目相形之下最足以使他们原形毕露。
画家	他和我过去沐浴恩宠多蒙赍赏，深为感激。
泰蒙	是，你们是忠实的人。

画家	我们是前来向您效劳。
泰蒙	最忠实的人！唉，我怎样报酬你们呢？你们能吃草根喝冷水吗？不能。
二人	为了为你效劳，我们能做到的，我们就去做。
泰蒙	你们是忠实的人。你们听说到我有金子，我敢说你们一定听到了。说实话，你们是忠实的人。
画家	是这样传说的，我的高贵的大人，可是我的朋友和我却不是因此而来的。
泰蒙	忠实的好人！你在全雅典最会画人的肖像了，你实在是最好的一个，你画得最为生动。
画家	不过如此，不过如此，大人。
泰蒙	正是如此，先生，正是如我所说。讲到你的创作，唉，你的诗篇充满了华丽而流畅的词句，可以说是在人为的艺术当中保存了自然的美妙。虽然如此，我的心地忠实的朋友们，我必须要说你们有一点小小的毛病。不过也不是什么大缺点，我也不愿你们费太多的力气去纠正。
二人	敬请告诉我们。
泰蒙	你们会要见怪。
二人	我们会十分感激，大人。
泰蒙	你们会吗？
二人	不必怀疑，大人。
泰蒙	你们两个都是在信任一个大大欺骗了你们的人。
二人	我们是吗，大人？
泰蒙	是的，而且你们听着他欺骗，看着他作伪，知道他

胡作非为，爱他，供他吃，推心置腹，可是心里明
白他是个十足的坏蛋。

画家　　我不认识这样的人，大人。

诗人　　我也不认识。

泰蒙　　你们要注意，我是很喜爱你们的。我想给你们金子，
你们不要再和这些坏蛋来往。绞杀他们，戳死他们，
在粪坑里淹死他们，想个法子把他们毁灭掉，然后
前来见我，我会给你们相当多的金子。

二人　　指出他们的名字，大人，让我们知道他们是谁。

泰蒙　　你在那边，你在这边，只是两个人作陪。分开来
看，一边单独一个，可是每一边仍然有一个大坏蛋
陪伴着他。如果你不愿意在你站着的地方有两个坏
蛋，那么就不要接近他。〔向诗人〕如果你愿意停留
在只有一个坏蛋的地方，那么你就躲开他。去！走
开！这里有的是金子，你们是为金了而来，你们这
两个奴才，你已经为我写了作品，这是你的酬金。
走吧！你是一个炼金师，把这个拿去变成为金子吧。
滚开，混账东西！〔把他们打出去，然后回入窟中〕

　　　　孚雷维阿斯与二元老上。

孚雷维阿斯　你们想和泰蒙谈话是没有用的，因为他只知道有自
己，除了那略具人形的他自己之外，没有什么东西
对他是有情分的。

元老甲　　带我们到他的窟穴去，我们对雅典人许下诺言，负
责去和泰蒙谈判。

元老乙　　　人不是永远一成不变的，长期的苦难把他作弄成这个
　　　　　　样子。如果时来运转，又给他带来往日的荣华，也许
　　　　　　可以恢复他本来的面目。带我们去见他，不妨一试。

孚雷维阿斯　这就是他的窟穴。愿一切平安！泰蒙大人！泰蒙！
　　　　　　出来，有朋友和你谈话。雅典人派了两位最有德望
　　　　　　的元老前来拜访你，和他们谈一谈，高贵的泰蒙。

　　　　　　泰蒙自窟中上。

泰蒙　　　　你这温暖人间的太阳，燃烧起来吧！有话就说吧，说
　　　　　　完了去上吊。说一句老实话，就长一个脓包！每一句
　　　　　　假话就像热铁烙一下舌根，一面说着一面腐烂！

元老甲　　　高贵的泰蒙——

泰蒙　　　　只配接见像你们这样的人，你们也只配访问泰蒙。

元老乙　　　雅典的元老们向你表示敬意，泰蒙。

泰蒙　　　　我谢谢他们，如果我能把这倒霉的敬意抓住，我愿
　　　　　　退还给他们。

元老甲　　　啊！请忘记我们自己对你愧悔的事情。元老们全体
　　　　　　一致地敦请你返回雅典，他们已经为你安排了特殊
　　　　　　的职务，虚位以待。

元老乙　　　他们承认过去对你冷落得太过分了，现在这个一向
　　　　　　很少表示悔过的团体，因为未能得到泰蒙的臂助，
　　　　　　才想到它自己的缺憾，当初对泰蒙亦未曾援手，故
　　　　　　此派遣我们前来表示歉意，并且向你提出优厚的补
　　　　　　偿，其分量足以弥补他们的过失而有余。是的，甚
　　　　　　至是极大分量的敬意与金钱，可以使你把他们过去

	对你的侮辱一笔勾销，重新记载下来他们对你的敬爱，从这记载中间你可以看出他们永远是你的朋友。
泰蒙	你们这番话使得我惶惑，使我惊讶得要流泪了。我若是具有傻子的心肠和女人的眼睛，我会要喜极而泣，二位高贵的元老啊。
元老甲	所以请你和我们一同回去，担任我们雅典——是我们的也是你的雅典——的统帅，你会受到大家的拥戴，掌有绝对的权力，美名与威权并存，不久我们即可逐退亚西拜地斯的狂妄的攻势。他像是一头野猪，把国家的和平都要拱翻了。
元老乙	他对着雅典的城墙摇晃他的威胁的剑。
元老甲	所以，泰蒙——
泰蒙	好，先生，我愿意。所以，我愿意，先生。是这样的——如果亚西拜地斯屠杀我的国人，让亚西拜地斯知道泰蒙的意见，泰蒙是毫不介意的。但是如果他洗劫大好的雅典，揪住善良的老人们的胡子，使我们的圣洁的处女在傲慢的疯狂的兽性的战争之中受到沾污，那么就要让他知道，就说是泰蒙说的，为了怜悯我们的老人和我们的青年，我不能不告诉他，我毫不介意，我这意见随便他怎样解释好了。因为只要你们有被砍的脖子，他们的刀就砍得下去。至于我自己，我觉得叛军营里没有一把小刀不是比可敬的雅典人的喉咙为更可爱。我只好把你们交给天神来保护，就像把强盗交给看守的人一样。
孚雷维阿斯	不必留在这里了，一切都是无用。

泰蒙	噫，我方才在写我的墓铭，你们明天就可以看到。我带病延年现在开始有了转机，瞑目之后便一了百了。去，长久地活着吧，让亚西拜地斯成为你们的灾疫，你们成为他的灾疫，而且历久不绝！
元老甲	我们白说了。
泰蒙	但是我还是爱我的国家，我不是像大家所说的那样幸灾乐祸喜欢看着国家沦亡的人。
元老甲	这话说得很好。
泰蒙	代我向我的亲爱的国人致意——
元老甲	你说出的这样的话实在很合于你的身份。
元老乙	在我们听来就像是城门欢呼声中的伟大的凯旋英雄。
泰蒙	代我向他们致意，告诉他们，为了减轻他们的苦难，他们对于敌人进攻的恐惧，他们的病痛、损失、他们爱情中的打击，以及这孱弱之躯在人生无常的航程之中所无法避免的其他种种的苦痛，我要给他们一点点帮助。我要教他们如何躲避那狂暴的亚西拜地斯的震怒。
元老甲	我很高兴他这样说，他还是会回去的。
泰蒙	在我的园子里我有一棵树，为了我自己的需要不得不把它砍倒，我不久就必须砍伐。告诉我的朋友们，告诉全雅典的人，按照他们的地位，上上下下的所有人等，任谁想要终止苦痛，赶快到这里来，趁我的树还没有尝到斧头的滋味，就在树上面吊死吧。我请你们，代我去致意。
孚雷维阿斯	不要再麻烦他了，你们会发现他总是这个样子。

泰蒙	不要再来找我。对雅典说,泰蒙已经在大海之滨的沙滩上筑起了他的永恒的住处,汹涌的波浪每天带着层层的泡沫把他遮盖一次。到那个地方去,让我的墓铭作为你们的神谕吧。
	嘴唇呀,气话说过便罢,勿再多言。
	一切不平,交给瘟疫恶疾去改善!
	只有坟墓是人的成绩,死是人的收获。
	太阳,遮起你的光!泰蒙的日子已经结束。〔下〕
元老甲	他的愤愤不平之气已经成了天性,无可解除。
元老乙	我们对他的希望已经断绝。我们回去吧,努力寻求别的方法挽救我们的危机吧。
元老甲	我们需要赶快去。〔同下〕

第二景: 雅典城外

二元老与一使者上。

元老甲	你所说的使我们听了很难过,他的队伍果如你所说的那样盛大吗?
使者	我说的是最低的估计,而且,他行军迅速,立刻就要来到。
元老乙	如果他们不把泰蒙请来,我们处境很险。

使者	我遇到了一位信差，他是我的一个老朋友，虽然因公处于敌对的地位，可是私交仍在，所以我们仍像朋友似的交谈。这个人是正在骑马从亚西拜地斯到泰蒙的窟穴去，带着求援的信，请他协力进攻你们的城池，因为这次战事一部分是为了他的缘故。
元老甲	我们的两位弟兄来了。

访泰蒙的二元老上。

元老丙	不要再提泰蒙，不要对他再存希望。敌人的鼓声已经在耳，大军过处已经尘沙蔽天。进去，准备应付战争，我怕我们要堕入敌人的陷阱。〔众下〕

第三景：森林。泰蒙的窟穴，露出一座简陋的坟墓

一兵寻找泰蒙上。

兵	照他们所描述的，一定就是这个地方。这里有人吗？说话，喂！没人答话！这是什么？ 泰蒙已死，他的大限已到。 此地无人居住，此墓为野兽所造[2]。 死了，那是一定，这就是他的坟墓。这坟上的是什

么字我不认得，我用蜡把那些字拓下来，我们的将军精通各种文字。他虽然年事尚轻，却是一位老练的翻译家。

这时候他必已开始对雅典围攻，他的野心便是攻下那骄傲的城。〔下〕

第四景：雅典城外

喇叭鸣。亚西拜地斯率军上。

亚西拜地斯　对这怯懦荒淫的城吹起我们的凄厉的喇叭。〔吹起谈判的信号〕

元老等在城墙上出现。

你们胡作非为直到如今，以你们的私心作为公道。我本人以及在你们的权势的阴影之下酣睡的人们，一直在束手无策地徘徊，毫无效果地发出了怨声。现在时机成熟，过去蹲着不动的脊髓如今壮大起来了，自动地大叫"不能再忍了"。气咻咻的受冤屈的人现在要坐在你们的大安乐椅上舒一口气，痴肥骄纵的人要仓皇逃走，吓得喘不过气来。

元老甲　高贵而年轻的人，当初你的愤懑只是存在心里，你

没有军队，我们也无须怕你，可是我们还是派人送
信给你，安抚你的怒火，以太多的好意来解除我们
的内疚。

元老乙 我们也曾恳求那性情变得乖戾的泰蒙与我们的城市
言归于好，不惜使用卑辞厚款。我们不全是刻薄寡
恩的人，也不该受战火的一网打尽。

元老甲 我们的这座城墙不是使你吃了苦头的那些人所建筑
的，这些高楼、纪念碑、公共建筑物，也不该因为
他们的私人的过失而一律坍倒。

元老乙 当初促使你出走的那些人现已不在了，他们因为手
段不够高明，羞愧伤心而死。高贵的将军，举起你
的旗帜向我们的城里进军吧，上天是忌杀的，如果
你的仇恨之心必以屠戮为快，那么你就择十杀一，
用掷骰子的方法看谁运气不好就让谁去顶罪牺牲。

元老甲 并不是大家都开罪于你，为了前人开罪于你而向现
在的人报复，那是不公道的，罪恶不是像土地一样
可以继承的。那么，亲爱的老乡，带队进城吧，但
是要把你的愤怒留在城外。饶恕你的雅典的摇篮中
的婴儿，以及那些无辜的同胞，在你的狂怒发作之
中他们会与那些开罪于你的人同归于尽。要像是一
个牧羊人一样，走到羊栏，选出病羊，不可一律
处死。

元老乙 你所要的，你可以于谈笑之中取得，无须用剑杀出
一条血路。

元老甲 你只消用你的脚放在我们的堡垒之上，城门就会为

你而开，假使你肯先表示一番善意，说明你是要保
持和气地进入城内。

元老乙　　掷下你的手套，或任何其他代表你的荣誉的信物，
担保你的使用武力只是为了平反你的冤抑，不是要
摧毁我们。那么你的全体部队就可以进驻我们城里，
直到我们满足了你的全部愿望为止。

亚西拜地斯　那么我就掷下了我的手套，下来，打开你们的尚未
遭受攻打的城门。泰蒙的和我自己的敌人，你们自
行交出受审处死，其余一概不究。并且为了消除你
们的疑惧表示我的宽大起见，我的士兵一律不准离
营，不准骚扰你们城内的治安，否则交给你们依法
严办。

二人　　真是说得公正之极。

亚西拜地斯　下来，要守你们的诺言。〔元老等下来开启城门〕

一兵上。

兵　　启禀将军，泰蒙死了，葬在大海的边缘，墓碑上有
这样的铭文，我用蜡拓了带来，我看不懂，您一看
就知道了。

亚西拜地斯　"这里躺着的是可怜人的尸体一具。
莫问我的姓名，瘟疫毁灭你们这些坏东西！
我泰蒙睡在这里，生时人人厌恶。
走过去，尽你骂，但莫停留你的脚步[3]。"
这几行诗很可以表达你晚年的心情。虽然你痛恨我
们的人性的悲哀，轻蔑我们的从至性流出的小小的

泪珠，但是你却有丰富的想象力令那广大的海洋永
久地为你那卑微的坟墓而哭泣，为你那可原谅的错
误而哭泣。高贵的泰蒙是死了，以后人会长久记忆
着他。领我进你们的城，我要一面使用橄榄枝，一
面挥动我的刀剑。

使战争孳生和平，使和平制止战争。

让二者互相处方，有如彼此的医生。

敲起我们的鼓来吧。〔众下〕

注 释

[1] 原文 I'll meet you at the turn 有下列不同的解释:

Deighton : the turn in the path.

Schmidt : as soon as it will seem proper.

Oliver : I suspect an idiomatic use connected with hunting（as a hound gives a hare a turn）. It might then mean that Timon will intercept them and turn their plot back upon themselves.

Harrison : when you turn round. These two have been walking up and down at the front of the main stage while Timon lurks at the rear.

最后一解似较合理。

[2]Timon is dead, who hath outstretch'd his span : / Some beast rear'd this; here does not live a man. 两行押韵，虽然不是墓铭的一部分，显然是与上下文不相关联的，是泰蒙留下的字样。rear'd 一字是 Theobald 的改笔，

第一、第二对折本作 reade。第三对折本作 read。Harrison 及其他若干近代编本采用对折本原文，其意若曰："应该由野兽们来读，因为附近没有人住。"牛津本采用 rear'd，照译。

[3] 既云"莫问姓名"，又云"我泰蒙睡在这里"，语意矛盾。在普鲁塔克的传里原是两个墓铭，莎士比亚并录于此，可能是准备删去其一的，删前一个的可能性较大。据普鲁塔克，前者为泰蒙自撰，后者为诗人 Callimachus 所作。